U0097342

古典詩歌研究彙刊

第二七輯

龔鵬程　主編

第 10 冊

重啓的對話：明人選明詩研究
（第四冊）

王　曉　晴　著

國家圖書館出版品預行編目資料

重啟的對話：明人選明詩研究（第四冊）／王曉晴 著 — 初版
— 新北市：花木蘭文化事業有限公司，2020〔民 109〕
目 6+230 面：17×24 公分
（古典詩歌研究彙刊 第二七輯：第 10 冊）
ISBN 978-986-485-980-1（精裝）
1. 明代詩 2. 詩評
820.91   109000188

ISBN-978-986-485-980-1

9 789864 859801

古典詩歌研究彙刊
第二七輯 第 十 冊   ISBN：978-986-485-980-1

重啟的對話：明人選明詩研究（第四冊）

作　　者　王曉晴
主　　編　龔鵬程
總 編 輯　杜潔祥
副總編輯　楊嘉樂
編　　輯　許郁翎、張雅淋　美術編輯　陳逸婷
出　　版　花木蘭文化事業有限公司
發 行 人　高小娟
聯絡地址　235 新北市中和區中安街七二號十三樓
　　　　　電話：02-2923-1455／傳眞：02-2923-1452
網　　址　http://www.huamulan.tw 信箱 hml810518@gmail.com
印　　刷　普羅文化出版廣告事業
初　　版　2020 年 3 月
全書字數　466326 字
定　　價　第二七輯共 19 冊（精裝）新台幣 32,000 元　　版權所有‧請勿翻印

重啓的對話：明人選明詩研究
（第四冊）

王曉晴　著

目次

十一、王廷相

詩體	詩歌	明音類選	古今詩刪	國雅	明詩正聲（盧）	皇明詩統	明詩正聲（穆）	明詩選（華）	明詩選最	國朝名公	石倉	皇明詩選（陳）	明詩歸
		5	24	14	39	18	8	3	3	4	149（152）	10	14
三古	雜謳（山禽求籠）												○
四古	雜謳（田婦）												○
三四雜言古	雜謳（龜甲）												○
四五雜言古	雜謳（直勿恃汝直）												○
五古	妾薄命（苑遊）	○									○		
五古	黃金臺（燕邦）		○										
五古	寄滕子沖洗馬（江灕）			○									
五古	龍鰍（龍鰍秋）			○									
五古	赤壁亭宴集謝蔣子胡子（謫志）			○			○			○		○	
五古	燕中懷古（軒轅臺）（日出）			○			○						
五古	別後再贈德涵（浮嵐）			○							○		
五古	雜懷（阿閣）				○								
五古	雜懷（桐生）				○								

詩體	詩歌	明音類選	古今詩刪	國雅	明詩正聲（盧）	皇明詩統	明詩正聲（穆）	明詩選（華）	明詩選最	國朝名公	石倉	皇明詩選（陳）	明詩歸
五古	雜擬（飛鴻）				○								
五古	擬古（驅車）				○								
五古	贈劉子開之（鶺鴒）				○								
五古	寄郭价夫（一鴈）					○							
五古	詠古（智士）						○						
五古	折楊柳（隴頭）										○		
五古	獨不見（君王愛）										○		
五古	同聲歌（花蟲）										○		
五古	妾薄命（孔雀）										○		
五古	雜興（寒城迷夕眺）										○		○
五古	明月沱（客行）										○	○	
五古	九日安陵同蔡成之發舟（宂帆）										○	○	
五古	過闕（雎）州（古城）										○	○	
五古	雜懷（淒淒秋）										○		
五古	雜懷（臨秋河）										○		
五古	雜懷（暉暉人）										○		
五古	孟至之入試院奉懷一首（皎皎）										○		
五古	登石頭城懷古（晨升）										○		

詩體	詩歌	明音類選	古今詩刪	國雅	明詩正聲(盧)	皇明詩統	明詩正聲(穆)	明詩選(華)	明詩選最	國朝名公	石倉	皇明詩選(陳)	明詩歸
五古	送王錦夫方伯(出雲)										○		
五古	秋日鄠國言懷(今適非)										○		
五古	秋日鄠國言懷(秋飂迤)										○		
五古	秋日鄠國言懷(王﨑)										○		
五古	蜀中寄李宗易宮論(驪車西)										○		
五古	山中秋宿(山行日)										○		
五古	石猿山(綺皓臥)										○		
五古	木洞驛(麾浪噴江門)										○		
五古	寄庸之(獨遊)										○		
五古	靖遠樓公宴(談笑偶)										○		
五古	泊大洲(襄䕶石)										○		
五古	寄趙樾榭祭酒(載筆東觀)										○		
五古	舟泊大伊逢嶺登嶺眺望(遹征)										○		
五古	舟泊大伊逢嶺登嶺眺望(周雅)										○		
五古	趨役淮上途中述懷(弭棹)										○		
五古	黃州演武廳宴集贈石帥(屏氛)										○		
五古	舟及團峰復回黃州(遹發)										○		
五古	登陸趨趨陽羅(颼颼)										○		

詩體	詩歌	明音類選	古今詩刪	國雅	明詩正聲（盧）	皇明詩統	明詩正聲（穆）	明詩選（華）	明詩選最	國朝名公	石倉	皇明詩選（陳）	明詩歸
五古	登迎暉樓有作（按圖欣）										○		
五古	千萬里橋有作（牽組次）										○		
五古	懷王庸之（垂楊綠）										○		
五古	天門山（天門峭）										○		
五古	發涇安暮泊湖州（山行苦）										○		
五古	泊青城（繫舟青）										○		
五古	泊青城（莽陂秀）												
五古	木洞驛（積浪）											○	
五古	庸之郊墅宴集（習素）											○	
五古	出陝城述所經覽（秦浦）						○					○	
五古	雜詩（懷）（園中鶴啄）												○
七古	南昌行（豫章）			○	○					○	○		
七古	汎湖篇（漢江）			○							○		
七古	登黃鶴樓（白作）				○								
七古	胡桃溝行（松州）				○						○		
七古	隴頭吟（君不見羌胡）				○								
七古	燕歌行（漢家防胡）												
七古	贈王稚欽歌（休作）					○							

詩體	詩　歌	明音類選	古今詩刪	國雅	明詩正聲（盧）	皇明詩統	明詩正聲（穆）	明詩選（華）	明詩選最	國朝名公	石倉	皇明詩選（陳）	明詩歸
七古	焦氏園看花吟（連雨）					○							
七古	漢宮才人拜月歌（君不見漢宮）					○							
七古	西京篇（秋）（西）（風漆漆）					○					○		
七古	明月篇（明月漾金）					○					○		
七古	姑蘇行（閶門）					○					○		
七古	梁苑歌（君不見梁王）										○		
七古	梁苑歌（黃河東來沙）										○		
七古	鑿井歌（素業大）										○		
七古	終南吟贈王堯卿（太乙巍）										○		
七古	漢陂子還山歌（少徽）										○		
七古	楊州與鹿門子飲酒歌（前年）										○		
七古	亳都行（桐宮）										○		
七古	金內翰五泉歌（海客）										○		
七古	贈別王司馬先生（海山先生）										○	○	
七古	九日遊觀音巖歌同遊諸君子（南都）										○		
七古	張中丞操江行（江上水軍）										○		
七古	孔雀圖歌（九真之）										○		

詩體	詩　歌	明音類選	古今詩刪	國雅	明詩正聲（盧）	皇明詩統	明詩正聲（穆）	明詩選（華）	明詩選最	國朝名公	石倉	皇明詩選（陳）	明詩歸
七古	青城山歌送郑魯瞻起闕（巫峽之）										○		
七古	西山行（西山三百）										○		
七古	酬孟望之（歷亂秋）										○		
七古	夔州簡魯朝言（巴東山）										○		
七古	雜調（鵲巢）												○
七古	蘄民謠－蘄艾（有瓦者艾）												○
七古	蘄民謠－蘄龜（龜韋）												○
七古	蘄民謠－蘄蛇（白花）												○
七古	蘄民謠－蘄簟（龍鬚）												○
五律	秋日獨酌（梧桐）	○											
五律	宿淮上寄阿仲默（旅泊）	○									○		
五律	晚泛雙溪（返照）	○											
五律	石井別業（有作）（花暗）		○		○	○							
五律	別劉尹良貴（與子）		○		○						○		
五律	懷跟孟復（秋光）		○		○			○	○				
五律	入斜谷（宛宛）		○										
五律	宿周山人南池（暝投山際）		○										

詩體	詩歌	明音類選	古今詩刪	國雅	明詩正聲（盧）	皇明詩統	明詩正聲（穆）	明詩選（華）	明詩選最	國朝名公	石倉	皇明詩選（陳）	明詩歸
五律	郡城最高處眺荊楚（石城聊引）		○										
五律	屏齋（縣城如黑子）		○										
五律	秋夜宿朱山人林亭（木葉）			○						○	○		
五律	夢方思道（中宵）			○									
五律	次浦口（渺渺）			○	○								
五律	雨（常時）			○	○								
五律	望峽（揚餘）			○	○								
五律	登臺（古人）				○							○	
五律	早發軒轅（沱水）				○								
五律	秋日江行（客路）				○							○	
五律	慶州（蜀岡）					○							
五律	五十赴官（一官將）					○	○				○		
五律	齋居（齋沐）												
五律	宮園（步障臨晴）										○		
五律	齋居（夕陽）										○		
五律	戊子初度（今年半）										○		
五律	晚步（返照窺）										○		
五律	下蔡（躍馬）										○		

詩體	詩歌	明音類選	古今詩刪	國雅	明詩正聲（盧）	皇明詩統	明詩正聲（穆）	明詩選（華）	明詩選最	國朝名公	石倉	皇明詩選（陳）	明詩歸
五律	春日有懷東林別業（野亭）										○		
五律	途次山人還潮陽（片舫）										○		
五律	寄竹夫（與子異）										○		
五律	途中晦日（水落軒）										○		
五律	和庸之韻（平郊）										○		
五律	巴峽（向）										○		
五律	六番（疊嶺師）										○		
五律	端陽日諸僚宴集（佳節）										○		
五律	端陽日諸僚宴集（玉樹）										○		
五律	宿江門（綺縞）										○		
五律	城西李氏園宴集（林洞盤）										○		
五律	夏日林居（林臥）										○		
五律	夏日林居（衡宇）										○		
五律	夏日林居（向夕）										○		
五律	夏日林居（柴門）										○		
五律	海市（四月）										○		
五律	下邳（徹館荒）										○		
五律	宿金城（風水）										○		

詩體	詩歌	明音類選	古今詩刪	國雅	明詩正聲（盧）	皇明詩統	明詩正聲（穆）	明詩選（華）	明詩選最	國朝名公	石倉	皇明詩選（陳）	明詩歸
五律	晝眠（日出沙）										○		
五律	寄价夫（念汝）										○		
五律	遠遊（桃岸）										○		
五律	江上作（官事）										○		
五律	飛仙閣（裊裊飛仙）										○		
五律	山行（雲淨）										○		
五律	夏日飲孫貞甫園亭用韻（華亭）												
五律	春日遊覽近郭山水（華春）										○		
五律	春日遊覽近郭山水（近山）										○		
五律	臣跡（臣跡何）										○		
五律	逆萬中丞土鳴（鄰君）										○		
五律	送萬中丞土鳴（解劍臺中）										○		
五律	別候汝立員外（客路薦）										○		
五排	郡上答方思道（雲夢）						○						
七律	旅興（旅遊日日清）	○									○		
七律	五月（五月浩江）				○						○		
七律	別呂仲水（病居）					○							
七律	望康子諗西草堂（太白山人）					○							○

詩體	詩歌	明音類選	古今詩刪	國雅	明詩正聲（盧）	皇明詩統	明詩正聲（穆）	明詩選（華）	明詩選最	國朝名公	石倉	皇明詩選（陳）	明詩歸
七律	春暮出城作（莫怪尋）					○							
七律	送宋維翰府幕（星槎）					○							
七律	自述用庸之韻（休憩）										○		
七律	帝京篇（帝京南）										○		
七律	秋懷（燕燕）										○		
七律	早朝瞻望宮闕（玉樓金）										○		
七律	秋日寄懷元傑（梁苑行）										○		
七律	有贈德涵（康子要）										○		
七律	邵齋開居簡周伯明貞長（省垣）										○		
七律	淮漲（淮浦）										○		
七律	邊司徒悼亡次韻（尊綠華）										○原刊本無		
七律	苦熱（南京六）										○原刊本無		
七律	答孟中丞雨中臥病見懷韻（使君真）										○原刊本無		
七律	金陵懷古（石城）										○		
七律	胡山人留飲（江春）										○		
七律	秋興（碧水）										○		
七律	一齣（淮陰）										○		
七律	初至縣（芙容）										○		

詩體	詩歌	明音類選	古今詩刪	國雅	明詩正聲（盧）	皇明詩統	明詩正聲（穆）	明詩選（華）	明詩選最	國朝名公	石倉	皇明詩選（陳）	明詩歸
七律	建業旅思（清江碧）										○		
七律	招歐翁飲酒（蠶叢）										○		
七律	寄劉藻夫（曾陪）										○		
七律	寄張大復（悠悠）										○		
七律	蘇州別葛李逢（鸞彩）										○		
七律	客歎（長歎）										○		
七律	過白嶺訪王堯卿開遊江南不遇（飛龍）										○		
七律	寄王鑰夫（海沱搖）										○		
七律	梁山（梁山黑）										○		
七律	寄郭价夫學士（玉堂）										○		
七律	江上寄郁國昌郁希正二同年（客思）										○		
七律	寄趙舉人昭（前年相）										○		
七律	東麓亭宴集（城外春風）												○
五絕	絕句（候藏大梁）		○										
五絕	初見白髮（日月）（日）（風塵色）		○		○			○	○				
五絕	芳樹（芳樹）		○		○			○	○				
五絕	漢上歌（宜城）		○		○								
五絕	宮怨（夜輦）		○		○								

童啟的對話：明人選明詩研究

詩體	詩歌	明音類選	古今詩刪	國雅	明詩正聲（盧）	皇明詩統	明詩正聲（穆）	明詩選（華）	明詩選最	國朝名公	石倉	皇明詩選（陳）	明詩歸
五絕	江南曲（江上）		○		○								
五絕	閩州（中）歌（天開）		○		○								
五絕	春草謠（塘上）		○	○	○								
五絕	秦川雜興（古陵）		○		○								
五絕	秦川雜興（客行）		○		○								
五絕	江南曲（采蘭）				○								
五絕	柳枝詞（休種江頭柳）										○		○
五絕	秦陵果園（栖晚）									○	○		
五絕	漢上歌（楚山）										○		
五絕	漢上歌（漢水經）										○		
五絕	漢上歌（棲斷羊）										○		
五絕	葡萄（獨立山）										○		
五絕	雨秋（山城一夜）										○		
五絕	閩中雜咏（碧柳長）										○		
五絕	閩中雜咏（二月江）										○		
五絕	閩中雜咏（春園幾）			○	○						○		
五絕	秋興（未玉）		○		○						○		
七絕	（皇上）平南凱還歌（詔下）		○				○						

詩體	詩歌	明音類選	古今詩刪	國雅	明詩正聲(盧)	皇明詩統	明詩正聲(穆)	明詩選(華)	明詩選最	國朝名公	石倉	皇明詩選(陳)	明詩歸
七絕	行邊（榆林）		○		○								
七絕	巴人竹枝歌（江草）		○		○								
七絕	遊仙（南陔）		○		○								
七絕	宮詞（雲鬟）		○		○	○							
七絕	賡從調陵歌（十二）		○		○								
七絕	蕪城歌（莫向）				○			○	○		○		
七絕	巴人竹枝歌（郎住）				○						○		
七絕	巴人竹枝歌（楊花）				○								
七絕	徐州夜候岳君延茂才（月華）				○								
七絕	宮詞（宮使）					○					○		
七絕	宮詞（二月）					○							
七絕	宮詞（花撲）					○							
七絕	夜聞子規（子規小）										○		
七絕	蕪城歌（楊帝看）										○		
七絕	海上雜歌（洋中洲）										○		
七絕	白菊（清霜末）										○		
七絕	送盧師邵侍鄱陽京（王殿鼠鼠）										○		
七絕	寄向粹夫（何渚迢迢）										○		

十二、邊 貢

詩體	詩歌	明詩歸	皇明詩選（陳）	石倉	國朝名公	明詩選最	明詩選（華）	明詩正聲（穆）	皇明詩統	明詩正聲（盧）	國雅	古今詩刪	明音類選
		4	15	195	7	14	14	29	36	58	26	38	39
五古	美之席上限韻送別（棚棚）			○					○			○	○
五古	美之席上限韻送別（悠悠）								○			○	○
五古	章氏園餞別并之分得木字（中園）		○	○					○			○	○
五古	別湯子（關逸）								○				○
五古	別湯子（京闕）								○				○
五古	答顧華玉見懷之作（離腸）								○				○
五古	贈別右揆鄒公（懷閣）								○				○
五古	秋郊別意為汝南翁益翁補作（桑梓）			○							○		
五古	題金合園圖賦得綠珠怨（誰言）										○		
五古	答石峰見懷之作（露井）			○				○			○		
五古	入鑰（雜）石口（西登）							○		○	○		
五古	別湯子（渾子）			○	○			○			○		
五古	贈友（春陽）									○	○		
五古	送沈仁甫歸省（瞻夕）				○						○		
五古	寄茅賦（憶爾）										○		

詩體	詩歌	明音類選	古今詩刪	國雅	明詩正聲（盧）	皇明詩統	明詩正聲（穆）	明詩選（華）	明詩選最	國朝名公	石倉	皇明詩選（陳）	明詩歸
五古	秋郊別意為汝南益翁補作（言別）				○								
五古	答石峰見懷之作（斗柄）				○							○	
五古	贈王文熙（總轡）				○							○	
五古	華送大司馬華容劉公致仕（靄藹）						○						
五古	送別台峰（皎皎）						○						
五古	送陳文鳴（彎彎）											○	
五古	次阿遂落落日泛江贈司馬之作奉送劉美之（相投）											○	
五古	賦得將有車西疇送王中丞致仕（發春）											○	
五古	秋郊別意為汝南益翁補作（驪車）											○	
五古	為楊子賦別母詩（青驪）											○	
五古	贈王文熙（陽鳥）											○	
五古	分韻再送文熙（夜久）											○	
五古	別熊子（驪馬）											○	
五古	別湯子（驪車）											○	
五古	別湯子（喬木）											○	
五古	吳將軍巡關圖（胡馬）											○	
五古	題楊氏所藏畫（翩翩）											○	
五古	贈徐子（丹巖）											○	

詩體	詩歌	明音類選	古今詩刪	國雅	明詩正聲（盧）	皇明詩統	明詩正聲（穆）	明詩選（華）	明詩選最	國朝名公	石倉	皇明詩選（陳）	明詩歸
五古	奉贈少司徒華谷王公致仕（大谷）										○		
五古	贈閻允中（郊月）										○		
五古	伯川子仕為地官大夫能其官且有顯躋矣乃一旦思其母夫人解印綬去子知其必有以也取六義之比賦有免詩二章以美之（有免）										○		
五古	伯川子仕為地官大夫能其官且有顯躋矣乃一旦思其母夫人解印綬去子知其必有以也取六義之比賦有免詩二章以美之（月明）										○		
五古	城東尼寺哭妹（佛居）										○		
五古	城東尼寺哭妹（生為）										○		
五古	城東尼寺哭妹（平生）										○		
五古	經西湖（皇圃）										○		
五古	入雞石口（灌足秋澗水）	○											
五古	送別（離心似明月）	○											
七古	車遙遙送劉少府（為前人賦）（車遙遙風起沙）	○					○				○		
七古	送同公度下第（征駕）	○				○					○		
七古	送楊逢庵督馬（政）關西（狼星）	○									○		○
七古	贈尚子（意氣）	○									○		○
七古	張夏道中遇雨短歌示同行希尹諸子（南山）	○											

詩體	詩歌	明音類選	古今詩刪	國雅	明詩正聲(盧)	皇明詩統	明詩正聲(穆)	明詩選(華)	明詩選最	國朝名公	石倉	皇明詩選(陳)	明詩歸
七古	題王二采蓮圖次沈石田韻(秋塘)	○									○		○
七古	送顧華玉分韻得三五七言(送歸)	○											
七古	燒荒(風怒)	○											
七古	運夫謠送方玉玉督運(運船戶來)			○							○		
七古	送馬敦湖赴湖南提學(征馬)			○	○		○						
七古	(題金台園圖賦得)綠珠怨(誰言)				○		○				○		
七古	病婦行爲馬憚亡悼之(妾婦)				○								
七古	送錢伯川歸錫山(曉上)					○							
七古	壽許太宰(明公)					○							
七古	送秦用中文學(玉真)					○	○				○		
七古	李將軍(李將軍七尺)										○		
七古	次杜工部秋雨歎讀東希尹(睡起)										○		○
七古	賦得萬里橋送客(萬里橋)												
七古	濟寧劉度君提刑晉陽過新鄉之廬其友人曰華泉子者適遊薊門傷其別而不得見也于是賦東遙車遙遙以招之(車遙遙向何許)										○		
七古	題豐內翰愛鶴懷(春鶴)										○		
七古	廬墓哀爲楊名父作(廬墓)										○		
七古	接樹歎數爲方舉人酒翁作(朝汲)										○		

詩體	詩歌	明音類選	古今詩刪	國雅	明詩正聲(盧)	皇明詩統	明詩正聲(穆)	明詩選(華)	明詩選最	國朝名公	石倉	皇明詩選(陳)	明詩歸
七古	白岩公墓馬次杜韻奉呈(我本使)										○		
七古	君馬黃贈況仁甫赴長蘆(君馬黃我馬)										○		
七古	次韻贈陸文貞歸雲間(橋西)										○		
七古	分題得語山湖送維正李憲副之山東(齊門)										○		
七古	送同年少宰汪開靄考績北上(鳳闕)										○		
七古	題石田畫二首為楊仲深作(夕陽)										○		
七古	題石田畫二首為楊仲深作(平生)										○		
七古	題白岩竹(竹枝)										○		
七古	題周道士采苓卷(夫椒)										○		
七古	海樵吟(海樵)										○		
七古	孺子宅送程南昌(豫章)										○		
七古	吳將軍轅門夜宴圖(營門)					○					○		
五律	九日(白日)	○	○										
五律	正月七日飲水部分司歸即事(結榜)	○											
五律	泰陵供事述感(陵墓)	○	○		○								
五律	郊壇(夜步)(晚步凌高樹)	○	○						○		○		
五律	泛湖(此日)	○		○							○		
五律	懷昌穀大理(孺子)	○					○						

詩體	詩歌	明音類選	古今詩刪	國雅	明詩正聲（盧）	皇明詩統	明詩正聲（穆）	明詩選（華）	明詩選最	國朝名公	石倉	皇明詩選（陳）	明詩歸
五律	送郡玄敬（驅馬）	○											
五律	送李僉憲維之北上（栢典）	○		○	○	○				○			
五律	送王演之（驅馬）	○			○								
五律	次空同子韻送伯川歸吳（東門）	○											
五律	送張黃漢中丞觀軍留都（二月）	○											
五律	王憲章輓章（栢典）	○											
五律	贈阿子元（飲馬）		○										
五律	張秋官（曹）元德席上留別（春日江陵）		○		○	○						○	
五律	贈阿子元（萬里）		○				○					○	
五律	秦陵供事述感（陵）（皇）寢后庸		○				○						
五律	下陵（露行躅十里）		○										
五律	送陶良伯（使）魯（天馬）			○									
五律	次韻留別張西盤大參（滿酌）			○		○				○			
五律	贈周文都（君来別駕）			○									
五律	九日登千佛山寺次西峰韻（窈窈）											○	
五律	鄂渚（鄂渚）				○								
五律	九日登吹臺次毛侍郎韻（對酒）				○							○	
五律	贈別（相逢）												

詩體	詩歌	明音類選	古今詩刪	國雅	明詩正聲（盧）	皇明詩統	明詩正聲（穆）	明詩選（華）	明詩選最	國朝名公	石倉	皇明詩選（陳）	明詩歸
五律	送張廣漢中丞觀軍留都（聞說）				○								
五律	望陵（檜在）				○	○							
五律	尹亭夜集次柴舍韻（憶共）				○	○							
五律	送張進士孔昭赴南刑部（春風）				○								
五律	望陵（徒倚）					○							
五律	村舍（村舍孤烟）					○							
五律	東河內史粹夫（憶爾）					○							
五律	次王欽佩韻贈方山鄭子（江東）					○							
五律	次王欽佩韻贈方山鄭子（好酒）					○							
五律	和答胡可泉郡伯（藉藉）					○							
五律	送郡玄敬（才高）					○							
五律	入寺（共還）					○							
五律	方巘夫讀書山寺（聞君）					○					○		
五律	白泉王子山居相近次韻奉呈（爾能）						○						
五律	送董舜氏（暑雨）						○						
五律	廣川舟中與東橋酌別次韻（共脫）						○	○	○				
五律	九日（向日寒城暮）							○	○				
五律	春日臥病（答王孟自劉希尹）（老病）							○	○				

詩體	詩　歌	明音類選	古今詩刪	國雅	明詩正聲（盧）	皇明詩統	明詩正聲（穆）	明詩選（華）	明詩選最	國朝名公	石倉	皇明詩選（陳）	明詩歸
五律	懷昌穀大理（齋房）									○			
五律	送于時宜（行子）										○	○	
五律	幽寂（幽寂耽臥）蓬戶										○	○	
五律	次韻春雪（怪爾）										○		
五律	寶應元夕飲朱升之舍（望望）										○		
五律	西陵訪王給事汝溫不遇（狂夫）										○		
五律	沙河（放馬）										○		
五律	山行（兩山開）										○		
五律	與平崖林多史泛湖北抵華不注山夜從陸歸（浮舟）										○		
五律	贈蕭醫士（贊爰）										○		
五律	旅夜清源有懷故鄉親友次張西峰韻（雨過）										○		
五律	送楊純夫（天府）										○		
五律	次韻留別陳西盤大參（苦戀）										○		
五律	送王景暘長安還周府（驅馬）										○		
五律	東阿留別無涯孟子（逆旅）										○		
五律	送鄭雲齋秋官歸閩中（識面）										○		
五律	雨中憩雙泉寺（野寺）										○		
五律	倫上人院晚坐次白湖韻（過雨）										○		

詩體	詩歌	明音類選	古今詩刪	國雅	明詩正聲（盧）	皇明詩統	明詩正聲（穆）	明詩選（華）	明詩選最	國朝名公	石倉	皇明詩選（陳）	明詩歸
五律	十月六日遊于佛山寺（亭午）										○		
五律	上王氏妹墓（王郎）										○		
五律	仲冬望日先隴述哀（乢乢）										○		
五律	龍洞山雜吟（寺繞）										○		
五律	過北渚庄（野店）										○		
五律	題白泉王子壁（吟興）										○		
五律	家篆鸚鵡爲狸奴所斃子爲之賦二篇呈同志期有以慰我也（爾本）										○		
五律	出郭將訪希準郎伯懼暮而返卻寄（寫言）											○	
五排	送（金）（張）中丞赴延綏（上郡）	○			○			○	○				
五排	游仙詞贈李羽人擬初唐體（碧洛）						○						
七律	正月十日（城上）	○											
七律	坐上奉贈白巖少卿（淮陰）	○											
七律	次韻吉留別韻（初春）	○				○							
七律	次韻寄劉鋼（同）仁（地闊）	○						○	○				
七律	湖亭夜別柴吳二紀功述懷（十年）	○									○		
七律	內黃道中（黃池）	○											
七律	武昌留別諸使君（舟子招）		○										
七律	遊龍洞山（洞門黃葉）		○										

詩體	詩　歌	明音類選	古今詩刪	國雅	明詩正聲（盧）	皇明詩統	明詩正聲（穆）	明詩選（華）	明詩選最	國朝名公	石倉	皇明詩選（陳）	明詩歸
七律	辛巳書事（居庸碣）		○										
七律	登嶽（次劉希尹韻）（玉皇）		○								○		
七律	柬（李）蘭吉（天涯臥病盡）		○		○								
七律	送丁考功秉憲之關中（驚花）		○		○						○		
七律	聖旦南大常作（冶城）		○		○								
七律	辛巳書事（漢水）		○		○								
七律	送崔廷相少尹之無錫（北客）			○									
七律	再至居庸（山雲）			○									
七律	題陳氏水閣次韻（畫閣）			○									
七律	送顧明府之聊城（上眷）			○			○						
七律	蔣山（次韻）（病起）				○						○		
七律	題陳氏水閣次韻（吟筒）							○	○				
七律	寄嘉定章太守（六千）				○								
七律	次韻贈別羅子文（白馬）				○								
七律	次韻送都玄敬（秋江）										○		
七律	送後渠崔司成致仕歸安陽（盧龍）									○			
七律	送趙主簿秉東同年呂稽勳仲仁（梁溪）				○						○		
七律	冬至長陵即事（中峰）					○							

詩體	詩歌	明音類選	古今詩刪	國雅	明詩正聲（盧）	皇明詩統	明詩正聲（穆）	明詩選（華）	明詩選最	國朝名公	石倉	皇明詩選（陳）	明詩歸
七律	春日有懷空同李子（南山數枉）					○							
七律	答函川希尹（吏曹）					○							
七律	送吳少參樣員料雲院（離宴）					○					○		
七律	除夕臥病東空同李子（天涯）					○							
七律	坐上次韻贈朱升之（暫維）					○							
七律	寄呂思泉太僕（永陽司馬）					○							
七律	謁文山（丞相）柯（丞相）						○				○	○	
七律	無題（棄置）						○				○		
七律	至居庸（塞口）						○						
七律	人日喜晴次蒲汀韻（人日寄京雲）										○		
七律	端午（樓船不近）										○		
七律	東村冬日同劉王諸子步歸（泱漭空原）										○		
七律	元日次欒江中丞韻（伏枕驚看）										○		
七律	歲除義給祭以病不與奉答同黃白岩見懷之作（木樨香簍）										○		
七律	九日雨中登樓（八月黃河）										○		
七律	郊祀齋居次柴光祿劉鴻臚韻（燭火琴張）										○		
七律	入壇馬上次月嚴韻（樓頭鐘散）										○		
七律	齋居伏候駕次韻（圓丘圍繞）										○		

詩體	詩歌	明音類選	古今詩刪	國雅	明詩正聲(盧)	皇明詩統	明詩正聲(穆)	明詩選(華)	明詩選最	國朝名公	石倉	皇明詩選(陳)	明詩歸
七律	次韻寄秦鳳山少司徒(靜依高閣)										○		
七律	冠中丞北撫宣府奉同南滇韻(守邊貔貅)										○	○	
七律	春日寄南曹故人(白門楊柳)										○		
七律	奉答白岩諸公見懷聯句(暝鳥催歸)										○		
七律	座上奉贈白岩少卿(淮陰廟前)										○		
七律	寄南宗伯白岩(神仙台府)										○		
七律	潘南候文鳴中丞不至卻寄(遠傳開府)										○		
七律	郊壇齋居有懷簡山山岩(只尺行軒)										○		
七律	寄正齋前藩參(仲春風日)										○		
七律	和泉翁爲整菴相公作(宛洛分)										○		
七律	見素林公坐上喜雨次韻(蕭蕭盤雨)										○		
七律	贈郡督馬惟暗(斬將春殘)										○		
七律	寄前正齋大參(建業春殘)										○		
七律	金陵早春奉懷白岩次致政志喜之韻(晉山沼遞)										○		
七律	七夕懷南垣劉司空(欲問南塘)										○		
七律	答敬石溪雪中見寄(瑤華新白)										○		
七律	喜浦汀少辛卜隣(紫宸西畔)										○		

詩體	詩歌	明音類選	古今詩刪	國雅	明詩正聲（盧）	皇明詩統	明詩正聲（穆）	明詩選（華）	明詩選最	國朝名公	石倉	皇明詩選（陳）	明詩歸
七律	壽春劉守希尹念故鄉有拂衣之興奉問（恨別君）										○		
七律	次歙石溪遷居（溪翁小隱）										○		
七律	次歙石溪遷居（鑑湖飲並）										○		
七律	九月廿四日遣輿奉太常諸公（任咸冰衛）										○		
七律	聞台峰舟過清源不遂瞻奉短詩寄懷（隔歲關河）										○		
七律	次韻貿劉希尹生子（碧林春暖）										○		
七律	新庄道中即事次章卯電郡守韻（步隨芳草）										○		
七律	次韻送汪少宰開麝進賀北上（皇居穆穆）										○		
七律	李時佩坐上留別（蘭葉荷花）										○		
七律	送張蕭山致政（拂衣歸）										○		
七律	次韻留別貞菴（陰陰汀斫）										○		
七律	送張原載黃門祚授職還鄉（曨曨江旭）										○		
七律	送胡中丞伯行進賀上尊號表如京（羽旗芝蓋）										○		
七律	奉送少傅蓬菴翁節制三秦（帝夢非熊）										○		
七律	莫秋湖奉餞松月樾岡二都憲乃次前韻（多病春來）										○		
七律	送荊州董刪萼之任用前韻（滁陽參牧）										○		
七律	送秦文學之安仁（二載京華）										○		

詩體	詩　歌	明音類選	古今詩刪	國雅	明詩正聲（盧）	皇明詩統	明詩正聲（穆）	明詩選（華）	明詩選最	國朝名公	石倉	皇明詩選（陳）	明詩歸
七律	四月念日琢菴先生坐上留別限韻作（綱維初罷）										○		
七律	齊河館中阻雨與二君子倍別（暧暧青燈）										○		
七律	送馮有孚歸瓊州省覲兼拜掃先壟卻赴江州監稅（北風吹）										○		
七律	送華山人歸無錫次隣句韻（碧林斜）										○		
七律	次韻文侍御宗嚴出按中州（淼淼河流）										○		
七律	送陳子居（客子南征）										○		
七律	送張本貞赴常熟尉（瓜步秋風）										○		
七律	湖亭夜別吳二紀功述懷（客子別愁）										○		
七律	冀司空宅夜宴留別（楚江饒）										○		
七律	次鄲先生韻送章太守朝覲如京師（北斗離離）										○		
七律	登鳳皇臺次李太白韻呈同遊諸公（宛中芳草）										○		
七律	水關東北泛舟晚造希尹別業（隱隱輕雷）										○		
七律	登嶽次劉希尹韻（岱宗山秀）										○		
七律	登嶽次劉希尹韻（北上天門）										○		
七律	登直沽城樓（臣遊數）										○		
七律	宣城道中書事（路出荊門）										○		
七律	題曹僉憲時範曲林偕和卷次溪蕃韻（曲林門）										○		

詩體	詩　歌	明音類選	古今詩刪	國雅	明詩正聲（盧）	皇明詩統	明詩正聲（穆）	明詩選（華）	明詩選最	國朝名公	石倉	皇明詩選（陳）	明詩歸
七律	初雪有懷（江南子月）										○		
七律	蝎傷右足詩以寫懷（足蝎常懷）										○		
七律	清涼寺次韻（許日肩輿）										○		
七律	遊林慮山黃花寺（黃花）										○		
七律	壽詢齋王封君（竹園）										○		
七律	哭同年五清劉先生（幾聽）										○		
七律	次希尹詩謔戲答（乘偵）										○		
七律	雨後讀三國志（積雨）										○		
七律	同史判乙奕子（出洞）										○		
七律	壽藏（碧山）										○		
七律	暮春病起寄懷希尹（阮靜簾）												
五絕	山中雜詩（下馬古寺）	○					○	○	○				
五絕	無題（楊柳）	○											
五絕	送于利（離腸）	○											
五絕	冬至上陵途中（蜿蜿）	○			○		○						
五絕	西園（庭際）		○		○								
五絕	雜詩（月色）		○					○	○				
五絕	上陵道中（蒼蒼）		○		○			○	○				

詩體	詩歌	明音類選	古今詩刪	國雅	明詩正聲(盧)	皇明詩統	明詩正聲(穆)	明詩選(華)	明詩選最	國朝名公	石倉	皇明詩選(陳)	明詩歸
五絕	雜詩(江靜)		○		○								
五絕	送劉釣中之金陵(君刊)		○		○								
五絕	西園(朝看)		○		○								
五絕	題畫(經句)				○								
五絕	雜題和儲柴墟(題雜畫)(藹藹)				○			○			○		
五絕	雜題和儲柴墟(閒門)				○				○				
五絕	雜題和儲柴墟(題雜畫)(烏啼)				○						○		
五絕	送馮侍御九中還鄉(驄馬)				○								
五絕	泛南湖(水電)				○								
五絕	題雜畫(北風吹大雪)										○		
五絕	題雜畫(江水春春)										○		
五絕	西園(月落古堤)										○		
五絕	冬至上陵途中雜咏(鴉啼)										○		
五絕	冬至上陵途中雜咏(朝從)										○		
五絕	冬至上陵途中雜咏(枯楊)										○		
五絕	贈別甯子											○	
七絕	迎鑾曲(琵琶)	○	○										

詩體	詩歌	明音類選	古今詩刪	國雅	明詩正聲（盧）	皇明詩統	明詩正聲（穆）	明詩選（華）	明詩選最	國朝名公	石倉	皇明詩選（陳）	明詩歸
七絕	迎鑾曲（羽蓋霓旌）		○										
七絕	金陵逢方百川（燕試分攜）		○										
七絕	題美人寄胡丈（月宮秋）		○										
七絕	大隄曲（大隄女兒）		○										
七絕	迎鑾曲（潮洛）		○				○					○	
七絕	迎鑾曲和劉希尹之作（金陵）		○	○	○								
七絕	迎鑾曲（白采）		○	○	○								
七絕	迎鑾曲（五首和劉希尹之作）（弓如）		○	○	○								
七絕	（題扇寄壽希尹）劉希尹謫壽春（淮南）		○			○					○		
七絕	送潘伯振守漢中（石棱）		○		○								
七絕	送蘇別駕（去歲）		○		○								
七絕	海青圖（雲暗）		○		○								
七絕	敦子發水亭（曲徑）		○		○								
七絕	觀城歌（脾睨）		○										
七絕	雜興（㴑溝）		○										
七絕	綠珠怨（主家）		○		○								
七絕	迎鑾曲五首和劉希尹之作（綠柳）		○	○									

詩體	詩歌	明音類選	古今詩刪	國雅	明詩正聲（盧）	皇明詩統	明詩正聲（穆）	明詩選（華）	明詩選最	國朝名公	石倉	皇明詩選（陳）	明詩歸
七絕	迎鑾曲五首和劉希尹之作（菁龍）			○									
七絕	啻池（智家）			○		○				○	○		
七絕	寄姜廷輔（玉昇殿）					○							
七絕	內弟文甫至清河一見而別題絹贈之（逆旅相）					○					○		
七絕	迎鑾曲（楊子）												
七絕	贈北山周子（華髮）						○						
七絕	東阜幸子將赴潛山以棋几留贈（荒涼）						○						
七絕	送顧待御出守馬湖（露冕）						○				○		
七絕	峴山（大樹）							○	○				
七絕	凱歌（帳前）							○	○				
七絕	贈阮翁（躍馬）							○	○				
七絕	柳塘雜興（溪烟）												
七絕	秋日過西內圍殿（謝溝東）										○	○	
七絕	次白洲韻贈黃敎授（賈生）										○		
七絕	次韻題菊贈俞國聲歸無錫（遠携樽酒）										○		
七絕	次讚梧山中丞啻別東塘待史（宋臺深館）										○		
七絕	次讚梧山中丞啻別東塘待史（諫草書）										○		

詩體	詩歌	明音類選	古今詩刪	國雅	明詩正聲（盧）	皇明詩統	明詩正聲（穆）	明詩選（華）	明詩選最	國朝名公	石倉	皇明詩選（陳）	明詩歸
七絕	次韻梧山中丞寄別東塘侍史（羽蓋飄颻）										○		
七絕	重贈吳國賓（漢江明月）										○		
七絕	寄閻衛之同府（客來君寄）										○		
七絕	夜宿大常官舍懷佐（只尺東曹）										○		
七絕	瑞卿留別次韻以答（揚舲無奈）										○		
七絕	張元亮（知君元在）										○		
七絕	送毛東塘侍御北還後懷寄（汴上相）										○		
七絕	衛輝阻雨奉別幸菴彭大保（宦情）										○		
七絕	送雷州趙太守（蘇公）										○		
七絕	送雷州趙太守（詩人）										○		
七絕	送雷州趙太守（我在）										○		
七絕	昌平縣（層阿）										○		
七絕	泰山回馬嶺（回馬嶺前）										○		
七絕	鹿門山（龐公舊隱）										○		
七絕	棟塘歌（棟塘老人）										○		
七絕	避喧（興在桃源）										○		
七絕	竹店舖候高生不至（行盡荒山）										○		
七絕	草場（牧馬場）											○	

十三、顧　璘

詩體	詩歌	明音類選	古今詩刪	國雅	明詩正聲（盧）	皇明詩統	明詩正聲（穆）	明詩選（華）	明詩選最	國朝名公	石倉	皇明詩選（陳）	明詩歸	備註
		7	1	11	15	24	3	8	8	7	210	2	6	
五古	擬古（烈風）	○				○								
五古	客居雜言（睍睍）			○										
五古	東鄭生（圖史）			○						○	○			國朝名公歸入五律
五古	瞻黃秀才省曾見訪（養疴伏園廬）			○			○			○	○			
五古	擬古（涉江）			○										
五古	漢言送延平朱使君（曉出）			○										
五古	新營田園題賦（陶公）				○									
五古	新營田園題賦（散步）				○									
五古	客居雜言（客思）							○	○					
五古	碧溪（落落高梧陰）										○		○	
五古	擬古（四方）										○			
五古	擬古（日月）										○			
五古	擬古（高樓）										○			
五古	擬古（河洲）										○			

詩體	詩歌	明音類選	古今詩刪	國雅	明詩正聲(盧)	皇明詩統	明詩正聲(穆)	明詩選(華)	明詩選最	國朝名公	石倉	皇明詩選(陳)	明詩歸
五古	贈別劉元瑞都下諸君子（帝城）										○		
五古	贈別劉元瑞都下諸君子（桔矢）										○		
五古	贈別劉元瑞都下諸君子（置酒）										○		
五古	梧竹野集得蜩字（朱明）										○		
五古	試院獨坐感懷（浹旬）										○		
五古	四皓（高士）										○		
五古	夏日觀畫障作（秋容）										○		
五古	知山堂雅集（嘉會）										○		
五古	知山堂雅集（晏坐）										○		
五古	行藥至溪南偶成（抱疴）										○		
五古	贈孫思和（東林）										○		
五古	燕臺夜贈人（寒宵）										○		
五古	湖上（舟聚）										○		
五古	春日奉寧邊庭期遊道院（思君）										○		
五古	遊道院一首尙前韻（青春）										○		
五古	贈牟隱老人（南山）										○		
五古	贈吳山人（昔遊）										○		
五古	不寐（虛堂）										○		

詩體	詩歌	明音類選	古今詩刪	國雅	明詩正聲（盧）	皇明詩統	明詩正聲（穆）	明詩選（華）	明詩選最	國朝名公	石倉	皇明詩選（陳）	明詩歸
五古	發縣東門道（縣職）												
五古	野薙（插竹）												
五古	贈別周別駕王司理入京（海風）										○		
五古	贈別周別駕王司理入京（青青）										○		
五古	贈別周別駕王司理入京（赤城）										○		
五古	贈別周別駕王司理入京（聖皇）										○		
五古	贈別周別駕王司理入京（霜風）										○		
五古	與王氏隴約履文氏壽承袁休承袁氏補之永之六賢上方山飯僧月（幽懷）										○		
五古	別攝泉（今晨）										○		
五古	寄朱升之（少小）										○		
五古	虎丘寺（遠遊）										○		
五古	遊淨慈寺因訪孫山人一元（晨遊）										○		
五古	靈隱寺（水泛）										○		
五古	岳王墳（崔巍）										○		
五古	桐廬江行寄汪僉憲一夔（曉發）										○		
五古	泊溪（繫舟）										○		
五古	弔宋刑史柳仲塗書院廢址（昔賢）										○		

詩體	詩歌	明音類選	古今詩刪	國雅	明詩正聲（盧）	皇明詩統	明詩正聲（穆）	明詩選（華）	明詩選最	國朝名公	石倉	皇明詩選（陳）	明詩歸
五古	答李川甫（南遷）										○		
五古	聞灌人元有柳子厚遺跡因策住尋歷大源塘入仙源洞不得其處而返（柳侯）										○		
五古	柳山諸詩－靜觀亭（獨遊）										○		
五古	柳山諸詩－詠歸亭（愛此）										○		○
五古	新營田園輞賦（刈麥思）												○
五古	懷陶曲效齊梁體（小時聞長）												
七古	張司徒徒所畫山國圖歌（滇南）	○											
七古	白苧詞（玉房蘭水）			○		○							
七古	答徐昌穀博士（前年）			○	○								
七古	送沐將軍兄弟歸滇（將軍）										○		
七古	（同海陽舒教諭）登湘山絕頂（因贈別）（兀坐）					○					○		
七古	送按察周仲鳴赴雲南（東風）										○		
七古	君莫悲歌慰許待郎庚子（玉顫）										○		
七古	贈周子庚大溪行邊（襄沙）										○		
七古	劍池歌送李司馬赴蘇州（千將）										○		
七古	松合歌贈威侍郎（金華）										○		
七古	異風行（季春）										○		

詩體	詩歌	明音類選	古今詩刪	國雅	明詩正聲(盧)	皇明詩統	明詩正聲(穆)	明詩選(華)	明詩選最	國朝名公	石倉	皇明詩選(陳)	明詩歸
七古	昭君寫真圖引(漢宮)										○		
七古	砥柱歌上陳留劉相公(黃河)										○		
七古	掛劍圖(延陵)										○		
七古	醉歌贈別劉希尹(江湖)										○		
七古	醉歌子魚住雪奚訪陳南頊(故人)										○		
七古	巳巳十二月十四日夜雷(雪霽)										○		
七古	寄高州太守陳洪載(寫鸞)										○		
七古	李少參宅林良花鳥圖(寫生)										○		
七古	送木將軍兄弟歸滇(樓船)										○		
七古	沈生來天台示董子繁露(沈君)										○		
七古	哭馬原忠(斯人)										○		
七古	題王元章梅花和韻(墨池)										○		
七古	題唐子畏山水圖(赤城)										○		
七古	賦煮茶圖(朱門)										○		
七古	秦翁(江南)										○		
七古	鄒平王畫竹為羅子文賦(寫竹)										○		
七古	送潘方伯歸衡水(桂酒)										○		
七古	賦夫容小畫送羅汝文赴鎮遠(錢塘)										○		

詩體	詩歌	明音類選	古今詩刪	國雅	明詩正聲（盧）	皇明詩統	明詩正聲（穆）	明詩選（華）	明詩選最	國朝名公	石倉	皇明詩選（陳）	明詩歸
七古	京師三月謝育張育光惠料絲綠橙（答從）												
七古	沈金吾東麓（鍾陵）										○		
七古	雲泉歌（蒼厓）										○		
七古	夜飲西麓道院得秋字（天壇）										○		
七古	湘江行寄孟侍卿（逐臣）										○		
七古	江上送馬錦衣按事迴（貞士）										○		
七古	江上送馬錦衣按事迴（雅歌）										○		
七古	江上感秋呈望之（昨日）										○		
七古	以奇石贈涇川公等報長歌輒答一首（湘西）										○		○
七古	挂劍圖（延陵公子有道者）			○									
五律	飯並惠寺（綠樹）			○									
五律	經鍾山（鹿飲）					○					○		
五律	會稽雜詠同周觀察作（勾踐）				○								
五律	暮汛秀江（桂嶺）				○								
五律	常山道中（沼遞）					○							
五律	金山寺（雲露）					○							
五律	秋興和金大仁甫（物候）										○		

詩體	詩　　歌	明音類選	古今詩刪	國雅	明詩正聲(盧)	皇明詩統	明詩正聲(穆)	明詩選(華)	明詩選最	國朝名公	石倉	皇明詩選(陳)	明詩歸
五律	金山寺(附艦)					○					○		
五律	常山道中(旅況)					○					○		
五律	宿曾閒東坡祠(下)(先生)							○	○		○		
五律	遊虎丘(華舫)									○			
五律	遊虎丘(故園)									○			
五律	山中晚興(野曠)										○		
五律	秋居雜詩(翠篠)										○		
五律	送高介夫入京(歲令)										○		
五律	送陳斷事(臣勸)										○		
五律	客潘侍御宗節(兵甲)										○		
五律	八月十三夜與文溥時範質甫城西泛舟達秦淮(落日)										○		
五律	吳都鑾東湖書屋(水滙蒼梧)										○		
五律	崔司成後渠精舍(泪泪)										○		
五律	喜鄭老至(鄭老)										○		
五律	九月八日飲振衣亭(落日)										○		
五律	經眺慳復聞聲(舉目)										○		
五律	振參戎園(東風)										○		

詩體	詩歌	明音類選	古今詩刪	國雅	明詩正聲（盧）	皇明詩統	明詩正聲（穆）	明詩選（華）	明詩選最	國朝名公	石倉	皇明詩選（陳）	明詩歸
五律	呂翁南庄（漁樵）												
五律	苕溪同劉西安元端話別至武林港別去（念子）										○		
五律	泊七陽溪（孤帆）										○		
五律	春日盤石江上（歷歷）										○		
五律	客懷羅八廷尉貞甫（萬里）										○		
五律	飲柳山上（把酒）										○		
五律	次孟侍御醉何舍人仲默見寄之作（京洛）										○		
五律	寄大梁賈道誠兼簡王左諸賢（秋至）										○		
五律	柬陳未卿（頗怪）										○		
五律	初聞望之量移汝上（逐客）										○		
五律	共泛東潭餞望之（高人）										○		
五律	中秋縣署值雨（此夕）										○		
五排	送費學士南試還朝（拜命）							○	○	○			
五排	送中丞赴延綏（土部）									○			
五排	觀王柱岩作（列炬）				○						○		
七律	庚辰元日（諸侯）	○									○		
七律	寄和趙尸（部）曹叔鳴西寺游矚（水香）	○				○					○	○	

詩體	詩　　歌	明音類選	古今詩刪	國雅	明詩正聲（盧）	皇明詩統	明詩正聲（穆）	明詩選（華）	明詩選最	國朝名公	石倉	皇明詩選（陳）	明詩歸
七律	病中憶魚南欽佩（空齋）	○				○		○	○		○		
七律	謝答景伯詩（移官）	○											
七律	寄許州七弟煉（千官）	○	○			○		○	○		○		
七律	（擬）宮怨（翠籬）			○					○				
七律	（擬）宮怨（漢皇）			○	○		○						
七律	送蘭繼之歸鸚鵡峰（四月）				○						○		
七律	遊雲峰寺（層峰）										○		
七律	上下諸峰閒作（紫蓋）				○								
七律	登清涼寺後西塞西山亭（晚上）				○			○					
七律	登清涼寺後西塞西山亭（劍化）				○								
七律	沛上懷古（漢祖）				○						○		
七律	松鳴草堂新成（茅廬）					○							
七律	屏山田舍（小溪）					○							
七律	寄張司馬戊寅九月六日詩（山城）					○							
七律	道上老馬（霜毛）					○							
七律	尋山（曲坂）					○							
七律	送時將軍平蜀寇（百戰）					○							
七律	雨後池亭閒坐（雨過）					○							

詩體	詩　　歌（詩）	明音類選	古今詩刪	國雅	明詩正聲（盧）	皇明詩統	明詩正聲（穆）	明詩選（華）	明詩選最	國朝名公	石倉	皇明詩選（陳）	明詩歸
七律	浮湘（獨吟）（戎馬）					○							
七律	侯城里（萬壑）					○							
七律	侯城里（一箸）					○							
七律	贈別冀承忠（搖落）					○							
七律	雪後泛湖和周子賢（西郭）					○							
七律	臥病寄錢元抑（潘岳）										○		
七律	臥病京中諸相知（蒼流）									○			
七律	送徐僉憲章飭兵河南（橛宇）										○		
七律	清公山房（斜日）										○		
七律	元夕和湯將軍（皇州）										○		
七律	述謝陳亮之邦伯廣平被召（匹馬）										○		
七律	喬奉常席上次讓別諸君子（別館）										○		
七律	得郭侍御會齋書（多冠高臥）										○		
七律	答同舍人仲默（嚴城）										○		
七律	送莊伯仁還彭城（千山）										○		
七律	和少傅陳留公夏日野庄臥病之作（茅齋）										○		
七律	早秋日宴宗伯喬公宅（南宮）										○		
七律	寄寶應范老（竹杖）										○		

詩體	詩　歌	明音類選	古今詩刪	國雅	明詩正聲（盧）	皇明詩統	明詩正聲（穆）	明詩選（華）	明詩選最	國朝名公	石倉	皇明詩選（陳）	明詩歸
七律	出京和段伊陽文濟（白日）										○		
七律	見道上老馬（霜毛）										○		
七律	送徐容州用中（送君）										○		
七律	鮑大守新堂（鮑叔）										○		
七律	入康谷（巖巒）										○		
七律	宿康谷曉歸（山寺）										○		
七律	春日遊永慶寺（城郭）										○		
七律	正日雪（除夜）										○		
七律	贈別舒廣文還湘南寄故人（湘南）										○		
七律	補容張司馬成寅九月六日詩（山城）										○		
七律	春日與客宿金山（江上）										○		
七律	春日與客宿金山（靈峰）										○		
七律	答周觀察陶泊焦山（江心）										○		
七律	天津喜雨（靈雨）										○		
七律	瞻李一之郡圃（將軍）										○		
七律	重過嚴陵釣臺（千年）										○		
七律	同添明府遊南明山石佛寺（肯郭）										○		

詩體	詩歌	明音類選	古今詩刪	國雅	明詩正聲（盧）	皇明詩統	明詩正聲（穆）	明詩選（華）	明詩選最	國朝名公	石倉	皇明詩選（陳）	明詩歸
七律	入雁山（落日）										○		
七律	入雁山（春歸）										○		
七律	靈巖寺（側壁）										○		
七律	石梁寺（陰洞）										○		
七律	龍湫（龍湫）										○		
七律	宋陵（玉輦）										○		
七律	登臥龍山閣（飛閣）										○		
七律	岳墳（玉穄將竭）										○		
七律	約遊天台不果緬周觀察已遂高騫用寄（不到）										○		
七律	贈大司徒秦公入朝（寰宇）										○		
七律	正目闕闕（斗柄）										○		
七律	十三夜武燈和南原（畫障）										○		
七律	徐君教宅與諸君懸燈賞梨花（銀燭）										○		
七律	壽趙雪巖（大隱）										○		
七律	和文溥遷居（大隱）										○		
七律	送林貞夫還閩（北闕）										○		
七律	送祝時泰守思南（朱轓南）										○		

詩體	詩歌	明音類選	古今詩刪	國雅	明詩正聲（盧）	皇明詩統	明詩正聲（穆）	明詩選（華）	明詩選最	國朝名公	石倉	皇明詩選（陳）	明詩歸
七律	十一月五日同子魚風雨舟住治平寺訪履約履吉（伍胥）										○		
七律	宜國謁束坡祠（學士）										○		
七律	寄陳宗禹中丞（暫下）										○		
七律	對雪（千峰）										○		
七律	贈張秋匡慶卿（柴門）										○		
七律	與陳石亭等後遊牛首山（隆冬）										○		
七律	和望之中丞春日對雪（春風）										○		
七律	吳大宰新堂初成有鵲來巢（相國）										○		
七律	和許隱君留別（丹山）										○		
七律	自龍江發舟至京口江水如鏡呈陳大魯甫（海門）										○		
七律	答孟望之侍御時謫桂林郡博（燕臺）										○		
七律	再答孟侍御期予入桂林之作（春風）										○		
七律	除夕喜金曼甫至（天涯）										○		
七律	春日寄徐伯川兼簡孟侍御（尋花）										○		
七律	遊龍巖（龍飛）										○		
七律	首夏江上（不見）										○		
七律	磐石崖下泛舟（磐石）										○		

詩體	詩歌	明音類選	古今詩刪	國雅	明詩正聲（盧）	皇明詩統	明詩正聲（穆）	明詩選（華）	明詩選最	國朝名公	石倉	皇明詩選（陳）	明詩歸
七律	九日登柳山（佳節）										○		
七律	華山舜祠（隱隱）										○		
七律	酬王欽佩見懷之作（長憶）										○		
七律	酬陳魯南見客青溪春月之作（青溪）										○		
七律	八月一日舟下灘江（坣聞）										○		
七律	試院呈同事陶判府（歸心）										○		
七律	擬宮怨（漢皇）											○	
五絕	夜（平江）				○			○	○				
五絕	湘山雜詩－卓錫泉（老禪）										○		
五絕	湘山雜詩－玉虹泉（一條）										○		
五絕	湘山雜詩－法華泉（寂寂）										○		
五絕	湘山雜詩－玄通洞（下窺）										○		
五絕	春日郊行（條風）										○		
五絕	寄楊大康（明月）										○		
五絕	送客歸吳（草際）										○		
五絕	與陳魯南（浮雲）										○		
五絕	幽人（竹靜）										○		

詩體	詩歌	明音類選	古今詩刪	國雅	明詩正聲（盧）	皇明詩統	明詩正聲（穆）	明詩選（華）	明詩選最	國朝名公	石倉	皇明詩選（陳）	明詩歸
五絕	贈嚴別駕（春到）										○		
五絕	書畫（不江）										○		
七絕	偶題（雲連）				○								
七絕	再過仲木舍對菊（舊摘）										○		
七絕	白荊溪同道住錫山（荊溪）										○		
七絕	贈夏敦夫守惠州（飲探）										○		
七絕	送徐來秀才（日杉）										○		
七絕	送楊進卿入吳（茅堂）										○		
七絕	美人幛子（晚多）										○		
七絕	春燕（綠樹）										○		
七絕	承末臣策辰汝金顧世安自松江送菊至東省謝以短詩（離披）										○		
七絕	採樵行效竹枝體（利斧椎山）												○
七絕	採樵行效竹枝體（阿母朝飢）												○

十四、何景明

詩體	詩　歌	皇明風雅	皇明詩抄	明音類選	古今詩刪	國雅	明詩正聲（盧）	皇明詩統	明詩正聲（穆）	明詩選（華）	明詩選最	國朝名公	石倉	皇明詩選（陳）	明詩歸	備註
		21	29	104	59	44	93	67（65）	74	28	28	25	271	150	7	
四古	獨漉篇（獨漉獨漉）				○									○		古今詩刪、陳‧皇明詩選歸入（古）樂府
四古	短歌行（冉冉秋）													○		陳‧皇明詩選歸入古樂府
四五雜言	秋風調也（秋風二章章四句）（秋風厲厲）			○												明音類選歸風雅為古體
四五雜言	送崔子（同賈）				○											古今詩刪歸入樂府
四五雜言	送張仲修（我視）				○											古今詩刪歸入樂府
五古	擬古（宛懋）	○		○				○								

詩體	詩歌	明詩歸	皇明詩選（陳）	石倉	國朝名公	明詩選最	明詩選（華）	明詩正聲（穆）	皇明詩統	明詩正聲（盧）	國雅	古今詩刪	明音類選	皇明詩抄	皇明風雅
五古	擬古（圓如）			○		○	○		○				○		○
五古	十三夜對月（閒居）			○											○
五古	蠶曲（踰溝）	○		○		○	○	○	○		○		○	○	
五古	蠶曲（蘭橙）												○	○	
五古	雜詩（馳暉）		○										○		
五古	贈（孟）望之（遙遙）			○					○				○		
五古	贈（孟）望之（驅車）			○					○				○		
五古	擬古（名都）								○				○		
五古	立春（藹藹）								○				○		
五古	叢臺（邯鄲）												○		
五古	蠶曲（翩翩）							○	○				○		
五古	蠶曲（高臺）（堂）			○		○	○		○				○		
五古	贈望之（翛翛）												○		
五古	贈望之（良時）												○		
五古	七夕劉子緯（宅）次君陶韻（良時）			○					○				○		
五古	飲酒（平生）								○				○		
五古	集吳子寺館（首夏）			○					○				○		
五古	贈君采（蕭散）												○		

詩體	詩歌	皇明風雅	皇明詩抄	明音類選	古今詩刪	國雅	明詩正聲（盧）	皇明詩統	明詩正聲（穆）	明詩選（華）	明詩選最	國朝名公	石倉	皇明詩選（陳）	明詩歸
五古	詠懷（寂寂）			○				○						○	
五古	贈李獻吉（東風）			○				○	○				○		
五古	送劉侍御（臺臣）				○										
五古	送崔氏（飄飄山上）				○		○		○					○	
五古	送崔氏（驥昔）				○		○		○						
五古	自武陵至阮陵道中雜詩（山深）					○	○								
五古	贈王文熙（行子）					○								○	
五古	自武陵至沅陵道中（雜詩）（驅馬）						○							○	
五古	自武陵至沅陵道中詩（大墅）						○						○		
五古	贈李獻吉（烈女）						○		○				○		
五古	武陵（武陵）						○								
五古	許下（伊昔）						○								
五古	還至別業（依依）						○								
五古	雜詩（西陸）						○								
五古	悼住（行雲）						○								
五古	贈孟望之（昔子）						○								
五古	贈李獻吉（西方）						○						○		
五古	遊曾山城南舍（綺彼）						○								

詩體	詩歌	皇明風雅	皇明詩抄	明音類選	古今詩刪	國雅	明詩正聲（盧）	皇明詩統	明詩正聲（穆）	明詩選（華）	明詩選最	國朝名公	石倉	皇明詩選（陳）	明詩歸
五古	詠懷（北陸）						○								
五古	詠懷（飛鴻）						○								
五古	詠懷（白玉）						○								
五古	贈梁崇烈（飄風）								○					○	
五古	仲春雨霽出遊郊麓覽物敘懷興言自歌（旬除）								○				○		
五古	仲春雨霽出遊郊麓覽物敘懷興言自歌（崔嵬）								○				○		
五古	仲春雨霽出遊郊麓覽物敘懷興言自歌（軒目）								○				○		
五古	遊西山（鬱鬱）								○						
五古	遊魯山城南舍（溪竹）								○						
五古	揮功甫悼亡（芙蓉）									○	○				
五古	擬古（繁稻）										○		○		
五古	雙燕篇（雙燕向）												○		
五古	瑤瑟怨（美人竹間）												○	○	陳・皇選入古樂府
五古	七夕（逝節）												○	○	
五古	十四夜同清溪子對月（林塘）												○	○	

詩體	詩歌	皇明風雅	皇明詩抄	明音類選	古今詩刪	國雅	明詩正聲（盧）	皇明詩統	明詩正聲（穆）	明詩選（華）	明詩選最	國朝名公	石倉	皇明詩選（陳）	明詩歸
五古	十六夜月（日夕）												○	○	
五古	鼉曲（日出）												○	○	
五古	鼉曲（明姿稱二八）												○		○
五古	自武陵至沅陵道中（雜詩）（山勢行轉促）												○		
五古	花崖梧桐（桐生何）												○		
五古	晉定（鼓決椎）												○		
五古	涿鹿道中（高城鬱）												○		
五古	渡河（夙征筆）												○		
五古	還至別業（雞鳴高樹）												○		
五古	還至別業（詰晨親友）												○		
五古	十五夜高鑽溪同沈清溪趙書舟馬百愚過救居對月（端居撫）												○		
五古	贈望之（開居知）												○		
五古	除夜（朝日照）												○		
五古	擬古（明日照）												○		
五古	擬古（淒淒仲）												○		
五古	擬古（清晨林）												○		
五古	擬古（歲暮寒）												○		

詩體	詩　歌	皇明風雅	皇明詩抄	明音類選	古今詩刪	國雅	明詩正聲（盧）	皇明詩統	明詩正聲（穆）	明詩選（華）	明詩選最	國朝名公	石倉	皇明詩選（陳）	明詩歸	
五古	遊西山（晨登山上樓）												○			
五古	遊西山（勝地不可）												○			
五古	水營墅冶田園種樹（樵隱安於）												○			
五古	贈別孟望之（束髮）												○			
五古	元日言志（北村建）												○			
五古	仲春雨霽出遊郊麓覽物懷興言自歌（幽人）												○			
五古	中秋十七夜留宿康德涵（飄風會）												○			
五古	贈田子（蓬途窨）												○			
五古	贈田子（蒼蒼冬冬）												○			
五古	贈君禾效何遜作（霽空隰）												○			
五古	遊洪法寺搭園土山（搭園鬱森）												○			
五古	冬夜（青火合）												○			
五古	簡君禾（夕會）												○			
五古	夏夜辭子宅（飄風激）												○			
五古	麦子嶺至三岔（出嶺上）												○			
五古	塘上行（清生）													○		陳‧皇明詩選入古樂府

詩體	詩歌	皇明風雅	皇明詩抄	明音類選	古今詩刪	國雅	明詩正聲（盧）	皇明詩統	明詩正聲（穆）	明詩選（華）	明詩選最	國朝名公	石倉	皇明詩選（陳）	明詩歸	
五古	種瓠詞（種瓠頭園）													○		陳・皇詩選入古樂府
五古	種薤篇（種薤冀滿丘）													○		陳・皇詩選入古樂府
五古	李戶部夢陽（李子振大雅）													○		
五古	王檢討九思（王君青雲）													○		
五古	搗衣（涼飆）													○		
五古	渡白溝（春行）													○		
五古	迎霜降（烈風揚）													○		
五古	十七夜月（更深）													○		
五古	望郭西諸峰有懷昔隱兼發鄙志（游龍）													○		
五古	觀春雪（騰空）													○		
五古	詠衣（妻妻）													○		
五古	古怨詩（隕葉）													○		
五古	十二朔日大駕觀牲（玄雲）							○								
七古	孤鴈篇（孤鴈北來）	○		○				○					○			
七古	採蓮曲（岸上）	○		○												

詩體	詩歌	皇明風雅	皇明詩抄	明音類選	古今詩刪	國雅	明詩正聲（盧）	皇明詩統	明詩正聲（穆）	明詩選（華）	明詩選最	國朝名公	石倉	皇明詩選（陳）	明詩歸
七古	採蓮曲（念歌）	○													
七古	苦熱行（火雲）	○		○				○							
七古	囊蟲詞（桑葉）	○		○											
七古	行路難（牀有）	○		○	○										○
七古	明月篇（并序）（長安月）		○	○			○			○	○			○	
七古	玄明宮行（君不見玄明宮中）		○	○	○		○	○		○	○			○	
七古	吳章飛泉（畫）（圖）（歌）（長安）		○		○		○						○		
七古	梁甫見泰山高（君不見泰山高）														
七古	崔生行（並序）（崔生自反金陵）		○	○								○			
七古	點兵行（先皇）		○	○				○							
七古	昔遊篇（三星）		○	○				○							
七古	胡生行（近時逢人）		○	○											
七古	石齋歌（灌錦江中）		○	○											
七古	寶劍篇並序（我有雙龍之寶劍）		○	○											
七古	巫山高（巫山）							○							
七古	聽琴篇（美人）							○					○	○	
七古	寶劍篇（戴伸）														
七古	短歌贈賈西谷（城西）			○											

詩體	詩　歌	皇明風雅	皇明詩抄	明音類選	古今詩刪	國雅	明詩正聲（盧）	皇明詩統	明詩正聲（穆）	明詩選（華）	明詩選最	國朝名公	石倉	皇明詩選（陳）	明詩歸
七古	寄李空同（黃河）			○		○	○	○						○	
七古	樂陵令行（山東）			○			○	○					○		
七古	少谷子行（少谷）			○											
七古	同崔子送劉以正還關中（燕川）												○	○	
七古	醉歌贈徐子谷使湖南便道歸省兼訊李獻吉（徐卿）			○											
七古	周義賓朝天歌（周君）			○									○	○	
七古	三清山人歌（山人）			○											
七古	田子行（投持彤管雙鳳）				○										
七古	畫魚（大魚昂藏）				○										
七古	金陵歌送李先生（李公鳥勇）				○										
七古	子昂畫馬圖（學士宋王孫）													○	
七古	落葉哀蟬曲（寂寥兮）					○									
七古	明妃引（明妃絕色）					○						○			
七古	易水行（寒風）					○	○		○			○			
七古	垓下行（咸陽）					○	○		○						
七古	漢將篇（漢家）					○	○		○					○	
七古	柳絮歌（長安）					○							○		

詩體	詩歌	明詩歸	皇明詩選（陳）	石倉	國朝名公	明詩選最	明詩選（華）	明詩正聲（穆）	皇明詩統	明詩正聲（盧）	國雅	古今詩刪	明音類選	皇明詩抄	皇明風雅
七古	歲晏行（舊歲）							○		○	○				
七古	盤江行（四山）									○	○				
七古	俠客篇（行）（朝入）			○						○	○				
七古	邯鄲行（邯鄲道上）							○		○					
七古	田子行（君不見黃河西）			○	○					○					
七古	大梁行（朝登）		○							○					
七古	歸來篇（君不見陶公）		○		○					○					
七古	車遙遙（寒鑱）									○					
七古	相思行寄中州和大齡（與君）									○					
七古	乞巧（歌）行（鵲橋）		○	○	○			○							
七古	古井篇（君不見城邊）	○	○	○				○							
七古	流螢篇（廣諧）							○							
七古	入京篇（軒車）							○							
七古	觀銅雀硯歌（君不見）							○							
七古	畫馬行（畫馬）														
七古	復見皂阮生行（阮生別我）				○										
七古	赤壁圖（周卯）				○										
七古	劉武選百鳥圖（鳴呼鳳凰）				○										

詩體	詩歌	皇明風雅	皇明詩抄	明音類選	古今詩刪	國雅	明詩正聲（盧）	皇明詩統	明詩正聲（穆）	明詩選（華）	明詩選最	國朝名公	石倉	皇明詩選（陳）	明詩歸
七古	隴右行送徐少參（隴右地長安）												○	○	
七古	桃源圖歌（昔我遊武陵）												○	○	
七古	胡人獵圖歌（邊沙遊蕭蕭）												○	○	
七古	古松行（岳州地）												○		
七古	黃陵廟（黃陵峽）												○		
七古	雪中宴揮使崔武宅（四郊飛雪）												○		
七古	古峰畫梅歌（空江月）												○		
七古	大梁吟送李進士（大梁壇豪）												○		
七古	憶昔行（憶昔長安）												○		
七古	九川行（君不見自從）												○		
七古	送葉生還閩中鯨鄭繼之（葉生行）												○		
七古	晚過田水南有贈（田郎閑）												○		
七古	延津歌送韓令（延津冠過）												○		
七古	裕州行（今年春夏）												○		
七古	相逢行贈孫從一（長安風吹）												○		
七古	彭中丞四民圖歌（漁舟）												○		
七古	畫鶴篇（昔聞少）												○		
七古	赤壁圖歌（老蹣）												○		

詩體	詩歌	皇明風雅	皇明詩抄	明音類選	古今詩刪	國雅	明詩正聲(盧)	皇明詩統	明詩正聲(穆)	明詩選(華)	明詩選最	國朝名公	石倉	皇明詩選(陳)	明詩歸	
七古	畫山水(蜀溪搞)												○			
七古	遊巘篇(周王八)												○			
七古	大白山歌(我聞大白)												○			
七古	秋江詞(煙渺渺)													○		陳·皇明詩選入古樂府
七古	莫羅燕(羅雀莫羅燕)													○		陳·皇明詩選入古樂府
七古	津市打魚歌(大船峨峨)							○						○		
七古	五馬行(使君五馬)							○						○		
七古	懷舊吟贈阮世隆(君家高樓)							○								
五律	清明(碧草)	○						○								
五律	春雪諸內翰見過(正月)	○														
五律	聞鴈(見汝)	○														
五律	鸞人(地轉)	○								○	○					
五律	寄彭幸菴先生(山海)									○	○					
五律	昭烈祠(廟)(漂泊)			○		○	○						○	○		
五律	鑑公房石鐙(大杞)(石碗)		○	○	○	○	○									

詩體	詩歌	皇明風雅	皇明詩抄	明音類選	古今詩刪	國雅	明詩正聲（盧）	皇明詩統	明詩正聲（穆）	明詩選（華）	明詩選最	國朝名公	石倉	皇明詩選（陳）	明詩歸
五律	大祀（金榜）		○	○	○		○								
五律	（答）張（仲脩）侍御送弓（繡服）		○	○		○									
五律	贈時完（象郡）		○	○											
五律	玉泉（行遊）		○	○	○									○	
五律	平溪（徒倚）			○											
五律	江門（小店）			○		○									
五律	立秋寄巘吉（山城）			○											
五律	清溪草堂（隱者）			○							○				
五律	夜（地遠）			○											
五律	月（片月）			○											
五律	除架（苦葉）			○											
五律	洪法寺別錦夫邃伯（古寺）			○								○	○	○	
五律	十四夜（水際）			○						○	○				
五律	登堅山寺（西峰）			○		○							○		
五律	雨後次孟望之（斷雨）			○								○	○	○	
五律	為王子情亡（玉鼻）			○										○	
五律	送孫世其舉人歸華谷（爾去）			○										○	
五律	登釣臺（歲暮）			○					○						

詩體	詩歌	皇明風雅	皇明詩抄	明音類選	古今詩刪	國雅	明詩正聲（盧）	皇明詩統	明詩正聲（穆）	明詩選（華）	明詩選最	國朝名公	石倉	皇明詩選（陳）	明詩歸
五律	登釣臺（出郭）			○											
五律	登釣臺（古人）			○											
五律	登紫極閣（層閣）			○							○			○	
五律	駕幸南海子（鐃吹）			○										○	
五律	元夜寺中集（火樹）			○									○		
五律	中秋（夜）集呂給事宅（銀漢）			○				○						○	
五律	送楊太常（歸省）（聞道、聞說西南）			○	○					○	○				
五律	過顯靈宮（不到）						○								
五律	送段子還蒲州中作（段子）			○	○	○	○							○	
五律	寄（王康呂）三子（詩）（鄠杜（社））			○			○			○	○				
五律	鏡光閣（敞閣）									○	○				
五律	十四夜李川甫宅（燭院）				○										
五律	說經臺（西海）														
五律	登五丈原謁武侯廟（風日）（偶）冬駐（故址）			○		○									○
五律	過華青宮（故址）			○											
五律	九日同陳中閣鳳容登宴（柏臺）								○	○			○		
五律	西郊秋興（嚴風）						○								
五律	送彭總制（之）（赴）西川（蜀道）				○		○	○							

詩體	詩歌	皇明風雅	皇明詩抄	明音類選	古今詩刪	國雅	明詩正聲（盧）	皇明詩統	明詩正聲（穆）	明詩選（華）	明詩選最	國朝名公	石倉	皇明詩選（陳）	明詩歸	
五律	懷李獻吉（冠劍）				○		○									
五律	雨後次孟望之（萬里）				○		○									
五律	寄張伯純提學（舊屬）				○		○							○		
五律	盜起（盜起）				○		○									
五律	送李體仁按雲南（漢使）				○		○									
五律	送郭州部守鄭波（漢庭）				○		○							○		
五律	寺中齋居簡崔內翰張侍御（經雪）				○		○									
五律	殿試宿體部和馬張二光祿喬直閣諸公（東殿）				○											
五律	皇陵（陵閣）				○		○							○		
五律	登塔（古塔）				○		○									
五律	關門（虎衛）				○		○							○		
五律	寄題丹陽孫氏七峰山房（聞爾）				○		○									皇明詩選作五排
五律	寄王職方（北堂依）				○		○									
五律	送羅秀才歸省（汝念）				○		○									
五律	十四夜（對月）集（陶）良伯（宅）（陶令堂）				○								○			

詩體	詩歌	皇明風雅	皇明詩抄	明音類選	古今詩刪	國雅	明詩正聲（盧）	皇明詩統	明詩正聲（穆）	明詩選（華）	明詩選最	國朝名公	石倉	皇明詩選（陳）	明詩歸
五律	贈王孳人（王子萬人英）				○										
五律	駕出（九重玄武）				○									○	
五律	題蘇子瞻遊赤壁圖（垂老黃州）				○										
五律	送汪器之司成還南京（帝宅龍）				○										
五律	寄中丞彭總制（湖海藏）				○										
五律	望終南（近覽終南）				○										
五律	送賈郡博（南）赴階州（十載一儒）				○								○	○	
五律	夜歸昌化寺（日洛歸）					○									
五律	瞻權僧過昌化寺見山次韻（同爾）					○						○			
五律	送（寄）空同子卜居襄陽（爾定襄）					○						○	○	○	
五律	送曹瑞卿謫尋甸（逐客）					○								○	
五律	慈恩寺（海子橋）					○								○	
五律	柴關（連峰）					○									
五律	奉和嚴太史中謁秦陵（敬皇）					○									
五律	送以道次吞卿讀（妆到）					○									
五律	沉水驛（長劍向）					○									
五律	病馬（老向）					○									
五律	晚歸白溪上（秋到）					○							○		

詩體	詩歌	皇明風雅	皇明詩抄	明音類選	古今詩刪	國雅	明詩正聲（盧）	皇明詩統	明詩正聲（穆）	明詩選（華）	明詩選最	國朝名公	石倉	皇明詩選（陳）	明詩歸
五律	得錢水部書（故人）						○								
五律	九日同馬君卿任洪器登高（歲歲）						○						○		
五律	宿胡山人家（騎馬）						○								
五律	西郊秋興（蕭條）						○								
五律	病馬（從來）						○								
五律	至日寄（孟）望之汶上（至日）						○	○					○		
五律	送呂子（京洛）						○						○		
五律	送王生還嵩州（盟）秉釰趨叔（此向）						○								
五律	秋夜（暝衲）						○								
五律	秋雨（斷續）						○								
五律	諸將（萬方）						○								
五律	普緣寺有馬融讀書洞（春山）						○						○		
五律	得（王）子衡贛輸書（萬里）							○	○				○		
五律	送楊太常歸省（錦里）							○							
五律	訪子谷時子谷自荊州迴（下馬逢）							○					○	○	
五律	送熊（御史）尚卿謝病還江西（晨車發）								○				○		
五律	沅州道中（歲月）								○				○		

詩體	詩歌	皇明風雅	皇明詩抄	明音類選	古今詩刪	國雅	明詩正聲（盧）	皇明詩統	明詩正聲（穆）	明詩選（華）	明詩選最	國朝名公	石倉	皇明詩選（陳）	明詩歸
五律	馬道驛（雷）雨復霽（萬壑）								○				○	○	
五律	三月七日同諸生出遊（清晨）								○				○		
五律	得五清先生消息尚客澶州悵然有感（昔遇）								○						
五律	詠天寧寺塔（七級）								○						
五律	漁樵（白石）								○						
五律	一舫齋（乾坤）								○			○	○		
五律	燕子（燕子）								○						
五律	病馬（惜爾）								○				○	○	
五律	春雁（花初）								○						
五律	淮陰侯（大將）								○						
五律	亮公房雨後（夕宿）											○			
五律	城東汎舟（水郭）											○			
五律	查城十五夜對月（中秋看）												○	○	
五律	送別劉朝信（萬里向）												○	○	
五律	登西巖寺（西林）												○	○	
五律	送楊子潛下第還廣東（憐君）												○	○	
五律	內直遇雪（晨裘）												○	○	

詩體	詩　　歌	皇明風雅	皇明詩抄	皇明音類選	古今詩刪	國雅	明詩正聲（盧）	皇明詩統	明詩正聲（穆）	明詩選（華）	明詩選最	國朝名公	石倉	皇明詩選（陳）	明詩歸
五律	咸陽原（千秋）												○	○	
五律	武闕（北轉趨）												○	○	
五律	辰溪縣（早發辰）												○		
五律	沉水驛（小驛孤城）												○		
五律	苔城十五夜對月（天上何）												○		
五律	渡淮（津口風）												○		
五律	中元夜月（片月東城上）												○		
五律	雨中和清溪（濛雨）												○		
五律	吾州（遼邈）												○		
五律	登釣臺（野闊）												○		
五律	再別清溪子（冬餡）												○		
五律	懷沈子（沈生南）												○		
五律	懷際世其（世路渺）												○		
五律	酬葛時秀（龍歸翻白）												○		
五律	遊賢隱寺次馬君卿讀（繫馬長松）												○		
五律	九日懷鐵溪（獨憶高）												○		
五律	送柴先生之霍丘訪朱調元（客裹黃）												○		
五律	訪賈西谷（儒宮入古）												○		

詩體	詩　　歌	皇明風雅	皇明詩抄	明音類選	古今詩刪	國雅	明詩正聲（盧）	皇明詩統	明詩正聲（穆）	明詩選（華）	明詩選最	國朝名公	石倉	皇明詩選（陳）	明詩歸
五律	雪（一雪今冬）												○		
五律	得五清先生消息尚客澧州悵然有懷（樵梓東都）												○		
五律	喜劉朝信過飲（西郭摟）												○		
五律	劉朝信讀書山寺（嗜靜山中）												○		
五律	西谷有澗勝子韋其韋得勝因話湖中之勝（君尚杭城）												○		
五律	送徐生赴試（爾到梁都）												○		
五律	和賈西谷暮春雨後之作（溪雨清明）												○		
五律	九日震雷山懷望之（九日東山）												○		
五律	春來（春來稀）												○		
五律	寒食（沙岸）												○		
五律	同趙先生宿山家（同宿京華）												○		
五律	出寺過胡山人家（細雨清）												○		
五律	飲邦重山莊夜歸（暖日暄）												○		
五律	賢隱寺次劉朝信（翠壁青）												○		
五律	王生館夜坐（獨坐王生）												○		
五律	近寺（梵字）												○		

詩體	詩歌	皇明風雅	皇明詩抄	明音類選	古今詩刪	國雅	明詩正聲（盧）	皇明詩統	明詩正聲（穆）	明詩選（華）	明詩選最	國朝名公	石倉	皇明詩選（陳）	明詩歸
五律	獨立（鼓絕孤）												○		
五律	梅（野水無人）												○		
五律	曉起見雪（曙色空）												○		
五律	廢屋（廢屋空山）												○		
五律	餞子谷（客舍西垴）												○		
五律	送鄒子之浙中訪泚張子（此去尋張子）												○		
五律	送韓仲子並訊其弟季子（令弟）														
五律	送楊驛丞（聞說丹）												○		
五律	送顧華玉謫全州（白日春）												○		
五律	送曹遙卿還攷聲（三年觀）												○		
五律	送欽師歸西山（近向雲間）												○		
五律	送侯汝立之東昌（東郡垴）												○		
五律	贈劉東之憲副（浮生能）												○		
五律	贈祖邦（白下通織）												○		
五律	秋夕懷曹毅之（百卉）												○		
五律	寄任司訓（不見任）												○		
五律	寄徐大守（塞鴈去）												○		
五律	寄家書（一返滇）												○		

詩體	詩　歌	皇明風雅	皇明詩抄	明音類選	古今詩刪	國雅	明詩正聲(盧)	皇明詩統	明詩正聲(穆)	明詩選(華)	明詩選最	國朝名公	石倉	皇明詩選(陳)	明詩歸
五律	酬郭內翰上陵還滻詩(帝遣朝陵)												○		
五律	九日顯靈宮宴集(九日無風)												○		
五律	遊郭氏山亭(舊日追遊)												○		
五律	九日登慈恩寺閣(不到慈恩)												○		
五律	宿淇公方丈(洛日罷)												○		
五律	出閣過勤甫省中(梧垣通)												○		
五律	再遊郭氏園亭(仲夏一到)												○		
五律	夜集勤甫宅時秉衡至(同鄉)												○		
五律	人日齋居過王德徵(齋居春晝)												○		
五律	夜過劉以道兄弟(風檠懸)												○		
五律	清明日同諸友遊城南寺(風畫人)												○		
五律	懷麓堂集將遊東園以風雨遂止(仲夏陰)												○		
五律	同川甫寺中避暑(偶到清)												○		
五律	夜集錦夫同本貞限韻(萬里同鄉)												○		
五律	新鄭道中(客路)														
五律	銅雀臺(美人望陵)					○							○		
五律	壽蘭廷瑞太守(五馬歸)												○		
五律	海嶽陳翁輓章(白雲送)												○		

詩體	詩歌	皇明風雅	皇明詩抄	明音類選	古今詩刪	國雅	明詩正聲（盧）	皇明詩統	明詩正聲（穆）	明詩選（華）	明詩選最	國朝名公	石倉	皇明詩選（陳）	明詩歸
五律	三月三日（病眼看天）												○		
五律	觀荷（入院高）												○		
五律	沙慶宅紅菊（紅菊開）												○		
五律	長安柳（三月長安）												○		
五律	芍藥（城中芍）												○		
五律	鷹（曬曬胡）														
五律	贈張時濟陳伯行胡承之周少安三月三日出城遊宴（芳筵開）												○		
五律	青峰閣曉霽（初日）												○		
五律	長春宮（夜宿仙人）												○		
五律	鹿苑寺（舊宅施爲）												○		
五律	兩河口（東下）												○		
五律	雨夜似清溪（院靜聞）													○	
五律	九日同馬君卿任宏器登高（向夕）													○	
五律	答阮行人（夫子風流）													○	
五律	九日同諸友登賢隱山（古寺來）													○	
五律	望京師寄王職方（北堂）													○	
五律	西郊秋興（舊家）													○	

詩體	詩　歌	皇明風雅	皇明詩抄	明音類選	古今詩刪	國雅	明詩正聲（盧）	皇明詩統	明詩正聲（穆）	明詩選（華）	明詩選最	國朝名公	石倉	皇明詩選（陳）	明詩歸
五律	長安月（萬里長安）													○	
五律	得五清先生消息向客潭州悵然有懷作詩（洞庭西去）													○	
五律	遊賢隱寺（寂寂西春）													○	
五律	送曾建昌取道湞瀘州（之官懷）													○	
五律	送沙河方令（野曠孤城）													○	
五律	送戴生歸麟縣（旅室）													○	
五律	送宗魯使安南（日月）													○	
五律	送呂補使（驍馬）													○	
五律	送胡別駕出關（天上）													○	
五律	贈董侍御（何處）													○	
五律	晚出左掖（洞門）													○	
五律	奉和嚴大史謁秦陵（世切）													○	
五律	奉和嚴大史謁秦陵（夜犖）													○	
五律	答潘郡乘郊壇見遺之作（羽衛）													○	
五律	得顧華玉全州書兼知望之消息（地北）													○	
五律	九日登仁壽寺後山（石閣）													○	
五律	十月望夜劉辟二子過對月（阮集）													○	

詩體	詩　　歌	皇明風雅	皇明詩抄	明音類選	古今詩刪	國雅	明詩正聲（盧）	皇明詩統	明詩正聲（穆）	明詩選（華）	明詩選最	國朝名公	石倉	皇明詩選（陳）	明詩歸
五律	同許補之劉子緯登定州塔（塔閣）													○	
五律	大功德寺（寶地）													○	
五律	望湖亭（獨上湖）													○	
五律	同敬夫遊至華陽合開歌妙曲（名邑）													○	
五律	登樓鳳縣作（近訊）													○	
五排	益門（益門通漢）													○	
五排	郊觀二十二韻（今代）			○					○					○	
五排	悄馬（詩）（乘爾）			○											
五排	寄徐梅士（有美）			○									○		
五排	寄邊太常（不薄）				○		○		○						
五排	渡涇渭（澄沅）				○		○								
五排	簡粹夫（二十知）												○		
五排	子衡任感懷二十韻（明書）												○		
五排	渡涇渭（北回亂）						○						○		
五排	中元節有感（去歲中元）													○	
五排	寄題丹陽孫氏七峰山房（聞爾）								○					○	
七律	寄黔國公（萬里）	○	○											○	
七律	奉寄泉山先生（北戰）	○													

詩體	詩歌	皇明風雅	皇明詩抄	明音類選	古今詩刪	國雅	明詩正聲（盧）	皇明詩統	明詩正聲（穆）	明詩選（華）	明詩選最	國朝名公	石倉	皇明詩選（陳）	明詩歸
七律	立春（楚客）	○													
七律	寄康子（十年）	○											○		
七律	秋日感懷（秋興）（高閣）	○		○											○
七律	秋日感懷（憶庄）	○		○											
七律	送戴進士時亮（戴生）		○	○											
七律	懷寄（寄懷）遜子（廷寶）（汝從元藏）		○	○	○		○	○						○	
七律	送張元德（侍御）巡畿內（漢京樓殿蓊蔚）				○		○	○						○	
七律	得獻吉江西書（近得）					○				○	○	○		○	
七律	（吹）聞笛（橫笛）			○		○						○	○	○	
七律	（送）賈學士往南都（金陵）			○	○			○							
七律	八日宗哲宅見菊（燕臺）			○											
七律	送南進（士）（赴武昌）（推官）（武昌府）（少年左部楚城）				○			○					○	○	
七律	西海子（寺下）			○										○	
七律	九日書答崔內翰（常言）							○					○	○	
七律	月夜宗哲宅贈龔甫江西提學（高城）					○		○		○	○				
七律	送蔣子雲（冬官）病還揚州（臥病）							○	○				○		
七律	送韓大之赴新郡（漢庭）			○				○	○						

詩體	詩歌	皇明風雅	皇明詩抄	明音類選	古今詩刪	國雅	明詩正聲（盧）	皇明詩統	明詩正聲（穆）	明詩選（華）	明詩選最	國朝名公	石倉	皇明詩選（陳）	明詩歸
七律	寄杭東卿商曾二憲使（舊遊俱足吳中俊）				○										
七律	送杭憲副兵備天津（天津）				○		○		○					○	
七律	送施勝之（待闕）（海甸）				○		○							○	
七律	送馬公順（兩年）														
七律	送王（待闕）（御史）德輝西巡（中朝）				○		○							○	
七律	無題（鼉陳）					○			○				○		
七律	郢中（荊門）					○							○		
七律	月潭寺（綠蘿）						○		○			○	○		
七律	岳陽（樓）（楚水）						○			○	○		○		
七律	普安（日下）														
七律	秋興（憶昔京華近侍）						○								
七律	秋興（蜀中形勝）						○								
七律	秋興（漢水東馳）						○								
七律	鱸魚（五月）														
七律	七夕（夜久）														
七律	秋興（秋日感懷）（秋來）								○	○	○		○	○	
七律	小齋初開崔郭田三君子至（本貫）								○	○	○			○	
七律	七夕（楚客）								○				○		

詩體	詩歌	明詩歸	皇明詩選(陳)	石倉	國朝名公	明詩選最	明詩選(華)	皇明詩統	明詩正聲(穆)	明詩正聲(盧)	國雅	古今詩刪	明音類選	皇明詩抄	皇明風雅
七律	和李宗易內翰立春日作（春日）			○					○						
七律	送鄒南濠歸吳（愁論）								○						
七律	登樓觀閣時王令叔明邀王敬夫段光康德涵張用昭四子同遊（雙閣）		○						○						
七律	華容書楚宮（別館）														
七律	十二日夜月（待月東）														
七律	客懷端藺堂（草堂風）														
七律	酬高新甫（連篇落）														
七律	瞻嚴生閒（嚴生閒）					○	○								
七律	安荘道中（州）（憶憶人家）		○	○	○										
七律	歸府（州）（暮雲）		○	○	○										
七律	晚過君禾次韻（朔雲）		○	○	○										
七律	天壇雷道士院（帝宮）		○	○	○										
七律	華州作東（簡）桑汝公（秋城）		○	○											
七律	武昌聞邊報（傅聞）			○											
七律	長安驛（暮雨蕭）			○											
七律	岳陽城中聞苗（何處）			○											
七律	秦人洞（聞說秦）			○											

詩體	詩歌	皇明風雅	皇明詩抄	明音類選	古今詩刪	國雅	明詩正聲（盧）	皇明詩統	明詩正聲（穆）	明詩選（華）	明詩選最	國朝名公	石倉	皇明詩選（陳）	明詩歸
七律	月潭寺（玲瓏金）												○		
七律	出新添城（出城凝）												○		
七律	檜中舍話黃（憶昨）												○		
七律	漢將祠（嵯峨）												○		
七律	白帝城（峽口）												○		
七律	還家口號（十年奔）												○		
七律	病後（病後頻）												○		
七律	人日懷孟堂之（人日登高）												○		
七律	九月二十六日同賈文劉舉人任貢士高藝府先生宅內賞菊（陶令）														
七律	生子（兩歲歸來）												○		
七律	次韻蔚莊國賓見訊（多病無）												○		
七律	答雷長史（辱誦清）												○		
七律	雨中留蔡黃二親（門巷泥）												○		
七律	葉四公子西園（邀客）												○		
七律	送趙司訓裒周還羅山（燕姬）												○		
七律	苦熱（燕京閏夏清）												○		
七律	雨夕集世其館（秋風）												○		

詩體	詩　歌	皇明風雅	皇明詩抄	明音類選	古今詩刪	國雅	明詩正聲（盧）	皇明詩統	明詩正聲（穆）	明詩選（華）	明詩選最	國朝名公	石倉	皇明詩選（陳）	明詩歸
七律	和張子純白髮（我見秋）												○		
七律	送張國賓進萬壽表還（名王表達）												○		
七律	送王秉衡謫嶺楡（嗟君萬）												○		
七律	兩湖書屋（書屋何年）												○		
七律	蘇考功宅宴集（九儔）												○		
七律	寄世恩愛日樓（東曹）												○		
七律	送陸舍人使吳下（柳拂）												○		
七律	石磯（石磯無牛）												○		
七律	過寺訪以行（今年春）												○		
七律	輞川（飛泉萬）												○	○	
七律	九日黔國後園（問隱風）													○	
七律	秋頭（前硤）													○	
七律	答雷長史（十載寒）													○	
七律	寄希哲望之二兄（東風）													○	
七律	袁沖肅先生同催舉過訪（風起高）													○	
七律	省中贈勤甫（春城）													○	
七律	送趙元澤之嵩明州（日暮）													○	
七律	劉德儼上陵還有贈（仙郎）													○	

詩體	詩　歌	皇明風雅	皇明詩抄	明音類選	古今詩刪	國雅	明詩正聲（盧）	皇明詩統	明詩正聲（穆）	明詩選（華）	明詩選最	國朝名公	石倉	皇明詩選（陳）	明詩歸
七律	逶雷長史（彤管）													○	
七律	送段近夫之青田（石川）													○	
七排	平夷所老人（平夷）								○				○		
七排	寄李郎中（星辰）								○						
五絕	河水曲（河水）		○	○											
五絕	獨坐（獨坐鳴蟲起）		○	○				○							
五絕	獨立（獨立對秋陰）		○					○							
五絕	白雪曲（微雪）			○											
五絕	長安（白雲）				○		○								
五絕	晚出左掖簡薛君采（露重）				○		○			○	○				
五絕	題畫（古洞）						○								
五絕	白雪曲（梅花）								○						
五絕	白雪曲（駿馬）								○						
五絕	兵書峽（空巖）												○		
五絕	絡緯吟（絡緯催）												○		
五絕	雨後（水邊）												○		
五絕	寄孫世其（旅食）												○		
五絕	出寺（春遊）												○		

詩體	詩歌	皇明風雅	皇明詩抄	明音類選	古今詩刪	國雅	明詩正聲(盧)	皇明詩統	明詩正聲(穆)	明詩選(華)	明詩選最	國朝名公	石倉	皇明詩選(陳)	明詩歸
五絕	寄李獻吉(君作)												○		
五絕	清明(城南)												○		
六絕	江南思(一首寄曹毅之)(細雨)		○	○		○									
六絕	敷屋清明(答黃)							○		○	○				
六絕	敷屋清明(日)(獨樹)		○	○		○									
七絕	諸將入朝歌(少年)		○	○											
七絕	諸將入朝歌(大將)		○											○	
七絕	諸將入朝(河濟)			○				○							
七絕	諸將入朝(河北)		○	○				○							
七絕	宮詞(碧)(春)(草)							○							
七絕	晚至昌平寺中(度盡)				○		○			○	○		○	○	
七絕	送(韓)汝慶還關中(華嶽)				○		○		○						
七絕	終南篇(離宮)								○					○	
七絕	諸將入朝歌(群公)				○		○								
七絕	寄衛繼之(台嶽)				○										
七絕	竹枝詞(十二)					○				○	○				
七絕	閨情(秋風)					○						○			
七絕	宮詞(微霜)					○						○			

詩體	詩歌	皇明風雅	皇明詩抄	明音類選	古今詩刪	國雅	明詩正聲（盧）	皇明詩統	明詩正聲（穆）	明詩選（華）	明詩選最	國朝名公	石倉	皇明詩選（陳）	明詩歸
七絕	燕京十六夜曲（御河）						○								
七絕	苦熱行（宮裏）						○								
七絕	苦熱行（長安）						○								
七絕	秋日（雜興）（寒蛩）								○						
七絕	秋日雜興（雨花）								○				○	○	
七絕	秋日雜興（萩岸）								○				○		
七絕	秋日雜興（竹靜）								○						
七絕	雞鳴曲（雞鳴）								○						
七絕	雞鳴曲（樓上）								○						
七絕	任洪器艸亭（薔薇）								○						
七絕	諸將入朝歌（戰士）								○						
七絕	苦熱行（赤地）								○						
七絕	畫竹（諸閒）								○						
七絕	夷陵（夷陵坡邊）												○		
七絕	溪上水新至漫興（溪上水生）												○		
七絕	秋日雜興（紫夢）												○		
七絕	秋日雜興（柏林）												○		
七絕	葡萄（晴闌長裊）												○		

詩體	詩歌	皇明風雅	皇明詩抄	明音類選	古今詩刪	國雅	明詩正聲（盧）	皇明詩統	明詩正聲（穆）	明詩選（華）	明詩選最	國朝名公	石倉	皇明詩選（陳）	明詩歸	
七絕	友人夜宿（相逢猶）												○			
七絕	任洪器草亭（蔀簷）												○			
七絕	任洪器草亭（繞屋）												○			
七絕	雞鳴曲（青樓）													○		
七絕	吾郡古要吾地也閒居興懷追詠古跡（南山西）													○		
七絕	別相饒諸友（雙井山）													○		
七絕	諸將入朝（歌）（關下）													○		
七絕	送韓汝慶還關中													○		
七絕	燕京十六夜（萬歲）													○		
七絕	寄少谷山人（武夷）													○		
七絕	寄少谷山人（台嶽）													○		
七絕	寶雞縣（雞鳴）													○		
七古	桂巖行（白龍）							○								誤入李夢陽詩
七古	自從行（自從天傾）							○								誤入李夢陽詩

十五、孫一元

詩體	詩歌	皇明詩抄 8	明音類選 14	古今詩刪 8	國雅 18	明詩正聲（盧）24	皇明詩統 12	明詩正聲（穆）41	明詩選（華）6	明詩選最 5	國朝名公 13（12）	石倉 110	皇明詩選（陳）2	明詩歸 3
五古	我昔問所夢（我昔）	○												
五古	春日吟（地偏）		○									○		
五古	訪樵者（遠尋）		○		○		○				○			
五古	徐孺子（刑人）		○											
五古	雜感（抱易）			○		○								
五古	雜感（楝岡）				○									
五古	種松（種松）				○									
五古	田舍孟春作				○			○						
五古	柴陽山中徐步（窮壑）				○			○			○	○		
五古	雜感（白日）							○						
五古	我愛陶弘景（我愛）					○						○		
五古	江上餞別友人（念深）										○	○		
五古	收菊花貯枕（呼童）							○				○		
五古	雜感（大方）							○						

詩體	詩歌	皇明詩抄	明音類選	古今詩刪	國雅	明詩正聲（盧）	皇明詩統	明詩正聲（穆）	明詩選（華）	明詩選最	國朝名公	石倉	皇明詩選（陳）	明詩歸
五古	雲居子（龍山）													
五古	古別離（有酒復有）							○						
五古	江上逢春感興（嚴雪）											○		
五古	與甘泉老人童麓山（天風下）											○		
五古	江上讌別友人四章（晨起）											○		
五古	江上讌別友人四章（心折）											○		
五古	江上讌別友人四章（山阿）											○		
五古	送周用賓進士訪道入少華山（滄江）											○		
五古	江上送殷近夫春母黃歸（春色滿）											○		
五古	王野雲見華山誌忽余曩昔月下箸羽衣醉吟蓮花峰上今已三載自過江南無此豪興唱然而歎作詩以謝故道及之（憶昔遊）											○		
五古	吳興北亭與邦直別（青松盤）											○		
五古	聞劉元瑞按察使乘官與甘泉山人候久不至（南國有高）											○		
五古	夢遊黃山吟（朝看）											○		
五古	春日閒居和章蘇州（亂髮午）											○		
七古	解所佩日本小劍遺（殷）近夫作公莫舞（晴空）	○	○									○		
七古	黃山行（黃山昔云與天通）	○	○									○		

詩體	詩　　歌	皇明詩抄	皇明詩類選	古今詩刪	國雅	明詩正聲（盧）	皇明詩統	明詩正聲（穆）	明詩選（華）	明詩選最	國朝名公	石倉	皇明詩選（陳）	明詩歸
七古	按察使劉元瑞惠寶劍歌（劉侯）	○												
七古	題古木竹石圖（石根）	○	○											
七古	吳偉溪布圖（何人）	○	○									○		
七古	（跨驢）遊西山天竺寺（秋葉）		○									○		
七古	春前五日大雪（一夜）											○		
七古	泛高士湖（我聞）				○						○	○		
七古	謝鮑山人采松花見寄（山人）											○		
七古	黃山歌（黃山巔薛幾萬里）					○		○				○		
七古	酒醋歌贈鄭繼之地官（司徒之）					○						○		
七古	題梅花贈太守黃子和（使君）											○		
七古	南榮老人歌（南榮老）											○		
七古	黃山歌贈戴仲良（吾聞黃山）											○		
五律	幽居雜興（睡起）		○											
五律	西湖（十里）	○	○		○	○	○	○	○	○	○	○		
五律	晚霽（晚來）			○					○	○			○	
五律	避寇吳興山中（日暮）			○		○	○							
五律	幽居（萬里歸來好）			○										
五律	幽居（自得）				○			○			○	○		

詩體	詩　　　歌	皇明詩抄	明音類選	古今詩刪	國雅	明詩正聲（盧）	皇明詩統	明詩正聲（穆）	明詩選（華）	明詩選最	國朝名公	石倉	皇明詩選（陳）	明詩歸
五律	（癸酉六月望夜）同施邦直棹舟西湖歷六橋抵望湖亭乘月登孤山拜和靖土墓（向晚）				○						○			
五律	同顧與成過西湖別墅分韻得字（龍山）				○									
五律	荊溪道中（舟夾）				○							○		
五律	石林（亂石）				○									
五律	送彭幸菴先生赴闕（多難）					○								
五律	夜起煮茶（碎辟）						○							
五律	宿歸雲菴（獨坐）													
五律	鄭蠡之地官久不過湖山奉簡（怪爾）							○				○		
五律	癸酉八月十七同凌時東吳介夫僧古心遊虎跑寺泉頭分韻得空字（長日）							○			○			
五律	永嘉王子揚見訪山中留酌（持酒）										○			
五律	蘭（洛日）											○	○	
五律	同沈居南吳門載酒泛月（微茫）											○		
五律	有客（草堂對湖水）											○		
五律	癸酉六月望夜同施邦直棹舟西湖歷六橋抵望湖亭逐登孤山拜和靖處土墓（向曉南）											○		
五律	對酒（嚴石餡）											○		
五律	幽居雜興（草堂）											○	○	

詩體	詩歌	皇明詩抄	明音類選	古今詩刪	國雅	明詩正聲（盧）	皇明詩統	明詩正聲（穆）	明詩選（華）	明詩選最	國朝名公	石倉	皇明詩選（陳）	明詩歸
五律	幽居雜興（十日）											○		
五律	幽居雜興（雞聲）											○		
五律	幽居雜興（清風）											○		
五律	重遊江上寺（重遊）											○		
五律	費鷗湖閣老顧與成參議同訪有詩見遺依韻和答（雨餘）													
五律	江城東段近夫（沙上風）											○		
五律	晚晴信步至城東草堂主人開樽留酌（東風吹）											○		
五律	雲溪（洛日溪）											○		
五律	失鶴（只在秋江上孤音）											○		
五律	失鶴（只在秋江上煙霞）												○	
五律	西來亭會別同參政楊顧二參議（對酒山）											○		
五律	虎丘慧上人山房（占勝景）											○		
五律	獨往（無媒）											○		
五律	宿顧台州華玉（使君有）											○		
五律	遊龍井山（石磴攀蘿）											○		
五律	同孟彥望之登虎丘山（停舟）											○		
五律	題係道甫東園卷（小闡東）											○		

詩體	詩歌	皇明詩抄	明音類選	古今詩刪	國雅	明詩正聲(盧)	皇明詩統	明詩正聲(穆)	明詩選(華)	明詩選最	國朝名公	石倉	皇明詩選(陳)	明詩歸
五律	茅屋清溪上（茅屋清溪上漁歌）											○		
五律	送友人北上（扣舷）											○		
五律	次韻況維貞員外（歸未光）											○		
五律	發漕湖（初日浮）											○		
五律	春日王氏池亭（別浦）											○		
五律	大善寺贈蕙上人（訪客溪）											○		
五律	過黃勉之明水草堂（去去草）											○		
五律	同凌時東郡文化沈邦魁飲戴山大石上（載酒）											○		
五律	夜雨（寒柝聲）											○		
五排	出塞（四塞）	○		○		○		○						
五排	出塞（夜出）			○										
七律	南征（南征）		○					○				○		
七律	癸酉中秋同吳闓凌時東海昌董子陳用明西湖玩月爛醉歌此（十里）		○					○						
七律	棲雲樓（樓上）					○								
七律	荒村（落日）					○						○		
七律	新卜南屏山居（石上）						○	○				○		
七律	山居著野服（道人）						○	○				○		

詩體	詩歌	皇明詩抄	明音類選	古今詩刪	國雅	明詩正聲（盧）	皇明詩統	明詩正聲（穆）	明詩選（華）	明詩選最	國朝名公	石倉	皇明詩選（陳）	明詩歸
七律	春來兩月懶不讀書蕭然無一事（少喜）						○							
七律	晚晴獨眺昇山絕頂（石磴）						○					○		
七律	秋晚眺鑽海樓（樓上輕雲）						○							○
七律	秋夜眺海樓（樓上）							○				○		
七律	登吳山絕頂望錢塘江潮（獨倚）							○						
七律	殷近夫養二鶴每至至輒相對舞而作詩贈之（為愛）							○						
七律	種竹（種竹）							○						
七律	烏啼（烏啼）							○						
七律	至日攜盆登道場山（瞥眼）													
七律	春晚歸山中草堂（生涯）							○						
七律	乙亥元日（元日）							○						
七律	九日登高（屏山漫興）（南屏九日）								○			○		
七律	南征													
七律	滄江（千林）											○		
七律	辛未中秋攜張逸人僧羅王升顯黃明西湖泛月遂携酒登湖堂湖亭扶醉漫興（一望晴）											○		
七律	月波樓為陳子魚題（危樓溪）											○		
七律	王與時方伯顧與成參議見訪山中（柴門）											○		

詩體	詩　歌	皇明詩抄	明音類選	古今詩刪	國雅	明詩正聲（盧）	皇明詩統	明詩正聲（穆）	明詩選（華）	明詩選最	國朝名公	石倉	皇明詩選（陳）	明詩歸
七律	秋夜坐吳山僧舍（夕陰橫）											○		
七律	孟秋十六日孫道甫范文一昆仲邀予同汪進之京兆方直夫達人泛舟西湖（雲移）											○		
七律	孟秋十六日孫道甫范文一昆仲邀予同汪進之京兆方直夫達人泛舟西湖（載酒）											○		
七律	宿歸雲庵（沙清竹）											○		
七律	夢顏繼之（不見平）											○		
七律	夜坐（中庭露）											○		
七律	九日登南屏山漫興（客中此日）											○		
五絕	相見（相見不作）			○										
五絕	春日遊慧山（閒憮）				○							○		
五絕	睡起（睡起）				○	○						○		
五絕	秋晚（秋晚）								○	○				
五絕	驅車復登驪車（驅車）						○				○			
五絕	雜畫（夕陽）					○						○		
五絕	雜畫（盡日）					○								
五絕	題孫道甫（小景）二景小畫（家近新塘）							○				○		
五絕	班婕妤（紈扇）													

詩體	詩歌	皇明詩抄	明音類選	古今詩刪	國雅	明詩正聲（盧）	皇明詩統	明詩正聲（穆）	明詩選（華）	明詩選最	國朝名公	石倉	皇明詩選（陳）	明詩歸
五絕	喜晴（鳥鳴）							○						
五絕	江上（沙礫暄）											○		
五絕	春日遊惠山（茅堂）											○		
五絕	春日遊惠山（向晚）											○		
五絕	春日遊惠山（歸來）											○		
五絕	雜詠（夕陽沒中流）											○		
五絕	白鷺（白鷺看）											○		
五絕	即景（亂山帶）											○		
五絕	渡江（斗酒醉初醒）											○		○
六絕	田家（手疏）			○		○								
七絕	白字詞（江上）	○												
七絕	寄青空道人（斗酒）		○		○	○		○	○	○	○			
七絕	邊人曲（燕山）					○	○							
七絕	醉筆（瓦瓶倒盡醉）					○	○							
七絕	憶王屋山人（幾時）											○		
七絕	桃源圖（溪上）													
七絕	與段夫近夫放舟江心對月（挂帆）							○						
七絕	荷巾（宓妃）							○						

詩體	詩歌	皇明詩抄	明音類選	古今詩刪	國雅	明詩正聲（盧）	皇明詩統	明詩正聲（穆）	明詩選（華）	明詩選最	國朝名公	石倉	皇明詩選（陳）	明詩歸
七絕	飲龍井（眼底）							○						
七絕	席上偶成（楊花）							○				○		
七絕	秋夜（林屋）							○						
七絕	南窗下芭蕉盛開五月瀟然有秋意（道人）							○						
七絕	中酒閉門一月偶出晚步（燕麥）							○						
七絕	薛蕃（青尊）								○	○				
七絕	梅枝（幾點冰花）											○		
七絕	林詩徊過訪留坐竹下同武夷山水（清泉長）											○		
七絕	春暮（門開）											○		
七絕	謝方方伯壽卿惠米（就貧白）											○		
七絕	訪錢隱君（隱君南）											○		
七絕	西湖（門前雲物）											○		
七絕	除夜（稻瓶）											○		
七絕	書張山人壁（尋詩）											○		
七絕	美人圍棋（某同當）											○		
七絕	鞦韆（花下羅）											○		
七絕	秋夜渡江（西風吹）											○		
絕句	春遊曲										○（內無）			

十六、楊 慎

詩體	詩 歌	古今詩刪	國雅	明詩正聲(盧)	皇明詩統	明詩正聲(穆)	明詩選(華)	明詩選最	國朝名公	皇明詩選(陳)	明詩歸	國朝名公重複收目歸入 詩體有別
		14	19	47	11	8	23	23	11	15	5	
五古	古驪曲（掩鑺）		○						○			
五古	行旅（行旅苦日短）			○						○		
五古	涉江采芙蓉（沉沉）			○	○							
五古	崤關行（晨行）			○								
五古	集弘法寺後園小山（黃鳥）			○								
五古	別用貞弟（征馬）			○								
五古	答程以道（驪馬）			○								
五古	扶南曲（游賞）						○	○			○	
五古	別用貞第（征馬）						○	○				
五古	西使將旋臥病移句									○		
五古	碧對軒（仲尼）									○		
五古	玉臺體（流肪轉相憐）		○								○	
七古	關山月（沼沼隈）		○									
七古	浩然閣舟汎同李仁夫作（莽蒼）		○									
七古	夏日抱病幽谷（抱病）		○						○			

詩體	詩　歌	古今詩刪	國雅	明詩正聲（盧）	皇明詩統	明詩正聲（穆）	明詩選（華）	明詩選最	國朝名公	皇明詩選（陳）	明詩歸
七古	流螢篇（沈沈）		○						○		
七古	垂柳篇（露和殿前鸚鵡陽）			○			○	○	○		
七古	大堤曲（大堤）			○							
七古	新開嶺行（廢丘）			○							
七古	觀金潤雨畫壁歌（壽亭）										
七古	別劉苦死（錦江）			○							
七古	烏栖曲（月華）				○			○			○
七古	烏栖曲（金蓮）						○	○			○
七古	將進酒（清酤）						○	○	○		
七古	籬席行送彭二（昔子）									○	
七古	寄張季文（美人）									○	
七古	錦津舟中對酒別劉善死（錦江）									○	
七古	賦得千山紅樹圖送楊圖茂之（蕭郎）		○							○	
六古	寒朝早起即事（離頭）								○		
五律	十二月朔日候駕出南郊（南郊恩優從省牲）（天使）	○					○	○		○	
五律	宋玉宅（文藻）	○		○							
五律	咸陽（帝里）	○		○							

詩體	詩歌	古今詩刪	國雅	明詩正聲（盧）	皇明詩統	明詩正聲（穆）	明詩選（華）	明詩選最	國朝名公	皇明詩選（陳）	明詩歸
五律	錦城夕（錦波沉霽色）	○									
五律	寒夕（東西垂老別）	○									○
五律	宿積翠巖（曉色）		○	○							
五律	哭徐用先（子卿）		○								
五律	寒夕（璧月寒星）		○								
五律	送張惟言（信）冊封唐邸因歸省母（鳴玉）			○			○	○			
五律	登金華山玉京觀懷陳子昂（巴嶠）			○							
五律	登金華山玉京觀懷陳子昂（古調）			○							
五律	答馬敬臣（北闕）										
五律	答馬敬臣（空字）			○							
五律	峽石道（石壕）					○					
五律	夜泊（夜泊）						○	○			
五律	宮詞（金屋）	○							○		
五排	賦玉壺冰（雲送千峰）					○			○		
五排	崇聖寺（塵劫）		○								
五排	送周子籲工部北還（潘岳）		○								
五排	空侯詠（木是）			○			○	○			

詩體	詩歌	古今詩刪	國雅	明詩正聲（盧）	皇明詩統	明詩正聲（穆）	明詩選（華）	明詩選最	國朝名公	皇明詩選（陳）	明詩歸
五排	送尹舜卿抵杞南嶽（洞庭）			○			○	○			
五排	至後霽雪（白雪）			○			○	○			
五排	答彭子冲（異縣）			○					○		
五排	二月九日時巡（虎衛）										
五排	浯江泛舟（明月）									○	
五排	雲中十二韻（天子）									○	
六律	送客（合樽）	○									
七律	大華山歌（太乙終南）	○		○			○	○			
七律	李君偕過吳橋新居言別（沙門）	○		○							
七律	懷歸（古）（星橋）		○	○	○	○	○	○			
七律	（足唐人句）效古塞下曲（長橋）		○	○	○	○	○	○	○		
七律	浮橋（千尺）		○								
七律	無題（沛江）		○								
七律	春興（最高）			○			○	○			
七律	春興（帝里）						○	○			
七律	春興（天上）			○	○						
七律	即事（西風）			○							

詩體	詩歌	古今詩刪	國雅	明詩正聲（盧）	皇明詩統	明詩正聲（穆）	明詩選（華）	明詩選最	國朝名公	皇明詩選（陳）	明詩歸
七律	唐僧宗行宮遺跡次能尚瑚寺詢韻（唐帝）			○							
七律	玉堂對菊閣試（碧語）				○						
七律	春興（遙岑）				○						
七律	春興（昆明）				○						
七律	春興（憶昔）				○						
七律	春興（平沙）				○						
七律	春齋有懷寺中同館諸君（瀛洲）				○					○	
七律	夏日抱痾幽居（抱痾）								○		
七律	送彭幸庵尚書致仕（憶昔）									○	
七律	中秋禁中對月（漢家）									○	
五絕	寶珠寺（遙望）		○								
五絕	圓照寺（橫枕）			○							
五絕	宿華亭寺（花樹）			○							
五絕	青橋夜泊（驛亭）			○			○	○			
五絕	嘉州登舟（馬上）						○	○			
五絕	渝江登陸（來往）						○	○			
六絕	秋晚（蟬聲）		○								

詩體	詩歌	古今詩刪	國雅	明詩正聲（盧）	皇明詩統	明詩正聲（穆）	明詩選（華）	明詩選最	國朝名公	皇明詩選（陳）	明詩歸
六絕	秋夕（月暗螢）		○								
六絕	寄張愈光（詩須）						○	○			
六絕	溫泉晚歸（月似）						○	○			
七絕	流螢篇（濛子）	○						○			
七絕	華燭引（菖蒲）	○		○							
七絕	望中條山（征馬）	○		○							
七絕	寄遠（曲）（灌錦）	○		○	○						
七絕	江陵舟中贈田李二子（洛月）			○		○					
七絕	滇海曲（沙金）			○							
七絕	竹枝詞（最高）			○							
七絕	竹枝詞（上峽）			○							
七絕	狼山凱歌（按轡）			○							
七絕	滇海曲（碧雞）			○						○	
七絕	光尊寺別張愈光（萬里）									○	
七絕	滇海曲（海濱）					○					
七絕	素馨花（金碧）					○					
七絕	夏夕（湘水）					○					

十七、薛蕙

詩體	詩　歌	明音類選	古今詩刪	國雅	明詩正聲（盧）	皇明詩統	明詩正聲（穆）	明詩選（華）	明詩選最	國朝名公	皇明詩選（陳）	明詩歸	
		65	3	39	43	11	21	12	11	9	22	2	
四古	昊天瞻崔子（昊天八章章八句）（昊天單威）										○		明音類選歸入風雅體
五古	雜詩（王以）	○											
五古	雜體詩－劉文學公宴（步入）	○											
五古	雜體詩－潘黄門關岳（登城）	○											
五古	雜體詩－盧中郎感交（日夕）	○											
五古	雜體詩（擬江文通雜詩）－謝臨川（遊山）（徂節）	○			○								
五古	雜體詩－顏特進侍宴（釣臺）	○											
五古	效阮公詠（飆風）	○											
五古	效阮公詠（嚶）（朝登）	○					○						
五古	效阮公詠（曠望）	○											
五古	效阮公詠（蟋蟀）	○											
五古	效阮公詠（朝遊）	○											
五古	效阮公詠（天上）	○											
五古	遊仙（遠遊）	○											

詩體	詩　歌	明音類選	古今詩刪	國雅	明詩正聲（盧）	皇明詩統	明詩正聲（穆）	明詩選（華）	明詩選最	國朝名公	皇明詩選（陳）	明詩歸	
五古	遊仙（東南）	○											
五古	遊仙（山）（采藥）	○									○		
五古	候大駕（西北）	○											
五古	從軍行（驕虜南侵塞）			○									
五古	效阮公詠懷（生才）			○									
五古	效阮公詠懷（茲年）			○									
五古	效阮公詠懷（朝逢）			○									
五古	效阮公詠懷（嗷嗷）						○						
五古	首夏（寥寥）			○									
五古	齋夕（觀書）			○						○			國朝作五律
五古	游城南園林（崇丘）			○									
五古	游城南園林（徙倚）			○									
五古	夕詣郭外（久縻積幽抱）			○			○						
五古	舟中看雨（微照）			○						○			國朝作五律
五古	雨中姚氏園候客（朝日）			○						○			國朝作五律
五古	石假山（君家）			○									
五古	八月十四夜餞伯昭五首以圓已滿為韻（秋堂）			○									
五古	八月十四夜餞伯昭五首以圓已滿為韻（筵徒）			○									

詩體	詩歌	明音類選	古今詩刪	國雅	明詩正聲（盧）	皇明詩統	皇明詩正聲（穆）	明詩選（華）	明詩選最	國朝名公	皇明詩選（陳）	明詩歸
五古	八月十四夜餞伯昭五首以圓已滿爲韻（靜夜）			○								
五古	八月十四夜餞伯昭五首以圓已滿爲韻（懷抱）			○								
五古	八月十四夜餞伯昭五首以圓已滿爲韻（邐別）			○								
五古	答何大復（膂歡）			○	○			○	○		○	
五古	詠懷（生才）				○							
五古	詠懷（玆年）				○							
五古	雜體詩－陳思王贈友（西京）				○							
五古	雜體詩－王侍中從軍（出車）				○							
五古	雜體詩－張司空閨情（初月）				○							
五古	雜體詩－劉太尉傷亂（晉京）				○							
五古	贈張仲修（良時）				○							
五古	行園（巾駕）				○							
五古	自西野循洄曲臨眺贈同遊者（養拙）				○							
五古	效阮公詠懷（守道）						○					
五古	效阮公詠懷（涼風）						○					
五古	贈張仲修（靑靑）						○					
五古	除日（悠悠）						○					
五古	擬江文通雜詩－張黃門（金南）										○	

詩體	詩　歌	明音類選	古今詩刪	國雅	明詩正聲（盧）	皇明詩統	明詩正聲（穆）	明詩選（華）	明詩選最	國朝名公	皇明詩選（陳）	明詩歸
五古	擬江文通雜詩　謝僕射（蟋蟀）										○	
五古	擬江文通雜詩—陶徵君（魯比）										○	
五古	遊山（三丘）										○	
五古	過城西野（初服）										○	
五古	晚出廣中（園中）										○	
五古	贈饒平令曹先生（炎方）										○	
五古	月夜坐曹樓（明月三五時）										○	○
五古	舟行（秋雲）										○	
七古	鄴都引（君不見）	○			○							
七古	遊俠篇（君不見）	○										
七古	元夕篇（皇都）	○		○	○	○	○	○	○			
七古	嵩丘歌送蔣子崟（君不見）	○			○	○	○	○	○			
七古	江南曲（江南光景）			○						○		
七古	鄭繼之館內積書冒小山飲作長句			○						○		
七古	隴頭吟（沙漫漫）				○							
七古	戰城南（戰城南出城北）					○						
七古	猛虎行（饑不）											
七古	南唐李昇畫竹題云昇元閣上作賜末齊丘（南唐）						○					

詩體	詩歌	明音類選	古今詩刪	國雅	明詩正聲（盧）	皇明詩統	明詩正聲（穆）	明詩選（華）	明詩選最	國朝名公	皇明詩選（陳）	明詩歸
七古	龍虎山歌送范可年汝和										○	
五律	從軍行（胡馬）	○										
五律	水亭（路引）	○										
五律	北征（地闊）	○										
五律	駕出南郊（青鳥）	○										
五律	駕幸南海子（詔幸）	○									○	
五律	海棠畫鳥（西蜀）	○										
五律	贈董應明侍御（同時）	○										
五律	答王允升省中對雨見憶之作（康樂）	○										
五律	七月十五日夜對月（嫋嫋）	○										
五律	八月十五夜同諸友玩既月（樓敞）	○										
五律	道院秋日海棠（偶來）	○										
五律	雪時車駕北狩大同（北極）	○										
五律	陳真人館中賞荷花作（別館）	○										
五律	仲夏即事（林臥）	○										
五律	江猿（舟行）			○								
五律	六月八日（西疇過雨）（窈窕）	○						○	○		○	
五律	晚過俾之置酒（燕京久爲客各秋日正思家）	○										

詩體	詩歌	明音類選	古今詩刪	國雅	明詩正聲(盧)	皇明詩統	明詩正聲(穆)	明詩選(華)	明詩選最	國朝名公	皇明詩選(陳)	明詩歸
五律	謁茂陵祀孝貞太后(一葉)	○										
五律	蕭氏園(麗日)	○										
五律	重遊蕭氏園(別此)	○										
五律	西齋(西齋)	○						○	○			
五律	秋夜(西園)	○										
五律	元夜諸公不赴(九陌)	○										
五律	王明叔東谷卷(合斷)	○						○	○			
五律	泛舟(水口)	○										
五律	觀舞(妙伎)	○										
五律	詠燭(客醉)	○	○	○								
五律	村居(寂莫)		○	○			○					
五律	洛陽道(鳳闕)			○							○	
五律	劉生(劉生喜輕)			○						○		
五律	二月八日趨事山陵出郭有述(出郭雲沙)			○						○		
五律	觀舞(妙伎)			○								
五律	邯鄲道(館)中(鬥對)			○		○						
五律	臺上(臺迴通通風樹)			○	○		○					
五律	望湖亭(陰陰穿雲上)			○								

詩體	詩　　歌	明音類選	古今詩刪	國雅	明詩正聲（盧）	皇明詩統	明詩正聲（穆）	明詩選（華）	明詩選最	國朝名公	皇明詩選（陳）	明詩歸
五律	送馬伯循（城隅）			○	○							
五律	夏日游道觀（幽竹）				○							
五律	丘中（返照）				○							
五律	藥師詞（山階）				○							
五律	送周待御（閩越）				○							
五律	元夕開隆寺觀燈（燈火）											
五律	寄孫山人（吾憐）						○					
五律	七夕（七夕新秋）						○					
五律	九日同仲默出郊（九日登高）										○	
五律	送毛敬父之廬州（北嵊）										○	
五律	長安道（神州）										○	
五排	夏日郊居（偶書）（十韻）（郊）（郭）（外）	○					○					
五排	送周待御子賢（賢）（萬里）			○	○		○					
五排	送劉潞教愈僉之河南兼河北兵備（暫輟）				○							
五排	出行四圖爲何燕泉先生作—職方奉使（西域）				○							
五排	出行四圖爲何燕泉先生作—藩省甸宣（六省）				○							
五排	出行四圖爲何燕泉先生作—大卿考牧（沙苑）				○							
五排	出行四圖爲何燕泉先生作—都憲巡撫（明主）				○							

詩體	詩　歌	明詩歸	皇明詩選（陳）	國朝名公	明詩選最	明詩選（華）	明詩正聲（穆）	皇明詩統	明詩正聲（盧）	國雅	古今詩刪	明音類選
五排	送楊石齋（社稷）								○			
五排	歲暮田居寄子雲希尹（誅散）						○					
七律	王明叔同年夜集（映燭）						○					○
七律	寄荊伯東（悒怏）											○
七律	孫氏沱西別業（巴陵）			○			○		○	○		○
七律	題張子薛西郭（幰）草堂（山人）					○						○
七律	睡起（午夢）											○
七律	瞻繾之（長安）			○	○	○				○		○
七律	瞻陳員人（汝侍）								○			
七律	歸僑（春日）							○	○			
七律	病夫（平生）											
七律	對雨有懷（午淡）	○						○				
七律	小園雜蒔藥草偶成（昔年）							○				
七律	小園雜蒔藥草偶成（百藥）							○				
七律	臥病貽友人（漢代）							○				
五絕	落花（今朝）											○
五絕	早秋（爲愛）								○			○
五絕	月橋（泊舟）				○	○			○			

詩體	詩歌	明音類選	古今詩刪	國雅	明詩正聲（盧）	皇明詩統	明詩正聲（穆）	明詩選（華）	明詩選最	國朝名公	皇明詩選（陳）	明詩歸
五絕	東皋（東皋落日）											
六絕	田園樂（一徑）	○				○						
六絕	田園樂（荷插）							○	○			
六絕	田園樂（蘿蔓）							○	○			
七絕	皇帝行幸南京歌（天風）	○			○							
七絕	皇帝行幸南京歌（玄武）	○										
七絕	皇帝行幸南京歌（建業）	○										
七絕	皇帝行幸南京歌（三月）	○						○	○			
七絕	嘲楊花（陌上）	○										
七絕	宮詞（蔡蘭）	○					○					
七絕	宮詞（紅袖）	○										
七絕	皇帝行幸南京歌（翩翩）		○		○						○	
七絕	皇帝行幸南京歌（燕姬）		○		○						○	
七絕	皇帝行幸南京（歌）（白鷺）			○	○							
七絕	皇帝行幸南京（歌）（憶昔）			○								
七絕	皇帝行幸南京（淮水）			○	○							
七絕	春日同王浚川海上雜歌（天雞）				○							
七絕	春日同王浚川海上雜歌（石門）				○							

詩體	詩歌	明音類選	古今詩刪	國雅	明詩正聲（盧）	皇明詩統	明詩正聲（穆）	明詩選（華）	明詩選最	國朝名公	皇明詩選（陳）	明詩歸
七絕	涼州詞（隴西）											
七絕	塞下曲（日暮）					○						
七絕	春日漫興（艸芽）					○	○					
七絕	宮詞（閒荷）						○					
七絕	山館（山館）						○					
七絕	塞下曲（陰山）										○	

十八、王廷陳

詩體	詩歌	明音類選	古今詩刪	國雅	明詩正聲（盧）	皇明詩統	明詩正聲（穆）	明詩選（華）	明詩選最	國朝名公	皇明詩選（陳）	明詩歸
		2	1	11	23	11	2	3	3	8	11	1
五古	少年行（長安）			○						○		
五古	別張子言（我友）				○							
五古	別張子言（故鄉）				○							
五古	別張子言（馳景）				○							

詩體	詩歌	明音類選	古今詩刪	國雅	明詩正聲（盧）	皇明詩統	明詩正聲（穆）	明詩選（華）	明詩選最	國朝名公	皇明詩選（陳）	明詩歸	備註
五古	別張子魚（鳴鹿）				○								
五古	詠懷（里中）				○								
五古	詠懷（忽忽）				○								
五古	詠懷（茲歲）				○								
五古	詠懷（處世）					○							
五古	雜詩（絺綌）							○	○				
五古	少年行（應募）									○			
五古	鼉歌行（青樓）										○		陳·皇明詩選歸入古樂府
五古	春歌（初華）										○		陳·皇明詩選歸入古樂府
五古	詠懷（昔聞）										○		
五古	閨情（種木）										○		
七古	行路難（北風蕭蕭）				○								
七古	戰城南（戰城南困城北）				○						○		
七古	姜溥命（春風）					○							陳·皇明詩選歸入古樂府
五律	送劉振廷令慈利（別離）		○										
五律	陳叟（生事）	○	○										
五律	送夏大行奉哀詔使南紀（我亦）			○									

詩體	詩歌	明音類選	古今詩刪	國雅	明詩正聲（盧）	皇明詩統	明詩正聲（穆）	明詩選（華）	明詩選最	國朝名公	皇明詩選（陳）	明詩歸
五律	秋園酌謝子而謝之以詩（侍汝）			○								
五律	宿龍蟠磯寺中（龍象）			○								
五律	過倪道士故居（寂莫）			○								
五律	夜坐（生事日蹉跎）			○								
五律	贈張子（白湥）			○								
五律	聞（彈）箏（花月）			○	○	○	○	○	○		○	○
五律	江上言懷（岸東）			○								
五律	送王知事漢蜀（佐郡）			○	○	○				○	○	
五律	寄顏惟喬（聞子）				○	○					○	
五律	披遲道中別舅氏婦（殊方）				○							
五律	道中憩廢寺（徒倚）				○							
五律	寄友人（獨立）				○	○						
五律	秋日遊靈谷寺（禪寺）				○							
五律	春日山居即事（草動）					○						
五律	世其席上饒大復先生（夫子）					○						
五律	宿力峰寺（匹馬）							○	○			
五律	丁酉之夏闊文溪子於大江之濱與之述往感時命酒坐石揮涕而別太息成詩									○		

詩體	詩歌	明音類選	古今詩刪	國雅	明詩正聲（盧）	皇明詩統	明詩正聲（穆）	明詩選（華）	明詩選最	國朝名公	皇明詩選（陳）	明詩歸	
五律	汎鮑塘在元祐宮前用顏東韻時顧司空袁大傅二中貴人在座（錦纜）									○			
五律	汎鮑塘在元祐宮前用顏東韻時顧司空袁大傅二中貴人在座（玄宮）									○			
五律	駕幸南海子（南郊）										○		
五律	李洞暘自大梁經裕州因贈（辜夜）										○		
五排	出獄留別主人兼欽有貢（畏途）			○	○		○			○			國朝歸爲五古
五排	初歸故園作（結髮）			○	○								
五排	寄劉松石（鑛雉）												
五排	憶舊廬（今鸝）			○	○								
七律	宴集楚潘樓上作（潘府張）		○										
七律	許武昌邀飲西山寺中席上贈郭吳二部使（軒騎）				○	○							
七律	春陰（兩月）				○								
七律	贈邵格之（清江）												
七律	室成（十年）					○							
七律	夏日宴集寶山別墅贈（先生）					○							
七律	寄江子（久即）					○							
七律	夏日宴集寶山別墅留贈（城闉未盡）										○		

十九、謝榛

詩體	詩　歌	古今詩刪	國雅	明詩正聲（盧）	皇明詩統	明詩正聲（穆）	明詩選（華）	明詩選最	國朝名公	皇明詩選（陳）	明詩歸
		59	19	67	16	45	5	5	4	69	5
五古	送顧聖單少之湖南（積陰）										
五古	送顧聖單少之湖南（菊花）				○						
五古	百花陳（勝遊）					○					
七古	送楊伯玉歸涇陽（鳳皇）		○								
七古	寄金黃文（漢庭）		○	○							
七古	步出帝城門（步出帝城）		○								
七古	宮（中四時春歌）詞（曉起）		○	○							○
七古	宮詞（辭）（寂寂）			○	○						
七古	河亭話別贈琴士張良玉（任城）		○		○	○					
七古	暮雨送春（花盛）										
七古	形影（我自）									○	
七古	送劉戶曹成卿使荊楚（帝將）										
五律	水月寺桂花（桂花秋）	○									
五律	夜雨段翰林書齋（暝色投仙）	○									
五律	送楊萬戶歸關中（青年知）	○									
五律	送萬比部使湖南（聖極仙）	○									

詩體	詩歌	古今詩刪	國雅	明詩正聲（盧）	皇明詩統	明詩正聲（穆）	明詩選（華）	明詩選最	國朝名公	皇明詩選（陳）	明詩歸
五律	贈包明府（青雲南國）	○									
五律	送陸令之高要（陸賈振清）	○									
五律	寄謝宋二職方（掄才有）	○									
五律	九月七日遊濟南山同閻許諸君子賦（一樽乖野）	○									
五律	酬樊待御文叔（論兵何日）	○									
五律	榆河曉發（朝暉）	○		○							
五律	元夕（夜）道院同（公寶子與）于麟元美子相五（諸）君（得家字）（賦）（長空）	○		○						○	
五律	送許中丞歸（秦）關中（官把）	○		○						○	
五律	暮秋大伍山（禪院同）孟得之盧次楩醉賦（勝遊）	○		○						○	
五律	秋夜（罷酒）	○		○			○	○			
五律	天寧寺對雨同段正夫李于麟賦（諸天）	○		○							
五律	送張大僕況馬畿內（太僕）	○		○							
五律	送樊待御文叔之金陵（地入）	○		○						○	
五律	冬夜集張茂參宅（事屬）	○		○							
五律	送謝給事封蜀（使星）	○		○							
五律	宿淇門驛（村馬）	○		○							
五律	于麟郡齋贈賦贈（別來）	○		○							
五律	送盧次楩（物議）	○		○							

詩體	詩　　歌	古今詩刪	國雅	明詩正聲（盧）	皇明詩統	明詩正聲（穆）	明詩選（華）	明詩選最	國朝名公	皇明詩選（陳）	明詩歸
五律	送劉侍御之扶風（旌節）	○		○							
五律	不第（南征）	○		○							
五律	寄張職方（漢、漠南春草長）	○		○							
五律	老懷（殘年）	○		○							
五律	寄上孫（丈人）（大）宗伯兼懷太史文和（纖龍）	○		○							
五律	正月六日集李時明館得知字（明日又人）		○						○		
五律	晚夏天寧寺對雨同殷内翰得正夫李比部于鱗賦（諸天）		○								
五律	送陸秀才歸華亭（九月）		○	○							
五律	隆慶道中有感（馬度）			○							
五律	送李明府還仕安嶽（君去）		○		○						
五律	李行人元樹宅同謝張二内翰話洞庭湖（南望）		○	○						○	
五律	李行人元樹宅同謝張二内翰話洞庭賦（詞客）		○	○							
五律	北征（朔氣）		○	○							
五律	和王元美囂盧柚出嶽（春從）			○						○	
五律	送許中丞歸秦（官起）			○							
五律	塞上曲（白戰）			○							
五律	送張子畏使太原（六月皇華使）			○		○					
五律	寓大伾山王侍郎見訪（門敞）									○	

詩體	詩　歌	古今詩刪	國雅	明詩正聲（盧）	皇明詩統	明詩正聲（穆）	明詩選（華）	明詩選最	國朝名公	皇明詩選（陳）	明詩歸
五律	寄王侍御廷賞（中藏）					○					
五律	天馬歌（身置）					○					
五律	襄食（旅次）					○					
五律	秋興（山昏）					○					
五律	春日郡下言懷（煮藥）					○					
五律	秋日泊上書懷（水邊）					○					
五律	清曉（清曉）					○					
五律	春日過山村漫興（何物）					○					
五律	山縣久雨感懷（雲慘）										
五律	渡黃河（路出）					○					
五律	武皇巡幸歌（腐鼠）									○	
五律	武皇巡幸歌（玉輦）									○	○
五律	秋夜柬李通政子衛（燕地）									○	○
五律	晚眺（寒日）									○	
五律	北望（鼓角）									○	
五律	七夕敬二君餞別得秋字（北斗）									○	
五律	贈周子才（太原）									○	
五律	送王端甫歸蒲坂（惜別）									○	

詩體	詩歌	古今詩刪	國雅	明詩正聲（盧）	皇明詩統	明詩正聲（穆）	明詩選（華）	明詩選最	國朝名公	皇明詩選（陳）	明詩歸
五律	登榆林城（憑高）									○	
五律	送范中丞堯卿鎮贛州（朔雁）									○	
五律	送范中丞堯卿鎮贛州（九月）									○	
五律	張參政仲安進表還菊九日過鄣失會賦此贈別（北上）									○	
五律	送張大僕熙伯視馬熊內（司馭）									○	
五律	送末邦憲還海上（送君）									○	
五律	居庸關（控海）									○	
五律	春夜過王侍郎子梁宅時將按河南（烏棲）									○	
五律	留別陳大參粹中（征驂）									○	
五律	暮秋同馮直卿秦延蘭李士美遊黃花山（深入）									○	
五律	南巡歌（南楚）									○	
五律	大梁冬夜（坐嘯）									○	
五律	古怨（楊花）									○	
五律	鳳凰山（青山）									○	
五律	送欽水部子辰之沛中（清標）									○	
五律	登懷北堂懷郭學士賀夫李奭部一元（李郭）									○	
五律	送黃明府之舒城（南浦）										○
五律	敬軒誠軒攜酒見過西嚴西池同賦（日落）									○	

詩體	詩　歌	古今詩刪	國雅	明詩正聲（盧）	皇明詩統	明詩正聲（穆）	明詩選（華）	明詩選最	國朝名公	皇明詩選（陳）	明詩歸
五排	庚戌八月（二十二日）恭聞奉天殿視朝（上苑）	○		○		○				○	
五排	送董克平宰六合（東南）	○		○							
五排	寄王侍御（君王）	○		○							
五排	送朱駕部伯鄰使墨上（早發）	○		○							
五排	送王安慶（結綵）	○		○							
五排	少司馬蘇公之鎮（旌旂）	○		○							
五排	白雪樓同徐以言諸比部夜賦（西署）	○									
五排	送劉子旭使雲中（君才）	○		○							
五排	姜節之太史宅對雪（向夕）	○		○							
五排	童侍御謫嶺南（帆度）	○		○							
五排	劉稽勳宅賦雪（春歸）	○		○							
五排	寄別陸明府道西（朔風）	○		○							
五排	寄別丁丙黃（向月）	○		○							
五排	贈史中丞（千載）	○		○							
五排	天寧寺塔（舍利）	○		○							
五排	寄懷于鱗使君（保障）		○								
五排	七夕留別汪伯陽李于鱗王元美侍御字（久客）	○									
五排	送張比部汝任募兵太原（柳暗）			○							

詩體	詩歌	古今詩刪	國雅	明詩正聲(盧)	皇明詩統	明詩正聲(穆)	明詩選(華)	明詩選最	國朝名公	皇明詩選(陳)	明詩歸
五排	塞下(滿天)			○							
五排	塞下(青山)			○							
五排	塞下(路出)					○				○	
五排	妒陵寺(殿宇)					○					
五排	送庫部楊郎中守嚴州(其說)					○					
五排	登天事寺塔(舍利)					○					
七律	送顧天臣還吳(樽前溝倒送)	○									
七律	閒居張伊闢見過(鄴都形勝)	○									
七律	奉懷于麟(十載交游)	○									
七律	寄懷陸汝成(花前)	○		○			○	○			
七律	送囊侍御之南郡(萬里)	○		○							
七律	送李別駕宗器(一樽)	○									
七律	(秋日寄)皇甫水部(道隆謫大梁詩以客懷)兼呈子循別駕(聞君)	○					○	○		○	
七律	送謝武選(少安)犒師固原因還蜀(曾)兄葬(天章)		○			○				○	
七律	中秋無目同(李子禾王)元美(李)于鱗賦得城字(四野)		○								
七律	送顧汝修歸上海(丹鳳)		○								
七律	送客遊洞庭(湖)(相逢)		○		○					○	
七律	登五臺(峰)山有感(秋、樹抄)		○	○						○	

詩體	詩歌	古今詩刪	國雅	明詩正聲（盧）	皇明詩統	明詩正聲（穆）	明詩選（華）	明詩選最	國朝名公	皇明詩選（陳）	明詩歸
七律	送朱參政之隆章（洛洛）			○		○					
七律	送章行人景南使閩（春盡）			○							
七律	春宮詞（長信）			○							
七律	姜宗孝應詩過鄰賦此用韻（當年）										
七律	送馬德用龍官歸遼陽（天涯）				○						
七律	季夏有感（南風）				○						
七律	暮秋即事（敵門）				○						
七律	秋日過方兩江書院（蟬唱）				○						
七律	無題（楚女）					○					
七律	喜黄甫至留酌（白別）					○					
七律	秋暮書懷（木落）					○					
七律	聞老兵談邊事（少小）					○					
七律	寄趙憲副萬舉時屯兵白羊口（匝開）										
七律	中秋宴集（滿空）									○	
七律	登太行山西望有懷蘇彝澤中丞（太行勝）									○	
七律	寄皇甫白泉僉憲（玄晏）									○	
七律	送趙太僕子伸入覲（流風）									○	
七律	送張給事仲安攉蜀中參政（暫停）									○	

詩體	詩歌	古今詩刪	國雅	明詩正聲（盧）	皇明詩統	明詩正聲（穆）	明詩選（華）	明詩選最	國朝名公	皇明詩選（陳）	明詩歸
七律	送郭山人次甫遊秦中（馬上）									○	
七律	初春酬襄憲副性之見寄（昨報）									○	
七律	過慶鹿校贈耿郎中子（水部）									○	
七律	送李給事元樹奉使雲中諸鎮（瑣闈）									○	
七律	送河進士振卿讌樂平少尹（都亭）									○	
七律	宿楡林驛（寒夜）									○	
七律	送王侍御子梁按河南（墨上）									○	
七律	送烏鼠山人胡世甫西歸（愁中）									○	
七律	送王監察斯進還內臺（太行）									○	
七律	寄王龍坡員外兼呈乃弟西堂少卿（憶昔）									○	
七律	夜集吳比部鳴仲它賦得秋月（庭草）									○	
七律	楊參軍次和歸白古北口（淮南）									○	
七律	送毛明府伯祥之羊城（君令）									○	
七律	送沈郎中宗周出守順慶（明星）									○	
七排	金堤同張（明府）肖甫賦（韻）（金堤、隄重到）	○		○			○	○	○		
五絕	宮詞（執扇）					○					
五絕	長根曲寄許解元（湖中）					○					
五絕	別張志虁									○	

詩體	詩歌	古今詩刪	國雅	明詩正聲（盧）	皇明詩統	明詩正聲（穆）	明詩選（華）	明詩選最	國朝名公	皇明詩選（陳）	明詩歸
五絕	大梁懷古（策馬夷門道）									○	○
五絕	秋閨（日暮江天遠）									○	○
七絕	尊葛儂君（宅）（城西閒訪葛洪）			○		○	○	○			
七絕	衛水（城外）	○		○							
七絕	遊金橙寺（策杖）	○		○							
七絕	送王夢白歸江東（吳帆）	○		○							
七絕	本公山房（滿山）	○		○							
七絕	擣衣曲（秦關）	○		○							
七絕	水仙花（月為）	○		○	○						
七絕	郭壽卿園亭（同申伯憲牛國禎醉賦）（鄧家）			○						○	
七絕	塞上曲（暮雲）			○							
七絕	寄塞上少司馬蘇公（白登）			○	○						
七絕	寄塞上少司馬蘇公（鴉陥）			○	○						
七絕	送徐進士滿建陽少尹（長亭）			○							
七絕	登陣縣城見衛水忠鄉（城外）				○						
七絕	紫騮歌贈別（紫騮）										
七絕	春草（雨中）					○					
七絕	俠客行（曉來）										

詩體	詩歌（詩）	古今詩刪	國雅	明詩正聲（盧）	皇明詩統	明詩正聲（穆）	明詩選（華）	明詩選最	國朝名公	皇明詩選（陳）	明詩歸
七絕	塞上曲（旌旗）					○					
七絕	塞上曲（鞍邊）					○					
七絕	胡笳曲（沙磧）					○					
七絕	胡笳曲（漠北詞）（石頭）					○				○	
七絕	古怨（阿郎）					○					
七絕	怨歌行（長夜）					○					
七絕	西嶽吟（漠漠）					○					
七絕	大梁雜興（飛樓）					○					
七絕	春閨（羅衣）					○					
七絕	漁翁（青竹）					○					
七絕	宿香山（深夜）					○					
七絕	園菊爲馬所囓（籬邊）					○					
七絕	秋暮登九龍山（興來）					○					
七絕	詠牡丹								○		
七絕	遊天壇								○		
七絕	塞下曲（秋高）									○	
七絕	漠北詞（大漠）									○	
七絕	漠北詞（曉開）									○	

二十、喬世寧

詩體	詩歌	古今詩刪	國雅	明詩正聲（盧）	皇明詩統	明詩正聲（穆）	明詩選（華）	明詩選最	國朝名公	皇明詩選（陳）	明詩歸
		2	4	15	14	1	3	3	1	3	1
五古	憶遠（朝采）			○							
五古	行役（行役何倉）									○	
五古	春雁（春風綠幾日）										○
五律	紫騮馬（驪馬）	○		○							
五律	關山月（關山）	○		○							
五律	秋夜（今夜燕城館）		○		○						
五律	立秋日送子成歸（海內）		○								
五律	舟中書事（春草）		○		○						
五律	梅花落（坐待）			○							
五律	舟中書事（春草）			○			○	○			
五律	春日同諸彙城南登高（白雲）			○							
五律	聞笛（何處）			○							
五律	雨夜舟中（江村）			○							
五律	長干曲（妾住）			○							
五律	關山月（關山）				○						

詩體	詩　歌	古今詩刪	國雅	明詩正聲（盧）	皇明詩統	明詩正聲（穆）	明詩選（華）	明詩選最	國朝名公	皇明詩選（陳）	明詩歸
五律	楊花落（坐待）				○						
七律	擣衣（城上）			○	○	○					
七律	聞警（太原）			○		○					
七律	南湳寄谿田先生（移家）										
七律	寄王太史元思謫戍玉壘（學士）				○						
五排	送莫子良謝病歸（仙郎）			○							
五排	和笞穆涵（上書）			○							
五排	送莫子良謝病歸						○	○			
五排	馬湖登覽		○								
五絕	莫愁湖送客（相送）				○						
五絕	嘉陵渡（春水）			○							
五絕	寺中看花（幾日）			○							
五絕	江干曲（送君）				○						
五絕	江干曲（江上）				○						
七絕	五日答薛時化（我樓）				○						
七絕	春江夕行（花瓒）								○		
七絕	後湖行（湖水）									○	
七絕	後湖行（天開）				○						

詩體	詩　歌	古今詩刪	國雅	明詩正聲（盧）	皇明詩統	明詩正聲（穆）	明詩選（華）	明詩選最	國朝名公	皇明詩選（陳）	明詩歸
七絕	邊事（白馬）									○	
七絕	擣衣（城上）						○	○			

二十一、唐順之

詩體	詩　歌	古今詩刪	國雅	明詩正聲（盧）	皇明詩統	明詩正聲（穆）	明詩選（華）	明詩選最	國朝名公	皇明詩選（陳）	明詩歸
		8	56	18	8	3	2	3	19	7	1
七古	結客少年場行（長安少年）	○		○							
七古	從軍行（送呂曹募兵邊海）（匈奴）		○		○						
七古	皇陵行（皇陵）		○								
七古	歌風臺（我來）		○								
七古	送林亶興遷官南部（移家）		○								
七古	題龍圖（世人）		○							○	
七古	李文選藏書歌（中麓）		○								
七古	日本刀歌（有客）		○						○		

詩體	詩歌	古今詩刪	國雅	明詩正聲（盧）	皇明詩統	明詩正聲（穆）	明詩選（華）	明詩選最	國朝名公	皇明詩選（陳）	明詩歸
七古	題贈喬僉事兼為乃翁封君壽（使君）								○		
七古	題東石草堂圖贈王松江（連山）								○		
七古	金臺行（君不見七雄）								○		
五律	十五夜旅懷（斬鞍）	○									
五律	萬城西寺中集言（金馬）		○								
五律	萬城西寺中集言（少年）		○								
五律	萬城西寺中集言（緇塵）		○								
五律	萬城西寺中集言（誰言）		○								
五律	萬城西寺中集言（秋來）		○								
五律	同孟中丞游龍泉寺（寶地）		○								
五律	秋夜（橙惟）		○								
五律	禁中遇雨（柴閣）		○								
五律	山行即事（息馬）		○	○							
五律	送程翰林松溪謫居潮陽（窈窕）		○								
五律	送孔上公助祭大學歸里時賜袞衣一襲（國賓）		○								
五律	軋張舍人（少小）		○								
五律	銅雀臺（玉盤）		○								
五律	暮春遊陽萊南山（洞口）		○	○							
五律	送白尉住湖州（君家）		○								

詩體	詩　　歌	古今詩刪	國雅	明詩正聲（盧）	皇明詩統	明詩正聲（穆）	明詩選（華）	明詩選最	國朝名公	皇明詩選（陳）	明詩歸
五律	聞石屋王彭君置生檟有感為賦（隱几）		○								
五律	宿遊塘書懷（雨過）		○						○		
五律	遊陽羨南山（到處）		○	○							
五律	題金山寺與曾惠謀（何處）		○	○							
五律	過清溪莊值主人不在（岸岸）		○								
五律	題清（青）溪莊（城郭）		○	○							
五律	贈山陰陳千戶病臥毘陵（問子）		○								
五律	贈山陰陳千戶病臥毘陵（到處）		○								
五律	贈山陰陳千戶病臥毘陵（高牙）		○								
五律	岳將軍墓（國恥）		○								
五律	岳將軍墓（誰將）		○								
五律	丹陽別王道忠（久已）			○							
五律	送程松溪謫居潮陽（天連）躬髮國				○						
五律	宿遊塘書懷（脈脈）								○		
五律	村居（隅乘）								○		
五律	村居（山人）								○		
五律	送王舍人往崑山為顧相公營墓									○	
五律	送李文與赴河南郡倅任									○	

詩體	詩　　歌	古今詩刪	國雅	明詩正聲（盧）	皇明詩統	明詩正聲（穆）	明詩選（華）	明詩選最	國朝名公	皇明詩選（陳）	明詩歸
五排	（答孫）登囑臺（晉時）		○	○					○		
五排	嵩陽宮陌（嘉樹）		○			○			○		
五排	普濟寺同孟中丞作（同孟望之遊普濟寺）（宛轉）		○					○			
七律	元夕詠水（冰）燈（正、初燐火樹鬧）	○	○	○				○			
七律	贈（上）（張）相公（壽詩）（帷中運策束九州）	○	○				○	○		○	
七律	寄周中丞備禦關口（牙旗）		○		○					○	
七律	朱仙鎮觀岳將軍廟（丹青）		○	○		○					
七律	山莊閒居（身名）		○						○		
七律	廣德道中（蒼山）		○						○		
七律	聞復官報京師友人（姓名）		○	○			○		○		
七律	代東寄京中舊酒（莫須）		○								
七律	寄題顧東喬侍郎載酒亭（後世）		○								
七律	送林殿醫歸苗昌（山人）		○								
七律	送王翰林浙江兵備（同時）		○								
七律	送鄒東郭掌南院（最憐）		○								
七律	贈吳山人歸自京師（山人）		○						○		
七律	次韻贈楊將軍（將軍）		○						○		
七律	題龍池菴（遠遊）		○								

詩體	詩歌	古今詩刪	國雅	明詩正聲（盧）	皇明詩統	明詩正聲（穆）	明詩選（華）	明詩選最	國朝名公	皇明詩選（陳）	明詩歸
七律	贈龍池菴老僧（蚤從）		○								
七律	殷司訓（壽詩）（白頭）		○						○		
七律	題袁卻醫（家本）		○								
七律	趙州懷古（千秋）		○	○							○
七律	和徐養浩移居（何年）				○						
七律	和徐養浩移居（窈窕）				○						
七律	金澤寺（水國）				○						
七律	午日庭宴									○	
七律	登喜峰古城時三衛貢馬散牧塞外									○	
五絕	遊南山（洞口）	○		○							
五絕	竹徑（面面）	○		○							
五絕	良友軒竹（里中）								○		
五絕	聽鶯閣（春催）										
五絕	松關（月出）										
七絕	南征歌（月明吹笛）	○									
七絕	塞下曲（贈翁侍郎總制）（健兒）	○		○		○					
七絕	仇將軍南征歌（草本）			○							
七絕	秋日書客童君見過賦此爲贈（有客）								○		

二十二、李先芳

詩體	詩歌	古今詩刪	（續）國雅	明詩正聲（盧）	皇明詩統	明詩正聲（穆）	明詩選（華）	明詩選最	國朝名公	皇明詩選（陳）	明詩歸
		18	6	48	21	36	6	6	1	3	2
五古	宿天池寺										
五古	邯鄲才人嫁爲斯養卒婦		○						○		
五古	紀行（驅車）		○	○							
五古	送吳給事讀像章司幕（漢京）			○							
五古	送吳給事讀像章司幕（昔日）			○							
五古	江南曲（姿本）			○							
五古	寄別李郎中徐比部吳舍人（脂車）				○						
五古	遠遊篇（天地）				○						
五古	遠遊篇（我行）				○						
五古	雜詩（驟驟）					○					
五古	雜詩（貪巧）					○					
五古	鈴岡（西行）					○					
五古	郊送于韶馬上作（端居）					○					
五古	田中雜興（夕日）					○					
五古	擬嘲熱客（玄天）					○					

詩體	詩歌	明詩歸	皇明詩選（陳）	國朝名公	明詩選最	明詩選（華）	明詩正聲（穆）	皇明詩統	明詩正聲（盧）	（續）國雅	古今詩刪
五古	塞下（胡騎獵秋塞）	○									
七古	薊門閱歌（漢家）									○	
七古	織婦詞（白露）				○	○			○		
七古	掛劍臺行（口語）								○		
七古	掛劍臺行（昔人）								○		
七古	哀江南（往年）										
七古	廬山謠贈南康吳給事論居（我聞）								○		
七古	寄懷李子麟學憲（去年）								○		
七古	淮陽感舊呈郡年伯伯丈（君不見洛陽）								○		
七古	贈王兆山（結髮）						○	○			
七古	畫鵠（有鳥）										
七古	江都觀泛龍舟（隋煬）						○				
七古	賦得楊花篇再贈陳于詔（長楊）						○				
七古	鼓劍歌（寶劍）						○				
七古	七夕歌（七月）						○				
五律	除夕雨雪（除歲窮）										○
五律	鄱陽湖（吳城）		○		○	○			○		○
五律	紫騮馬（沙苑）		○						○		○

詩體	詩　歌	古今詩刪	（續）國雅	明詩正聲（盧）	皇明詩統	明詩正聲（穆）	明詩選（華）	明詩選最	國朝名公	皇明詩選（陳）	明詩歸
五律	劉生（詠兵）	○									
五律	留別（李）于鱗（李侯）	○		○							
五律	送張內翰赴院（北人）	○		○							
五律	明妃（怨）（蛾眉）		○		○						
五律	明妃（怨）（十載）		○		○						
五律	送桑少尹赴平涼（漢家）		○（續）								
五律	對酒懷子充（長夏）		○（續）								
五律	送王侍御出按甘肅（君王）			○							
五律	大佛寺慈雲洞天（佛日）			○							
五律	中都同孫使君登第一山贈曉上人（地臨）			○							
五律	中都同孫使君登第一山贈曉上人（官如）			○							
五律	峽石舟中望柴山寺（長溥）			○							
五律	駕虹橋望觀妓（劃然）										
五律	九日賞菊觀妓（開筵）				○						
五律	題燕臺春草答續徐子與（燕臺）			○	○						
五律	江後晚行（襄帷）				○						
五律	晚發清江（江行）				○						
五律	清江鎮（山連）				○						

詩體	詩歌	古今詩刪	（續）國雅	明詩正聲（盧）	皇明詩統	明詩正聲（穆）	明詩選（華）	明詩選最	國朝名公	皇明詩選（陳）	明詩歸
五律	一齋（一齋）					○					
五律	種樹（官齋）					○					
五律	馬上咏雪（寒日）					○					
五律	寄懷蘇子長宜園（近郭）					○					
五律	有懷喬楊椒山（朝市）										
五排	德藩白雲亭觀珍珠泉作（帶嶺）	○		○							
五排	元日早朝（北極）			○							
五排	秋日善果寺（刹飛）			○							
五排	舟中作（放船）			○							
五排	將赴讌所便道曹南懷陳近衡大行十二韻（昔拜）										
五排	春日見二毛作（作客）				○	○					
五排	秋懷（一葉）										
五排	初入天壽山望七陵作（軒皇）	○									
七律	大液池春望（金海恩波）	○									
七律	滕王閣（高閣）	○		○	○	○					
七律	送王（西塘）侍御（代）巡甘肅（君王西顧重）			○						○	
七律	白燕（昭陽）	○					○	○			
七律	雲岑閣（天畔）	○		○			○	○			

詩體	詩　　　歌	古今詩刪	（續）國雅	明詩正聲（盧）	皇明詩統	明詩正聲（穆）	明詩選（華）	明詩選最	國朝名公	皇明詩選（陳）	明詩歸
七律	王畋山禱中丞祠（王畋）	○		○							
七律	送沈太守之潮州（萬里）	○		○							
七律	送李于鱗入覲（使君）	○		○							
七律	望金山寺（金山壁立）		○		○						
七律	送蘇侍御按宣大還朝（驄馬）			○							
七律	上元夜望西苑西燈山（蓬萊）			○							
七律	送曹中丞謫戍明方（幾年）			○							
七律	早春文昌閣（一泓）				○						
七律	送劉郎中赴固原兵備（劉生）				○						
七律	縣齋晚坐（孤城）				○						
七律	寄答仲中翰（去年）				○	○					
七律	小孤山（沈滲）				○						
七律	白鹿洞（紫陽）				○	○				○	
七律	雲阜送袁生之京（曲水）				○						
七律	暮春初過山庄（山人）					○					
七律	宜春臺（春臺）					○					
五絕	明君曲（彈來塞上）	○					○				
五絕	閨怨（閨人）			○				○			

詩體	詩歌	古今詩刪	（續）國雅	明詩正聲（盧）	皇明詩統	明詩正聲（穆）	明詩選（華）	明詩選最	國朝名公	皇明詩選（陳）	明詩歸
五絕	長安道（朝行）			○							
五絕	秋閨（開簾）										
五絕	客夜（空牀）					○					
五絕	覽鏡（一種）					○					
五絕	圓覺寺晚坐（片片歸林鳥）										○
七絕	臨江節士歌（臨江節士）	○									
七絕	早春懷（王）元美（新正）	○		○							
七絕	宮詞（扎珥）			○							
七絕	燕京歌（金麟）			○							
七絕	隆福寺訪許伯玉（車馬）			○							
七絕	再過玉堤（馬蹄）			○							
七絕	送（維揚）王生遊秦中（燕山）			○		○					
七絕	對酒再贈柳所（四月）			○							
七絕	江行野望（逐客）			○							
七絕	怨歌行（胡姬）			○		○	○	○			
七絕	宮詞（排桃）					○					
七絕	征婦詞（曾誇）					○					
七絕	寄李于鱗（山中）					○					

詩體	詩　歌	古今詩刪	(續)國雅	明詩正聲(盧)	皇明詩統	明詩正聲(穆)	明詩選(華)	明詩選最	國朝名公	皇明詩選(陳)	明詩歸
七絕	建康道中(十年)					○					
七絕	雨中看海棠(爲蓮)					○					
七絕	詠泛蘆(霸越)					○					
七絕	閨意(阿郎)					○					

二十三、餘允文

詩體	詩　歌	古今詩刪	國雅	明詩正聲(盧)	皇明詩統	明詩正聲(穆)	明詩選(華)	明詩選最	國朝名公	皇明詩選(陳)	明詩歸
		2	13	4	14	1	1	1	2	6	2
五古	寄(李)于鱗(涼風)	○	○	○							
五古	寄(李)于鱗(日夕)	○	○	○							
五古	新秋東郊遊矚(高齋)					○			○		
五古	園居(窮居)			○	○				○		
五古	出塞(擊胡無生還)		○		○						○

詩體	詩歌	古今詩刪	國雅	明詩正聲（盧）	皇明詩統	明詩正聲（穆）	明詩選（華）	明詩選最	國朝名公	皇明詩選（陳）	明詩歸
五古	少林僧徒一百二十人赴義討賊軍次海上不屬諸道帥聞而壯之遂賦此作（吾觀）		○								
五古	送葉伯寅遊南都（朝日）		○		○						
五古	登昆盧閣（古閣）						○	○			
五古	秋夜（孟秋）									○	
七古	虎丘行（吳王）		○		○						
七古	征馬嘶途有光（白楊花）		○		○						
七古	胡笳曲（長風）		○		○						
七古	桃源行（武陵深）		○		○						
七古	鹽曲（青樓）		○		○						
五律	獨坐（獨坐）		○		○						
五律	答周鳳起林園閑居（昔聞）				○						
七律	秋日陪張公通政登昆盧閣和顧閣老韻（金園）				○						
七絕	泉（能將）		○		○						
七絕	山行（遠樹）		○		○						
七絕	搗衣（月樹）			○							
七絕	送吳處士中才（春來）				○						
七絕	雞（聞）（月落空營）				○					○	

詩體	詩歌	國雅	古今詩刪	皇明詩統	明詩正聲（盧）	明詩正聲（穆）	明詩選（華）	明詩選最	國朝名公	皇明詩選（陳）	明詩歸
七絕	塞上曲（蕭關）									○	
七絕	塞上曲（風高）									○	
七絕	搗衣（重關月色）									○	
七絕	寒食（荒原無路少行人）										○

二十四、李攀龍

詩體	詩歌	國雅	明詩正聲（盧）	皇明詩統	明詩正聲（穆）	明詩選（華）	明詩選最	國朝名公	皇明詩選（陳）	明詩歸
		45	73	18	77	14	10	35	153	13
四古	效阮公樂府（大清孔陽）		○						○	
四古	效阮公樂府（日照月臨）								○	
四古	地雷樂歌（蕭蕭條條）						○			○
五古	錄別（秋風）	○			○			○		
五古	錄別（千秋）	○			○				○	

詩體	詩歌	國雅	明詩正聲（盧）	皇明詩統	明詩正聲（穆）	明詩選（華）	明詩選最	國朝名公	皇明詩選（陳）	明詩歸
五古	錄別（大江）		○							
五古	代曹子建（丈夫）		○							
五古	代王仲宣（方舟）		○							
五古	代劉公幹（投后）		○							
五古	謝茂秦（謝榛吾黨）		○							
五古	酬元美（姜本）		○							
五古	古意寄余德甫（明月）		○							
五古	古詩（白石）				○					
五古	古詩（三五）				○					
五古	代陳孔璋（浮雲）				○					
五古	代阮元瑜（高城）				○					
五古	古詩（孟冬）					○	○			
五古	錄別（高樓）								○	
五古	古意（秋風）								○	
五古	詠古（綏綏）								○	
五古	雜興（伯牙）								○	
五古	雜興（翩何）								○	
五古	古詩後十九首　擬行行重行行								○	

詩體	詩歌	國雅	明詩正聲（盧）	皇明詩統	明詩正聲（穆）	明詩選（華）	明詩選最	國朝名公	皇明詩選（陳）	明詩歸
五古	古詩倣十九首—擬青陵上逕								○	
五古	古詩倣十九首—擬東城高且長								○	
五古	擬徐偉長（高台）								○	
五古	效應瑒百一詩（清函命）								○	
五古	再答元美（盈盈）								○	
五古	送元美（有鳳）								○	
五古	答俞仲蔚（太乙）								○	
五古	許殿卿郭子坤見枉林園（明時）								○	
五古	贈德甫（豫章）								○	
五古	塘上行（塘上雙）								○	
五古	飲馬長城窟行（蕭蕭山上）								○	
五古	白頭吟（青楼）								○	
五古	豔歌行（南海）								○	
五古	枯魚過河（江）泣（大魚唊）									○
五古	折楊柳歌（放馬）									
五古	前溪歌（葵藿）									○
五古	子夜歌（強）（彊）言								○	○
五古	懊儂曲（布帆）									○

詩體	詩　　歌	國雅	明詩正聲（盧）	皇明詩統	明詩正聲（穆）	明詩選（華）	明詩選最	國朝名公	皇明詩選（陳）	明詩歸
五古	石城曲（大篇）								○	
五古	琅琊王歌（孤兒當門）									○
七古	賦得金谷園（石家）	○								
七古	刁斗篇（陰山）	○			○					
七古	送謝茂秦（孝宗）	○			○				○	
七古	擊鹿行（徐卿）	○			○					
七古	送新喻李明府伯承（爾昔）	○						○	○	
七古	雪夜過殷卿湖亭（并）聽江山人彈琴得集字（夜來）	○						○		
七古	送永寧許使軍（荊州）		○						○	
七古	贈許殿卿（前年）		○							
七古	送斬潁州子魯			○						
七古	燕歌行（秋風）				○					
七古	白紵舞歌（春日）				○					
七古	俠客行為子與贈吳生（本自）					○	○			
七古	吳門送別楊子（苕溪）						○	○		
七古	吳門送別楊子（吳門）							○		
七古	吳門送別楊子（楊山人）（千崖）							○	○	
七古	吳門送別楊子（長裾）							○		

詩體	詩　歌	國雅	明詩正聲（盧）	皇明詩統	明詩正聲（穆）	明詩選（華）	明詩選最	國朝名公	皇明詩選（陳）	明詩歸
七古	題申職方五嶽圖（誰將）							○		
七古	燕歌行（會日苦少）								○	
七古	支如張（支而瑲羅）								○	
七古	隴上歌（隴上壯士）								○	
七古	東飛伯勞歌（東飛伯勞）								○	
七古	送薊榆李明府伯承（薊門）								○	
七古	曉得金合園障子（誰將）								○	
七古	送趙員外行邊（孤白）								○	
七古	曉得狼居胥山送李侍御（材官）								○	
七古	送公賁還南海（梁生）								○	
七古	歲杪放歌（終年）								○	○
七古	和殿卿春日梁園即事（梁園）									○
七古	前纓罄歌（海上之山）									○
四五六古	悲歌（慷慨）								○	
五言古	猛虎行（飢日從漂母食）									○
五言古	送（許）殿卿（嗟君）	○	○							
五律	送張比部募兵秦晉諸郡（天威）	○	○		○				○	

詩體	詩歌	國雅	明詩正聲（盧）	皇明詩統	皇明詩正聲（穆）	明詩選（華）	明詩選最	國朝名公	皇明詩選（陳）	明詩歸
五律	送沈郎中守順慶（見說）	○	○		○				○	
五律	碧雲寺禪房（佛土）	○								
五律	夜過元美（病即）	○						○		
五律	送孟得之（十載）	○			○			○		
五律	（同元美與諸比部置夏）城南放舟（言尋）	○		○						
五律	和許長史五日山昔山湖亭燕集（城頭）	○								
五律	白雲樓（諸郎）	○							○	
五律	送諸光祿還於越（幾年）	○							○	
五律	出郭（出郭）	○								
五律	同殿卿遊南山天井寺（古寺）									
五律	圓峴效徐閣體（片石）		○		○					
五律	春日草氏園亭同（王）元美賦（藉草）		○		○				○	
五律	登黃輸馬陵諸山是太行絕頂處（不盡）		○							
五律	寄許殿卿（人情）		○							
五律	冬日村居（遙夜）		○							
五律	秋扇（自從）			○						
五律	朝陵夜作（上陵）				○				○	
五律	郊行（泣馬）				○					

詩體	詩　　歌	國雅	明詩正聲（盧）	皇明詩統	明詩正聲（穆）	明詩選（華）	明詩選最	國朝名公	皇明詩選（陳）	明詩歸
五律	夜過元美（眼底）				○					
五律	張氏園亭（辟疆）				○					
五律	再遊南溪同應駕部徐比部賦（此日）				○					
五律	同皇甫輔部寨夜夜坡南詠月（片月）				○					
五律	酬徐員外舟中新詠見示（何處）				○					
五律	雪溪徐山人（白有）				○					
五律	和殿卿白雲亭醉歌（狂殺）				○					
五律	夏日東令臥病（夜半）				○					
五律	秋日旨病（隱儿）				○					
五律	月（不是）				○					
五律	登省中樓堂西山晴日（忽見）					○	○			
五律	五日和許傅湖亭蕪集（青尊（樽））					○	○			
五律	元夜（公子）								○	
五律	登省中樓（蕭瑟）								○	
五律	章行人使器藩（使者）								○	
五律	聞砧（永夜）								○	
五律	張山人（吾鄉）								○	
五律	郊行（稍似）								○	

詩體	詩　歌	國雅	明詩正聲（盧）	皇明詩統	明詩正聲（穆）	明詩選（華）	明詩選最	國朝名公	皇明詩選（陳）	明詩歸
五律	登黃榆馬陵諸山是太行絕頂處（黃榆）									
五律	登黃榆馬陵諸山是太行絕頂處（秋色）								○	
五律	答明卿病俊見寄（薊門）								○	
五律	寄元美（漁陽）								○	
五律	黃河（橫就）								○	
五律	澀州（回臨）								○	
五律	寄華從龍比以魚鬮見致（多少）								○	
五律	龍集寺（雙林）								○	
七律	送盧次楩住建業謝故陸令（中原）	○								
七律	章氏池亭同元美子與子相賦（買酒）	○						○		
七律	郡城送友人（西來）	○						○		
七律	郡城（樓送吳明卿）送友人（徒倚）	○				○		○	○	
七律	再寄元美（中丞）	○						○		
七律	酬答明府見寄（清時）	○								
七律	蚤春得汝思蜀中書（萬里）	○								
七律	送軍員外按察鄄中（醉攤）	○								
七律	送李司封讁廣陵（明光）	○			○				○	
七律	十五夜子與明卿見過（日落）	○								

詩體	詩　歌	國雅	明詩正聲（盧）	皇明詩統	明詩正聲（穆）	明詩選（華）	明詩選最	國朝名公	皇明詩選（陳）	明詩歸
七律	張鶯部宅梅花（仙郎）	○								
七律	宣武門眺望（白雲）	○							○	
七律	真定邸中重憶殷卿（客舍）	○								
七律	送張肯甫出計閩廣（聞道）	○								
七律	元美望海見寄（白雲）	○								
七律	贈殷正甫大史白至泰山（爲贈）（明堂）	○			○				○	
七律	送許台史（之京）（少年車（裘）馬）	○						○	○	
七律	送趙戶部出守淮陽（仙郎）		○	○					○	
七律	崔駙馬山池宴（燕）集（得無字）（（主）王家）		○		○				○	
七律	送王郎守安慶（花滿）		○		○					
七律	送豐城杜少府讀讚南（共惜）		○							
七律	送劉員外使黔中（峩嵋萬里）		○						○	
七律	與謝茂秦金山寺亭上望西湖（孤亭）		○							
七律	同王元美宗子相梁公實分賦孋太山得鍾字栗魏順甫（域內）		○		○		○		○	
七律	徐子與南懷梁公實（共指）		○		○					
七律	同張滑縣樓（登）清風樓（層樓）		○			○				
七律	登黃榆馬陵諸山是太行絕頂處（太行）		○		○				○	
七律	登黃榆馬陵諸山是太行絕頂處（西嶺）		○		○					

詩體	詩　　歌	國雅	明詩正聲（盧）	皇明詩統	明詩正聲（穆）	明詩選（華）	明詩選最	國朝名公	皇明詩選（陳）	明詩歸
七律	平涼（春色）		○						○	
七律	上郡（叱馭）		○							
七律	抄秋登大華（山）頂（徒倚）		○		○					
七律	送馮汝言學憲之浙江（儒臣）		○				○			
七律	（秋前一日同元美吳峻伯汝思集城）南樓（萬里銀河）			○					○	
七律	初春元美帝上贈茂秦得關字（鳳城）			○					○	
七律	送張元譔餞部讞常州別驚（賦就）									
七律	懷（宗）子相（薊門）			○	○			○	○	
七律	宗子相（騎省）			○						
七律	於郡樓送茂秦之京（把酒）			○						
七律	和余德甫江上雜詠（城下）			○						
七律	大閱兵海上（使君）				○					
七律	大閱兵海上（戈鋋）				○					
七律	大閱兵海上（列艦）				○					
七律	大閱兵海上（新開）				○					
七律	抄秋登大華山頂（大華）				○					
七律	天仙宮白松（孤根）				○					
七律	過吳子玉函山草堂（玉函）				○					

詩體	詩歌	國雅	明詩正聲（盧）	皇明詩統	明詩正聲（穆）	明詩選（華）	明詩選最	國朝名公	皇明詩選（陳）	明詩歸
七律	上末大司空（河堤）				○				○	
七律	送明卿謫江西（海上）				○					
七律	送大司寇顧公之金陵（聞道）				○					
七律	送黃侍御按滇南（中）（去矣）				○				○	
七律	送段正甫使河洛（中州）				○					
七律	贈李明府斷讞黃川奉送景王之國（帝寵）				○				○	
七律	寄王元美藏經閣（岧嶢）									
七律	送孫郎中守承天（鬱蔥）							○	○	
七律	送皇甫別駕住開州（銜杯）								○	
七律	送汪伯陽出守慶陽（中原）								○	
七律	秋夜白雪樓周公瑕（日洛）								○	
七律	登黃榆馬陵諸山是太絕頂處（西來）								○	
七律	登黃榆馬陵諸山是太絕頂處（千峰）								○	
七律	趙州道中憶殷卿（憶爾）								○	
七律	寄劉子成（書札）								○	
七律	抄秋登太華山絕頂（縹緲）								○	
七律	神通寺（相傳）								○	
七律	送張轉運之南康（此去）								○	

詩體	詩　　歌	國雅	明詩正聲（盧）	皇明詩統	明詩正聲（穆）	明詩選（華）	明詩選最	國朝名公	皇明詩選（陳）	明詩歸
七律	答殿卿書（故人）								○	
七律	答子與病起見寄（青門）								○	
七律	子與病起移書二美吳下群賢委頓嬝嬝游躍勝遊遙屬寄（伏枕）								○	
七律	送魏按察之路（盧關）								○	
七律	題南海运台甘露贈潘侍御（蘭台）								○	
七律	舜祠哭臨大雪（雨雪）								○	
七律	杜青州按察中（東方）								○	
七律	過嚴陵（嚴陵）								○	
七律	送陸從事赴邊陽（御苑）								○	
七律	冊立皇太子入賀（燕台）								○	
七律	送羅大參之任山西（雁門）								○	
七律	和梁慶凌過密詠天仙宮白松（孤根）								○	
五排	送李大守之東昌（諸侯）		○							
五排	眼得邊馬有歸思（飛將）		○			○	○			
五排	再上少宰誦德流懷（弱冠）		○							
五排	燕京篇（燕京豪）		○							
五排	答謝茂秦遊盤山詩（愛爾）		○							

詩體	詩歌	國雅	明詩正聲（盧）	皇明詩統	明詩正聲（穆）	明詩選（華）	明詩選最	國朝名公	皇明詩選（陳）	明詩歸
五排	送楊給事河南召募（醜虜）		○						○	
五排	香山寺（住時）		○							
五排	人日同元美子與公實集子相宅（年華）		○							
五排	哭梁公實（客有）		○							
五排	哭梁公實（徒此）		○							
五排	宿華頂王井樓（玉井）		○							
五排	夏日張茂才見枉林園（殘書）		○							
五排	夏日張茂才枉林園（當時）				○					
五排	經華嚴廢寺爲廣火所燒（醜虜）				○			○		
五排	七夕集元美宅送茂蔡（祖席）								○	
五排	哭公實（逝矣）								○	
五排	哭公實（賓沈）								○	
七排	郡齋同王元美賦得明字（洛日）		○							
七排	送歷城李明府入計（五陵）		○					○		
七排	與劉憲使過子與大佛寺（西湖）				○					
五絕	山中（君去）		○							
五絕	寄登宗秀才茂登池亭（窗中）		○						○	
五絕	山房書壁（夏日）		○							

詩體	詩歌	國雅	明詩正聲（盧）	皇明詩統	明詩正聲（穆）	明詩選（華）	明詩選最	國朝名公	皇明詩選（陳）	明詩歸
五絕	杖（十載相縈憶）		○		○					
五絕	戲呈子坤（聞君）							○		
五絕	戲呈子坤（家有）							○		
五絕	戲呈子坤（丹牆）							○		
七絕	秋日懷（王）元美（畫匣）裡龍泉	○						○		
七絕	秋日懷（王）元美（落魄）	○			○			○		
七絕	秋日懷（王）元美（十載）	○						○		
七絕	送鄭參戎（將軍）之銅仁（漢將）	○			○			○		
七絕	山中簡許郭（二生）（金通寺）		○					○	○	○
七絕	再送許右史（送右使之京）（桃花）				○			○	○	
七絕	再送許右史（萬國）	○								
七絕	送（宗）子相歸廣陵（廣陵秋色）			○	○				○	
七絕	再別徐子與（馬上）		○							
七絕	塞上曲送王元美（燕山）		○							
七絕	塞上曲送王元美（西出）		○							
七絕	塞上曲送王元美（白羽）		○			○	○			
七絕	酬殿卿長史夏日過飲（蕭蕭）		○							
七絕	九日同許卿殿卿登南山（滿天）		○							

詩體	詩　　歌	國雅	明詩正聲（盧）	皇明詩統	明詩正聲（穆）	明詩選（華）	明詩選最	國朝名公	皇明詩選（陳）	明詩歸
七絕	和許殿卿冬日招飲田間（白雲）		○							
七絕	春日聞吳明卿之京為寄（千載）		○							
七絕	寄（王）元美（薊門城上）		○						○	
七絕	哭（宗）子相（楊子）		○						○	
七絕	輓王中丞（司馬）		○		○					
七絕	輓王中丞（鐵馬）		○							
七絕	輓王中丞（昨夜）		○						○	
七絕	輓王中丞（慕府）		○		○					
七絕	送徐汝恩（天涯）		○							
七絕	寄汝寧徐使君（高齋）		○							
七絕	寄吳明卿（秋色）		○							
七絕	寄吳明卿（楚娃）		○						○	
七絕	許使君見過林亭（瀾酒）		○							
七絕	送子相歸廣陵（相逢）			○						
七絕	送子相歸廣陵（少年）			○						
七絕	送子相歸廣陵（薊北）			○						
七絕	送子相歸廣陵（廣陵城上）			○						
七絕	送子相歸廣陵（茂陵）			○					○	

詩體	詩歌	國雅	明詩正聲（盧）	皇明詩統	明詩正聲（穆）	明詩選（華）	明詩選最	國朝名公	皇明詩選（陳）	明詩歸
七絕	送子相歸廣陵（白雲）			○					○	
七絕	宿林泉觀（懿濑）				○					
七絕	湧泉庵（錦陽）				○					
七絕	觀鑪（十月）				○					
七絕	殿卿別業（負郭）				○					
七絕	止酒（五柳）				○					
七絕	早夏示殿卿（湖上）				○					
七絕	宿開元寺示諸子（三十）				○					
七絕	汝思見過林亭（五柳）				○					
七絕	贈勳將軍之銅江（銅柱）				○					
七絕	席上（鼓飲歌）送元美（碧天）				○				○	
七絕	懷明卿（豫章）				○				○	
七絕	寄吳明卿（秋色）				○					
七絕	重寄伯系（桃花）				○					
七絕	哭子相（清秋）				○					
七絕	明妃曲（天山）					○	○			
七絕	送吳郎中讞獄江西（楚天）					○				
七絕	於郡坡送明卿之江西（高齋）					○				

詩體	詩歌	國雅	明詩正聲（盧）	皇明詩統	明詩正聲（穆）	明詩選（華）	明詩選最	國朝名公	皇明詩選（陳）	明詩歸
七絕	送殷卿（莫辭）							○		
七絕	遊仙曲（一聽）							○		
七絕	送劉戶部督餉湖廣（洲邊）								○	
七絕	送劉戶部督餉湖廣（馬上）								○	
七絕	送劉戶部督餉湖廣（漢江）								○	
七絕	送劉戶部督餉湖廣（錦帆）								○	
七絕	寄元美（江南）								○	
七絕	寄元美（漁陽烽火）								○	
七絕	重寄元美（十載）								○	
七絕	重寄元美（南冠）								○	
七絕	重寄元美（北斗）								○	○
七絕	勞別子與（武林）								○	
七絕	春日聞明卿之京爲客（十（千）載）								○	○
七絕	王中丞破胡遼陽凱歌（萬里）								○	
七絕	哭子相（故園）								○	
七絕	輓王中丞（主恩）								○	
七絕	觀獵（胡鷹）									
七絕	酬許右史九日小山見贈（十載）								○	

詩體	詩歌	國雅	明詩正聲（盧）	皇明詩統	明詩正聲（穆）	明詩選（華）	明詩選最	國朝名公	皇明詩選（陳）	明詩歸	
七絕	寄元美（憑將）								○		
七絕	得徐使君所貽王敬美見贈答寄（博物）								○		
七絕	送段正甫內翰之京（君王）								○		
七絕	送段正甫內翰之京（詔譴）								○		
七絕	送右史之京（五雲）								○		
七絕	送右史之京（胡姬）								○		
七絕	輓楊生（平生）								○		
七絕	子與以服臥病因賦散人怨服散詩戲贈（吳姬）								○		
七絕	和鼂儀部明明妃曲（青海）								○		
七絕	和鼂儀部明明妃曲（天山）								○		
七絕	寄謝茂秦（美人）								○		
七絕	答右史秋懷見寄（河上）								○		
七絕	答右史秋懷見寄（老去）								○		
七絕	寄送方山人歸歙州（河水）								○		
七絕	答贈沈孟學（海門）								○		
七絕	五日與殿卿遊北渚（五月五日）									○	
七古	君不見殿卿鄭莊（君不見江上）							○			誤入李夢陽詩
七古	瞻駒帥（蒼鷹）							○			誤入李夢陽詩

詩體	詩歌	國雅	明詩正聲（盧）	皇明詩統	明詩正聲（穆）	明詩選（華）	明詩選最	國朝名公	皇明詩選（陳）	明詩歸	
七古	除夕醉歌（今歲）							○			誤入何景明詩
七古	除夕醉歌（孤城）							○			誤入何景明詩
七律	賦得雙塔寺（雙隔）	○									誤入王廷陳詩

二十五、徐中行

詩體	詩歌	古今詩刪	國雅	皇明詩統	明詩正聲（盧）	明詩正聲（穆）	明詩選（華）	明詩選最	國朝名公	皇明詩選（陳）	明詩歸
		61	14	13	59	12	6	6	8	19	1
五古	題萬言卿西原精舍（橋橋）	○									
五古	題萬言卿西原精舍（伊昔）	○									
五古	得李子麟書（伊予）				○						
五古	春春將赴汝南廣州府中寄懷京邑遊好（昔來）				○						
五古	春春將赴汝南廣州府中寄懷京邑遊好（浩浩）				○						
五古	答郭次甫（論文）				○						

詩體	詩歌	古今詩刪	國雅	明詩正聲（盧）	皇明詩統	明詩正聲（穆）	明詩選（華）	明詩選最	國朝名公	皇明詩選（陳）	明詩歸
五古	題西園雅集卷（西園）				○						
五古	題況比部藥湖書堂（子車）					○					
五古	春暮將赴汝南廣川舟中寄懷京邑游好（黃河）									○	
七古	送李于鱗守順德（去春）	○		○							
七古	高暘行送沈嘉則入閩（自從）	○		○							
七古	送張中丞還山曲（風雷）					○					
七古	送張中丞還山曲（四旬）					○					
五律	祀陵（展祀逢寒食）	○									
五律	答明卿（旅館鈞杯）	○									
五律	袁商中丞（將相末交）	○									
五律	春日同順甫元美遊姚園（落魄憐）	○									
五律	于鱗元美同日發偕宗子生送之分賦（萬里知難往）	○									
五律	吳給事諷豫章（乾坤震）	○									
五律	吳給事諷豫章（此日阿天）	○									
五律	吳給事諷豫章（結髮三）	○									
五律	過于鱗郡齋（高齋淹）	○									
五律	出守俊寄曾遊（白雲吾阿有）	○									
五律	郭黎梁三生再過客邸（白杠疎狂）	○									

詩體	詩歌	古今詩刪	國雅	明詩正聲（盧）	皇明詩統	明詩正聲（穆）	明詩選（華）	明詩選最	國朝名公	皇明詩選（陳）	明詩歸
五律	罷郡後作（臥閣身）	○									
五律	罷郡後作（頃已）	○									
五律	吳給事論豫章（淮陽）	○		○		○					
五律	杞陵（風雨）	○		○			○	○			
五律	臥病簡（李）于鱗（吳）明卿（交遊）	○		○							
五律	簡（宗）子相（故國）	○		○							
五律	答（吳）明卿（燕市）	○		○							
五律	燕山除夕（舊游）	○		○							
五律	秋日（迢遞）	○		○							
五律	秋日（風霜）	○		○							
五律	罷郡後作（鷹隼）	○		○							
五律	罷郡後作（故人）	○		○							
五律	罷郡喜歸（十載）		○			○			○		
五律	盤江雨霽（亂雲）		○						○		
五律	入桐江（祥沇）			○							
五律	過顧汝和所邅黎惟敬惟敬字不至得菓字（朝市）						○	○			
五律	山居得明卿再誦報（去國）			○							
五律	明卿守邵武五年不調忽有左遷賦慰（聖主）			○							

詩體	詩歌	古今詩刪	國雅	明詩正聲（盧）	皇明詩統	明詩正聲（穆）	明詩選（華）	明詩選最	國朝名公	皇明詩選（陳）	明詩歸
五律	初入滇關（蒼然）			○							
五律	春同順甫元美游姚園（日漸）				○						
五律	臥病久憶西山（委巷）				○						
五律	問宗子相病（子懷）				○					○	
五律	春夜席上懷茂秦（同于鱗子相公實元美賦一首）（嘯侶）				○						
五律	病甚復起簡王元美兄弟并申修楔之約（江山）					○					
五律	送軍餞德先世之楚（開府）									○	
五排	送大梁李公轉東藩左轄（八韻）（賦別復）	○		○							
五排	同張肖甫送遄（乃）（張）山人還蜀（兄弟）	○		○			○	○			
五排	燕京篇席上分得魚字（北斗）				○						
五排	正月十六夜同諸子過順甫宅得橙字（火樹）									○	
五排	送宗姪雲卿任靈縣縣簿（弱冠）									○	
七律	送于鱗還郡（計吏雄才）	○									
七律	李伯承諸子見過（病客部門）	○									
七律	表臺同諸僚友燕集（表臺高出）	○									
七律	寄題李子雪樓（參廓誰）	○									
七律	寄題（李）于鱗白雪樓（黯澹深）	○					○	○			
七律	汝寧表臺作（蒼然一望）	○									

詩體	詩　　歌	古今詩刪	國雅	明詩正聲（盧）	皇明詩統	明詩正聲（穆）	明詩選（華）	明詩選最	國朝名公	皇明詩選（陳）	明詩歸
七律	寄答廣陵歐文學（蕪城客夢）	○								○	
七律	戚希仲楊伯章二禮部携酒過周于鱗賦（三調承）	○									
七律	北郭臥病不赴齋宿屬王元美諸人並移病因賦（仙臺）	○		○							
七律	射陽湖逢宗子相北上醉別（邂逅）	○		○							
七律	喜李于鱗至（只、咫尺）	○		○							
七律	送（王）元美出塞（柳色）	○		○							
七律	元日簡黎惟敬（天涯）	○		○							
七律	遊荊溪張公洞（迢迢）		○							○	
七律	過鵲嶺醉後解嘲（昆明）		○							○	
七律	（王）元美使雲中時李于鱗在秦（風塵）		○		○						
七律	暮春雪後黎惟敬姚元白過余館中得中字（臟盡）		○								
七律	奉送尊師白石韋先生德州掌教（九河）		○								
七律	黃希尹自維楊移貳嘉適任吳志道任調賦寄（搏風）		○								
七律	追于鱗不及道還元美（賦此）（同府）		○							○	
七律	過嶺廣文留醉（苜蓿）		○							○	
七律	張肯甫浦守遷中都憲喜寄（西來）		○		○						
七律	送諫督學之廣臺（曉來）（乘）（駿）馬出		○								
七律	驛亭漫興（走馬）		○								

詩體	詩歌	古今詩刪	國雅	明詩正聲（盧）	皇明詩統	明詩正聲（穆）	明詩選（華）	明詩選最	國朝名公	皇明詩選（陳）	明詩歸
七律	登岱（東嶽）			○						○	
七律	寄嶺南李僉憲（一別）			○				○			
七律	答答廣陵歐學博（蕪城）			○			○				
七律	九月八日登天津城遲謝茂秦山人李比部伯承（搖落）			○							
七律	山陵道中風雨（春日）			○							
七律	山陵道中風雨（鼎湖）			○							
七律	游荊溪張公洞（迢遙）			○							
七律	登岱（跌蕩）			○							
七律	答孫侍御（御詩）秦中見懷之作（千里）				○						
七律	夏至齋夜晉中懷李使君子鱗（齋居）				○						
七律	送唐太史思濟還越故因簡令弟（傳經）				○						
七律	送李使君子鱗還順德（把袂雲晴）										
七律	送元美兵備山東（漢庭）				○						
七律	汪伯玉中丞起撫賀陽志喜（歸來）					○					
七律	丘宗伯遠顧大參王侍御及予暮後登亦壁作（陽阿）					○					
七律	寄贈李子鱗督學關中時余使吳（攬轡）									○	
七律	王女潭（仙臺）									○	
七律	黃鶴樓新成（飛觀）									○	

詩體	詩歌	古今詩刪	國雅	明詩正聲（盧）	皇明詩統	明詩正聲（穆）	明詩選（華）	明詩選最	國朝名公	皇明詩選（陳）	明詩歸
七律	曉登玄嶽天柱峰一首（帝居）									○	
七律	大中丞汪王卿自鄖臺移鎮武昌客贈（釣天）									○	
七律	送駱給事晴書還越（投荒）									○	
七律	紫雲館爲史元秉題（先皇）									○	
七律	明卿入梁奉灌甫寄正（當年）									○	
七排	黃河道中別吳生（賦別）	○									
七排	賦得貞石贈雲間吳比部十二韻（何來）	○				○					
五絕	活水池（池分）	○		○							
五絕	詠顧汝和舍人種桃（不言）	○		○							
五絕	題顧汝和石鼎寨（雲英）	○		○							
五絕	邛竹杖（仙人）	○									
七絕	送于麟之荊州（趙地山河）	○									
七絕	同明卿催敬登大白樓（醉攜遷客）	○									
七絕	懷于麟（黃河萬里）	○									
七絕	征南譙歌（誓師親）	○									
七絕	于麟謝病歸濟南寄訊（白雲湖上）	○									
七絕	客答汝南諸明府（景鄴臺上）	○					○	○			
七絕	感舊（自別）	○		○							

詩體	詩歌	古今詩刪	國雅	明詩正聲（盧）	皇明詩統	明詩正聲（穆）	明詩選（華）	明詩選最	國朝名公	皇明詩選（陳）	明詩歸
七絕	送于鱗之刑州（東平）	○		○（重複收）							
七絕	送于鱗之刑州（十年）	○		○（重複收）							
七絕	送（王）元美（醉携）	○		○（重複收）							
七絕	送（宗）子相（妙高）	○		○							
七絕	送許趙州兼訊李刑州（青春）	○		○							
七絕	送（王）元美（高秋）	○		○							
七絕	征南鐃歌（横海）	○									
七絕	送張五嶽遊武夷（縈迴）		○								
七絕	送宗子相還廣陵（霜落）			○		○					
七絕	哭醉石山人朱邦憲（誓將）			○		○					
七絕	燕臺感舊（北來）			○							
七絕	停舟溪上懷子相（夜闌）								○		
七絕	李子鱗謝病南寄訊（白雲）（大夫名・太玄經）			○（重複收）							
七絕	送張助甫令蠻左遷別駕（洛陽）			○							
七絕	曲溪（曲曲）			○							

詩體	詩歌	古今詩刪	國雅	明詩正聲（盧）	皇明詩統	明詩正聲（穆）	明詩選（華）	明詩選最	國朝名公	皇明詩選（陳）	明詩歸
七絕	哭薛石山人朱邦憲（文似）			○							
七絕	文筆峰（秀拔）					○					
七絕	菁樓詞（百尺）								○		
七絕	寄贈侍御潘子良督學畿中									○	
七絕	哭薛山人朱邦憲（譬將七尺報相知）										○

二十六、梁有譽

詩體	詩歌	明音類選	古今詩刪	國雅	明詩正聲（盧）	皇明詩統	明詩正聲（穆）	明詩選（華）	明詩選最	國朝名公	皇明詩選（陳）	明詩歸
		15	5	13	20	12	19	7	7	4	9	2
五古	詠懷（白日）	○										
五古	黃司馬青泛軒	○										
五古	秋懷（空庭）			○	○						○	
五古	送傅山人遊羅浮（匪山盧）			○								

詩體	詩歌	明音類選	古今詩刪	國雅	明詩正聲（盧）	皇明詩統	明詩正聲（穆）	明詩選（華）	明詩選最	國朝名公	皇明詩選（陳）	明詩歸
五古	送傅木虛返閩中（遠遊返）			○								
五古	送皇甫司勳謫開州（重淵產）			○								
五古	詠懷（楚楚）				○							
五古	詠懷（明月）				○		○					
五古	詠懷（阮生）						○					
五古	詠懷（逸士）						○					
五古	詠懷（心星）										○	
五古	詠懷（昔游）										○	
五古	詠懷（美人）										○	
七古	燕京俠客吟（翩翩俠客出）	○										
七古	湖口夜泊聞鴈（北風）	○			○							
七古	酬同年陳子憲卿（陳琳才）									○		
五律	詠鏡（神工）	○										
五律	送業師泰泉先生赴任留都（畫鷁）	○										
五律	于鱗子與子相元美過訪其懷謝茂秦（離別）	○				○						
五律	送吳山人遊北岳兼謁泲蘇公（爾作）	○				○		○	○			
五律	遊羅浮阻風大唐田舍（曾聞）	○										
五律	遊羅浮阻風大唐田舍（海色）	○										
五律	秋堂夜集聽雨（岸幘）			○			○					

詩體	詩歌	明音類選	古今詩刪	國雅	明詩正聲（盧）	皇明詩統	明詩正聲（穆）	明詩選（華）	明詩選最	國朝名公詩	皇明詩選（陳）	明詩歸
五律	歲暮集黎惟敬（紫芝山房）（雲木）			○				○	○	○		
五律	秋日鼓臺容登眺（鼓臺枕祁）										○	
五律	早春同李于鱗王元美華嚴上人菴訪謝茂秦（雙林）						○					
五排	開居讀述（大雅）	○										
五排	賦得臨池柳（拂岸）			○								
五排	咏秋雁（朔氣）						○					
五排	幼高臺調蘇文忠公像（長公）	○					○					
七律	庚戌八月嚕變（白草）	○				○						
七律	秋夜與謝山人（山人謝）茂秦（永夜風林怨）	○				○						
七律	張機門送座主未公欄還歸德（丹陛）	○	○									
七律	送莫廷韓督學貴陽（獻歲星）		○		○							
七律	燕京感懷（塵）感懷（筆戈）		○		○						○	
七律	送陳山人自貴州還越中（客子）		○		○						○	
七律	蓟臺感秋（蓟北）				○							
七律	送羅山雨還潤州（羅合）		○								○	
七律	姑蘇懷古（看山）									○		
七律	王元美席上眺得羅浮得餘字									○		
七律	送同年施甫施欽宰蕭山（裘君）			○			○					

詩體	詩歌	明音類選	古今詩刪	國雅	明詩正聲（盧）	皇明詩統	明詩正聲（穆）	明詩選（華）	明詩選最	國朝名公	皇明詩選（陳）	明詩歸
七律	吳宮（月墮平波）			○			○					○
七律	秋日遊蒲澗贈丁戊山人（紫巖）			○								
七律	揚州悼隋離宮（藻井）				○		○	○	○			
七律	寄宗吏部子相（野館）				○	○						
七律	登城上樓（木落）											
七律	瓜步眺望（殘虹）						○					
七律	揚州悼隋離宮（李花）						○					
七律	秋日謁陵眺望											
五絕	東林寺（前作）（寒日照流水）										○	
五絕	東林寺前作（山色斜陽）				○							
五絕	秋日雨中過黎氏山房（履養）				○							
五絕	秋日雨中過黎氏山房（如何）				○				○			
五絕	秋日雨中過黎氏山房（風枝）				○							
五絕	秋日開吟（雨中過黎氏山房）（瑤琴）				○			○				
五絕	秋日雨中過黎氏山房（步屐）					○	○					
七絕	越江曲（橫塘）	○						○	○			
七絕	北山訪梁思伯諸子不遇（竹塢）				○		○	○	○			
七絕	北山訪梁思伯諸子不遇（此日）				○		○					
七絕	閨懷（萬里關山無盡期）											○

二十七、吳國倫

詩體	詩　歌	古今詩刪	國雅詩刪	明詩正聲（盧）	皇明詩統	明詩正聲（穆）	明詩選（華）	明詩選最	國朝名公	皇明詩選（陳）	明詩歸	
		32	10	53	17	27	14	13	4	53	5	
五古	攄郡（晨起）	○		○			○	○				
五古	鄭州登臺（鄭圖）			○								
五古	梧塘山居喜羽王京兆過訪（女夷）					○						
五古	過嚴子陵釣臺（鼓枻）					○						
五古	蒲阪行									○		陳·皇明詩選歸古樂府
五古	前溪歌（迎釐東武亭）									○	○	陳·皇明詩選歸古樂府
五古	有所思憶鄭少南									○		陳·皇明詩選歸古樂府
五古	關山月									○		陳·皇明詩選歸古樂府
五古	別魯朝選行人									○		
五古	宴潘甫東阪									○		
五古	望龍山									○		
五古	鄭彥吉使君招飲赤壁									○		
五古	夏夜偶涼即事效梁人體									○		
五古	丘謙之使君過劼山中有作賦答											
七古	重過蘇門即事（大行）					○						

詩體	詩　歌	古今詩刪	國雅	明詩正聲（盧）	皇明詩統	明詩正聲（穆）	明詩選（華）	明詩選最	國朝名公	皇明詩選（陳）	明詩歸	
七古	詠史（垓下）					○						
七古	採蓮曲									○		陳・皇明詩選歸古樂府
七古	送徐行父少參赴關內									○		
七古	過五郎磯									○		
七古	舟泊漢口司馬陳公歡酒渡江為長夜之飲賦謝									○		
七古	捉搦歌（雨雪雖寒）										○	
七古	捉搦歌（金鑛巧刺）										○	
五律	病中柬于鱗子與（病起科）	○										
五律	柬于鱗子與（世情驚）	○										
五律	柬子相（文章千古）	○										
五律	眼得雙玉贈于鱗元美（何求雙白）	○										
五律	春懷（纔緣傺微無）	○										
五律	與黃給事中（洛魄）	○						○				
五律	秋日匡山（尚伏）	○		○								
五律	秋日匡山（閉閣）	○		○								
五律	答（李）于鱗（王）元美見慰之作（投荒）	○		○								
五律	答（李）于鱗（王）元美見慰之作（五老）	○		○								
五律	歸德作（所經）	○		○								

詩體	詩歌	古今詩刪	國雅	明詩正聲（盧）	皇明詩統	明詩正聲（穆）	明詩選（華）	明詩選最	國朝名公	皇明詩選（陳）	明詩歸
五律	春懷（物意）	○		○							
五律	春懷（漸朽）	○		○							
五律	醉中答子深月夜見懷（對月）		○								
五律	元美兵備青州寄懷（聞道）		○								
五律	病中喜仲兄至（急難）		○								

二十八、宗　臣

詩體	詩歌	古今詩刪	國雅	明詩正聲（盧）	皇明詩統	明詩正聲（穆）	明詩選（華）	明詩選最	國朝名公	皇明詩選（陳）	明詩歸
		21	14	42	10	33	10	10	3	17	1
五古	王元美（天地）	○									
五古	還初至別業（結髮）	○									
五古	寄人（浮颺）					○					
五古	秋夜寄陸子和（攬衣）							○			

詩體	詩歌	古今詩刪	國雅	明詩正聲（盧）	皇明詩統	明詩正聲（穆）	明詩選（華）	明詩選最	國朝名公	皇明詩選（陳）	明詩歸
五古	留別京洛諸友（天風）			○			○	○			
五古	擬古（驪車）			○							
五古	夏日池上坐（朱華）			○							
五古	留別子培舍弟（故鄉）			○	○						
五古	關山月（良人）				○						
五古	寄遠曲（秦箏）				○						
五古	採蓮曲（蓮花）										
五古	牛渚望謝朓青山（歲暮）					○					
七古	山中夜坐（朔風）		○								
七古	山行（大江以南）		○								
七古	湖上行（湖南）			○							
七古	吳關吟（孤槎）			○							
七古	貞州夜泊（江頭）				○						
七古	歸嘆（薊門）				○	○					
七古	湖上幽棲二章為沈二丈賦（主人）					○					
七古	湖上幽棲二章為沈二丈賦（遙天）					○					
七古	古劍篇（赤堇）					○				○	

詩體	詩歌	古今詩刪	國雅	明詩正聲（盧）	皇明詩統	明詩正聲（穆）	明詩選（華）	明詩選最	國朝名公	皇明詩選（陳）	明詩歸
七古	二華篇（我聞）	○									
五律	同明卿子與送別于鱗元美（春色何堪）	○									
五律	元美明集張氏園亭（古臺荒）	○		○		○					
五律	天目徐山人（天目）	○		○			○	○		○	
五律	元美夜過（將有江南之役）（金樽）	○									
五律	上陵作（金鳧）		○								
五律	問（王）元美術（倦遊）		○						○		
五律	送王判（可嘆）		○	○		○					
五律	有寄（憶爾）		○				○	○			
五律	同于鱗子與元美郊行（去去）						○	○			
五律	寄黃山人（巳願）		○								
五律	雨夜沈二丈至（樹色）			○							
五律	天籌寺同于鱗子與元美餞別公實（孤臣）			○			○	○			
五律	贈黃山人（義爾）			○							
五律	陸長庚夜至（戎馬）			○							
五律	送徐山人還吳（去住）										
五律	即事（詎知）					○					

詩體	詩歌	古今詩刪	國雅	明詩正聲（盧）	皇明詩統	明詩正聲（穆）	明詩選（華）	明詩選最	國朝名公	皇明詩選（陳）	明詩歸
五律	即事（白日）					○					
五律	即事（赤羽）					○					
五律	即事（華夏）					○					
五律	贈別吳子（同爾）					○					
五律	寄元美（念爾）					○					
五律	同李子鱗除子與過王元美（一尊那忍）									○	
五律	出餞過陸子和草堂同大史李公文學顧丈（孤橙）									○	
五律	東皐隱居子爲子與夆人賦（天日）									○	
五律	送萬參和僉憲之廣東（星文）									○	
五排	留別朘伯（握手）	○		○							
五排	夜過明卿遷元美不至（楚客）	○		○							
五律	送朱郎中使浙	○								○	
七律	明卿席上賦（白馬黃金）	○									
七律	集子與宅（七首如縉）	○									
七律	登觀音山（一上）	○					○	○			
七律	同王元美集（吳）明卿（宅）（清秋此日）	○		○							
七律	登景山洛霞亭（搖落）	○		○							

詩體	詩　　歌	古今詩刪	國雅	明詩正聲（盧）	皇明詩統	明詩正聲（穆）	明詩選（華）	明詩選最	國朝名公詩	皇明詩選（陳）	明詩歸
七律	吳明卿席上有贈（陌上）		○						○		
七律	送熊守之太倉因便省覲（羨爾）		○							○	
七律	二月（二月）		○	○							
七律	寄陸子和（江門）		○	○							
七律	旅懷（遠塞）		○								
七律	趙山人至（千行）		○								
七律	春興（邊傳）			○						○	
七律	春興（司馬）			○							
七律	寄嶼子培舍弟（故園）			○							
七律	送方行人使魯還蜀（仙史）			○			○	○			
七律	九日陪祀山陵（九日）			○							
七律	送張肖甫奉命督餉閩粵（高天）			○							
七律	客沈二丈（長鬂）				○						
七律	贈吳子（廣陵）				○						
七律	過逕防王九江（一峰）				○						
七律	送萬公子歸豐城（青袍）					○					
七律	送陳生南還因寄江鄉游好（薊北）					○					

詩體	詩歌	古今詩刪	國雅	明詩正聲(盧)	皇明詩統	明詩正聲(穆)	明詩選(華)	明詩選最	國朝名公	皇明詩選(陳)	明詩歸
七律	待元美不至（誆傳）					○					
七律	寄李順德于鱗（憶爾）					○					
七律	送人南歸（楚天）									○	
七律	長安行寄人（長安客）									○	
五絕	聞鴉憶子培弟（秋雨）	○		○						○	
五絕	贈李于鱗（聞君）	○									
五絕	郊行（並馬）	○		○							
五絕	夜立（秋風）			○		○	○	○			
五絕	題畫（夕）障			○			○	○			
五絕	聽笛（客有）					○					
五絕	湖上雜言（白雲）					○					
五絕	湖上雜言（秋雲）					○					
五絕	題畫（山徑）									○	
七絕	過采石懷李（太）白（采石）	○		○		○					○
七絕	過采石江懷李（太）白（楚水）	○		○			○	○			
七絕	塞上歌送王少司馬赴薊鎮（司馬）	○		○							
七絕	過采石（江）懷李（太）白（青山）	○		○							

詩體	詩歌	古今詩刪	國雅	明詩正聲（盧）	皇明詩統	明詩正聲（穆）	明詩選（華）	明詩選最	國朝名公	皇明詩選（陳）	明詩歸
七絕	華陽明月曲同子與賦（月滿）			○							
七絕	過采石懷李太白（憶君）			○							
七絕	過采石懷李太白（夜夜）			○							
七絕	得顧洛陽書卻寄（寄顧洛陽）（七月）					○					
七絕	送袞令之慶州（春風）				○						
七絕	送王元美使江南（千門）				○	○					
七絕	送王元美使江南（袖中）					○					
七絕	送葉令之蒲圻（錦木）					○					
七絕	贈余德甫奉使兩浙（秋雲）					○					
七絕	寄贈方隱君（洞簫）					○					
七絕	席上留別高伯宗（萬里）					○					
七絕	華陽明月曲同子與賦（無數）					○					
七絕	席上酬助甫（檻外）					○					
七絕	白雲樵者（赤城）										
七絕	贈余德甫奉使兩浙（赤城）									○	
七絕	夜月還明卿									○	
七絕	過采石懷李白（采石）									○	
七絕	涇縣望桃花潭									○	

二十九、王世貞

詩體	詩　歌	古今詩刪	國雅	明詩正聲（盧）	皇明詩統	明詩正聲（穆）	明詩選（華）	明詩選最	國朝名公	皇明詩選（陳）	明詩歸	
		72	25	105	13	91	21	19	35	109	13	
三古	練時日（練時日帝饗祥）									○		陳・皇明詩選歸古樂府
四古	安東平（孟冬十月雨雪）										○	
四古	安東平（博山沉煙）										○	
五古	古意（嶁中有素質）	○										
五古	古意（黃鵠辭天池）	○										
五古	（擬）魏太子丕公讌（置酒）	○								○		
五古	擬左記室思詠史（堯碑）	○		○								
五古	擬許真君詢自敘（方朔）	○										
五古	擬謝僕射混游覽（顧北）	○								○		
五古	後湖閣宴眺（崇麗）	○										
五古	別于鱗（置酒前爲別）	○		○		○						
五古	初夏西園偶成（高閣）	○		○								
五古	上谷道上遇胡兒答（降胡何方）		○						○			
五古	送舍弟敬美北上（嘉運）			○						○		
五古	送舍弟敬美北上（方舟）			○						○		

詩體	詩歌	古今詩刪	國雅	明詩正聲（盧）	皇明詩統	明詩正聲（穆）	明詩選（華）	明詩選最	國朝名公	皇明詩選（陳）	明詩歸
五古	答俞氏（並序）（蕭蕭）			○						○	
五古	寓懷（左氏）			○							
五古	寓懷（大禹）			○							
五古	寓懷（文景）			○							
五古	寓懷（步出）			○							
五古	雜詩（公子）			○							
五古	吳記室均春怨（悠悠）			○							
五古	將以伏闕北首晨發即事（維柏）			○							
五古	焦山訪郭道人次父不值用陶韻（愛彼）			○							
五古	古意贈汪伯玉中丞（娟娟）			○							
五古	古意寄李于鱗（嶵中）			○							
五古	贈子相考功（飛來）			○							
五古	別李于鱗（黃鵠）			○							
五古	彰義門別舍弟作（繡縡）			○							
五古	答俞氏並序（嚴冬）			○							
五古	答俞氏並序（悲興）			○							
五古	見邊庭人談王子三月事有述（戍上）			○							
五古	擬魏太子丕公讌（置酒）			○							

詩體	詩歌	古今詩刪	國雅	明詩正聲（盧）	皇明詩統	明詩正聲（穆）	明詩選（華）	明詩選最	國朝名公	皇明詩選（陳）	明詩歸	
五古	助甫遠駕見訪遂成（一章情見乎辭）（為歡日）									○		
五古	高懷（秋風）					○						
五古	高懷（襄周）					○						
五古	雜感（朝陽）					○						
五古	碧雲寺泉（蒼龍）					○						
五古	寄石大理拱辰（昔我）					○						
五古	貽梁伯龍（喬木）					○						
五古	穆考功文熙（穆君）					○						
五古	石給事（石生）					○						
五古	魏郡盧楠（盧生）					○						
五古	贈石給事拱辰（烈士）					○						
五古	同聲歌（今夕）							○				
五古	暮坐羅賓園即景（高齋）							○	○			
五古	邵子攜同年袁魯望堂甫守中先生之作輒調響焉								○			
五古	長歌行（昭昭陽春）									○		陳‧皇明詩選歸古樂府
五古	置酒行（置酒高堂上樂聲）									○		陳‧皇明詩選歸古樂府
五古	郤東西行（黃鵠從東來）									○		陳‧皇明詩選歸古樂府

詩體	詩　　歌	古今詩刪	國雅	明詩正聲（盧）	皇明詩統	明詩正聲（穆）	明詩選（華）	明詩選最	國朝名公	皇明詩選（陳）	明詩歸	
五古	磐石篇（山石何盤盤）									○		陳・皇明詩選歸古樂府
五古	江陵枝（江陵支人子掩）									○		陳・皇明詩選歸古樂府
五古	子夜春歌（雙枕不成）									○		陳・皇明詩選歸古樂府
五古	繫主簿釱詠蕙									○		
五古	盧郎中諫感文									○		
五古	擬謝僕射混游覽									○		
五古	袁大尉叔淑從駕									○		
五古	高常侍適詠沱									○		
五古	雜感（新秋）									○		
五古	雜感（手攜）									○		
五古	發目義興由東九柢湖沒一首									○		
五古	早入廬山首路作									○		
五古	送舍弟敬美北上（春星）									○		
五古	送舍弟敬美北上（纈育）									○		
五古	過維揚有懷子相（淮南）									○		
五古	古意再貽于鱗（飄風）									○		
五古	貽梁公實									○		
五古	幽州馬行客歌（受馬有何好）										○	

詩體	詩　歌	古今詩刪	國雅	明詩正聲（盧）	皇明詩統	明詩正聲（穆）	明詩選（華）	明詩選最	國朝名公	皇明詩選（陳）	明詩鯖
五古	幽州馬行客歌（女郎初嫁時）										○
五古	子夜吳歌（蘭橈太湖曲）										○
七古	于鱗罷官歌（人間奇事覓）	○									
七古	慰明卿再謫（明堂堂成）	○									
七古	送許永寧（許生少小）	○									
七古	山西丈夫化為女子（萬事）		○							○	
七古	結客少年場行		○						○		
七古	游俠篇（側坐）		○						○		
七古	送袞抑之給事監兵北伐（雙垂）		○						○		
七古	題十八學士春宴圖（梁園碧）		○								
七古	刁斗篇（匈奴）			○		○					
七古	夢中得話云百年那得更百年今日還須愛今日因戲成短歌（化人）			○			○	○			
七古	俠客篇（七國）			○							
七古	乙卯病後遇生日獨酌（東風）			○							
七古	游俠篇（碧眼）			○							
七古	慰吳明卿謫和李于鱗（嗚呼）			○							
七古	馬節婦吟（芙蓉）			○							

詩體	詩　歌（詩）	古今詩刪	國雅	明詩正聲（盧）	皇明詩統	明詩正聲（穆）	明詩選（華）	明詩選最	國朝名公	皇明詩選（陳）	明詩歸
七古	壯歌行贈沈嘉則遊閩（四明）			○							
七古	題邊嚴文丞相祠（丞相）			○							
七古	定武蘭亭眞本歌（髯龍）			○							
七古	過長平作長平行（世間）			○							
七古	思歸吟（庭前）			○							
七古	送周一之從大將軍出塞（去年）				○						
七古	寶刀歌（昆吾）					○					
七古	醉孫太初墓（死不必）					○					
七古	坐有石季倫金谷圖事因與于麟共賦新體一章（石家）					○				○	○
七古	孤鸞篇（摩訶）					○					
七古	落花歎（數落）					○				○	
七古	甲戌暮春入都慈善果寺逢杏花作（東風）					○					
七古	贈梁伯龍北游歌（伯龍）					○					
七古	歌贈穆敬甫員外（穆生）					○					
七古	文皇御箭歌（天欲）					○					
七古	奇石歌和穆敬甫爲詹林東圖副（女媧）					○					
七古	醉茶軒歌爲詹翰林東圖作（檜丘）					○					

詩體	詩歌	古今詩刪	國雅	明詩正聲（盧）	皇明詩統	明詩正聲（穆）	明詩選（華）	明詩選最	國朝名公	皇明詩選（陳）	明詩歸	
七古	廬頂放歌											
七古	虎丘老僧有竹林精舍文伯仁爲圖之王履吉書昔歌於後余遊竹林僧出示卷此履吉書下世已三十載矣爲之憮然因成此詩								○			
七古	雞鳴歌（銀河沼沼）								○	○		陳·皇明詩選歸古樂府
七古	鉅鹿公主歌（七萌香車五華）									○		陳·皇明詩選歸古樂府
七古	贈梁公賓謝病歸（汝皇）									○		
七古	昌平侯鐵券歌（英皇）									○		
七古	觀李于麟射歌（李侯）									○		
七古	送盧生還吳（盧生）									○		
七古	放歌送王明佐（漢代梁）									○		
七古	金吾行贈戴錦衣（金吾綖）									○		
七古	懷柔六槐歌（懷柔）									○		
七古	段司馬平廣西寇歌（段公文）									○		
七古	寄許左史兼訊西亭王孫（詞客）									○		
七古	送陸君義部起家分賦得冶城（謝公）									○		
七古	爲劉侍御題清華樓（主人）									○		
七古	登邯鄲叢臺有感（邯鄲叢臺已非）									○		
七古	讀曲歌（流蘇三重帳）										○	

詩體	詩　歌	古今詩刪	國雅	明詩正聲（盧）	皇明詩統	明詩正聲（穆）	明詩選（華）	明詩選最	國朝名公	皇明詩選（陳）	明詩歸
七古	長星行（長星勸汝一杯酒）										○
五律	寄子麟（莫問除書）	○									
五律	答子麟（向來憐）	○									
五律	答子麟（為問長安）	○									
五律	張氏園亭（賴此多幽意）	○									
五律	別子麟（西來天地）	○									
五律	別子麟（子麟郡齋）（春花杜陵）	○		○							
五律	長山署中（覓句驚從）	○									
五律	青州雜感（向憶遊燕）	○									
五律	青州雜感（次第人間）	○									
五律	吳峻（伯將至先以詩來答邀以此（忽報緱康）	○									
五律	答寄子麟（屈指人間世）	○									
五律	答寄子麟（偶誦招魂語）	○									
五律	答寄子麟（何限乾坤事）	○									
五律	寄（李）子麟（遠樹）	○		○							
五律	寄（李）子麟（春色）	○		○							
五律	寄（李）子麟（春郊）	○		○							
五律	子麟郡齋（握手）	○		○							

詩體	詩　歌　詩題	古今詩刪	國雅	明詩正聲（盧）	皇明詩統	明詩正聲（穆）	明詩選（華）	明詩選最	國朝名公	皇明詩選（陳）	明詩歸
五律	挽梁公賓（當年）	○		○							
五律	答（吳）明卿（敢倚）	○		○							
五律	弔故李不廣（聞道）		○								
五律	青州雜感（國難孤）		○								
五律	重遇張大學因贈（憶昨）		○								
五律	贈明兰上人（竺師）		○								
五律	和許解元悼妾（十五）		○								
五律	和許解元悼妾（雲鬟）		○								
五律	過于驌歐公墓歲復巳巳（公立）大功之日距今兩甲子矣（正統）					○					
五律	送僧之楚（西來）			○							
五律	見德州李師談兵事有感（秋色）			○							
五律	答沈山人嘉則（兄弟）			○							
五律	寒食（故人）			○							
五律	聞楠楚意之命（當年）			○							
五律	答徐子與請作宗子相祠碑（烏石）			○							
五律	答寄李子鱗（（向限）			○							
五律	長興訪徐子與（相逢）			○							

詩體	詩　歌	古今詩刪	國雅	明詩正聲（盧）	皇明詩統	明詩正聲（穆）	明詩選（華）	明詩選最	國朝名公	皇明詩選（陳）	明詩歸
五律	同年劉侍御任驚行營對酌有感（十年）				○						
五律	渡江即事有感（吳楚）					○					
五律	上谷雜詠（海內）					○				○	
五律	入南屏山路（一入）					○			○		
五律	太原道中書事（不斷）					○					
五律	春日郊游有懷于麟（春甸）					○					
五律	難後答和于麟簡于麟曾貽（燕臺）					○					
五律	寄穆考功兼簡石給事（穆生）					○					
五律	寄穆考功兼簡石給事（故人）					○					
五律	簡茂秦（飄梗）					○					
五律	得仲蔚所答亂後諸詩有感（避地）					○					
五律	寄張大侍御遷吏部郎（向來）					○					
五律	答助甫吏部（屈指）					○					
五律	顧季狂見過狂談竟夕然甚然多平康巷中語走筆戲贈且（久矣）					○					
五律	陸成叔出新詩屬覽因語子與別子康亭中以爲風（煙月）					○					
五律	八月十五夜濟寧池亭別子與（月白）					○					
五律	六月盡立秋（七月）					○					

詩體	詩歌	古今詩刪	國雅	明詩正聲（盧）	皇明詩統	明詩正聲（穆）	明詩選（華）	明詩選最	國朝名公	皇明詩選（陳）	明詩歸
五律	許解元悼妾（十五）					○					
五律	途中雜詠（出郭）						○	○			
五律	夏日飲胸上人房（野人）						○	○			
五律	俠客（幸舍）								○		
五律	同諸君汎慶山下（不盡）								○		
五律	同諸君汎慶山下（柁鼓）								○		
五律	寄皇甫子僴僉事（藉甚）								○		
五律	題東臯隱居（世路）								○		
五律	題東臯隱居（孤城）								○		
五律	銅雀伎（往事）									○	
五律	出塞									○	
五律	均美冗之分宣承取道歸里									○	
五律	振中貴談武廟時事有感									○	
五律	初秋夜坐有感示子麟									○	
五律	送彭進士謫江右									○	
五律	登太白樓									○	
五律	得家君楚中信									○	
五律	西山道中有感									○	

詩體	詩　歌	古今詩刪	國雅	明詩正聲（盧）	皇明詩統	明詩正聲（穆）	明詩選（華）	明詩選最	國朝名公	皇明詩選（陳）	明詩歸
五律	濮陽李明府自新喻再寄予詩玆以觀事征馬駐城外屬時禁方嚴不得出視悵然有懷									○	
五律	送姜君之衡山令									○	
五律	寄答峻伯									○	
五律	送顧舍人使金陵還松江									○	
五律	上谷雜詠（尚憶）									○	
五律	寒食冶園道過大馮子（客路）									○	
五律	過冶泉									○	
五律	答于鱗立春日齋居卻寄見懷（春雲）									○	
五律	過史蘭紛姑丈									○	
五律	過定遠問功臣遺跡有感									○	
五排	送顧天臣偕謝茂秦南還（遊客）	○		○							
五排	秋夜同李申登白雲樓（吏歸）	○		○							
五排	于鱗郡齋（不浚）	○		○							
五排	爲謝山人題顧顧生（送顧天臣偕謝茂秦南還）（遊客爭）		○								
五排	塔光（飛刹）		○								
五排	過天寧寺望塔（有作）（浮圖）		○			○			○	○	
五排	寄俞丈兵使汝成（握手）			○							

詩體	詩歌　詩	古今詩刪	國雅	明詩正聲（盧）	皇明詩統	明詩正聲（穆）	明詩選（華）	明詩選最	國朝名公	皇明詩選（陳）	明詩歸
五排	富陽至桐廬道中（楊翰）			○			○	○		○	
五排	贈梅將軍（無論）			○							
五排	奉送大司馬應公（沒勁）			○							
五排	經功德廢寺（古寺）			○							
五排	游靈巖寺（懶怯）			○							
五排	焦山作（勝地）					○					
五排	謝茂秦盧次楩謁余於魏部有作（命篤）					○					
五排	寄于麟二十四韻（回顧）					○					
五排	送方道之應天									○	
五排	過昌平擬上經略許中丞									○	
五排	送方承天禹韻									○	
五排	新樂端惠王輓詩									○	
七律	懷于麟（燕京歲晚）	○									
七律	于麟至分韻（把酒干門）	○									
七律	于麟至分韻（白擬仙府）	○									
七律	贈于麟（醉爾春風）	○									
七律	寄送于麟（舞劍鳴筑）	○									
七律	于麟郡齋（飛傳精橫）	○									

詩體	詩　歌	古今詩刪	國雅	明詩正聲（盧）	皇明詩統	明詩正聲（穆）	明詩選（華）	明詩選最	國朝名公	皇明詩選（陳）	明詩歸
七律	于鱗部閣（邀登郡樓分（韻）得秋字）（使君杯酒）	○	○								
七律	春日雜懷（故人相憶）	○									
七律	春日雜懷（閩嶠除書）	○									
七律	答張幼于（十年曾識）	○									
七律	懷于鱗兼寄子與（紫氣函關）	○									
七律	懷于鱗兼寄子與（漢省淒迤）	○									
七律	和于鱗登太華山（洛日中原）	○									
七律	以吳祿酬于鱗（故人三徑）	○									
七律	答于鱗（歲晏天高）	○									
七律	再答于鱗（客有將歸）	○									
七律	白雪樓（巫楚蒼）	○									
七律	白雪樓（伏枕清秋）	○									
七律	春日同張幼于輩過黃淳父（麈尾玄）	○								○	
七律	春日集于鱗宅（辛盤）	○		○		○	○	○			
七律	登岱（向憶）	○		○			○	○			
七律	提兵安東海上大閱（親提）	○		○			○	○			
七律	送張戶曹出百粵暫如銅梁（薊門）	○		○							
七律	登岱（軒轅）	○		○							

詩體	詩　　歌	古今詩刪	國雅	明詩正聲（盧）	皇明詩統	明詩正聲（穆）	明詩選（華）	明詩選最	國朝名公	皇明詩選（陳）	明詩歸
七律	奉謁長陵敬志鄙感（長陵）	○		○							
七律	病甚懷（李）于鱗（蕭條）	○		○							
七律	送瞿（師道）太史使大（大）梁周府（長安草）		○								
七律	憶昔（行）（憶昔南巡）		○						○	○	
七律	送蔡子木守衡州（少年）		○			○			○		
七律	賦得雙塔寺（白馬）		○								
七律	（旅魏三日受笈）易州行府（承詔公會高臺有作）（秋聲）		○		○						
七律	醉題書齋（束書）		○						○		國朝歸入古風
七律	贈尹生（當年）			○						○	
七律	送子與祀康陵			○						○	
七律	送胡子文太史使荊州違府（江漢）			○		○					
七律	重登金山（蒼藤）			○			○				
七律	憶昔（憶昔文皇）			○							
七律	岳王墓（落日）			○							
七律	奉寄致政大宰楊公（三揑）			○							
七律	送陳中丞以中被論回閩侯勘（九郡）			○							
七律	排悶（夜窗）				○						

詩體	詩歌	古今詩刪	國雅	明詩正聲（盧）	皇明詩統	明詩正聲（穆）	明詩選（華）	明詩選最	國朝名公	皇明詩選（陳）	明詩歸
七律	奉答于鱗（浮雲）				○						
七律	寄皇甫子汸別駕（十載）				○						
七律	金山與送者飲別作（江天）				○						
七律	焦山五更起候新月（焦山）				○						
七律	答濟南許邦才（南北）				○						
七律	送座主王司成赴南畿（帝城）				○						
七律	贈陸楚生（生）（曾從軍得官而善攷摩多戲作）（關翻）					○			○		
七律	贈尹生（入朝初著）					○					
七律	寄耿中丞子承（黃龍）					○				○	
七律	盤山（千盤）					○				○	
七律	龍泉關（層巒）					○					
七律	提兵安東海上大閱（空閒）					○					
七律	秋日諸君餞焦山作（浮玉）					○					
七律	行部高陽遏河決不浸三板遂成一首（急雨）					○					
七律	迎春日對酒客有談一歲兩春及中秋再閏客漫成（放苑）					○					
七律	過新河呈大司空朱公（日出）					○					

詩體	詩　　歌	古今詩刪	國雅	明詩正聲（盧）	皇明詩統	明詩正聲（穆）	明詩選（華）	明詩選最	國朝名公	皇明詩選（陳）	明詩歸
七律	寄穆敬甫考功時拱辰大璞初歸里（漳河）					○					
七律	敬甫以近詩刻石併拙詩寄謝（隱豹）					○					
七律	寄余德甫聞有盜謝（白爾）					○					
七律	送陳子兼憲副起任滇南（十載）					○					
七律	送讀人周廣文校士關內（絳帳）					○					
七律	李子任俠好施于有古朱家劇孟風而文采勝之怱過余下榻留連竟日其空谷之意可知也因賦近體一章贈之（十年）					○					
七律	九月閉關謝筆硯而有人訊問不絕又以詩及者遂成此詩志苦日代苦（不盡）					○					
七律	色楊北闕向臺南越首何人						○				
七律	鴿								○		
七律	天寧寺同謝山人茂秦行人景南李比部于麟陵李伯承分韻得花字								○		
七律	書庚戌秋事（傳聞）									○	
七律	書庚戌秋事（長陵）									○	
七律	送汝康柳州再徙徵江									○	
七律	和合驛									○	
七律	送史僉事兵備邠涇									○	

詩體	詩歌	古今詩刪	國雅	明詩正聲（盧）	皇明詩統	明詩正聲（穆）	明詩選（華）	明詩選最	國朝名公	皇明詩選（陳）	明詩歸
七律	履善比部歸自嶺右賦此問之									○	
七律	寄贈楊仲芳武選									○	
七律	同省中諸君過徐丈									○	
七律	折雪齋居次暖伯寅長韻									○	
七律	送張省甫儐金嶺西道便道還蜀									○	
七律	贈薊州周都督									○	
七律	贈別陳信可比部使閩道還吳時兩地俱有鳥倦之警									○	
七律	行部高陽遇河決木浸三板遂成（投馬）									○	
七律	立春前一日過尹汝漁副使飲									○	
七律	春日閒居雜懷									○	
七律	奉贈少司馬廉城劉公統京營兵									○	
七律	送同中丞九文遷撫江西									○	
七律	貽王百穀									○	
七律	戚大將軍入帥軍旅枉駕草堂賦此瞻別									○	
七律	寄壽竇未公									○	
七律	曾中丞以三白西川入為少司馬過邠北上									○	
七律	賣石榴花有感（客眼高眠只無賴）										○

詩體	詩歌	古今詩刪	國雅	明詩正聲（盧）	皇明詩統	明詩正聲（穆）	明詩選（華）	明詩選最	國朝名公	皇明詩選（陳）	明詩歸
七律	博興止宿即景（下博城空生晚）										○
七律	秋熱（六月不熱）										○
七排	于鱗郡齋（春草胡）	○									
七排	贈徐汝思統山東民兵（除紙）					○					
七排	同日得承汝忠知及其子以三中丞蜀中書（山城）					○					
七排	避暑園居得長律二十句（今年）					○					
七排	殷子以七言長韻見投聊抒鄙懷奉答凡二十韻（憶昔）					○					
五絕	（李）于鱗郡齋（腰間轆轤劍）	○		○							
五絕	（戲爲）眼罩（短短）			○							
五絕	畫（愛此）			○			○	○			
五絕	雨中（夜雨）			○							
五絕	定公堂（定公）			○							
五絕	慕俠（少小）			○							
五絕	登閩關行歡地有感（北風）					○					
五絕	宿碧雲寺（幽人）					○					
五絕	題畫（雲作）					○					
五絕	夜宿碧雲寺（幽人）						○	○			

詩體	詩歌	古今詩刪	國雅	明詩正聲（盧）	皇明詩統	明詩正聲（穆）	明詩選（華）	明詩選最	國朝名公	皇明詩選（陳）	明詩歸
五絕	題畫（來時）										
五絕	暑月見客						○	○			
五絕	灘亭送王子（汝從）								○		
五絕	灘亭送王子（係辭）								○		
五絕	蚤發鉅鹿道中									○	
六絕	濟南道中（脩循）	○		○							
六絕	于鱗郡齋（使君盡酒）	○		○							
六絕	風雨濟南道中（兀坐肩輿不能開卷因事戲作詩體六言解悶當喚白家老婢讀之耳）（飲雪）			○				○			
六絕	風雨濟南道中（兀坐肩輿不能開卷因事戲作詩體六言解悶當喚白家老婢讀之耳）（離騷）			○							
六絕	舟行即事（洛鵒）			○							
六絕	陽園黃石磯（長江）			○							
六絕	疊字峰（千尺）			○							
六絕	郢中雜言（上書）			○							
六絕	郢中雜言（雨餘）			○							
七絕	別于鱗諸君（塞雲吹盡）	○									
七絕	于鱗郡齋（太行西北）	○									

詩體	詩　歌	古今詩刪	國雅	明詩正聲（盧）	皇明詩統	明詩正聲（穆）	明詩選（華）	明詩選最	國朝名公	皇明詩選（陳）	明詩歸	
七絕	奉答于鱗（鵲湖）	○										
七絕	送（李）于鱗還郡（石門）	○		○								
七絕	別于鱗諸君（金河）	○		○								
七絕	寄謝茂秦（亦知）	○		○								
七絕	寄（李）伯承（漢帝）	○		○	○							
七絕	答（徐）子與（白雪）	○		○								
七絕	飲歐陽嶺朔即事有贈（旌旗）		○							○		
七絕	廣陵訪公暇不遇云自儀眞失之（豪華）		○						○			
七絕	飲歐陽嶺朔即事有贈（胡纓）		○									
七絕	晚春（漠漠）						○	○				
七絕	從軍行（夜深）			○								
七絕	從軍行（躞馬吹塵）			○								
七絕	贈別吳子禿（布帆）			○								
七絕	答寄延綏王中丞（十載）			○								
七絕	賦將軍贈寶刀歌（鑄成）			○								
七絕	九江道中大風（烏頭）			○								
七絕	江州問耗琵琶亭（亦知）			○								
七絕	哭王君載（休論）			○								

詩體	詩歌	古今詩刪	國雅	明詩正聲（盧）	皇明詩統	明詩正聲（穆）	明詩選（華）	明詩選最	國朝名公	皇明詩選（陳）	明詩歸
七絕	即事題小景（過雨）			○							
七絕	懷子相（王山人）				○						
七絕	寄少楩（太任）				○					○	
七絕	從軍行（躍馬）					○					
七絕	竹枝歌（橘綠）					○					
七絕	蓬萊閣（東望）					○					
七絕	蓬萊閣（高城）					○					
七絕	大明峰（獨龍）					○					
七絕	丹竈峰（縹緲）					○					
七絕	渡黃河（馮成）（銀作）					○					
七絕	清明日偶成（穰李）					○					
七絕	燕（曾逐）					○					
七絕	九日完縣署中（空庭）					○					
七絕	贈張助甫（紅羅）					○					
七絕	穆考功敬甫早歲云休惟以讀書苦吟今事今年擬少陵秋興八首俾其子光胤集古軍書走筆爲謝（遲鴻）					○					
七絕	穆考功敬甫早歲云休惟以讀書苦吟今事今年擬少陵秋興八首俾其子光胤集古軍書之見寄走筆爲謝（羊家）					○					

詩體	詩歌	古今詩刪	國雅	明詩正聲（盧）	皇明詩統	明詩正聲（穆）	明詩選（華）	明詩選最	國朝名公	皇明詩選（陳）	明詩歸
七絕	戚將軍贈寶劍歌（母嫌）					○					
七絕	戚將軍贈寶劍歌（曾向）					○					
七絕	謝萬日忠井詢之（一唱）					○					
七絕	過中山悅故人趙參議時瘃疾者十二年矣（多買）					○					
七絕	初入朝屇屇去國十九年矣有驚白首者聊以自嘲（禿節）					○					
七絕	閨怨（聞道）						○	○		○	
七絕	西宮怨（露井）						○	○			
七絕	正德宮詞（夜半）						○	○			
七絕	計階途中（闔門）						○	○			
七絕	西宮怨（點點）						○	○			
七絕	題沈參軍竹林圖								○		
七絕	戲作比仙語								○		
七絕	高唐王邸夜宴口占								○		
七絕	初夏屏居山亭與國子劉君對亦俺（偶枯拄長慶集得一絕句紅旗破賊非吾事黃紙除書非我名惟共嵩陽劉處士圍棋賭酒到天明時郡將劉譽出師而劉君姓與事有相合者因戲書贈之乃和二絕於後（角里）								○		

詩體	詩歌	古今詩刪	國雅	明詩正聲（盧）	皇明詩統	明詩正聲（穆）	明詩選（華）	明詩選最	國朝名公	皇明詩選（陳）	明詩歸
七絕	初夏屏居山亭與國子劉君對茶偃偶拈長慶集得一絕句紅旗破賊非吾事黃紙除書不到名惟我共嵩陽劉處士圍棋賭酒到天明時郡將以倭警出師而劉君姓與事有相合者因戲書贈之仍和二絕於後（自從）										
七絕	弔魏靑南								○		
七絕	山人戲爲三空禪師云過去未來何勞子空子能空一切見在于師無咎山人代答山人曰檀樾饒舌日吃午齋去								○		
七絕	聞南中流言有感（朝成）								○		
七絕	聞南中流言有感（累身）								○		
七絕	小伊州									○	○
七絕	甘泉歌（千尺通星井）									○	
七絕	止德宮詞									○	
七絕	燕京四時樂									○	
七絕	別于麟子與子相明卿									○	
七絕	送顧子行員外謫判大平									○	
七絕	聞子相歸不能待客之									○	
七絕	送表兄盧生南歸									○	
七絕	即事偶書（闔閭兵戈烏夜啼）										○

三十、張佳胤

詩體	詩　　歌	古今詩刪	國雅	明詩正聲（盧）	皇明詩統	明詩正聲（穆）	明詩選（華）	明詩選最	國朝名公	皇明詩選（陳）	明詩歸
		3	29	19	21	9	3	3	4	6	1
五古	大江行（白雲）		○		○						
五古	發泗水（後日）		○	○							
七古	三石篇（大漠）		○	○	○						
七古	大石行寄崇原王子（黃河）		○		○						
七古	烏纖灘（烏纖）										
七古	冬夜飲歆惟黎敏伙人騎白鹿圖（黎君大隱）		○								
五律	再訊振卿（病即）		○								
五律	宿阿水驛（漸入）		○		○						
五律	席上聽何振卿談大理山水（衣裾）		○		○						
五律	秋夜汎舟東溪（吾家）		○						○		
五律	宿黃牛峽（春到）						○	○		○	
五律	過黃廬慈寺（孤寺）			○				○			
五律	武陵（炎海）			○			○				
五律	西郊送別蕭茂秦盧次楩二山人（城外）					○					
七律	洪山人從同自薊京訪余黃寺山〈黃山寺〉（中）蕎而有作（搘頤）	○	○						○		

詩體	詩　　歌	古今詩刪	國雅	明詩正聲（盧）	皇明詩統	明詩正聲（穆）	明詩選（華）	明詩選最	國朝名公	皇明詩選（陳）	明詩歸
七律	登函關城樓（樓上）		○		○	○			○		
七律	遊金山（青雘）		○		○	○					
七律	行役新蔡助甫支部夜過洞分賦（談天）		○			○					
七律	夜投草涼留寄漢中分守（甘少參）（棱雲）		○	○							
七律	答睡陽李子中（暘山）		○	○	○						
七律	寄答王元美（黔南）		○	○							
七律	行役新蔡助甫支部夜過洞分賦（去國）		○		○						
七律	寄吳化卿侍御（一菴）		○		○						
七律	擬登焦山會風浪不果（孤峰）		○		○						
七律	張按使院中贈吳高州明卿（居延）		○		○						
七律	答敖子學山人（雙嶺）		○								
七律	瀾滄橋（疊嶺）		○								
七律	謝山人自滁州以詩見訪答之（魏臺）		○								
七律	秋夜飲許後谷少谷昆玉宅（入關）		○								
七律	寄徐子與（當年）		○				○				
七律	再登華山（重經）			○				○			
七律	送易僉憲之滇南（遠別）			○							
七律	蒙城驛七夕（飄泊）				○						

詩體	詩歌	古今詩刪	國雅	明詩正聲(盧)	皇明詩統	明詩正聲(穆)	明詩選(華)	明詩選最	國朝名公	皇明詩選(陳)	明詩歸
七律	雨中過孫侍御山居得崔字(攜步障)				○						
七律	春日登張家口市場(抗旌)					○					
七律	春日登張家口市場(元戎)					○					
七律	赴雁門闕廣退夫呈楊中丞(驅車九月度飛)									○	○
七絕	寄助甫(尺素)									○	
七絕	題徐生夢雲笆(海西)	○			○						
七絕	題徐生夢雲笆(夜牛)	○		○							
七絕	送劉使君之襄陽(太嶽)	○		○	○	○					
七絕	宿大華山寺(楚香)		○								
七絕	華陰送李道士(高秋)		○								
七絕	夜過未僉憲省署(深秋)		○		○	○	○	○			
七絕	夜過未僉憲省署(時事)		○			○					
七絕	靈峰洞(鐵笛)			○							
七絕	登太行山(雨後)			○					○		
七絕	江津舟中即事寄懷楊太史(眠江)			○							
七絕	江津舟中即事寄懷楊太史(白霧)			○							
七絕	江津舟中即事寄懷楊太史(碧草)			○							
七絕	送六水陽左使西川(使君)			○							

詩體	詩　歌	古今詩刪	國雅	明詩正聲（盧）	皇明詩統	明詩正聲（穆）	明詩選（華）	明詩選最	國朝名公	皇明詩選（陳）	明詩歸
七絕	題徐生夢雲卷（晚辭）				○						
七絕	題徐生夢雲卷（丹丘）				○					○	
七絕	玄玄洞									○	
七絕	宿大華山寺（石床）									○	
七絕	送劉主簿隆赴府（遊道）									○	

三十一、王世懋

詩體	詩　歌	古今詩刪	國雅	明詩正聲（盧）	皇明詩統	明詩正聲（穆）	明詩選（華）	明詩選最	國朝名公	皇明詩選（陳）	明詩歸
		6	19	38	11	26	3	3	10	1	1
五古	遊惠（慧）山酌泉（次唐人韻）（舍舟）					○			○		
五古	偶過無錫遊漆塘山（分韻得陵（客）字）（尋山）			○					○		
五古	始謁選與家兄別（雙鴻）		○	○							
五古	曉發南康（挟行）			○							
五古	閒除目述懷（孤鴻）			○							

詩體	詩歌	古今詩刪	國雅	明詩正聲（盧）	皇明詩統	明詩正聲（穆）	明詩選（華）	明詩選最	國朝名公	皇明詩選（陳）	明詩歸
五古	彭徵君孔嘉（徵君）			○							
五古	陸徵君叔平（丈夫）			○							
五古	韶中雜言時閏八月（疲薾）			○							
五古	敘隱（仙槎）					○					
五古	敘隱（鳳鳴）					○					
五古	雜詩（丘中）					○					
五古	送張山明盧山明府轉戶部（詔出）					○					
五古	王大任艸堂（中堂）					○					
五古	王大任艸堂（嘉樹）					○					
五古	雜詩（谿谷）					○					
五古	雜詩（高樓）					○					
五古	酬謝四溟（謝客）					○					
五古	贈李子理（麒麟）					○					
七古	人日袁考功見過留酌小窗前酒酣放歌（卻贈）（今年）		○	○	○	○			○		
七古	三山行送胡年丈守南徐（君不見海門東開）		○		○				○		
七古	長歌寄錢叔寶（丹青）			○	○						
七古	送明卿入賀還大梁（話舊）				○						
五律	長興訪徐子與（相逢盡一醉）	○									

詩體	詩歌	古今詩刪	國雅	明詩正聲（盧）	皇明詩統	明詩正聲（穆）	明詩選（華）	明詩選最	國朝名公	皇明詩選（陳）	明詩歸
五律	先君復職命下（就道）志喜（自沉）		○	○		○					
五律	江州雜興（不堪）			○		○					
五律	廬山雪（朝日）							○			
五律	除夕前一日遇雨夜叩田家假眯（明朝）			○							
五律	夜預道中即事（但道）										
五律	訪管建初眞如寺（愛爾）			○							
五律	夜出康陵（石瀨）				○						
五律	八月市中賣菊花同明卿賦（流谷）				○						
五律	贈靑上人（絰納）					○					
五排	遊碧雲寺（布金）		○								
五排	小齋偶得紅白梅花三種適拱辰大理文融客部見過留酌賦得洲字（崇蘭）					○					
五排	初入奉常中有述（昔爲）					○					
七律	奉答子鱗見贈之作（江上秋空）	○									
七律	寄題（子鱗）白雪樓（靑山卜）	○	○								
七律	寄題白雪樓（西北高樓）	○									
七律	（同徐子與諸君過顧同寇答翁山樓分韻）大司寇顧公池亭（卜築秋高）	○	○								

詩體	詩　歌	古今詩刪	國雅	明詩正聲（盧）	皇明詩統	明詩正聲（穆）	明詩選（華）	明詩選最	國朝名公	皇明詩選（陳）	明詩歸
七律	懷（吳）明卿（詞客）	○									
七律	即事戲呈楊荷部（苑樹）		○	○					○		
七律	聞王百穀至卻贈（燕臺）		○	○							
七律	懷助甫（司封年少）		○								
七律	橫塘春汎（吳姬小艇）		○								
七律	初春雨中集飲元海侖同諸君分韻得田字（清樽）		○								
七律	送張比部守思恩（西曹執法）		○								
七律	集劉象公署喜黎惟敬中秘同公暇（徵君至初至并送陳仁甫大史奉使楚藩）即席分韻得行字（入洛關關）		○								
七律	又用子忩樓字韻（苑邊新築）		○								
七律	華夷互市圖（大漠）			○		○	○		○		
七律	（友人楊樾功）楊太守寵官（後）關園城中自娛（不妄適有江藩之役先詩柬之）（投荒）			○		○	○	○			
七律	送張助甫（除書）			○							
七律	奉和元美兄同出郭外歸宿故墅之作（鹿車）			○							
七律	寄康裕卿（休從）										
七律	送（元甫）李大史冊封蜀藩（王檢）				○					○	
七律	在明光祿得王官不赴歸靖江別業贈行（輕肌）				○						

詩體	詩歌	古今詩刪	國雅	明詩正聲（盧）	皇明詩統	明詩正聲（穆）	明詩選（華）	明詩選最	國朝名公詩	皇明詩選（陳）	明詩歸
七律	在明光祿王官不赴歸靖江別業贈行（老謝）				○						
七律	送黎惟敬假還南海（聖主）				○						
七律	敬軏柯韶謫尉懷仁以夜飲註誤（蕭條）				○						
七律	過前園遇雨（衝泥）					○					
七律	賦得遷苗閣（胡壯）					○					
七律	客贈許奉常（茅堂）					○					
七律	新秋同黎二中祕丘民部黎文學陳曹管張四山人集楊柯部宅分韻得河字（仙郎）										
七律	敬甫史部遠惠新詩答爾答一律（俠骨）					○					
七律	送蔡子才守衡州								○		
七律	履魏三日受莫易州行府考諸君會高臺有作								○		
七律	月夜宿弘慈寺聽講								○		
七律	題華夷互市圖										
五絕	登城南樓（烏愛）			○							
五絕	渡胡盧河大霧（六月）			○							
七絕	送姚柯部耀（參）楚藩（承明）		○		○						
七絕	送姚柯部耀（參）楚藩（春風）		○		○						
七絕	徐州口號（嚴程）			○			○	○			

詩體	詩　　歌	古今詩刪	國雅	明詩正聲（盧）	皇明詩統	明詩正聲（穆）	明詩選（華）	明詩選最	國朝名公	皇明詩選（陳）	明詩歸
七絕	延州雜興（涼風）			○							
七絕	自宣君至同官道中（片片）			○							
七絕	酬屠長卿明府（正得）			○							
七絕	酬屠長卿明府（藜珠）			○							
七絕	酬屠長卿明府（藕葉）			○							
七絕	夜宿固山舖大風寒作（孤館）			○							
七絕	清流關（清流）			○							
七絕	讀覽電程廣文九歌哀而輓之（奮恨）			○							
七絕	秋宮怨（宮詞）（一孤）			○							○
七絕	再宿豐安寺（兩年）			○							
七絕	再宿豐安寺（投効）			○							
七絕	夏日田家雜興（艸席）					○					
七絕	山行即事（滿目）					○					

附錄四　明詩名家之選本收錄詩數綜合統計表

名家	雅頌正音									皇明詩選（沈）									皇明風雅								
	五古	七古	五律	七律	五排	七排	五絕	七絕	合計	五古	七古	五律	七律	五排	七排	五絕	七絕	合計	五古	七古	五律	七律	五排	七排	五絕	七絕	合計
劉基	4	5	0	0	2	0	0	0	11	23	22	18	31	2	0	5	18	119	41	51	41	37	1	1	52	38	262
楊基	0	3	0	0	0	0	0	0	3	0	3	0	0	0	0	0	0	3	8	11	2	1	0	1	9	9	41
張羽	0	0	0	0	0	0	0	0	0	7	1	1	4	0	0	0	1	14	0	10	4	3	0	0	14	0	31
徐賁	0	0	0	0	0	0	0	0	0	8	6	0	12	0	0	2	7	35	1	4	1	2	0	0	4	2	14
高啓	4	2	0	0	2	0	0	0	8	6	3	7	5	0	0	1	3	25	2	1	1	3	0	0	3	0	10
浦源	0	0	0	0	0	0	0	0	0	2	9	10	10	2	0	2	7	42	15	10	11	7	0	0	13	19	75
林鴻	0	0	0	0	0	0	0	0	0	0	0	0	0	0	0	0	0	0	0	1	1	1	0	0	0	0	3
王恭	0	0	0	0	0	0	0	0	0	0	0	0	0	0	0	0	0	0	4	2	5	5	0	0	0	0	16
曾棨	0	0	0	0	0	0	0	0	0	0	0	0	0	0	0	0	0	0	0	0	2	3	0	0	8	7	20
李夢陽	0	0	0	0	0	0	0	0	0	0	0	0	0	0	0	0	0	0	3	6	1	3	0	0	0	0	13
王廷相	0	0	0	0	0	0	0	0	0	0	0	0	0	0	0	0	0	0	5	0	7	3	1	0	1	1	18

	雅頌正音									皇明詩選（沈）									皇明風雅								
	五古	七古	五律	七律	五排	七排	五絕	七絕	合計	五古	七古	五律	七律	五排	七排	五絕	七絕	合計	五古	七古	五律	七律	五排	七排	五絕	七絕	合計
邊貢	0	0	0	0	0	0	0	0	0	0	0	0	0	0	0	0	0	0	0	0	0	0	0	0	0	0	0
顧璘	0	0	0	0	0	0	0	0	0	0	0	0	0	0	0	0	0	0	0	0	0	0	0	0	0	0	0
何景明	0	0	0	0	0	0	0	0	0	0	0	0	0	0	0	0	0	0	3	6	6	6	0	0	0	0	21
孫一元	0	0	0	0	0	0	0	0	0	0	0	0	0	0	0	0	0	0	0	0	0	0	0	0	0	0	0
楊慎	0	0	0	0	0	0	0	0	0	0	0	0	0	0	0	0	0	0	0	0	0	0	0	0	0	0	0
薛蕙	0	0	0	0	0	0	0	0	0	0	0	0	0	0	0	0	0	0	0	0	0	0	0	0	0	0	0
王廷陳	0	0	0	0	0	0	0	0	0	0	0	0	0	0	0	0	0	0	0	0	0	0	0	0	0	0	0
謝榛	0	0	0	0	0	0	0	0	0	0	0	0	0	0	0	0	0	0	0	0	0	0	0	0	0	0	0
高世鄂	0	0	0	0	0	0	0	0	0	0	0	0	0	0	0	0	0	0	0	0	0	0	0	0	0	0	0
唐順之	0	0	0	0	0	0	0	0	0	0	0	0	0	0	0	0	0	0	0	0	0	0	0	0	0	0	0
李先芳	0	0	0	0	0	0	0	0	0	0	0	0	0	0	0	0	0	0	0	0	0	0	0	0	0	0	0
俞允文	0	0	0	0	0	0	0	0	0	0	0	0	0	0	0	0	0	0	0	0	0	0	0	0	0	0	0
李攀龍	0	0	0	0	0	0	0	0	0	0	0	0	0	0	0	0	0	0	0	0	0	0	0	0	0	0	0
徐中行	0	0	0	0	0	0	0	0	0	0	0	0	0	0	0	0	0	0	0	0	0	0	0	0	0	0	0
梁有譽	0	0	0	0	0	0	0	0	0	0	0	0	0	0	0	0	0	0	0	0	0	0	0	0	0	0	0
吳國倫	0	0	0	0	0	0	0	0	0	0	0	0	0	0	0	0	0	0	0	0	0	0	0	0	0	0	0
宗臣	0	0	0	0	0	0	0	0	0	0	0	0	0	0	0	0	0	0	0	0	0	0	0	0	0	0	0
王世貞	0	0	0	0	0	0	0	0	0	0	0	0	0	0	0	0	0	0	0	0	0	0	0	0	0	0	0
張佳胤	0	0	0	0	0	0	0	0	0	0	0	0	0	0	0	0	0	0	0	0	0	0	0	0	0	0	0
王世懋	0	0	0	0	0	0	0	0	0	0	0	0	0	0	0	0	0	0	0	0	0	0	0	0	0	0	0

	皇明詩抄								明音類選									古今詩刪								
	五古	七古	五律	七律	七排	五絕	七絕	合計	五古	七古	五律	七律	五排	七排	五絕	七絕	合計	五古	七古	五律	七律	五排	七排	五絕	七絕	合計
合計	11	47	17	25	3	12	12	127	103	123	136	88	13	1	29	38	531	34	19	188	119	33	4	45	115	557
劉基	1	5	0	3	0	0	1	10	9	16	4	3	0	0	5	12	49	5	3	3	5	0	0	6	5	27
楊基	0	2	2	2	0	1	1	8	1	6	3	5	1	0	2	3	21	0	0	2	0	0	0	1	2	5
張羽	2	0	0	0	0	0	0	2	3	2	0	2	0	0	2	1	10	0	0	0	0	0	0	0	0	1
徐賁	0	1	2	0	0	1	0	4	1	2	4	2	0	0	1	0	10	0	0	0	0	0	0	0	0	1
高啟	0	11	5	5	0	1	0	22	12	20	11	13	2	0	6	3	67	2	1	2	2	0	0	4	11	22
浦源	0	2	0	5	0	0	1	8	0	2	1	4	0	0	0	1	8	0	0	0	0	0	0	0	0	1
林鴻	0	2	1	1	0	0	0	4	3	3	4	6	1	0	0	0	17	0	0	2	1	0	0	0	1	4
王恭	0	1	0	0	0	0	0	1	0	1	2	2	0	0	0	0	5	0	0	0	0	0	0	0	1	1
曾棨	1	0	0	0	0	0	0	1	2	6	1	5	0	0	0	0	14	0	1	1	0	0	0	0	0	2
李夢陽	4	8	2	5	2	6	4	31	22	22	27	10	3	0	5	5	94	7	3	27	11	1	0	4	10	63
王廷相	0	0	0	0	0	0	0	0	3	0	3	1	0	0	0	0	5	1	0	7	0	0	0	10	6	24
邊貢	0	0	0	0	0	0	0	0	7	8	12	6	1	0	4	1	39	0	0	7	8	0	0	6	17	38
顧璘	0	0	0	0	0	0	0	0	1	1	0	5	0	0	0	0	7	0	0	1	1	0	0	0	0	1
何景明	2	10	5	4	0	3	4	28	20	22	37	13	3	0	3	3	101	3	6	30	9	2	0	2	4	56
孫一元	1	5	0	0	1	0	1	8	3	6	2	2	0	0	0	1	14	1	0	3	0	2	0	1	0	7
楊慎	0	0	0	0	0	0	0	0	16	4	17	6	1	0	2	7	53	0	0	5	2	1	0	5	0	13
薛蕙	0	0	0	0	0	0	0	0	0	0	0	0	0	0	0	0	0	0	0	1	0	0	0	0	2	3

	皇明詩抄									明音類選									古今詩刪								
	五古	七古	五律	七律	五排	七排	五絕	七絕	合計	五古	七古	五律	七律	五排	七排	五絕	七絕	合計	五古	七古	五律	七律	五排	七排	五絕	七絕	合計
王廷陳	0	0	0	0	0	0	0	0	0	0	0	2	0	0	0	0	0	2	0	0	0	1	0	0	0	0	1
謝榛	0	0	0	0	0	0	0	0	0	0	0	0	0	0	0	0	0	0	0	0	27	7	16	1	0	8	59
喬世寧	0	0	0	0	0	0	0	0	0	0	0	0	0	0	0	0	0	0	0	0	2	0	0	0	0	0	2
唐順之	0	0	0	0	0	0	0	0	0	0	0	0	0	0	0	0	0	0	0	1	1	2	0	0	2	2	8
李先芳	0	0	0	0	0	0	0	0	0	0	0	0	0	0	0	0	0	0	0	0	6	8	1	0	1	2	18
俞允文	0	0	0	0	0	0	0	0	0	0	0	0	0	0	0	0	0	0	2	0	0	0	0	0	0	0	2
李攀龍	0	0	0	0	0	0	0	0	0	0	0	0	0	0	0	0	0	0	0	0	0	0	0	0	0	0	0
徐中行	0	0	0	0	0	0	0	0	0	2	2	6	3	1	0	0	1	15	2	1	23	13	2	2	4	14	61
梁有譽	0	0	0	0	0	0	0	0	0	0	0	0	0	0	0	0	0	0	0	0	0	5	0	0	0	0	5
吳國倫	0	0	0	0	0	0	0	0	0	0	0	0	0	0	0	0	0	0	0	0	13	7	3	0	0	9	32
宗臣	0	0	0	0	0	0	0	0	0	0	0	0	0	0	0	0	0	0	2	0	5	5	2	0	3	4	21
王世貞	0	0	0	0	0	0	0	0	0	0	0	0	0	0	0	0	0	0	9	3	19	26	3	1	1	8	70
張佳胤	0	0	0	0	0	0	0	0	0	0	0	0	0	0	0	0	0	0	0	0	0	0	0	0	0	3	3
王世懋	0	0	0	0	0	0	0	0	0	0	0	0	0	0	0	0	0	0	0	0	1	5	0	0	0	0	6

| | 明詩正聲（盧） | | | | | | | | | （續）國雅 | | | | | | | | |
	五古	七古	五律	七律	五排	七排	五絕	七絕	合計	五古	七古	五律	七律	五排	七排	五絕	七絕	合計
	154	111	267	221	82	10	107	215	1172	110	112	196	154	13	0	20	61	666
劉基	5	6	4	4	0	1	7	7	34	3	3	2	1	0	0	0	4	13
楊基	0	5	3	4	0	0	5	2	19	2	6	9	4	0	0	4	2	27
張羽	1	3	2	2	0	0	0	3	11	7	2	3	0	0	0	1	2	15
徐賁	1	1	3	2	0	0	2	0	9	2	6	5	1	0	0	0	4	18
高啓	4	7	10	7	0	0	11	10	49	10	16	13	8	0	0	3	3	53
浦源	0	1	1	3	0	0	0	1	6	0	1	0	2	0	0	0	1	4
林鴻	6	3	8	4	0	0	0	1	22	9	0	9	3	0	0	0	0	21
王恭	4	1	6	5	0	1	4	8	29	0	0	5	1	0	0	1	6	13
曾棨	1	4	1	7	0	0	0	0	13	0	4	0	11	0	0	0	1	16
李夢陽	17	10	21	16	3	0	5	14	86	8	12	9	2	0	0	6	5	42
王廷相	5	5	8	1	0	0	10	10	39	5	2	5	0	0	0	1	1	14
邊貢	5	3	14	11	1	0	12	12	58	8	2	6	5	0	0	0	5	26
顧璘	2	1	2	7	1	0	1	1	15	5	2	2	2	0	0	0	0	11
何景明	16	16	32	16	2	0	3	8	93	4	10	19	5	0	0	0	3	41
孫一元	2	3	4	3	2	0	7	3	23	7	1	7	0	0	0	2	1	18
楊慎	6	5	10	8	4	0	3	11	47	1	4	3	4	2	0	1	3	16
薛蕙	11	4	7	5	7	0	2	7	43	19	3	11	2	1	0	0	3	39

	國雅（續）									明詩正聲（盧）								
	五古	七古	五律	七律	五排	七排	五絕	七絕	合計	五古	七古	五律	七律	五排	七排	五絕	七絕	合計
王廷陳	1	0	9	0	1	0	0	0	11	7	2	7	3	4	0	0	0	23
謝榛	0	5	9	4	1	0	0	0	19	0	1	24	10	19	1	0	12	67
喬世寧	0	0	3	0	0	0	1	0	4	1	0	8	2	2	0	2	0	15
唐順之	0	7	27	19	3	0	0	0	56	0	1	7	5	1	0	2	2	18
李先芳	2	1	4	1	0	0	0	0	8	4	7	11	10	5	0	2	9	48
俞允文	5	5	1	0	0	0	0	2	13	3	0	0	0	0	0	0	1	4
李攀龍	2	6	12	17	0	0	0	7	44	8	2	8	16	12	2	4	21	73
徐中行	0	0	2	11	0	0	0	1	14	5	2	15	13	2	2	4	16	59
梁有譽	4	1	2	5	1	0	0	0	13	3	1	1	7	0	0	6	2	20
吳國倫	0	0	3	7	0	0	0	0	10	2	0	15	14	6	2	2	12	53
宗臣	1	2	5	6	0	0	0	0	14	7	2	10	9	2	0	5	7	42
王世貞	1	5	6	7	3	0	0	3	25	23	12	16	15	9	1	6	15	97
張佳胤	1	4	4	16	0	0	0	4	29	2	1	3	5	0	0	0	8	19
王世懋	3	2	1	10	1	0	0	2	19	8	2	6	8	0	0	2	12	38

	皇明詩統									明詩正聲（穆）									明詩選（華）								
	五古	七古	五律	七律	五排	七排	五絕	七絕	合計	五古	七古	五律	七律	五排	七排	五絕	七絕	合計	五古	七古	五律	七律	五排	七排	五絕	七絕	合計
	82	101	135	239	4	2	57	125	745	141	82	152	156	39	11	39	161	781	27	23	61	83	11	3	33	51	292
劉基	10	15	5	11	1	1	10	16	69	4	1	1	0	0	0	0	2	8	3	1	3	2	0	0	2	3	14
楊基	1	7	5	17	0	0	16	4	50	2	2	3	0	0	0	3	2	12	0	1	2	10	1	0	1	1	16
張羽	3	5	1	6	0	0	3	2	20	0	0	1	0	0	0	0	0	1	0	0	0	2	0	0	0	0	4
徐賁	2	3	4	6	0	0	4	2	21	1	0	1	0	1	0	0	2	5	0	0	3	1	0	0	0	0	4
高啓	5	9	13	14	0	0	4	15	60	10	9	4	0	1	0	2	6	32	2	6	5	7	0	0	5	5	30
浦源	0	2	4	7	0	0	0	3	16	0	0	0	2	0	0	0	0	2	1	0	2	2	0	0	0	1	3
林鴻	4	4	8	15	0	0	0	6	37	5	1	6	2	3	0	0	0	17	1	1	1	3	0	0	0	1	7
王恭	2	3	2	12	0	0	8	12	39	0	0	1	3	0	1	2	5	12	0	0	0	1	1	1	2	3	7
曾棨	2	4	2	9	0	0	0	2	19	0	0	0	4	0	0	0	0	5	0	0	2	2	0	0	0	0	2
李夢陽	11	4	12	4	1	0	3	7	42	33	14	24	22	3	1	7	18	122	3	3	5	5	0	1	2	3	21
王廷相	1	6	3	4	0	0	0	4	18	4	1	1	0	1	0	0	1	8	0	0	1	0	0	0	1	1	3
邊貢	7	4	13	8	0	0	0	4	36	5	4	6	4	0	0	2	7	29	2	0	3	2	1	1	4	4	14
顧璘	1	2	6	15	0	0	0	0	24	2	0	0	1	0	0	0	0	3	1	0	1	4	1	0	0	0	8
何景明	16	11	15	11	0	0	3	6	62	14	11	16	14	2	2	2	13	74	4	2	9	8	0	0	1	2	26
孫一元	1	0	2	5	0	0	1	3	12	9	1	5	13	1	0	3	9	41	0	0	2	2	0	0	1	2	6
楊慎	1	1	0	8	0	0	0	2	11	0	0	2	2	1	0	0	4	8	2	4	3	4	3	0	3	1	20
薛蕙	0	2	1	5	0	0	0	2	10	7	2	4	1	3	0	0	4	21	1	1	3	3	0	0	1	1	10

	皇明詩統									明詩正聲（穆）									明詩選（華）								
	五古	七古	五律	七律	五排	七排	五絕	七絕	合計	五古	七古	五律	七律	五排	七排	五絕	七絕	合計	五古	七古	五律	七律	五排	七排	五絕	七絕	合計
王廷陳	1	0	6	4	0	0	0	0	11	0	0	1	0	1	0	0	0	2	1	0	2	0	0	0	0	0	3
謝榛	2	3	1	6	0	0	0	4	16	1	3	11	7	5	1	2	15	45	0	0	1	2	0	1	0	1	5
喬世寧	0	0	4	3	0	0	3	4	14	0	0	0	1	0	0	0	0	1	0	0	1	0	1	0	0	1	3
唐順之	0	1	1	4	0	0	2	0	8	0	0	0	1	1	0	1	0	3	0	0	0	2	0	0	0	0	2
李先芳	3	1	7	9	1	0	0	0	21	6	6	5	5	2	0	3	9	36	0	1	0	2	0	0	1	2	6
俞允文	3	4	2	1	0	0	0	4	14	1	0	0	0	0	0	0	0	1	1	0	0	0	0	0	0	0	1
李攀龍	0	1	2	8	0	0	0	7	18	6	6	18	23	2	1	1	20	77	2	1	2	4	1	0	0	4	14
徐中行	1	0	4	7	0	0	0	0	13	1	2	3	2	0	1	0	3	12	0	0	2	2	1	0	0	1	6
梁有譽	1	1	2	6	0	0	0	1	12	3	0	2	7	3	0	2	2	19	1	1	1	1	0	0	2	2	7
吳國倫	0	0	4	9	0	0	0	4	17	2	2	8	6	2	0	2	5	27	1	0	3	3	1	0	1	4	14
宗臣	3	2	0	3	0	0	0	2	10	2	4	8	4	0	0	4	11	33	2	0	3	2	0	0	2	1	10
王世貞	0	1	1	8	0	0	0	3	13	12	11	18	20	4	4	3	18	90	2	1	2	5	1	0	3	6	20
張佳胤	1	3	3	9	0	0	0	5	21	0	0	1	5	0	0	0	3	9	0	0	1	1	0	0	0	1	3
王世懋	0	2	2	5	0	0	0	2	11	11	1	3	7	2	0	0	2	26	0	0	0	2	0	0	0	1	3

	明詩選最									國朝名公									石倉								
	五古	七古	五律	七律	五排	七排	五絕	七絕	合計	五古	七古	五律	七律	五排	七排	五絕	七絕	合計	五古	七古	五律	七律	五排	七排	五絕	七絕	合計
	26	22	59	72	12	3	33	49	276	28	61	68	58	15	4	12	40	286	635	341	561	543	21	1	101	217	2420
劉基	3	1	3	2	0	0	2	3	14	0	2	0	0	0	0	0	2	4	18	21	4	6	0	0	1	10	60
楊基	0	1	2	9	1	0	1	1	15	0	1	4	1	0	0	0	1	7	40	23	34	19	1	0	0	19	136
張羽	1	0	0	1	0	0	0	0	2	0	1	0	0	0	0	1	0	3	55	8	9	13	0	0	11	16	112
徐賁	0	0	3	1	0	0	0	0	4	0	5	1	0	0	0	0	2	7	34	17	17	15	3	0	3	15	104
高啟	1	5	4	6	0	0	5	5	26	0	10	5	4	5	0	1	2	27	99	32	54	45	4	0	16	40	290
浦源	0	0	0	2	0	0	0	1	3	0	1	0	0	0	0	0	1	2	0	2	9	22	0	0	0	10	43
林鴻	1	1	1	3	0	1	2	1	7	1	0	3	0	3	0	0	0	4	31	7	19	28	5	0	1	11	102
王恭	0	0	0	0	0	0	0	3	7	0	0	2	0	0	1	0	4	8	29	33	34	29	0	0	3	20	148
曾棨	0	0	0	1	0	0	2	0	1	0	0	0	0	0	0	0	0	1	5	14	8	47	0	0	2	2	78
李夢陽	3	3	5	5	0	0	2	3	21	1	3	7	3	0	0	0	1	15	138	57	132	62	3	0	14	6	412
王廷相	0	0	1	0	0	0	1	1	3	1	1	0	0	0	0	0	0	4	40	22	40	27	0	0	11	9	149
邊貢	0	0	3	2	1	0	4	4	14	2	0	3	1	0	0	0	0	7	27	25	27	82	0	0	8	26	195
顧璘	1	0	1	4	1	0	1	0	8	2	0	2	1	2	0	0	0	7	47	35	29	79	1	0	11	8	210
何景明	4	2	9	8	0	0	1	2	26	0	9	7	7	0	0	0	2	25	53	34	109	50	4	1	8	12	271
孫一元	0	0	2	0	3	0	2	1	5	4	1	5	0	0	0	0	1	12	19	11	36	19	0	0	12	13	110
楊慎	2	4	3	4	0	0	3	1	20	1	4	1	2	2	0	0	0	10	0	0	0	0	0	0	0	0	0
薛蕙	1	1	3	2	0	0	0	1	9	3	2	2	2	0	0	0	0	9	0	0	0	0	0	0	0	0	0

	明詩選最									國朝名公									石倉								
	五古	七古	五律	七律	五排	七排	五絕	七絕	合計	五古	七古	五律	七律	五排	七排	五絕	七絕	合計	五古	七古	五律	七律	五排	七排	五絕	七絕	合計
王廷陳	1	0	2	0	0	0	0	0	3	2	0	5	0	1	0	0	0	8	0	0	0	0	0	0	0	0	0
謝榛	0	0	1	2	0	1	0	1	5	0	0	1	0	0	1	0	2	4	0	0	0	0	0	0	0	0	0
喬世寧	0	0	1	0	0	1	0	1	3	0	0	0	0	1	0	0	0	1	0	0	0	0	0	0	0	0	0
唐順之	0	0	0	2	1	0	0	0	3	0	5	4	6	2	0	1	1	19	0	0	0	0	0	0	0	0	0
李先芳	0	1	1	2	0	0	1	1	6	1	0	0	0	0	0	0	0	1	0	0	0	0	0	0	0	0	0
俞允文	1	0	0	0	0	0	0	0	1	2	0	0	0	0	0	0	0	2	0	0	0	0	0	0	0	0	0
李攀龍	2	1	2	2	0	0	1	2	10	1	8	2	7	1	1	3	8	31	0	0	0	0	0	0	0	0	0
徐中行	0	0	2	2	1	0	0	1	6	0	0	2	4	0	0	0	2	8	0	0	0	0	0	0	0	0	0
梁有譽	0	1	1	1	0	0	2	2	7	0	1	1	2	0	0	0	0	4	0	0	0	0	0	0	0	0	0
吳國倫	1	0	2	3	1	1	1	4	13	0	0	0	3	0	1	0	0	4	0	0	0	0	0	0	0	0	0
宗臣	2	0	3	2	0	0	2	1	10	1	0	1	1	0	0	0	0	3	0	0	0	0	0	0	0	0	0
王世貞	2	1	2	3	1	0	3	6	18	3	5	7	6	1	0	3	10	35	0	0	0	0	0	0	0	0	0
張佳胤	0	0	1	0	0	0	1	1	3	0	3	1	0	0	0	0	0	4	0	0	0	0	0	0	0	0	0
王世懋	0	0	1	1	0	0	0	1	3	2	2	0	6	0	0	0	0	10	0	0	0	0	0	0	0	0	0

	皇明詩選（陳）									明詩歸								
	五古	七古	五律	七律	五排	七排	五絕	七絕	合計	五古	七古	五律	七律	五排	七排	五絕	七絕	合計
	182	78	223	183	25	0	12	118	821	46	32	18	29	1	0	9	25	160
劉基	5	0	2	1	0	0	1	0	9	2	1	1	0	0	0	1	1	6
楊基	0	0	1	0	0	0	0	0	1	4	1	3	8	0	0	0	0	16
張羽	1	0	0	0	0	0	0	1	2	1	0	1	2	0	0	0	0	4
徐賁	0	0	1	0	0	0	0	0	1	3	2	0	1	0	0	1	0	7
高啓	3	1	5	1	0	0	0	1	11	4	6	1	5	0	0	1	3	20
浦源	0	0	1	0	0	0	0	0	1	0	0	0	1	0	0	0	0	1
林鴻	0	0	2	0	0	0	0	0	2	2	1	0	0	1	0	0	2	6
王恭	0	0	0	0	0	0	1	1	2	0	1	0	0	0	0	0	1	2
曾棨	0	2	1	2	0	0	0	0	5	0	0	1	0	0	0	0	0	1
李夢陽	49	10	18	15	1	0	2	15	110	6	0	2	1	0	0	1	5	15
王廷相	7	1	2	0	0	0	0	0	10	2	5	0	2	0	0	1	0	10
邊貢	2	0	7	2	0	0	1	3	15	2	2	0	0	0	0	0	0	4
顧璘	0	0	0	2	0	0	0	0	2	3	1	0	0	0	0	0	2	6
何景明	26	19	58	29	3	0	0	13	148	2	2	2	1	0	0	0	0	7
孫一元	0	0	2	0	0	0	0	0	2	0	0	1	1	0	0	1	0	3
楊慎	3	4	1	3	2	0	0	2	15	0	2	1	1	0	0	1	0	5
薛蕙	12	1	6	0	0	0	0	3	22	1	0	0	1	0	0	0	0	2

	皇明詩選（陳）									明詩歸								
	五古	七古	五律	七律	五排	七排	五絕	七絕	合計	五古	七古	五律	七律	五排	七排	五絕	七絕	合計
王廷陳	4	1	5	1	0	0	0	0	11	0	0	1	0	0	0	0	0	1
謝榛	0	1	35	23	2	0	3	5	69	0	1	2	0	0	0	2	0	5
喬世寧	1	0	0	0	1	0	0	1	3	1	0	0	0	0	0	0	0	1
唐順之	0	1	2	4	0	0	0	0	7	0	0	0	1	0	0	0	0	1
李先芳	0	0	1	2	0	0	0	0	3	1	0	0	0	0	0	1	0	2
俞允文	2	0	0	0	0	0	0	4	6	1	0	0	0	0	0	0	1	2
李攀龍	26	15	20	41	4	0	1	44	151	5	2	0	0	0	0	0	4	11
徐中行	1	0	2	11	4	0	0	1	19	0	0	0	0	0	0	0	1	1
梁有譽	4	0	1	4	0	0	0	0	9	0	0	0	1	0	0	0	1	2
吳國倫	10	4	24	8	1	0	0	6	53	1	2	2	0	0	0	0	0	5
宗臣	0	1	5	4	1	0	2	4	17	0	0	0	0	0	0	0	1	1
王世貞	26	17	20	27	6	0	1	11	108	3	3	0	3	0	0	0	2	11
張佳胤	0	0	1	2	0	0	0	3	6	0	0	0	1	0	0	0	0	1
王世懋	0	0	0	1	0	0	0	0	1	0	0	0	0	0	0	0	1	1

附錄五　明詩名家各體詩入選名作一覽

	五古	七古	五律	七律	五排	七排	五絕	七絕
劉基	晚同方舟上人登師子巖（作）	為祝彥中題山水圖	（題）太公釣渭圖	春興	錢塘懷古得吳字	次韻和劉彥箕憶山（中）篇	閨詞（劉訶）	春江曲
16部選本 選錄次數	7	8	7	6	1	3	7	5
楊基	登三夏故城（關前）	掛劍臺	登岳陽樓（春色）	賦春草	上巳日（暖日）		陌上桑	十二紅圖
15部選本 選錄次數	4	7	13	8	3	0	6	5
張羽	題胡玄素素畫	余將軍家槍本（篆）書槍本歌	詩歸、贈僧還、遊山寺、山陰晚發（寄）、送劉仲鼎歸杭州	行樂過西庵、楊（楊）州道中			胡騎圖（陣火）、觀魏武本紀	燕山春暮
15部選本 選錄次數	7	5	2	6	0	0	3	7

		五古	七古	五律	七律	五排	七排	五絕	七絕
徐賁		切切重切切、贈曾仲淵、古別離婦詞（清晨）	別離曲（山風）	兵後過崑（崙）亭山	登廣州城樓	送人之吳江		折楊柳	上箄山訪王張二山人不值
	15部選本 選錄次數	3	7	9	4	2	0	4	3
高啓		尋照公、蕭門（行）	王昭（明）君（明妃）（曲）	長安道	送沈左司徒（從）汪參政分省陝西（汪御史中丞由陝出）	聖壽節（早朝）、甘露降宮庭柏樹、長洲苑、天平山（入山）		西寺晚歸、別呂隱君	少年行（下直）
	16部選本 選錄次數	6	9	8	10	2	0	5	8
浦源			送王濱民歸盤谷	（送）秋江送別）馬明府歸田	送人之荊門				井州寒食
	14部選本 選錄次數	0	7	4	10	0	0	0	6
林鴻		江閣秋雲圖	經綺岫故宮	題福山寺陳（玹）讀書堂	春（日）遊東苑應制	10首不重複		流少江夜泛	題（吳江）虹橋
	14部選本 選錄次數	8	9	6	11	1	0	1	4
王恭		送別、題畫（扇面）（山空）、經友人故宅	登泰山（飛仙）	夏夜曲	吳城懷古		賦得鏝（鐵）罏城送送劉御使省親歸（聞）（圖）（山遂）	鷗鴇	步虛詞
	14部選本 選錄次數	2	3	4	7	0	4	9	5

		五古	七古	五律	七律	五排	七排	五絕	七絕
曾棨		冬日扈從還霤出露正門）、三月二日舟次開河同胡祭酒鄒侍講登岸散步長蘆（朝隨）馬郎崖蕺野桑廠林曠然至田家各賦一詩而去（郊行）	車駕北征送右論德金公扈從	過劉伶宅	車駕渡江、項羽廟			2首不重複	楊州（揚）東關和王脩撰時彥（韻）
14部選本	選錄次數	5	5	6	7	0	0		2
李夢陽		功德寺（宣宗）	漢京篇（漢家）（京）臨帝極榱道	下吏（十年）	限韻贈黃子（禁垣）春日紫	鄱陽湖（十六韻）（太祖）	送胡主事橋廣西軍（便道）未陽迎母（七年）	楊白花（寧唱）	夏口夜泊別友人（黃鶴）
14部選本	選錄次數	5	10	7	6	6	2	1	2
王廷相		赤壁亭亭宴集謝蔣子胡子（適志）	南昌行（豫章）	石井別業（有作）（花暗）	旅興（旅遊日日潘）、五月浴江（五月浴江）、望康子潯西草堂（大白山人）	郢上答方思道（雲夢）		芳樹（芳樹）、春草謠（塘上）	（皇上）平南凱還歌（詔下）、蕪城歌（莫向）
12部選本	選錄次數	4	5	6	2	1	0	4	4

	五古	七古	五律	七律	五排	七排	五絕	七絕
邊貢	章氏園餞別升之分得木字（中國）	贈尚子（意氣）	送鄧玄敬（驅馬）	次獻吉留別韻（初春）、次韻寄劉銅（同）仁（地闊）、登嶽（次劉希尹韻）（玉皇）、送丁考功憂之關中（鶯花）、蔣山（次韻）（病起）、題陳氏水閣（倚）、調文山（吟祠）（丞相）	送（金）（張）中丞赴延綏（上郡）	0	山中雜詩（下馬古寺）（月色）、雜詩（月色）、上陵道中（蒼蒼）	習池（習家）
12部選本 選錄次數	4	4	5	3	4	0	4	5
顧璘	贈黃秀才省曾見訪（養痾伏園廬）	白苧詞（玉房園水）、答徐昌穀博士（前海陽年）、（同海陽年）登湘舒教諭山絕頂（因贈別）（兀坐）	經鍾山（鹿飲）、宿宜興東坡祠（下）（先生）	病中憶魯南欽佩（空齋）、客許州七弟璨（千官）、（擬）宮怨（漢皇）	送費學士南試還朝（拜命）	0	夜（平江）	11首不重複
12部選本 選錄次數	4	2	3	5	4	0	3	1

		五古	七古	五律	七律	五排	七排	五絕	七絕
	何景明	鹽曲（御溝有）	行路難（咏有）	昭烈祠（廟）（漂泊）	秋日感懷（秋興）（高樓）懷寄（寄懷）邊子（廷實）（汝從元啟）	郊觀二十二韻（今代）寄邊大常（不溥）	平夷所老人（平夷）	獨坐（獨坐鳴蟲起）	晚至昌平寺中（度盡）
14部選本	選錄次數	10	9	11	8	3	2	4	6
	孫一元	訪樵者（遠尋）	解所佩日本小劍遺近夫作公莫舞（晴空）黃山行（黃山昔云與天通）、題古石圖（石根）、春前五日大雪（一夜）	西湖（十里）、晚霽（晚來）	南征（南征）、新卜南屏山居（石上）、山居答野服（道人）			睡起（睡起）	寄青空道人（斗酒）
13部選本	選錄次數	5	3	8	3	0	0	4	7
	楊慎	扶南曲（游賞）	垂柳篇（並序）（靈和殿前鼃鳴（鼃陽）、鳥栖曲（月華）	十二月朔日候駕出南郊（南駕從省牲）（天仗）	足唐人句、效古塞下曲（長楸）	崇聖寺（塵劫）、签候詠（木是）、送尹舜弼抵扺南嶽（洞庭）、至後雪（白雪）		青橋夜泊（驛亭）	流螢篇（蕩子）
10部選本	選錄次數	3	4	5	7	3	0	3	4

作者	項目	五古	七古	五律	七律	五排	七排	五絕	七絕
薛蕙	詩題	答問大復（肯綮）	元夕篇（皇都）	六月八日（西闕遇雨）（苕溪）、村居（寂寞）	孫氏沱西別業（巴陵）、業贈鑾之（長安）	送周侍闕子賢（賢）（萬里）		月橋（泊舟）	皇帝行幸南京歌（三月）、皇帝行幸南京歌（翩翩）、皇帝行幸南京歌（燕姬）
11部選本	選錄次數	5	7	4	5	3	0	3	3
王廷陳	詩題	少年行（長安）、雜詩（縞紵）	3首不重複	聞(琴)箏（花月）	許武昌邀飲西山寺中席上贈郭吳二部使（軒騎）	出獄留別主人兼欲有負（畏途）			
11部選本	選錄次數	2	1	9	2	4	0	0	0
謝榛	詩題	3首不重複	宮(中四時春歌)詞（曉起）、宮詞（辭）（寂寞）	秋夜（龍酒）	送謝武選（少安）稿師固原因聞蜀還朝兄莽（天書）	庚戌八月（二十二日）恭聞天殿視朝（上苑）	金堤同族府（韻）（金堤、陡重到）	大梁懷古（策馬夷門道）、秋閨（目極江天遠）	尋葛徵君（宅）、城西閒訪葛洪）
10部選本	選錄次數	1	3	4	5	4	6	2	5
喬世寧	詩題	3首不重複		梅花落（坐待）	擣衣（城上）	送莫子良謝病歸（仙郎）		莫愁湖送答（相送）	邊事（白馬）
10部選本	選錄次數	1	0	3	3	3	0	2	5
唐順之	詩題	從軍行（送呂曹募兵遼海）		十五夜旅懷（曾鞍）	元夕詠水（冰）燈（正）、燈（曾時）、初燃火樹	（登嶅）（登嶅時）、臺（晉時）、普濟寺同孟		遊南山（洞口）、竹徑（面面）	塞下曲（贈絡侍郎總制）（健兒）

附錄五　明詩名家各體詩入選名作一覽

	五古	七古	五律	七律	五排	七排	五絕	七絕
10部選本 選錄次數 李先芳	0	4	3	5	3	0	2	3
名作	宿天池寺	纖婦詞（白露）	鄱陽湖（吳城）	闕）、贈（上）相公（張）壽詩	中丞作（同孟望之遊普濟寺）（宛轉）		閨怨（閨人）	怨歌行（胡姬）
10部選本 選錄次數 俞允文	2	3	5	5	2	0	3	4
名作	園居（躬居）	虎丘行（吳王）、征馬嘶送有光（白楊花）、胡笳曲（長風）、桃源行（武陵深）	獨坐（獨坐）	秋日陪張通政登昆盧閣和顧閣老韻（金園）	德藩白雲亭觀珍泉作（常驥）			泉（能將）、送山行、送樹（聞）、雞（月落空營）
10部選本 選錄次數 李攀龍	4	3	4	5	3	2	0	2
名作	錄別（秋風）	送謝茂秦（李宗）、擊鼓行（徐卿）、送客行（天威）、贈子與吳生（本白）	送張比部募兵秦諸部（徒倚）、沈郎中守順慶（見說）	郡城（樓送吳明卿）送友人（徒倚）、同王元美宗子相梁公實分賦懷太山得鎮字柬魏順甫（城內）	賦得邊馬有歸思（飛將）	送歷城李明府入計（五計）	答登宗秀才、茂登池亭（窗中）、枝（十杖）、載相撓處	山中簡許郭（二生）（金生）通寺（金牛）
9部選本 選錄次數	6	3	4	5	3	2	2	5

		五古	七古	五律	七律	五排	七排	五絕	七絕
	徐中行	題萬言卿西原精舍（伊昔）	送李于鱗守順德（去春）	祀陵（風雨）	寄題（李）于鱗白雪樓（駘蕩深）、寄讀南李僉憲（一別）	同張肖甫送酒（乃）（張）山人還蜀（兄弟）	黃河道中別吳生（敭別）	活水池（池分）、詠顧汝種桃（不言）和舍（不言）、題顧汝和石鼎篆（雲英）、邛竹杖（仙人）	感舊（自別）
10部選本	選錄次數	2	2	4	3	5	3	2	4
	梁有譽	秋懷（空庭）	燕京俠客吟（翩翩俠客出）	歲暮集黎惟敬（紫芝山房）（雲木）	姑蘇懷古（看山）	賦得臨池柳（拂岸）		東林寺（前作）（寒日照流水）	越江曲（橫塘）、北山訪梁思伯不遇（竹塢）
11部選本	選錄次數	3	4	5	5	3	0	4	4
	吳國倫	攝部（晨起）	8首不重複	與黃綰事中（洛魄）、董生祠（萬木）、泊獨流河（萬里）、塞下曲（飲馬長城窟）	（登）黃鶴樓（黃鶴仙人去）	與子相飲遲元美（春事）、冬日述樓示元美（慘凄）、賦得臨池柳（拂岸）	竹里館詩序（竹里）	閨怨（一片）	石鏡峰（峰）（萬仞）、九日同（李）白干鱗賦（秋深木落鴈南飛）
10部選本	選錄次數	3	4	5	7	3	4	4	4
	宗臣	秋夜客陸子和（攬衣）	歸嘆（薊門）	元美夜過（將有江南之役）（金樽）	洛觀空山（一上）、春興（司馬）	留別峻伯（握手）、夜過冗美不卿遲元美不至（楚客）		夜立（秋風）	過采石懷李（大）白（采石）、過采李（大）白（楚水）
10部選本	選錄次數	4	2	5	3	2	0	4	4

	五古	七古	五律	七律	五排	七排	五絕	七絕
王世貞	別于鱗（置酒前為別）、暮春園即坐離賓園景（高齋）	夢中得語云百年那得更百年今日須愛今日、戲成短歌（化人）、酹孫太初墓（死不必）	別于鱗郡齋杜陵（李）、寄于鱗（遠樹）、寄于鱗（春色）、寄于鱗（春郊）、于鱗郡齋（提手）、挽梁公實（當年）、答（吳）明卿、敢尚、過于鱗懸公墓己巳（公立）大功之日距今兩甲子矣（正統）、渡江即事有感（吳南屏楚、入南屏山路（一人）、途中雜詠（出郭）、夏日飲胸上人房（野人）	提兵安東海上大閱（親提）	富陽至桐廬道中（揚舲）	于鱗郡齋（春草）	（戲為）眼罩（短短）	寄（李）伯承（漢帝）、晚春（漠漠）、閨怨（閨道）
10 部選本　選錄次數	3	3	2	5	4	2	3	3

		五古	七古	五律	七律	五排	七排	五絕	七絕
	張佳胤	大江行（白雲）	三石篇（大滇）	宿黃牛峽（春到）	登函關城樓（樓上）				題徐生夢雲卷（夜半）
10部選本	選錄次數	3	3	4	4	0	0	0	5
	王世懋	遊惠（慧）山酌泉（次唐人韻）（舍舟）	人日袞芳功見過留酌小窗前酒醋放歌（卻贈）（今年）	先君復職命下喜（就道）（自沉）	華夷互市圖（大漠）、（友人楊懋功）楊官大守罷官（後）關園城中自娛適有江藩之役先詩柬之（投荒）	3首不重複		2首不重複	徐州口號（嚴程）
10部選本	選錄次數	4	5	3	4	1	0	1	3

古典詩歌研究彙刊

第二七輯

龔鵬程 主編

第 3 冊

李白遊仙詩研究

熊 智 鋭 著

國家圖書館出版品預行編目資料

李白遊仙詩研究／熊智銳 著 — 初版 — 新北市：花木蘭文化

事業有限公司，2020〔民 109〕

目 2+236 面；17×24 公分

（古典詩歌研究彙刊 第二七輯：第 3 冊）

ISBN 978-986-485-973-3（精裝）

1.（唐）李白 2. 唐詩 3. 詩評

820.91　　　　　　　　　　　　　　　　109000185

ISBN-978-986-485-973-3

9 789864 859733

古典詩歌研究彙刊
第二七輯　第 三 冊　　　ISBN：978-986-485-973-3

李白遊仙詩研究

作　　者　熊智銳
主　　編　龔鵬程
總 編 輯　杜潔祥
副總編輯　楊嘉樂
編　　輯　許郁翎、張雅淋　美術編輯　陳逸婷
出　　版　花木蘭文化事業有限公司
發 行 人　高小娟
聯絡地址　235 新北市中和區中安街七二號十三樓
　　　　　電話：02-2923-1455 ／傳眞：02-2923-1452
網　　址　http://www.huamulan.tw 信箱 hml810518@gmail.com
印　　刷　普羅文化出版廣告事業
初　　版　2020 年 3 月
全書字數　154991 字
定　　價　第二七輯共 19 冊（精裝）新台幣 32,000 元　　版權所有・請勿翻印

李白遊仙詩研究

熊智銳 著

作者簡介

作者熊智銳，祖籍河南商城，民國一〇八年，以九十五歲高齡，榮獲臺北中國文化大學中國文學系博士學位，各媒體爭相傳頌。夫人王廷蘭老師，曾榮膺金氏紀錄台灣生最多（五個）博士子女的媽媽。伉儷爭輝。熊氏以研析唐詩爲嗜好。《唐詩新品賞》爲其名著之一。《台灣日報》、《國語日報》、《中國語文》等報刊，均曾發表其唐詩析賞專欄。爲傳承推廣「詩教」、「詩學」，十年前應臺北市內湖社區大學之邀，在該校開設「唐詩欣賞與習作指導班」，其後以教學成果積成習作專集，收錄學生近體詩作數百首，流傳於世，頗獲佳評。

提　　要

　　本書爲高齡九十餘的老博士熊智銳數年前在臺北中國文化大學中國文學系碩專班的碩士論文。「仙」是祕書監賀知章初見李白時替他下的絕佳封號：「子有仙風道骨，乃天上謫仙人也。」李白與「仙」結緣自此始。以下試簡敘本書要旨。

　　第一、二兩章依例爲緒論泛言，略述中國神仙與遊仙詩歌源流。第三、四兩章簡介李白生平事略、李白詩歌及李白時空背景。第五、六兩章列述李白遊仙詩主題及李白遊仙詩類型。在第五章中曾特別列舉李白曾實際登名山如峨嵋山、太白山等處求長生久視，最後空無所得；至第六章於晚年遊故鄉會稽而人仙攪擾後始發現諸法皆空。第七、八兩章分別列述李白遊仙詩的神采與心哩，李白遊仙詩的價值與影響。第九章結論，有始有終。堪稱一篇較謹嚴的論文。第九章除綜合前八章章旨內涵外，對李白遊仙詩的價值與影響特作有系統的列敘：首先指稱，李白遊仙詩的價值爲「開拓詩歌領域」，包括詩體之長短、內容關注社稷蒼生、格律體制、款款諷喻，歷歷詩史，詩筆神韻瀟灑，色采繽紛，情趣洋溢。次就李白遊仙詩的影響爲「昇華藝術境界」，包括建構浪漫詩派的殿堂，爲其後詩家開展蹊徑、張顯浪漫詩派的無限空間，乃至在國際詩壇上亦踞有一席之地，享有獨特的盛譽。總之，李白遊仙詩的成就、價值與影響，在詩評家心目中，歷久彌新，從無動搖。

目

次

第一章 緒 論

　　筆者常言，興趣決定走向，走向決定性格，性格決定命運。筆者自幼熱衷文學書畫，對唐詩情尤獨鍾。就讀中國文化大學碩專班後，接觸到許多新學門、新領域，相互浸漸積引下，發現唐詩有待探討研究的空間極大，乃試圖以興趣及原有點滴所知爲基礎，逐步走向唐詩研究之路。本論文《李白遊仙詩研究》即其起步。學海無涯，唐詩雖學海一角，亦汪洋浩瀚，李白遊仙詩亦牽連廣袤。筆者餘年餘力知能皆有限，姑且賈其愚勇，從反復誦讀李白詩作，選讀相關典籍，策定研究方法依序進行，期能勉力完成本論文。

第一節　研究動機與目的

　　一個人的興趣是他一切作爲或不作爲的基本動因。筆者自幼即喜誦讀唐詩，其後在故鄉就讀中小學，來臺後就讀大學中文系及中研所，凡有唐詩學習機會者，決不放棄。謀生就業期間，曾就誦讀研習及體悟的點點滴滴，在報刊撰寫專欄及心得；並以餘年陸續假社教場所講授唐詩欣賞及習作指導，藉以分享一己樂趣，甚至妄言以棉薄之力推廣詩教。年前以「發現唐詩、發現詩人、發現自我」爲說辭，出版《唐詩新品賞》一冊，意欲拉近唐詩與現代人之間的距離。承蒙邱師變友爲序，廖師一瑾、黃師水雲等推介，由文津出版社印行。凡此

種種，無以名之，無非個人興趣牽引而已。就讀本校中國文化大學碩專班以來，舉凡修習諸學門如中國思想史、中國文學史、中國詩學史、老子、辭賦、樂府詩、六朝詩、古典小說、禪學、文獻學等等，均與本論文寫作密切相關，對初步從事學術研究如愚生者，助益尤多。本論文的研究動機亦因此日就強化。李白遊仙詩作量多質精，探索闡發，既能滿足筆者一己求知好奇心，並欲以此爲起步，以餘年繼續從事唐詩研究；亦希望對唐詩教學工作有助，甚至更奢望有助詩教的推廣於萬一。換言之，本研究的目的有三：一爲滿足筆者的求知好奇心，二爲藉此作繼續研究的起步，三爲期能有助於唐詩教學及詩教推廣。

第二節　研究範圍

　　本論文以「李白遊仙詩」爲研究範圍。探討撰寫本論文，自須檢閱許多相關文獻典籍；筆者自知餘年餘力識見均有限，只能慎作選擇，妥爲運用。在此研究範圍內所涉及的主要文獻典籍，均須涉獵。包括神仙與遊仙詩源流、李白生平及其人其事其詩、李白時空背景、李白與佛教道教關係等。李白詩文及李白遊仙詩等重要文獻典籍，分文史典籍等四類，均須蒐羅概覽。

　　第一類：文史典籍如《史記》、《尚書》、《左傳》、新舊《唐書》、《資治通鑑》、《四書》、《昭明文選》、《說文》、《文心雕龍》等詩論詩品著作、中國文學史著述等等。

　　第二類：遊仙與神仙典籍如《山海經》、《淮南子》、《楚辭》、《老子》、《莊子》、《神異記》之類神仙史籍、當代神仙論述等等。

　　第三類：古詩歌典籍如《詩經》、《離騷》、《全唐詩》、《唐人選唐詩新編》、《唐詩評選》、當代人有關古詩歌論述等。

　　第四類：李白典籍如瞿蛻園等校注之《李白集》、郁賢皓注譯之《李白詩集》、黃錫珪編注之《李太白年譜》、阮廷瑜《李白詩論》及孫殊清《李白詩論及其他》、當代相關著述等。

　　相關典籍繁夥，未能備舉，於研撰時當隨時參閱擷取。

第三節　研究方法

　　在研究方法方面，學界研究方法繁多，視研究者個別需要與主客觀因素作選擇運用。一般言之，常見習用的研究方法約爲以下數種：

一、分析研究法（Method of Analysis）

　　與綜合法相對待。基本做法是區分一事物或概念，以明示其內容。以李白遊仙詩研究爲例，基本做法爲蒐集相關文獻資料，除古今典籍著作外，包括當代期刊、論文等，作廣泛的檢閱研讀，並分門別類作箚記，繼之以分析歸納，得出適當的結論。

二、歷史研究法（Historical Method）

　　基本做法爲從多種歷史文獻及遺跡遺物中，運用科學方法，鑑別其眞僞及價值，繼之以歸納統整，將相關的歷史事件，以客觀態度尋求其相關性，得出合情合理的結論。以李白遊仙詩研究爲例，在檢閱前代諸般相關文獻典藉後，用作探究李白遊仙詩淵源即是。

三、綜合研究法（Method of Synthesis）

　　與分析法相對待。基本做法是將複雜事物要素或概念內容，結合整理，使成爲單純統一體。以李白遊仙詩研究爲例，將其詩歌中遊仙詩選出來，繼之依內容作分類，檢視其表相，並進一步窺視其指涉或隱喻，藉以探究詩人李白的遊仙眞相和旨趣爲何。

四、演繹法（Deduction）

　　基本做法是由普遍的原理以推斷特殊的眞象。例如，凡生物皆有死，人爲生物，故人皆有死。循此推演，李白是人，故李白有死。

五、歸納法（Induction）

　　與演繹法相對待。由種種特殊事例，以歸納爲一般的原理。例如，人、獸、草、木皆有死，而人、獸、草、木皆爲生物，故知凡生物皆有死。循此歸納，李白有死，故知李白爲生物。

六、比較法（Comparative Method）

　　基本做法量取二種以上的事物，比較推量，以求其共通點及各自特點。例如取前代詩人遊仙詩與李白遊仙詩，比較其異同處，以窺探李白遊仙之獨特性。

　　事實上，任何一種學術研究都不太可能單純地運用某一種研究法，通常都是靈活運用多種研究方式進行研究。本論文研究即如此，以綜合研究法為基礎，首先蒐集與本論文研究相關的文獻典籍作分類檢閱，繼之將李白詩歌中的遊仙詩挑選出來，再就其內容作分類；接著用分析研究法、歷史研究法、演繹法、歸納法及比較法，參酌詩人主客觀因素對各該類遊仙詩作層層徵審解析及探索，並以設身處地的方式進入詩人的生活與生命，期以窺察詩人內心深處的情感世界，解開其人生苦樂之謎。

　　本論文除第一章緒論為研究動機、研究目的、研究範圍、研究方法外，本於知人論世觀點，第二章探討中國神仙與遊仙詩歌源流，第三章為認識李白生平及其詩，第四章為李白時空背景及佛道與李白。第五、第六及第七章為李白主要遊仙詩探索析賞，第八章為李白遊仙詩的價值與影響，第九章為結論。

小結

　　本章緒論，包括研究動機與目的、研究範圍與方法。首先陳敘筆者自幼年至暮年，對唐詩情有獨鍾，並簡敘數十年來誦讀、品賞、寫專欄、教唐詩及撰《唐詩新品賞》一書等點點滴滴歷程，為本論文「研究動機」作自白。其次列舉「研究目的」滿足一己求知好奇心等三項。再次揭示本論文以李白遊仙詩為「研究範圍」，並列陳必須檢閱的四類相關文獻典籍名目。最後為「研究方法」，簡列「分析研究法」等六種，並說明本論以「綜合研究法」為基礎，以「分析研究法」、「歷史研究法」、「演繹法」、「歸納法」及「比較法」為運用，期能勉力完

成本論文。本論文各章「小結」後，均以「示意簡表」列舉各該章主
要綱目及內容，藉明梗概。

最後，試以簡表示意本章統緒。

表一　第一章「緒論」示意簡表

節次	主題	內容	備註
第一節	研究動機與目的	一、動機 　1. 自幼至今，熱衷唐詩研讀。 　2. 從事唐詩教學及撰寫，須自我充實。 　3. 近撰《唐詩新品賞》出版，尚獲好評，有待精進。 二、目的 　1. 滿足自己好奇心。 　2. 藉此作繼續研究的起步。 　3. 期能有助於唐詩教學及裨益「詩教」於萬一。	
第二節	研究範圍	一、範圍：李白遊仙詩研究。 二、文獻檢閱：分別檢閱文史典籍、遊仙及神話典籍、古詩歌典籍、李白典籍數十種。	
第三節	研究方法	一、一般常用方法 　1. 分析研究法。 　2. 歷史研究法。 　3. 綜合研究法。 　4. 演繹法。 　5. 歸納法。 　6. 比較法。 二、本論文研究法：以綜合法為基礎，輔以分析研究法、歷史研究法、演繹法、歸納法、比較法。	

第二章　中國神仙淵源與遊仙詩歌源流

　　神與仙在世人的想象和意念裡，彷彿若即若離、似同非同。從字源上看，許慎《說文解字》云：「神，天神引出萬物者也。」「祇，地祇提出萬物者也。」徐灝箋：「天地生萬物，物有主之者曰神。」《說文》對「僊」的解釋云：「長生寋（遷）去。」漢劉熙《釋名》曰：「老而不死曰仙。」遷去則入山，後人改僊爲仙，仙行而僊廢。金文神字，象人跪姿向神明祈禱的樣子〔註1〕。

　　傅師錫壬在其《中國神話與類神話研究》中，對神話與仙話之不同，有明確的區分，主要區分點有二：一爲神話中的盤古是積極的，悲壯的；仙話中的眞人是一個逃避現實，遁隱於虛幻世界享福的神仙。二爲仙是可以由人修練而致的。例如《列仙傳》中所稱王子喬、赤松子等，他們原本都是人，因修練而不死曰仙〔註2〕。

　　晉郭璞以〈遊仙詩十九首〉享譽於世，《文選》擷錄七首，李善注評曰：「凡遊仙之篇，皆所以滓穢塵網，錙銖纓紱。淩霞倒景，餌

〔註1〕王宏編《金文楷釋大辭典》，（山東：山東美術出版社）第四冊，頁2089。
〔註2〕傅師錫壬《中國神話與類神話研究》，（臺北，文津出版社2005年11月一刷），頁2～6。

玉玄都。而璞之制，文多自敘，雖志狹中區，而辭無俗累，見非前識，良有以哉。」〔註3〕郭璞遊仙詩梗概，見後。

詩歌以「遊仙」名篇，始於曹植，但秦始皇已有〈仙真人詩〉，惜不傳。《論語・述而》「遊於藝」、《詩經・邶風・柏舟》「微我無酒，以遨以遊」，均可視為遊仙之遊的源頭。

第一節　中國神仙思想的淵源

中國神仙思想的由來，學界已有諸多討論，西來說、本土說等各種說法都有，筆者在此採用聞一多之中土四方說的看法，認為中國不老不死、長生久視的神仙概念起源中國本土，但也受到四方邊疆各國的文化影響，是中原的華夏的文化與東西南北的四方文化在長時間接觸後，不同文化之間產生彼此交融、相互影響，進而逐漸形成完整的一個概念。因此，神仙的概念是複合的，也是多元的，更可能是互相矛盾的。

一、中國神仙淵源

中國為世界文化古國之一，有關神仙方面的文獻典籍極多，早先秦兩漢的諸多典籍中就已經看到各種生命長度、長相或能力超乎常人的生命體存在，這些存在往往超越了一般人的生命向度與知識領域，諸如《山海經》、《淮南子》、《楚辭》、《莊子》等經典都是學者經常提到的。前引《說文》等字書稱，天神地祇是生萬物的主，老而不死曰仙，而慎終追遠，厚葬崇祭，相信人死而靈魂尚在〔註4〕。看來似乎中國早有神仙觀念，或者也可以說，中國神仙出自中國，是本土的。

〔註3〕梁・昭明太子《文選》，唐・李善注，（臺北：藝文印書館 2012 年 3 月初版十六刷），頁 313。

〔註4〕蒲慕州《墓葬與生死：中國古代宗教之省思》，（北京：中華書局 2008 年 1 月北京第一次印刷），頁 201 指出，商代對先王先公的祭祀儀式繁複，無疑有某種對先王先公死後另有一存在的信念。

　　仙來自死人成仙，或活人修道成仙，成仙後即不再有死，仙的生活樂趣，即在餐風飲露，漫遊於天地六合之間（註5）。據聞一多（1899～1946）在《神話與詩》中多方稽考，認為中國的神仙說是來自西方，但並非今日的西方，而是中國版圖中的西域，他從《左傳‧昭公二十年》、《墨子‧節葬下篇》、《呂氏春秋‧義賞篇》、《漢書‧五行志》及《淮南子‧道應篇》等文獻中反復推敲，戰國時齊國方士盛行，一般人相信神仙說出自齊地，齊景公有「古而無死其樂若何」（《左傳‧昭二十年》）語，不死觀念即神仙說的濫觴；而且認為齊地濱海，海上島嶼及蜃氣現象都容易刺激幻想。他認為以上各種說法中結論是神仙說出自齊地，戰國初年燕齊一帶盛行神仙說，當傳自西方（即西域）傳來，燕齊濱海，海市蜃樓，故多幻想。

　　他指出，齊為姜姓，乃四嶽之後，春秋時有姜戎，亦稱四嶽之後；春秋時，周與羌族通婚頻繁，棄母姜源（姜、羌同），太王娶太姜，武王娶邑姜，皆羌族女，參與武王伐紂的西土人士即羌人，姜太公可能為其君長，伐紂有功，封於呂，即羌人內徙於華北之始。聞氏展轉分析後結論是，齊人本為西方的羌族。而西方羌族有火葬的習俗，如《墨子‧節葬下篇》云：

　　　「秦之西有儀渠之國者，其親戚死，聚柴薪而焚之，燻上，謂之登遐。」

文中儀渠當是羌族。《呂氏‧春秋‧義賞篇》云：

　　　「氐羌之民，其虜也，不憂其係纍，而憂其死不焚也。」

　　今甘肅新疆一帶乃古代羌族居地，傳說中的不死民、不死之野、不死山、不死樹、不死藥等，也都在這一帶，因此齊人不死觀念當初是從西方帶進來的。火葬是求靈魂不死，後來演變為肉體不死，戰國初年燕齊一帶盛行神仙說，也是從西方傳進來的。《漢書‧五行志》稱，秦始皇所鑄金人十二，實為仙人造像，「皆夷狄服」，可見秦始皇

〔註5〕聞一多《神話與詩》，（台北：藍燈出版公司，1975 年版），頁 153～180。

知道真正的仙人是西域籍。

　　人死成仙後的主要活動是「遠遊」，《淮南子‧道應篇》所述盧敖的故事，《莊子》書中的至人、神人、真人、大人（皆仙人別名），漢以下有關仙人的辭賦詩歌，所書寫的，都是神仙漫遊的生活；晉唐人（包括李白）詠仙人的詩多為「遊仙詩」。

　　以上是聞一多的〈神仙考〉摘要〔註6〕。藉作李白遊仙詩源頭的佐證之一。

　　其實，筆者淺見，中國神仙淵源似乎是多元的，有來自西域者，如聞一多說；而四川為道教神仙發祥地，乃西南方的神仙，詳後；《楚辭》中的美人香草巫覡神仙，乃江南的神仙。總之，凡此皆是李白遊仙詩的源頭活水。

二、神仙典籍檢閱

　　自春秋戰國五百五十年間（770～221 B. C.）中原諸國對內彼此征戰不休，對外與周邊四夷之間長期頻繁的征戰殺伐，社會一直處於動盪不安的歷史階段，形成了先秦時期「國之大事，在祀與戎」〔註7〕的社會文化特徵。這種歷史背景在詩歌作品中被保留下來，廣佈於《詩經》、《楚辭》等文獻中，在書籍內容中反映和記錄了社會不同階層民眾在烽火連天背景下的所思所想、生活情狀和情感體驗，展現豐富的先秦歷史內涵，亦成為中國神仙思想之濫觴。

　　我國記載神仙之典籍繁多，謹就前一章「研究範圍」所列典籍中之重要者，酌加檢閱如次。

（一）《山海經》〔註8〕

　　《山海經》是至今世人公認的一本神奇的古地理志典籍，司馬遷

〔註6〕聞一多《神話與詩》，頁153～180。

〔註7〕《春秋左傳正義‧成公十三年》，（台北：藝文印書館，1993年），頁1911。

〔註8〕袁珂《神話論文集》，（臺北：漢京文化公司1987年1月活版一刷），頁1～23。

視爲荒誕不經〔註9〕，西漢末年的劉秀（歆，前 50 年？～23 年）認爲《山海經》是夏禹、伯益所作，但此經作者一直未有定論，自古至今，學者眾說紛紜。台灣著名中國文學學者李豐楙認爲《山海經》應該是周朝官府所收藏的地理檔案，再經編輯、統整而成，原始資料應該是周王室及諸侯所記錄的，今本《山海經》是經歷多次編修調整的。從《山海經》中的記載來看，其中爲數眾多的神仙資料中心源頭有三，一是炎黃二族發祥於西北，向東發展所保留下來的早期西北資料（此點似與聞一多說相近）；二是東方濱海的帝俊系統，屬殷商文化遺存下來的資料；三是南方的楚地，也擁有豐富的神仙資料。安京的《山海經新考》，對《山海經》成書年代、圖說、書名、構成、來源、方位等，均有翔實考證；尤其涉及神話仙蹤部分的考證，最具參考價值。袁珂對《山海經》寫作時間、地點及書目考中稱，〈大荒經〉和〈海內經〉約成於戰國初年或中期；〈五藏山經〉和〈海外經〉爲戰國中期以後的作品；〈海內經〉成書最遲，當成於漢初，並且認爲作者可能是楚人〔註10〕。

　　李白嘗在遊仙詩中以鳳凰自喻。《山海經》對鳳凰的描繪：

　　　　其狀如雞，五采而文，名曰鳳凰。首文曰德，翼文曰義，
　　　　背文曰禮，腹文曰信：是鳥也，飲食一自然，自歌自舞，
　　　　見則天下安寧。（《山海經·南山經》）

《山海經》中記載許多山川地理景物，同時也記載各地物產，包含動物、植物等，其中也記載各種傳說中的傳奇動物，如上述的鳳凰；神仙人物，如西王母，乃至山魈鬼魅等傳說人物，是保留中國古代神話

〔註9〕 司馬遷《史記》，楊鍾賢等注，（臺北：建宏出版社 2007 年 5 月再版）全五冊，第五冊，頁 490，卷 123〈大宛列傳〉謂：「太史公曰：『《禹本紀》言河出崑崙，崙崙其高二千五百餘里……今自張騫使大夏之後也，窮河源，惡睹本紀所謂崑崙者乎？故言九州山川，《尚書》近之矣；至《禹本紀》、《山海經》所有怪物，余不敢言之也。

〔註10〕 安京《山海經新考》，（北京：中央編譯出版社 2010 年 12 月一版一刷），頁 1～12。又，袁珂《中國神話傳說》上下冊，（臺北：駱駝出版社 1987 年 8 月版），頁 26～35。

傳說很重要的典籍。

（二）《楚辭》[註11]

《楚辭》的內容，由來說法不一。王逸《楚辭章句》是最早的《楚辭》，其篇名，依序為：〈離騷〉、〈九歌〉、〈天問〉、〈九章〉、〈遠遊〉、〈卜居〉、〈漁父〉（以上屈原作）；〈九辯〉、〈招魂〉（以上宋玉作）；〈大招〉（屈原或景差作）；〈惜士〉（作者不詳或言賈誼）；〈括隱士〉（淮南小山）；〈七諫〉（東方朔）；〈哀時命〉（嚴忌）；〈九懷〉（王褒）；〈九歎〉（劉向）；〈九思〉（王逸）[註12]。〈離騷〉為屈原的代表作，是《楚辭》的主要成分，故世人往往以〈離騷〉取代《楚辭》，而與《詩經》並稱為「北葩」「南騷」。劉大杰稱，屈原為純文學的先導，〈九歌〉為楚國宮廷舞曲，是充滿神祕浪漫的宗教歌劇；〈離騷〉是屈原的代表作[註13]。抗戰期間文史學者孫次舟在成都著文稱，屈原是個「文學弄臣」，並非如後世所稱道的「愛國詩人」；對此，聞一多在其〈屈原問題〉及〈人民的詩人——屈原〉中作明確的申辯[註14]。〈九辯〉是宋玉的個人主義惟美作品，是一篇無病呻吟的好文章[註15]。世人共識認為〈九歌〉是經長期潤色增刪而成的楚宮廷貴族的宗教歌舞曲，神仙足跡顯著，楚文化的重要象徵之一。蕭兵《楚辭與美學》稱，楚文化與中華四方文化集群均有密切關聯：所謂四方文化，東方夷人集群活動於黃河下游，西方夏人集群活動於黃河中下游，北方狄人集群活動於北、東北、西北到西南的弧形地帶，南方苗人集群活動於東南沿海和諸島地區（包括臺灣、海南島等），與楚人關係最密切。蕭氏指出，屈原〈離騷〉的理

[註11] 宋・洪興祖《楚辭補注》，（臺北：大安出版社 2011 年 8 月一版六刷）。

[註12] 呂正惠編撰《澤畔的悲歌・楚辭》，（臺北：時報出版公司 2012 年 1 月五版一刷），頁 283～284。

[註13] 劉大杰《中國文學發達史》，（臺北：中華書局 1972 年 10 月臺三版），頁 82～83。

[註14] 聞一多《神話與詩》，頁 245～261。

[註15] 劉大杰《中國文學發達史》，頁 71～99。

想樂園爲崑崙與西皇（西王母前身或別稱），證明他往往追求一種與神話傳說相聯繫的美的境界〔註16〕。

呂正惠《楚辭·澤畔的悲歌》指出，《楚辭》在中國文化上具有特殊地位，內容以屈原作品爲中心，既表現屈原個人的人格，也代表楚國特殊的文化與精神。其中〈九歌〉、〈天問〉、〈招魂〉、〈大招〉講的都是楚國特殊的宗教、民俗神話與傳說：充分表現出楚國人的浪漫、想像力和生命力〔註17〕。

《楚辭》中的仙踪鬼魅，所在多有。例如：

> 駟玉虬以乘鷖兮，溘埃風余上征。朝發軔於蒼梧兮，夕余至乎縣圃。……吾令羲和弭節兮，望崦嵫而勿迫。路曼曼其脩遠兮，吾將上下而求索。飲余馬於咸池兮，總余轡乎扶桑。折若木以拂日兮，聊逍遙以相羊。……吾令鳳鳥飛騰兮，繼之以日夜。（〈離騷〉第三小節）

筆者案：楚處中國偏西南地區，早期居黃河下游，自稱蠻夷；春秋戰國時期，已發展爲南方大國，地廣國強，長期爲五霸七雄之一，地跨大江南北及黃淮流域，《史記·孟子荀卿列傳》稱：楚相春申君曾任荀卿爲楚之蘭陵令，地方百里〔註18〕，位於今山東台兒莊附近，足見當年楚之強大。楚國與中原政治、經濟、文化各方面接觸頻繁；先後跨越淮河，而與殷商後裔的宋接壤，殷商尚鬼，《楚辭》中的宗教、巫覡、神仙色采活動似可溯源於此；魯國孔子、齊國晏嬰等學者名流曾訪楚，荀卿任楚之蘭陵令，蘭陵，今山東嶧縣境，地近台兒莊；魯爲文化古國，齊爲政經強國，齊桓公尊王攘夷的夷，指的就是楚國；晉國常用楚國流亡的人材，故有「楚材晉用」的成語。（語出《左傳·襄公二十六年》：「雖楚有材，晉實用之。」）

〔註16〕蕭兵《楚辭與美學》，（臺北：文津出版公司 2000 年 1 月一刷），頁 28。

〔註17〕呂正惠編撰《澤畔的悲歌·楚辭》，頁 3～14。

〔註18〕漢·司馬遷撰；劉宋·裴駰集解；唐·司馬貞索隱；唐·張守節正義《史記》，（台北：鼎文書局 1981 年），卷 74，〈孟子荀卿列傳〉，頁 2348。

（三）《莊子》〔註19〕

《莊子》一書共三十三篇，〈內篇〉七，〈外篇〉十五，〈雜篇〉十一。通說，〈內篇〉為莊周本人所著，〈外篇〉〈雜篇〉為莊子後學所著。邱師燮友等合著《中國文學史初稿》對《莊子》一書的詳介是，〈內篇〉七篇中的〈齊物論〉，傅斯年疑為慎到作，其餘六篇，為莊子作，較為可信；〈雜篇〉中的〈秋水〉、〈庚桑楚〉、〈寓言〉三篇材料最可信。《莊子》書中的寓言，是全書的主幹，最富文學意味，「他文筆詭譎變化，如同神仙般的善於應變。」「《莊子》書之所以能超越哲學領域，而於先秦子書中特具一格，……就全在於他有豐富的想像，和深邃含意的寓言」。莊書中的許多神仙寓言故事，即是他詭譎善變文筆下的產物。莊子〈齊物論〉中所稱的物我兩忘，與天地萬物渾然一體〔註20〕，這樣的概念構成人與神仙之間的界線變得模糊，也因此讓人成為神仙變成一件具有實踐可能性的事情，也逐漸形成中國的修煉成仙的思想傳統。

莊子善以寓言、神話、神仙故事諷喻人心人情人事及闡明哲理大道，即是《莊子》一書最獨特的地方。

《莊子》一書中的仙跡仙踪，〈逍遙遊〉最為代表：

> 北冥有魚，其名曰鯤。鯤之大，不知其幾千里也；化而為鳥，其名曰鵬。鵬之背，不知其幾千里也。怒而飛，其翼若重天之雲。是鳥也，海運則將徙於南冥。……鵬之徙於南冥也，水擊三千里，摶扶搖而上者九萬里，去以六月息者也。（《莊子·逍遙遊》）

劉大杰稱莊子是戰國時的大思想家和優秀的散文家，文字到了莊子筆下，「真是汪洋恣肆，機趣橫生，信手拈來，都成妙語。」又說，

〔註19〕清·王先謙《莊子集解》，（臺北：世界書局 1957 年 7 月初版）。

〔註20〕清·郭慶藩撰：王孝魚點校《莊子集釋》（北京：中華書局 1961 年 7 月初版），卷 1，〈齊物論〉，頁 79。文曰：「天地與我並生，而萬物與我為一。既已為一矣，且得有言乎？既已謂之一矣，且得无言乎？一與言為二，二與一為三。自此以往，巧曆不能得，而況其凡乎！故自無適有以至於三，而況自有適有乎！無適焉，因是已。」

莊子的文學「雄奇與奔躍，後代無人能比得上他。只有李白的古詩，差可比擬而已」〔註21〕。道家強調人的修養著重「游心於淡，合氣於漠，順物自然而無容私焉，而天下治矣」〔註22〕（《莊子‧應帝王》）這種順其自然的「無為」、「逍遙」與「自適」的思想哲學便自然成為重要的中國文化傳統思想之內涵。

（四）《周易》〔註23〕

《周易》又稱《易經》，包括《易經》和《易傳》，成書很早，大約在西周時期，是現存最古老的中國古典哲學文獻之一，也是道教和儒家共同尊崇的經典之一，主要內容為建構一套以陰陽二種對立的符號元素進行系統組合，進而組合成內涵各異的思想系統，描述世間萬事萬物變化，乃至宇宙狀態的哲學之書，它的中心思想與天神地祇、人神交往也有緊密關聯。《中國文學史初稿》頁45～52及劉大杰《中國文學發達史》頁9～19，對《易經》的時代背景、巫筮的文學價值及其與神話仙語相關語彙，均有概括性的論述。《中國文學史初稿》指出，從《易經》發現，當時周人信仰仍停留在庶物崇拜的宗教思想中，他們除敬奉上帝和祖先外，還有日月星的神、山川的神、土地的神和穀神。《中國文學發達史》指出，從《易經》發現，由殷商時的卜辭，到《易經》的卜筮，即是由庶物崇拜進至天帝、祖先崇拜外，歌、舞、音樂藝術活動亦同時產生。

王正凱在其編著的《周易本論──中國政教嚞學原理》中指出：《易》有象、數、理、事四要素，作者為伏羲氏、文王、周公、孔子四聖；伏羲氏作爻、象與卦；文王、周公作卦辭、爻辭；孔子融會貫通卦辭、爻辭之精義而作大象辭，是集《易》之大成者〔註24〕。《中

〔註21〕劉大杰《中國文學發達史》，頁66～67。
〔註22〕清‧郭慶藩撰：王孝魚點校《莊子集釋》，卷3，〈應帝王〉，頁294。
〔註23〕王正凱編著《周易本論──中國政教嚞學原理》，（臺北：北開出版公司1985年11月版）。
〔註24〕王正凱編著《周易本論──中國政教嚞學原理》，〈自序〉及頁471〈綜論〉。

國文學史初稿》稱：從《周易·繫辭傳》看來，相傳是伏羲畫的卦，文王作的卦辭，周公作的爻辭及〈十翼〉，其中象傳上下，可能爲孔子作；文言和繫辭上下孔子門人作，說卦、序卦、雜卦等篇是孔門後學所記。

劉大杰謂，《易經》中的爻辭，多有比興、抒情的詩趣，有的可與《詩經·國風》比美。例如：

屯如邅如，乘馬班如。匪寇，婚媾。（《易經·爻辭·屯六二》）

賁如皤如，白馬翰如。匪寇，婚媾。（《易經·爻辭·賁六四》）

乘馬班如，泣血漣如。（《易經·爻辭·屯上六》）

女承筐，无實。士刲羊，无血。（《易經·爻辭·歸妹上六》）

鳴鶴在陰，其子和之。吾有好爵，吾與爾靡之。（《易經·爻辭·中孚九二》）

（五）《尚書》〔註25〕

《尚書》爲儒家十三經之一，又稱《書》，內容爲中國上古及夏、商、周三代時期的君臣對談記錄爲主，屬於中國早期政治事務文獻的總集，寫作形式以散文爲主，文風質樸，但由於其寫作年代極其久遠，一般認爲書中用語「詰屈聱牙」，文義頗難理解通透。《尚書》的編輯寫成語成書後的流傳過程頗爲複雜，在中國歷史上出現過多個具體內容不同的版本，今本的內容主要成書於東晉。近十幾年來，隨著中國大陸各地出土古代文獻的整理與研究，大大拓展了現代學界對古尚書文獻的認識。司馬遷《史記·孔子世家》云：「孔子序《書》，上紀唐虞之際，下至秦繆。編次其事。」世稱《尚書》爲孔子編纂，本此。

《尚書》爲古代記言之史，多祭天祀祖的記事，其中每涉神話仙語。以嫦娥奔月故事爲例：《尚書·堯典》：「乃命羲和，敬授人時。」（吳

〔註25〕吳璵《新譯尚書讀本》，（臺北：三民書局 2013 年 4 月修正二版二刷）。

注《尚書讀本》，頁4）御日的羲和是羲氏、和氏的合稱，《山海經・大荒南經》：「東南海之外，甘水之間，有羲和之國。有女子名羲和，方浴日於甘淵。羲和者，帝俊之妻，生十日。」（李注《山海經》，頁347）《山海經・大荒西經》：「有女子方浴月。帝俊妻常羲，生月有二，此始浴之。」（李注《山海經》，頁 358）《淮南子・覽冥》：「羿請不死之藥於西王母，姮娥竊以奔月。」（劉著《淮南鴻烈集解》，頁217）《呂氏春秋・勿躬》：「尚（常）儀作占月。」畢沅云：「尚儀即常儀，……後世遂有嫦娥之鄙言。」《尚書・堯典》的羲和與嫦娥奔月神話有關聯，此是一例。《尚書》中祭天祀祖的神話仙蹟記事，不乏其例。

> 夔曰戛擊鳴球，搏拊琴瑟以詠，祖考來格；虞賓在位，群后德讓。……鳥獸蹌蹌，……鳳皇來儀。（《尚書・皋陶謨》）

（六）《淮南子》

《淮南子》，漢高帝孫淮南王劉安集幕賓合著，二十一卷，世有《淮南王書》、《淮南鴻烈》等名，于大成《淮南鴻烈論文集・淮南王書考》有翔實考證。于氏於〈淮南子解題〉指出，讀《淮南子》一書的價值有七：研經、訂史、校子、治小學、理神話、輯佚、修文學。於「理神話」一項謂：「神話者，古代史之影像也；治神話，即間接的古代史之研究也。吾國神話，十九存於《山海經》、《楚辭》與《淮南子》。近人取西儒方法以治吾國神話，皆取材于此三書。」〔註26〕

《淮南子》主要內容爲四時月令、治亂興亡、道德風俗、奇聞異說，較近道家；蘊藏神話仙語頗爲豐富，幾乎每卷都有，其中以〈天文〉、〈墜形〉、〈覽冥〉、〈精神〉、〈說山〉、〈說林〉等篇最常見。例如〈天文〉：

> 昔者共工與顓頊爭爲帝，怒而觸不周之山，天柱折，地維絕；天傾西北，故日月星辰移焉；地不滿東南，故水潦塵埃歸焉。

〔註26〕于大成《淮南鴻烈論文集》上下冊，（臺北：里仁書局 2005 年 12 月初版）。

〈精神〉：

> 有二神混生，經天營地，孔乎莫知其所終極。……是故精
> 神，天之有也；而骨骸者，地之有也。

〈覽冥〉更是神仙連篇，如：女媧鍊石補天說，嫦娥竊藥奔月說，魯
陽援戈而日反三舍說，赤螭青虬游冀州而動天地、震海內說……〔註27〕

（七）《左傳》〔註28〕

左丘明爲《春秋》經作傳，世稱《左氏春秋》，爲《春秋》三傳
之一，通稱《左傳》。書中多神靈的前兆、奇異的天象之類神話仙語，
如張編《左傳·卷十七·僖公三十二年》稱，晉文公出殯時棺木中的
晉文公發出如牛的異聲，是靈異；巫筮的解釋，則是神話怪談。原文
曰：

> 冬，晉文公卒，庚辰，將殯于曲沃。出絳，柩有聲如牛。
> 卜偃使大夫拜曰，君命大事，將有西師過軼，我擊之，必
> 大捷焉。（《左傳·卷十七·僖公三十二年》）

（八）《史記》〔註29〕

司馬遷《史記》，世稱中國第一部傳記信史。

《史記》，最早有《太史公》、《太史公傳》、《太史記》、《太史公
書》或《太史公記》等名稱，並無固定書名，直到三國時期，「史記」
才逐漸成爲「太史公書」的專稱。《史記》是西漢漢武帝時期的任職
太史令（相傳自周朝即設置的官員職稱，負責起草朝廷文書、編寫史
書與掌管保存國家典籍等工作）的司馬遷（又被尊稱爲太史公）編寫
的紀傳體史書，《史記》記載自黃帝至漢武帝太初年間二千五百年的

〔註27〕傅師錫壬《中國神話與類神話研究》，頁 233～257；邱師燮友等合著
《中國文學史初稿》，（臺北：萬卷樓出版公司 2014 年 3 月再版），
上冊，頁 23～30。

〔註28〕張燕瑾主編《全譯左傳》，（北京：國際文化公司 1993 年 4 月一版一
刷）。

〔註29〕司馬遷《史記》，楊鍾賢等注《史記》全五冊，（臺北：建宏出版社
2007 年 5 月再版）。

中國歷史，主要以人物生平記載爲主體的本紀十二卷、世家三十卷、列傳七十卷等部分是《史記》的主要構成部分，這樣的史書書寫方法也成爲後代「正史」仿效對象。在此之前，國家史書多採斷代、編年體記述，表現出以事情發展經過爲核心的歷史記載寫作方式，但司馬遷「究天人之際，通古今之變，成一家之言」的核心歷史書寫思想，這種不僅僅指示記載事情發展的本體，更重視在其背後不可見的天人之間關係的演變，從而了解歷史發展「古今之變」的關鍵，而尋求可以發現歷史動態的發展與變化，這樣寫作態度對後世的中國傳統史書編纂和文學的發展皆產生了深遠影響。

高師禎霙對《史記》的成就與思想，包括創作動機、創作宗旨、思想內涵等，曾作系統講述；於思想內涵「天人觀」中指出，司馬遷接受天有意志，王朝興廢有天命作用；但認爲天不能支配歷史變遷及改變個人禍福；亦即對天命抽象的承認而具體的否定。《史記》固爲信史，但於早期傳說時代的史料，亦多擷錄。例如〈封禪書〉載：

> 自威、宣、燕昭使人入海求蓬萊、方丈、瀛洲。此三神山者，其傳在勃海中，去人不遠。……蓋嘗有至者，諸仙人及不死藥皆在焉。（《史記》卷 28〈封禪書〉）

第二節　遊仙詩歌源流

參考聞一多〈神仙考〉及《說文》有關「神」、「仙」字源，以及宗教習俗的火葬，目的在使靈魂升天而自由自在，而任意遨遊等意念，最終演繹而生出仙人飛升後的主要生活樂趣是，從此周流遊覽於無何有之仙境，且可長生久視。這一瀟灑浪漫的流程，可說即是遊仙詩源頭。聞一多說：「漢以來關於仙人的辭賦詩歌，幾乎全講他們漫遊的生活，晉唐人詠仙人詩多稱〈遊仙詩〉」〔註30〕。以下試尋繹歷來遊仙詩歌重要作家作品，爲遊仙詩歌源流作引證。

〔註30〕聞一多《神話與詩》，頁 162。

一、《詩經》與《楚辭》

　　《詩經》是我國第一部詩歌總集，與詩教樂教關係密切。歷經前人考定，《詩經》係收錄西周初年（西元前十四世紀）至《春秋》（西元前六世紀）官方及民間詩歌，經孔子刪訂，今存 305 首。世稱《詩三百》為六經之一，乃官私合一之基本教材，即所謂「詩教」的教本，故極普及。諸侯邦國之間公私交往人員都受過「詩教」，初見面時，彼此都會以誦《詩》作禮貌性的應對〔註31〕。所以孔子說：「不學《詩》，無以言」。而以《詩》應對是否得體，是否溫柔敦厚，即是檢驗一個邦國「詩教」良否的基本共識〔註32〕。《詩》有六義，約言之，「風」、「雅」、「頌」為其內容屬性分類，「賦」、「比」、「興」為其創作方式分類。語其來源：「風」，即採自諸侯國民俗歌謠，稱風土之音。「雅」，為周天子京畿及周遭的樂曲，稱朝廷之音。「頌」，宗廟祭祀樂曲，稱宗廟之音。各邦國均有掌音樂的「樂師」，「詩」「樂」聯襟，采詩的「行人」（男性六十或女性五十，無家累者）多向「樂師」徵集詩歌。故《詩經》乃集眾力促成的。

　　《詩經》為儒家五經之首的重要典籍，乃春秋周王室及列國彙成的詩歌總集，相傳經孔子刪定為三百零五首，可略分為社會詩、政治詩、宗廟神祇詩三類。《楚辭》與神祇詩、遊仙詩關係最為密切，就詩歌言，可說是遊仙詩的重要淵源之一。孔子在《論語》中多次盛讚《詩經》的重要性，如：「詩三百，一言以蔽之，曰思無邪。」（《論語‧為政》）「關雎，樂而不淫，哀而不傷。」（《八佾》）「不學詩，無以言。」（《季氏》）「……詩，可以興，可以觀，可以群，可以怨：……」（《陽貨》）……興、觀、群、怨，可說是詩歌（包括遊仙詩）的主要

〔註31〕《禮記‧樂記》，（台北：臺灣開明書店，1991 年），頁 71～72。
〔註32〕此處所謂溫柔敦厚的詩教傳統，是一個自《詩經》以來傳承綿延至今的文化傳統，而且「溫柔敦厚的詩教與《詩大序》的融合過程，正是詩教的發展、演變的過程，這個過程不是一次性完成的，而是逐漸完成的。」見劉文忠《溫柔敦厚與中國詩學》，（上海：上海古籍出版社，2015 年 12 月一版），〈前言〉，頁 3。

功能。《詩經》中的「頌」，與神、祇、祈長壽之類的意念最爲常見，如《豳風・七月》：「爲此春酒，以介眉壽。」《大雅・既醉》：「君子萬年，介爾景福。」《商頌・殷武》：「壽考且寧，以保我後生。」聞一多對《魯頌・泮水》中的「永錫難老」有獨特的解讀，認爲「難老」是相對的希望「慢老」而非「不老」〔註33〕。後世道教修息煉丹，以求長生久視，乃教徒方士自愚愚人的妄言。而慢老，祈長壽，卻是普世祈求的共識，正與仙味契合。而長生久視緩老，卻成了後世遊仙詩書寫的主題。

　　《楚辭》與《詩經》並稱我國古詩歌的瑰寶，世稱「北葩（詩經）南騷（楚辭）」。《詩經》約成於西周時期（西元前十四世紀至西元前六世紀），原本是配之管絃，可歌可頌可舞的。故《詩經・序》云：「情動於中而形於言。言之不足，故嗟嘆之；嗟嘆之不足，故永（詠）歌之；永（詠）歌之不足，不知手之舞之、足之蹈之也。」〔註34〕；《楚辭》爲南方詩歌的代表作，〈離騷〉爲屈原被讒行吟澤畔的離憂之作，〈九歌〉爲楚國民間祭歌及宮廷舞曲，〈九辯〉乃宋玉個人唯美主義的傑作。楚文化有較濃郁的浪漫幻想色彩，故《楚辭》中的神祇仙鬼所在多有，爲後世遊仙詩的重要淵源之一。

　　遊仙詩的行動是「遊」，目的是「仙」，故遠遊漫遊是遊仙詩的孳乳劑。遠遊須有實境，漫遊兼賴幻想。無論實境或幻想，廣濶的時空環境皆屬必要。楚地橫跨大江南北，深入黃淮流域，長期居五霸七雄之一，此即《楚辭》中多神祇仙鬼及遠遊漫遊書寫的重要背景。《楚辭・大招》誇飾楚國強大云：

　　　　田邑千畛，人阜昌只。美冒眾流，德澤章只。
　　　　先威後文，善美明只。魂乎歸徠，賞罰當只。
　　　　名聲若日，照四海只。德譽配天，萬民理只。
　　　　北至幽陵，南交阯只。西薄羊腸，東窮海只。

〔註33〕聞一多《神話與詩》，頁154。
〔註34〕臺灣開明書店斷句：《斷句十三經經文・毛詩・國風・周南・關雎》，
　　　　（台北：臺灣開明書店1991年），頁1。

如此大好河山，正是詩人發洩、轉移、寄託乃至諷喻理想與現實落差而生出的鬱結之好去處。《離騷・遠遊》即是詩人屈原不容於時、周遊天地、託配仙人、與山澤仙人相遊嬉、悠然自得，但猶懷念故鄉故國的感性之作，堪稱遊仙詩的濫觴。

> 悲時俗之迫阨兮，願輕舉而遠遊。……遭沈濁而污穢兮，獨鬱結其誰語！……惟天地之無窮兮，哀人生之長勤。……貴眞人之休德兮，美往世之登仙。……餐六氣而飲沆瀣兮，漱正陽而含朝霞。……順凱風以從遊兮，至南巢而壹息。……朝濯髮於陽谷兮，夕晞余身兮九陽。……載營魄而登霞兮，掩浮雲而上征。……駕八龍以低昂兮，騶連蜷以驕驁。……涉青雲以汎濫游兮，忽臨睨夫舊鄉。……祝融戒而還衡兮，騰告鸞鳥迎宓妃。……音樂博衍無終極兮，焉乃逝以俳佪。……超無為以至清兮，與泰初而為鄰。（《離騷・遠遊》）

〈九歌〉、〈招魂〉在巫覡操弄下，神仙鬼魅更是幻影幢幢，與後世遊仙詩結了善緣。例如：

> 帝告巫陽曰：「有人在下，我欲輔之。魂魄離散，汝筮予之！」巫陽對曰：「掌夢。上帝其難從。若必筮予之，恐後之謝。不能復用巫陽焉。」乃下招曰：「魂兮歸來！去君之恆幹，何爲乎四方些？舍君之樂處，而離彼不祥些？」（《楚辭・招魂第九》）

二、先秦兩漢遊仙詩

先秦兩漢時期文人騷客所寫成的大量詩歌作品中，涉及神仙題材者，數量頗多。眾多的遊仙詩可能脫胎於傳統典籍，如史書、經書、地理圖志、宗教文獻，或是口說傳統等等。這些遊仙詩雖來自不同的思想傳統，但卻最終都提供了一個承載人們對另一種生命型態的嚮往與美好印象，從而能夠短暫從此生現世的種種不如意或對現實的不滿與質疑中找尋另外的心靈出路，因此不同時代的遊仙詩可能也表現出不同時代的社會特質與詩人的個人思想。

（一）吳越及秦的仙詩：

《詩》《騷》之後，進入先秦及秦世。春秋時，吳越〈塗山歌〉似頗具神趣仙趣。《呂氏春秋》載，禹年三十未娶，行至塗山，恐時暮失嗣，曰：吾娶必有應。乃有白狐九尾造於禹。禹遂娶塗山氏為妻。塗山人作歌曰：

> 綏綏白狐，九尾龐龐。成于家室，我都攸昌。〔註35〕

《呂氏春秋》所記載的這段引文系據《北堂書鈔》、《藝文類聚》、《太平御覽》等書轉引，在《吳越春秋・越王無餘外傳》亦有〈塗山歌〉，應是根據《呂氏春秋》增補而成。此詩內容可能又與《史記》、《漢書》等史書中有關大禹的記載有關。而塗山是地名，但事實所在之處，歷來說法不一，計有諸如會稽（今浙江紹興）、當塗（今安徽當塗）等不同的說法。這是一個發生在上古傳說人物夏禹身上的傳奇故事，具濃厚的天人感應神秘色彩，主要內容是從一隻長著九條尾巴的白色狐狸出現在詩人眼前，就象徵著婚姻的順利圓滿，而且這件婚事意義深遠，象徵著能夠使當地繁榮昌盛。

秦始皇求仙訪道，乃至曾經派遣大批船隻與大量人員耗費鉅資，從中國東部沿海地區出發，想要至海外的仙山求取可以不老不死仙藥的事蹟，見諸於許多典籍之中。《史記・秦始皇本紀》有一則關於神跡和仙詩的記載。秦始皇三十六年，「熒惑守心，有墜星下東郡，至地為石。黔首或刻其石曰：『始皇帝死而地分。』始皇聞之，遣御史逐問，莫服。盡取石旁居人誅之。因燔銷其石。始皇不樂，使博士為僊眞人詩。」並在秦皇出巡途中，沿途使樂工絃歌之，以除穢兆。劉勰《文心雕龍・明詩》云：「秦皇滅典，亦造仙詩。」〔註36〕滅典，指始皇三十四年焚書；仙詩，可能即僊眞人詩。這是有正史記載的一首仙詩，可惜此詩早已亡軼。

〔註35〕逯欽立輯校《先秦漢魏晉南北朝詩》，（臺北：學海出版社 1984 年 5 月初版），上中下三冊，上冊，卷一，頁 154。

〔註36〕劉勰著，王更生注譯《文心雕龍讀本》，（臺北：文史哲出版社 2004 年 10 月初版九刷），頁 84。

（二）兩漢樂府與辭賦：

西漢盛世，文治武功超前踰後。武帝時置樂府官署，采詩歌，被之管絃。漢代儒道佛並行，時人對神仙、長生率多仰望，樂府官署收錄的詩歌（後世稱樂府詩），現存三十餘首中，〈王子喬〉、〈長歌行〉、〈董桃（亦作逃）行〉、〈日出入行〉，郊祀歌〈華燁燁〉、〈練時日〉，鐃歌〈上陵〉等多首，即以仙境、求仙、祈長生及人神人仙交往為書寫主題。世稱漢人所作的〈古詩十九首〉，多有惜陰行樂之類的人生觀，如〈生年不滿百〉：

> 生年不滿百，常懷千歲憂。晝短苦夜長，何不秉燭遊？為
> 樂當及時，何能待來茲？愚者愛惜費，但為後世嗤。仙人
> 王子喬，難可與等期。〔註37〕

漢武帝〈秋風辭〉末句云：「歡樂極兮哀情多，少壯幾時兮奈老何！」這類詩歌對後世遊仙詩頗多影響，甚至很多辭彙都一直在沿用。此外，書寫神仙主題的，兩漢的辭賦則展現出作者另類幻想心態，其中諷喻旨趣最堪玩味。如西漢武帝時的司馬相如，他在所作之〈大人賦〉中描寫「乘絳幡之素蜺兮，載雲氣而上浮。建格澤之脩竿兮，總光耀之采旄。垂旬始以為幓兮，抴彗星而為髾。……駕應龍象輿之蠖略逶麗兮，驂赤螭青虯之蚴蟉宛蜒。」的神人、東漢班彪在〈覽海賦〉中列述「曜金璆以為闕，次玉石而為堂。蕪芝列於階路，涌醴漸於中唐。朱紫彩爛，明珠夜光。松喬坐於東序，王母處於西箱。」光彩耀目且神仙列席的神仙世界，以及揚雄在〈太玄賦〉中描寫「納僑祿於江淮兮，揖松喬於華岳。升崑崙以散髮兮，踞弱水以濯足。朝發軔於流沙兮，夕翱翔於碣石。忽萬里而一頓兮，過列仙以託宿。」的神仙世界。這些詩文中所精細描寫的世界，仙神意趣均極濃郁，與後世遊仙詩及類似的辭賦亦脈絡相通。

兩漢遊仙詩的內容情節，大體上可以歸納為以下兩類：一是詩中主人翁登山遇見仙人，而獲得成仙的機會，如曹植所作〈飛龍篇〉，

〔註37〕逯欽立輯校《先秦漢魏晉南北朝詩》，上冊，頁333。

內容即是詩人登上泰山後遇一仙翁，並獲其給予仙丹並吃下，從而能夠獲得長生不老之機會；二是在詩中描述修練得道進而飛昇仙境，以及其後在仙界生活的情狀，如拜會西王母等仙人，或在天庭宴饗的歡快景象，例如曹操的〈陌上桑〉，內容就描寫自人間高山經玉門關到崑崙山，會見西王母及赤松子等仙人，獲得傳授的秘術和靈藥，最後能夠升天遨遊，長生不老等內容。這些漢魏時期的遊仙詩不僅將崑崙、華山、泰山等人間山嶽與天上仙境作連結，求仙之人可以透過這些山嶽遇見傳說中的王子喬、赤松子、西王母與東王公等神仙，甚至能夠藉此上昇天庭，位列神仙。

三、曹魏遊仙詩：

遊仙詩至魏晉，風華飛揚。魏世曹氏父子，政舉文彰，集鄴下諸子於旗下；而父子三人各領風騷，極一時之勝，〈遊仙詩〉亦因曹植之作而得名（〈古詩〉中有〈古遊仙詩〉，唯僅殘卷）。

（一）魏武帝曹操：

> 駕六龍乘風而行。行四海外路，下之八邦。歷登高山，臨溪谷，乘雲而行。行四海外，東到泰山。仙人玉女下來遨遊。……東到蓬萊山，上之天之門。……東到海與天連，神仙之道，出窈入冥。……遨遊八極，乃到崑崙之山西王母側。……赤松王喬乃德旋之門，樂共飲食到黃昏。……
> （〈氣出倡〉）

又如〈秋胡行〉：「遨遊八極，枕石漱流飲泉。沈吟不決，遂上升天。」但他雖鍾情遨遊仙遊，卻似又持懷疑態度。例如〈精列〉云：「造化之陶物，莫不有終期。莫不有終期。聖賢不能免，何爲懷此憂？……君子以弗憂。」

（二）魏文帝曹丕：

他也有仙人仙話詩，如：

> 西山一何高，高高殊無極。上有兩仙僮，不飲亦不食。與

我一丸藥，光耀有五色。服藥四五日，身體生羽翼。輕舉
乘浮雲，倏忽行萬億。流覽觀四海，茫茫非所識。（〈折楊
柳行〉）

但他子承父趣，在百般歌頌仙僮仙藥之餘，也轉出懷疑之辭。前引〈折
楊柳行〉在指出「王喬假虛辭，赤松垂空言」後，直指：「達人識眞
僞，愚夫好妄傳。追念往古事，憒憒千萬端。百家多迂怪，聖道我所
觀。」

（三）陳思王曹植：

似屬曹氏家傳，曹植也從遨遊入手寫遊仙詩，也是遊泰山，也遇
到二仙童，也授他仙藥。請看：

晨遊泰山，雲霧窈窕。忽逢二童，顏色鮮好。乘彼白鹿，
手翳芝草。我知眞人，長跪問道。西登玉臺，金樓複道。
授我仙藥，神皇所造。教我服食，還精補腦。壽同金石，
永世難老。（〈飛龍篇〉）

他漫遊的想像空間顯然較其父兄爲曠渺。例如〈升天行〉云：「乘蹻
追術士，遠之蓬萊山。……扶桑之所出，乃在朝陽西。」〈五遊〉云：
「九川不足步，願得凌雲翔。逍遙八紘外，遊目歷遐荒。」〈遠遊篇〉
云：「遠遊臨四海，俯仰觀洪波。」〈仙人篇〉云：「驅風遊四海，東
過王母廬。俯觀五嶽間，人生如寄居。」……

號稱八斗才高（謝靈運語）的陳思王，亦終身鬱鬱，乃以遊仙詩
寄其狂想。例如〈平陵東行〉云：「閶闔開，天衢通，被我羽衣乘飛
龍。乘飛龍，與偓期，東上蓬萊採靈芝。靈芝採之可服食，年若王父
無終極。」〈遊仙詩〉更肆意描繪成仙後的自由逍遙：

人生不滿百，戚戚少歡娛。意欲奮六翮，排霧陵紫虛。蟬
蛻同松喬，翻跡登鼎湖。翱翔九天外，騁轡遠行遊。東觀
扶桑曜，西臨弱水流。北極玄天渚，南翔陟丹邱。（〈遊仙
詩〉）〔註38〕

────────────

〔註38〕逯欽立輯校《先秦漢魏晉南北朝詩》，上冊，頁 345～355。

綜觀曹氏三父子的遊仙詩，其形體旨趣，李白遊仙詩似多與之脈絡相通。

四、兩晉遊仙詩：

　　漢末經三國，至魏晉，乃衰世亂世，老莊乃至道佛思想應時而興，遊仙詩亦風雲際會，詩壇名家聯鑣接踵，如魏晉間的嵇康、阮籍，晉時的張華、郭璞、葛洪、陶潛等，各領風騷於當時，自亦影響於後世。自此段時間以後，遊仙詩的創作取材更廣，例如郭璞的〈遊仙詩〉內容即有來自《山海經》內容，亦有他人則取材自劉向《列仙傳》、葛洪《神仙傳》等。

（一）嵇康的遊仙詩：

　　嵇康以山上松起興：「遙望山上松，隆谷鬱青蔥。自遇亦何高，獨立迥無雙。願想遊其下，傯路絕不通。王喬棄我去，乘雲駕六龍。飄颻戲玄圃，黃老路相逢。」接著是王喬授道授藥，使詩人「服食改姿容」，乃至蟬蛻「長與世人別，誰能覩其（詩人自謂）蹤」〔註39〕。

（二）阮籍的遊仙詩：

　　阮籍稱「詠懷」，多為寄情山水仙神之作，如四言〈詠懷詩十三首〉其二：

> 我徂北林，遊彼河濱。仰攀瑤幹，俯視素綸。隱鳳棲翼，潛龍躍鱗。

以實景幻化仙境。五言〈詠懷詩八十二首〉，為遊仙詩寶庫。如其二十三：

> 東南有射山，汾水出其陽。六龍服氣輿，雲蓋切天綱。仙者四五人，逍遙晏蘭房。……

又如其七十八：

> 昔有神仙士，乃處射山阿。乘雲馭飛龍，噓噏嘰瓊華。可聞不可見，慷慨歎咨嗟。

〔註39〕逯欽立輯校《先秦漢魏晉南北朝詩》，上冊，頁488。

　　阮詩不同於他人者，在於他居第三者涉仙人仙境，且時時表現出仙人仙境遙不可及〔註40〕。

（三）張華的遊仙詩：

　　張華以〈遊仙詩四首〉著稱。前二首寫仙人仙事，後二首寫自入仙境，「雲娥薦瓊石，神妃侍衣裳。」及「雲榜鼓霧栧，飄忽陵飛波。」〔註41〕

（四）郭璞的遊仙詩：

　　郭璞以〈遊仙詩十九首〉爲題，多爲客觀幻想仙人仙境仙事之作，顯示詩人與「仙」隔了一層。換言之，郭璞以神仙爲主體，自己爲客體，他進入仙界，與仙人同遊。此與李白不同處，李白以自己主體，神仙客體，仙遊於天上人間，儼然以神仙自居，以神仙姿態遊戲人間。郭璞的遊仙詩，每首遊仙詩皆有一主角仙人仙境仙事，是其特色。如：其一寫「京華游俠窟」，其二寫「鬼谷子」，其三云山中「有冥寂士」，其四謂「六龍安可頓」。有趣的是，在寫六龍「運流」、「時變」的神跡後，詩人回到自身時卻是：「愧無魯陽德，迴日向三舍。臨川哀年邁，撫心獨悲吒。」〔註42〕一派消極頹敗神色。正與前文所引傳師錫壬的說法符合。

（五）葛洪的遊仙詩：

　　《全漢三國晉南北朝詩》僅錄葛洪四言〈洗藥池〉小詩一首：
　　　洞陰泠泠，風珮清清。仙居永劫，花木長榮。
前三句寫洗藥池的負面景色，最後一句才結出「花木長榮」，意謂仙境靈秀仍在。葛洪少鍾儒學，後受魏晉道教濡染，好神仙導養，晉元帝時，賜爵關內侯；後求爲句漏令，以便就丹砂（杜甫〈贈李白〉有「未就丹砂愧葛洪」句），著有《神仙傳》、《神仙服食方》及《抱朴

〔註40〕逯欽立輯校《先秦漢魏晉南北朝詩》，上冊，頁493～512。
〔註41〕逯欽立輯校《先秦漢魏晉南北朝詩》，上冊，頁621。
〔註42〕逯欽立輯校《先秦漢魏晉南北朝詩》，上冊，頁865～867。

子》等，對後世道教及遊仙思想頗有影響〔註43〕。《先秦漢魏晉南北朝詩》另錄有〈法嬰玄靈之曲二首〉、〈上元夫人步玄之曲〉、〈四非歌〉〔註44〕。

（六）陶潛〈讀山海經詩十三首〉：

陶潛對《山海經》中諸般記事頗多嚮往，其遊仙意念亦隱約可見。其五詠西王母使者青鳥云：

> 翩翩三青鳥，毛色奇可憐。朝爲王母使，暮歸三危山。我欲因此鳥，具向王母言。在世無所須，唯酒與長年。

其八詠不死民云：

> 自古皆有沒，何人得靈長。不死復不老，萬歲如平常。赤泉給我飲，員丘足我糧。方與三辰游，壽考豈渠央。

他的〈桃花源詩並記〉，則是後世遊仙詩常引用的人間仙境〔註45〕。

此外，東晉潁川鄢陵人庾闡有〈遊仙詩〉十首，他有登山、採藥的經驗，故遊仙詩多從經驗中望空發想，詩人自己卻置身事外，乃另一型態的遊仙詩〔註46〕。

> 三山羅如粟，巨壑不容刀。白龍騰子明，朱鱗運琴高。輕舉觀滄海，眇遬去瀛洲。玉泉出靈麂，瓊草被神丘。（〈遊仙詩十首其四〉）

五、南北朝遊仙詩

文史學家稱，南北朝至隋二百年間，文學發展可觀者，一爲唯美文學興起，二爲近體詩醞釀形成，三爲田園山水文學及南北民歌昌盛〔註47〕。顯然此二百年的文學發展正是唐文學的先驅和基礎。在遊仙

〔註43〕丁福保編《全漢三國晉南北朝詩》，上中下三冊，（臺北：世界書局1962年4月初版），上冊，頁427。

〔註44〕《先秦漢魏晉南北朝詩》，中冊，頁1091～1093。

〔註45〕《先秦漢魏晉南北朝詩》，中冊，頁985～1012。

〔註46〕《先秦漢魏晉南北朝詩》，中冊，頁875。

〔註47〕劉大杰《中國文學發達史》，頁250～274。

詩方面，受儒衰、佛道起的影響，遊仙詩作大有人在，且多受到道教經典的影響，有些在詩中摻雜了道教的語彙，有些甚至還直接與學道的過程相連結，相關作品著名的有：江淹、沈約、郭文、羊權、梁武帝蕭衍、梁簡文帝蕭綱等，皆有可觀之作。謹簡述江淹、沈約、蕭綱三人遊仙詩如次。

（一）江淹的遊仙詩：

江淹有若干遊山攬勝的詩暗寓仙味，如〈石上菖蒲〉詩結句云：

冀採石上草，得以駐餘顏。赤鯉儻可乘，雲霧不復還。

另有〈贈鍊丹法和殷長史詩〉云：

琴高遊會稽，靈變竟不還。不還有長意，長意希童顏。……
一待黃冶就，青芬遲孤鸞。

又有〈郭弘農璞遊仙〉，寫郭璞遊仙事，結句云：

眇然萬里遊，矯掌望煙客。永得安期術，豈愁蒙汜迫。

詩人自己似與仙神疏離〔註48〕。

（二）沈約的遊仙詩：

沈約與江淹均為南朝梁大家，與江淹不同的是，他頗思身入仙境。如〈登玄暢樓詩〉結語云：

雲生嶺乍黑，日下溪半陰。信美非吾土，何事不抽簪。

〈早登定山詩〉云：

夙齡愛遠壑，晚莅見奇山。……眷言採三秀，徘徊望九
仙。

〈和竟陵王遊仙詩二首〉其一寫仙境云：

夭矯乘絳仙，螭衣方陸離。玉鑾隱雲霧，溶溶紛上馳。

其二寫景後，抒心願云：

若華有餘照，淹留且晞髮。

〈赤松澗詩〉更率真地云：

願受金液方，片言生羽翼。渴就華池飲，飢向朝霞食。何

〔註48〕逯欽立輯校《先秦漢魏晉南北朝詩》，中冊，頁1555～1576。

時當來還。延佇青巖側。〔註49〕

（三）梁簡文帝蕭綱的遊仙詩：

南朝梁王朝的蕭帝家，可稱文學世家，除武帝蕭衍，簡文章蕭綱、元帝蕭繹、邵陵王蕭綸、臨賀王蕭正德均有文名外；昭明太子蕭統以唯美文學觀點撰成《文選》，更垂名青史，至今猶昭然在目。簡文帝蕭綱〈昇仙詩〉是一篇寫景抒情詩：

> 少室堪求道，明光可學仙。丹繪碧林宇，綠玉黃金篇。雲
> 車了無轍，風馬詎須鞭。靈桃恒可餌，幾迴三千年。

另有〈仙客詩〉亦頗著仙趣：

> 漆水豈難變，桐刀乍可揮。青書長命籙，紫水芙蓉衣。高
> 翔五岳小，低望九河微。穿池聽龍長，叱石待羊歸。酒闌
> 時節久，桃生歲月稀。

有趣的是，就近體詩言，〈昇仙詩〉為五律，〈仙客詩〉為五言排律，足見此時近體詩已形成〔註50〕。

北朝亦不乏遊仙詩作，如北魏鄭道昭〈詠飛仙室詩〉〔註51〕。仙道〈老子化胡經玄歌七首〉，其七云：

> 我昔學道時，登崖歷長松。……九重室中得見不死童。……
> 遺我元氣藥，忽然天聖聰。

仙話眞說，彷彿果有其事〔註52〕。此外，北齊顏之推有〈神仙詩〉一首，北周庾信有〈奉和趙天王遊仙詩〉一首及〈仙山詩〉二首，茲不一一。

小結

本論文第二章〈中國神仙淵源與遊仙詩歌源流〉首先從字源溯取「神」、「仙」二字意涵，結出「天地萬物之主曰神」，「老而不死曰仙」二語。第一節略論中國神仙思想的淵源，依聞一多說法，中國神仙來自

〔註49〕逯欽立輯校《先秦漢魏晉南北朝詩》，中冊，頁1643～1669。
〔註50〕逯欽立輯校《先秦漢魏晉南北朝詩》，下冊，頁1916～1934。
〔註51〕逯欽立輯校《先秦漢魏晉南北朝詩》，下冊，頁2207。
〔註52〕逯欽立輯校《先秦漢魏晉南北朝詩》，下冊，頁2247～2251。

西方，所謂西方，乃中國遠祖四嶽中的西域地區，換言之，中國神仙是本土的。爲利論文研究，繼檢閱神仙典籍《山海經》、《楚辭》、《莊子》等八種。第二節遊仙詩歌源流，依序就《詩經》與《楚辭》、先秦（含吳越、秦）兩漢、曹魏、兩晉、南北朝各時期的重要詩人及其遊仙詩作逐一檢索，試爲遊仙詩歌追本溯源。自先秦至南北朝淵源流長的遊仙詩歌傳統，不僅爲唐代遊仙詩的馬前卒，也豐富了中國山水詩歌的傳統。

　　綜合說來，中國神仙源遠流長，中國遊仙詩源泉滾滾，是李白遊仙詩的根源與營養；但踵事增華，後來居上，李白遊仙詩超前踰後，其詩體詩風，內容旨趣，均與前代不同。邱師燮友稱，李白遊仙詩，與漢魏以玄言、隱逸山林爲主題的遊仙詩不同，追求心靈世界的飄逸，自由，無牽無掛〔註53〕，嚴羽稱李白爲仙才，洵謂知言。

　　最後，試以下簡表示意本章梗概。

表二　第二章〈中國神仙淵源與遊仙詩歌源流〉示意簡表

節次	主題	內容摘要	備注
第一節	神仙淵源	一、中國神仙淵源： 　1. 字源：《說文》，天神地祇爲生萬物之主。《釋名》，老而不死曰仙。 　2. 儒家：厚葬，愼終追遠，意謂靈魂不死。 　3. 聞一多： 　（1）由火葬推論，中國神仙來自西方，即四嶽中的西域。 　（2）死而成仙即遠遊，後世書寫仙人多從遠遊漫遠著墨，遊仙詩及辭賦亦然。 二、重要神仙典籍檢閱簡介：《山海經》、《楚辭》、《莊子》、《周易》、《尙書》、《左傳》、《史記》。	愚案：楚文化與中原文化淵源綿密。

〔註53〕邱師燮友《童山詩論卷・李白詩中的仙話》，（臺北：萬卷樓 2003 年 4 月初版），頁 2。

| 第二節 | 遊仙詩歌源流 | 一、《詩經》與《楚辭》。
二、先秦兩漢遊仙詩：
　　1. 吳越及秦的仙詩。
　　2. 兩漢樂府與辭賦。
三、曹魏遊仙詩：曹操、曹丕、曹植。
四、兩晉遊仙詩：嵇康、阮籍、張華、郭璞、葛洪、陶潛、庾闡。
五、南北朝遊仙詩：南朝江淹、沈約、梁簡文帝。北朝鄭道昭、仙道、顏之推、庾信。 | |

第三章　李白生平及其詩

　　探討李白生平及其詩，歷來方家研究者論著無算，仁智互見乃至存疑亦所在多有。筆者淺學，本章「李白生平及其詩」，謹採一般通說，摘要簡述。

第一節　李白生平

　　李白（701～763 年），字太白，號青蓮居士，祖籍隴西但出生於西域，五歲遷居四川成都。二十五歲為了仕進、訪道與遊覽山水等因素離開四川，當時他在追求仕進方面是滿懷抱負的，所以他在〈上安州裴長史書〉中說：「以為士生則桑弧蓬矢，射夫四方，故知大丈夫必有方之志，乃仗去國，辭親遠遊。」清楚而明白說明他辭親離家的目的。此後他浪跡吳、會之間，而後到安陸娶許氏並「酒隱安陸，蹉跎十年」。直到唐玄宗天寶元年（742），李白得到機會進入長安的玄宗朝廷政治核心，不久即因開罪權宦高力土等人而離開京師，又繼續漫遊梁宋、齊魯與幽燕等地，大江南北，往來不止。安史之亂期間，李白成為永王璘的幕僚，當永王被指稱為叛王時，李白也被牽連獲罪，險死獄中，後來得到赦免而改流放於夜郎（今貴州），此時的李白已過耳順之年，垂垂老矣，到最後病卒於投奔當塗令李陽冰途中。

一、出生及鄉里

李白出生年及鄉里，有多種考證，依黃錫珪重編《李太白年譜》考定〔註1〕，出生於唐武后大足元年（公元701年），李白自稱系出隴西漢將軍李廣之後，為涼武昭王九世孫，據劉中和推算，李廣25世孫即李晟（郁賢皓《新譯李白詩全集》作李暠〔註2〕）的九世孫，即李白，而唐玄宗李隆基為李晟的十一世孫，算來李白為唐玄宗的祖父輩〔註3〕。李白卒於唐代宗寶應元年（762），享年62歲。但安旗稱，李白歿於代宗廣德元年（即寶應二年，公元763年），享年六十三歲〔註4〕。

李白字太白，號青蓮居士，排行十二。其先人因故隱姓遷西域。出生地有蜀中說、條支說、焉耆碎葉說等，以生於今吉爾吉斯共和國托克馬克附近之碎葉鎮為通說，當時屬唐朝安西都護府轄區。李白出生有李母「長庚入夢，故名白，以太白字之」及李母浣紗時「有魚躍入籃內，烹食之，覺有孕，是生白」二傳說〔註5〕。李白五歲時隨父母遷居四川綿州昌隆縣（今四川綿陽）青蓮鄉（原名清廉鄉，後世因李白道號青蓮居士而改稱），並恢復李姓，父以作客自謙，名李客。李白五歲至廿五歲（705～725），在蜀中讀書、習劍、任俠、游仙，「五歲誦六甲，十歲觀百家。軒轅以來，頗得聞矣。」（李白〈上安州裴長史書〉），曾從趙蕤習縱橫術；他五歲誦的六甲，亦遁甲方術；一生喜談王霸之道，並以管仲、晏嬰、張良、諸葛亮等人自居自詡。開元

〔註1〕黃錫珪重編《李太白年譜》，（臺北：學海出版社1980年8月初版）。
〔註2〕郁賢皓《新譯李白詩全集》上中下三冊，（臺北：三民書局2011年4月初版一刷）上冊，頁2。
〔註3〕劉中和《唐代文學全集》上下冊，（臺北：世界文物出版社1979年2月初版）上冊，頁170。
〔註4〕安旗等編著《李白全集編年注釋》上中下冊，（成都：巴蜀書社1990年12月一刷），下冊附《李白簡譜》，頁2379～2380。
〔註5〕前一說見《新唐書》本傳及《唐才子傳》，後一說見《四川總志》載：「龍安府平武縣有蠻婆渡……相傳李白母浣紗於此，有魚躍入籃內，烹食之，覺有孕，是生白。」

九年（721），白拜見比他年長三十歲的益州長史蘇頲（670～727），頲讚白「此子天才英麗，……若廣之以學，可以相如比肩。」（〈上安州裴長史書〉）。習劍、任俠、輕財、重友，詩文中一再提及：「十五好劍術，遍干諸侯。」（〈與韓荊州書〉）「託身白刃裡，殺人紅塵中。」（〈贈從兄襄陽少府皓〉）魏顥〈李翰林集序〉稱白：「少任俠，手刃數人。」范傳正〈唐左拾遺翰林學士李公新墓碑〉云：「少以俠自任，而門多長者車。」「門多長者車」一語，足證長者亦樂與白交。蜀為道教發源地與盛行區，道教崇神仙，誇大神仙境界及魅力神功，李白曾受道籙，道號青蓮居士，遊仙詩人李白與天神地祇神靈仙女諸多交往；十五歲即「十五遊神仙，仙遊未曾歇」（〈感興八首其五〉）。道教對他的影響，可見一斑。詳後。

　　世人想像李白是一位飄逸瀟灑如仙的美男子，事實可能出人意外：第一，他身材不高，他自己說：「白隴西布衣……雖長不滿七尺，而心雄萬夫。」（〈與韓荊州書〉），七尺，可能是當時一般人的正常身高或基本身材，他不滿七尺；故以一「雖」字作自謙式的表白，接下來用一「而」字作轉折式的補足與自許。第二，他長相不同常人，魏顥是他的仰慕者，追逐數千里終於見到他，魏對他的面容素描是：「眸子炯然，哆如餓虎。」（〈李翰林集序〉）眸子炯然是好的描繪，嘴巴張開來像餓虎一般，未免可怕。據《四川總志》載：「龍安府平武縣有蠻婆渡，在江油青蓮壩。相傳李白母浣紗於此，有魚躍入籃內，烹食之，覺有孕，是生白。」雖屬民間傳聞，但李白生在西域，母為外族，李為混血兒，長相不同於漢人，似可理解。問題是，李白自己不滿意其身高，他人以異樣眼光看待其長相；此外，他常自稱寒微，隨時盼人提攜，這一切，對他的心理有無影響或有何影響？

　　他雖不滿意自己的身高，但對自己的相貌器識卻十分自負：「近者逸人李白自峨眉來，爾其天為容，道為貌，不屈己，不干人，巢由以來，一人而已。」（〈代壽山答孟少府移文書〉）他在東魯曾合一劉氏，生一子名頗璃，後被劉氏帶走。他在〈南陵別兒童入京〉云：「會

稽愚婦輕買臣，余亦辭家西入秦。仰天大笑出門去，我輩豈是蓬蒿人！」會稽愚婦當指劉氏，曾鄙白如蓬蒿；白仰天大笑出門，似即自然反射。他如此自負又忘形得意，是否有自卑情愫？

二、離蜀出遊

　　廿六歲（726），李白離蜀順江東下，力圖有所作爲。在遍遊江南各地期間，曾在揚州（今屬江蘇）不到一年「散金三十萬」接濟落魄公子，又曾丐貸負骨營葬亡友吳指南。開元十五年（727）或開元廿年（732）在湖北安陸與唐故宰相許圉師孫女成第一次婚，生一男一女，十年後許氏病故，白攜子女移居山東，寓兗州（今山東滋陽）東門內。並有兩次非正式婚姻，生一子名頗璃，被母帶走，不知去向。奄留安陸期間，俠情義舉隨歲月流逝，乃興「功業莫從就，歲光屢奔迫」之歎（〈淮南臥病書懷寄蜀中趙徵君蕤〉）。李白心目中的「功業」與他筆下的神仙詩有肌膚血肉的密切關係。他說：「申管晏之談，謀帝王之術，奮其智能，願爲輔弼。使寰宇大定，海縣清一：事君之道成，榮親之義舉，然後與陶朱、留侯，浮五湖、戲滄洲，不足爲難矣。」（〈代壽山答孟少府移文書〉）這是他心目中的「功業」圖像，既承儒家用世榮親傳統，亦含縱橫捭闔手段與道家及時放空理念。他的遊仙詩亦經常迷渺反映此等複雜思維。這篇〈移文書〉爲代言體，即李白替他當時隱居的小壽山回答孟少府的移文信。孟氏原函或有貶抑小壽山之「小」的話語，當然也兼有鄙薄隱居者李白的意思。李白乃藉題發揮，以類似遊戲筆墨寫了此一千餘言的長信，以彰顯他的形象與志節。後世每引爲重要資訊。

三、入宮及放歸

　　自離蜀至四十二歲（742），是李白逐夢狂飆期，迴旋輾轉，遍遊江南勝景，三十四歲（734）及三十六歲（736），曾兩度北遊洛陽，識元參軍演及元丹丘，並曾應元丹丘之邀隱居嵩山。實則，遊覽、隱

居皆爲出仕計。因此，當他聞知荊州長史韓朝宗善於獎掖後進時，乃以「白聞天下談士相聚而言曰：『生不用封萬戶侯，但願一識韓荊州。』……」高調起筆，寫了一封情文並茂的〈與韓荊州書〉求職信，並親往拜謁，惜未獲韓的賞識。

四十二歲至四十四歲（742～744），爲李白被薦入宮供奉翰林期。薦李白入宮有數說：一爲魏顥〈李翰林集序〉謂隨元丹丘入京，名動京師而入宮；二爲《舊唐書》本傳云：由道士吳筠推薦入宮；三爲《新唐書》本傳以爲賀知章言之；四爲孟棨《本事詩·高逸》稱：玄宗聞李白才高氣逸，召見入翰林；五爲傅璇琮《唐才子傳校箋》謂「李白入京當爲玉眞公主所薦」〔註6〕。六爲黃錫珪編《年譜》研判爲：「疑當時吳筠薦之於先，知章復言之於後。」七爲郁賢皓《新譯李白詩全集·導讀》云：天寶元年（742），由於元丹丘通過玉眞公主的推薦，玄宗乃下詔徵召李白。黃氏《年譜》說法較合情理。

黃氏《年譜》載，天寶元年（742）李白四十二歲，秋杪奉召入長安，太子賓客賀知章讀其〈蜀道難〉詩未竟，讚其爲「天上謫仙人」；讀其〈烏棲曲〉詩，讚謂「可以泣鬼神」。入宮後，玄宗召見金鑾殿，論當世務，草答番書，上〈宣唐鴻猷〉一篇；帝以七寶牀賜食；有御手調羹、龍巾拭吐、貴妃奉硯、力士脫靴、扶醉成〈清平調〉三首，及「奉詔作五言律詩」十首等紀事。分見於新舊《唐書》、《唐才子傳》、孟棨《本事詩·高逸傳》及黃氏《年譜》等文獻。黃氏《年譜》載，天寶二年（743），帝曾三次欲官白，終以高力士銜脫靴之恥，激貴妃阻之，未果。白乃浪跡縱酒，以自昏穢，與賀知章、崔宗之酒中八仙之遊。天寶三年（744）春，李白四十四歲，知不爲親近所容，懇求還山，帝乃賜金放歸。接下來乃有李白、杜甫、高適三人暢遊梁、宋

〔註6〕傅璇琮主編《唐才子傳校箋》一至五冊，（北京：中華書局2002年8月北京第三次印刷）第一冊，頁386云：「據魏顥《李翰林集序》，李白奉召入京當玉眞公主所薦。」但，經查魏顥〈李翰林集序〉中並無此語。

的詩壇勝事。在此期間，李白曾從北海高如貴道士授道籙，並遇蓋寰造眞籙；又曾與道友元丹丘隱居修道於嵩山，頗有看破世事意趣。杜甫〈贈李白〉詩曾提及〔註7〕。元丹丘是白知交的道友，二人情誼篤厚，白視元爲長生不老的仙人，有詩十餘首贈元。凡此，多與其遊仙詩有關聯。

四、繫獄及病故

　　天寶十一年（752），白五十二歲，於漫遊天下再至洛陽時，娶宗氏（唐故宰相宗楚客之孫女），是李白第二次正式婚姻。天寶十三年（754），白五十四歲，在廣陵（今江蘇揚州）遇魏萬（即魏顥），魏萬追蹤數千里終見李白，其後魏著《李翰林集》自此始。天寶十四年（755）十一月，安史亂起，李白雖早有預感，亦無奈（他在遊幽燕詩中曾多處暗示，見本論文第五章第三節「藉山水草木諷人世」）。亂起時，白在秋浦（今安徽貴池縣西）、宣城（今屬安徽）、當塗（今屬安徽）、廬山（今江西九江縣南）一帶大江南北漫遊；次年（756）聞亂，入廬山避難，永王璘重其才名，強邀爲僚佐；又次年（757）璘敗死，白坐罪繫獄，後經多方營救，於乾元元年（758）詔敕長流夜郎，時李白五十八歲。次年（759）三月，赴夜郎流所途經白帝城（今四川奉節縣東）時遇赦，作〈朝發白帝城〉詩，還江陵（今屬湖北）〔註8〕。邱師燮友稱，「彩雲」二字，是仙氣所在〔註9〕。之後，不改漫游豪情，暢遊大江南北岳陽（今屬湖南）、武陵（今湖南常德）、武昌（今屬湖北）、潯陽（今江西九江）、金陵（今南京）一帶。六十一歲（761）還當塗，聞李光弼統軍出鎮臨淮（今安徽盱眙），乃毅然前往，中途因病折返當塗，次年（762）冬，病逝，享年六十二歲，結

〔註7〕杜甫〈贈李白〉：「秋來相顧尚飄蓬，未就丹砂愧葛洪，痛飲狂歌空度日，飛揚跋扈爲誰雄。」其時李白四十四歲。

〔註8〕李白〈朝發白帝城〉：「朝辭白帝彩雲間，千里江陵一日還。兩岸猿聲啼不住，輕舟已過萬重山。」

〔註9〕邱師燮友《童山詩論卷・李白詩中的仙話》，頁239。

束其豪邁蒼涼的一生。安旗編《李白簡譜》稱，李白歿於廣德元年（763），享年六十三歲。

第二節 李白其人

《舊唐書・文苑列傳》中李白本傳記載李白其人：「少有逸才，志氣宏放，飄然有超世之心……少與魯中諸生孔巢父、韓準、裴政、張叔明、陶沔等隱於徂徠山，酣歌縱酒，時號『竹溪六逸』……既嗜酒，日與飲徒醉於酒肆。……時侍御史崔宗之謫官金陵，與白詩酒唱和，嘗月夜乘舟，自採石達金陵，白衣宮錦袍，於舟中顧瞻笑傲，傍若無人。」細膩地描繪出李白天縱英才，性格豪放脫俗但不拘於世俗規範，待人胸襟曠達，感情熱烈，筆下景象雄奇，且富有浪漫主義精神；但在此同時，李白又縱酒慕仙，顯示其受到道家思想影響的另一面相，故作品亦呈現一股飄逸出塵的意味。

一、人格特質

詩風是人格、個性、志向的展布。李白志向為事君榮親之後浮戲五湖滄洲，而他的個性和人格特質也正是豪放不羈，自命不凡，有強烈的自我意識，正是他的獨特品質〔註10〕。這也是他浪漫詩風及其遊仙詩的源頭。浪漫意涵為何，就李白詩風觀之，神思馳騁，不受任何時空現象侷限之謂。

李白集浪漫之大成，浪漫也是他的性格特徵；浪漫性格見諸生活言行時，劉大杰以一「狂」字作概括性的描繪。他說，狂是李白人生全部象徵，亦即浪漫精神的最高表現，是成功者亦是犧牲者。狂有真狂、佯狂，杜甫稱白「佯狂真可哀」，而他佯狂的原因則是「飄零」，佯狂的道具是「酒一杯」（〈不見〉）。李白有時亦以真性情「真狂」，如：「我醉欲眠卿且去，明朝有意抱琴來。」既率性，又狂放。李白

〔註10〕裴斐〈李白個性論〉，《中國李白研究》1990年上，頁19。

身世迷離，性格複雜，心境幽沈矛盾，實非一「狂」字可以概括。他之所以被世人目爲豪俠、神仙、道士、詩仙酒仙，乃至狂徒色鬼〔註11〕，自是其多樣性格所形成。

歸納起來說，李白的人格特質約爲以下三點。

（一）狂放不羈

大時空環境雖多少約束一些他的狂放，包括他受身世限制而未能應試，他希望藉前後二次正式婚於宰相之家而光彩門楣；但性格使然，即使在權貴下的宮中，仍恣意命高力士爲他脫靴，仍不時狂醉於酒家內「天子呼來不上船」，仍「天子駕前走馬」（《唐才子傳語》）。

（二）自負自誇

追求實現理想正是他自負性格的展現，自信、自我意識強烈，乃驅使他任情誇飾自己的才能和意志，大鵬、鳳凰、鯤、鶴等，是他經常出口的自我形象和抱負，孔子、張良、呂尚、張儀、諸葛亮等，是他時時稱許也不時自詡的標竿人物。

（三）率真自然

狂放、自負也是率眞，此即李白性格。率眞的另一面是面對諸般人事時地，包括遊仙詩中所及所見，他都很坦然、很自然；交友尤其如此。對長者如蘇頲、李邕、韓荆州，均不卑不亢；對舊雨老友如孟浩然與善釀紀叟，對新知如汪倫，對山中幽人，對佛僧道士，乃至對神祇仙物，對山對月對酒無不誠誠懇懇，甚至神言仙語也說得鮮活如眞。他也受窮受困過，窮困時便向親友求助，被囚時便四處求救。

二、入世理想

入世仕進與出世遊仙，是李白終生追逐的二大目標，此二目標看似相悖，其實正是李白一往情鍾的終極理想。且看他早年自我揭示的理想即知。開元十五年（727），李白初出蜀，隱居安陸旁的小壽山，

〔註11〕「狂徒色鬼」一語，見劉大杰《中國文學發達史》，頁427。

大概是被一位孟少府譏其所居的小壽山格局太小，當然也隱含李白的格調不高，於是李白寫了一篇文長千餘言的〈代壽山答孟少府移文書〉〔註12〕，歷來文史著述多引用此文申論李白人生懷抱。

這篇以壽山人格化第一人稱寫的書函，雖頗似遊戲筆墨，但李白卻藉題發揮，高調揭示自己懷抱，乃全文主旨所在。值得一提的是，文中除歌頌山水自然頗具道家意趣外，首尾亦以神仙話語筆調作渲染，最堪玩味。

此處不難看出，李白的終極目標是「入世」的事君榮親，這當然是純「儒家的」。

三、出世嚮往

李白天才俊拔，理想高遠，志在事君使寰宇大定，海縣清一。但不同於常人的是，他並不貪戀權勢榮利，他入世的志業一旦完成，隨後就是追隨陶朱留侯，「出世」而浮戲五湖滄洲，度其悠遊天人之間自由自在的神仙生涯。這當然是純「道教的」。不過，從他的許多遊仙詩中不難發現，李白畢竟是智者，他並不真的相信道教說的神仙可長生久視那一套說辭。此處可見，他真正追求嚮往的出世生涯，乃是身心靈的自由自在。

第三節　李白其事

一、奔競求仕

理想每與現實扞格。就李白言，可從主觀客觀兩方面看他的「現實」。主觀上，李白出身似較寒微，且身世始終交代不清，這在重門

〔註12〕開元十五年（727）李白〈代壽山答孟少府移文書〉。其時李白二十七歲，曾隱居安陸西北之小壽山。因孟少府（唐時縣令稱明府，縣尉稱少府）移文譏壽山小而無名無德（實譏李白），白乃以壽山人格化，為文復孟，既壽山辯，並借機揭示自己人生理想。本研究引用詩文，均以瞿蛻園等《李白集校注》及郁賢皓《新譯李白詩全集》為張本。

第的當時，對他奔赴理想自屬不利。客觀上，唐代仕進有三途徑，一為科舉應試，二為「終南捷徑」的隱居養望以待機，三為以詩文投顯達以求用。李白不屑應試或不得應試〔註13〕；雖曾隱居，但煉丹未就、養望無成；因此，李白唯一可走的仕進之路是投書顯達以求見用，此即客觀現實。他有兩封著名的求職信〔註14〕。

　　開元十八年（730），李白三十歲，在安陸，作〈上安州裴長史書〉，是第一封著名的求職信：

> 敢剖心析肝，論舉身之事，……少長江漢，五歲誦六甲，十歲觀百家，軒轅以來，頗得聞矣。……故知大丈夫必有四方之志。乃仗劍去國，辭親遠遊。……願君侯惠以大遇，洞開心顏。……白必能使精誠動天，長虹貫日，直度易水，不以為寒。

全文千餘言，中間縷敘自己輕財好施、存交重義、養高忘機，以及受到賢者推重，期求裴長史讓他有黃鵠奮舉的機會。

　　開元二十一年（733），李白三十三歲，遊襄陽（今屬湖北），作〈與韓荊州書〉，是第二封著名的求職信：

> 白聞天下談士相聚而言曰：「生不用封萬戶侯，但願一識韓荊州！」……白隴西布衣，流落楚漢。十五好劍術，徧干諸侯；三十成文章，歷抵卿相。雖長不滿七尺，而心雄萬夫，王公大臣，許與氣義。請日試萬言，倚馬可待。……今天下以君侯為文章之司命，人物之權衡。一經品題，便作佳士。而君侯何惜階前盈尺之地，不使白揚眉吐氣，激昂青雲耶？

全文七百餘言，婉轉陳辭，不卑不亢。可惜這兩封求職信都落了空。

〔註13〕依《新唐書·選舉制》，應試須署明三代姓氏、籍貫，李父係由西域入蜀，依今日說法屬非法移民；李白自稱涼武昭王九世孫，但郁賢皓《新譯李白詩全集·導讀》稱《新唐書·宗室世系表》，涼武昭王後代並無李白這一支家族。又，李白可能為商賈子弟，唐制稱工商子弟為「異類」，與「刑家之子」並稱，不得應進士試。

〔註14〕瞿蛻園等《李白集校注》，頁 1539～1544。

二、漫遊求仙

爲實現入世匡濟天下理想，李白到處投函企求見用，甚至對一位范金鄉的縣令都幾乎摧眉折腰，見後。一面求用，一面漫遊求仙，這是李白生命的全部縮影。十五歲在蜀即開始遊仙，而且此後「未曾歇」。「五嶽看山不辭遠，一生好入名山遊。」（〈廬山謠寄盧侍御虛舟〉）。大唐天下東西南北名山大川，他都遊遍，很多勝地還一遊再遊；兩次婚後不久便離家遠遊或暫時隱居，出世求仙是他的顯象目的，入世求用是他漫遊的隱象目的。此即李白事君榮親之事畢而浮戲五湖滄洲的全部人生理想圖像。

三、醉酒狂歌

李白一生，酒是他的知心，也是他的孽緣。孟浩然曾因酒誤事而終生鄉居，杜甫曾酒醉辱罵嚴武而險遭殺害。李白「三百六十日，日日醉如泥」（〈贈內〉），縱然不是日日醉，經常醉則決非虛言。醉，是他的性格和處境使然。「人生得意須盡歡，莫使金樽空對月。」（〈將進酒〉）平日本來就豪放說大話，醉後自是口無遮攔，因此令人厭、惹人煩，甚至「世人皆欲殺」（杜甫〈不見〉）李白。李白自己亦說：「世人見我恒殊調，見余大言皆冷笑。」（〈上李邕〉），醉，另一方面也是逃避現實和自我濁穢的手段。知白最深的杜甫更直指白：「醉酒狂歌空度日，飛揚跋扈爲誰雄。」（杜甫〈贈李白〉）。李白一生幾乎都在醉酒狂歌中，這對他的生命乃至壽命言，自是負數而非正數。但，世事每利弊、正負互見，李白一生醉酒狂歌，在其人生旅程中雖屬負數，而他之所以成爲浪漫詩壇盟主乃至遊仙詩作聖手者，似乎得助於其醉酒而狂歌。

第四節 李白其詩

李白將自己主要的詩文作品收集於《李太白集》二十卷中。他的詩歌體材多元，但整體上以古詩、樂府詩的數量最多，律詩、絕句的

數量則較少，而且李白近體詩的寫作多有超出格律、平仄等形式和規律所限制的現象。在此同時，李白的詩文書寫融會貫通《詩經》、《楚辭》、陶淵明等前人作品的寫作風格與優點，加上其擅長之誇飾、譬喻、比擬等各種描寫技巧輔助下，卻少見過度的辭藻堆砌或文字雕飾，形成一種表現手法變化多端、文字清新自然的寫作風格，前無古人後無來者。

一、詩集

　　天寶十三年（754），魏萬（即魏顥）遇李白於廣陵，事後纂成《李翰林集》。寶應元年（762），李白卒於當塗，李陽冰蒐羅整理爲《李白詩集》十卷，〈序〉稱「當時著述十喪其九」。《全唐詩》收李詩九七五首，補遺三十六首，聯句斷句多首。近人郁賢皓《新譯李白詩全集》另蒐錄〈菩薩蠻〉、〈憶秦娥〉詞二首，經考證是否爲李白作，尚無定論。李詩以〈古風〉五十九首、〈樂府歌行〉一四九首篇什最多，遊仙詩多在其中。邱師燮友論證〈菩薩蠻〉、〈憶秦娥〉二詞爲李白作，並以「從〈菩薩蠻〉的創調，與李白的年代相合」等四論點，推測〈菩薩蠻〉爲李白作〔註15〕。

二、詩類

　　李詩變化多端，多歧多樣，劉中和以豪放性格、飄逸意態、高妙境界、高響入雲爲區分〔註16〕。郁賢皓分李詩爲古風、樂府、歌吟、贈、寄、別、送、酬答、遊宴等十九類〔註17〕。《中國文學史初稿》就李詩內容分詠懷、詠史、游仙、哲理、田園、山水、飲酒、

〔註15〕邱師燮友《童山詩論卷・李白〈菩薩蠻〉探述》，頁 209～216。以四種角度推測〈菩薩蠻〉爲李白作：（一）從〈菩薩蠻〉的創調，與李白的年代吻合，（二）從〈菩薩蠻〉發現的地點，與李白的行踪吻合，（三）從〈菩薩蠻〉詞語句法的運用，與李白的詩語句法吻合，（四）從〈菩薩蠻〉境界風格，與李白詩歌風格吻合。
〔註16〕劉中和《唐代文學全集》上冊，頁 192。
〔註17〕郁賢皓《新譯李白詩全集》上中下冊目錄。

懷古、登高、宮體等類〔註18〕。瞿蛻園《李白集校注》，分李詩為古風、樂府、古近體三類〔註19〕。李詩多元多樣，任何分類皆難期周全。

三、詩體

詩歌體裁至盛唐，除近體詩風貌粲然俱備外，古風、樂府歌行、雜言敘事、代言抒情、民歌民謠……可謂琳瑯璀璨。題材則大至天下社稷，小至種花蒔草，全都與詩家結了緣。但任何詩家時間精力乃至生活範疇畢竟有限，故每各有專精。惟獨李白，他可能是自古至今，登山涉水行役最久最多最遠最廣的人，他所接觸的人、事、物也可能是最廣濶最豐郁最多樣的人；更重要的是，他的理念和才情使他馳騁萬有。因此，他便成了有唐以來體裁題材最廣泛賅備的詩人，也成了一位無所長而兼眾長的詩壇巨擘。

四、詩風

以李白詩風為論述的著作汗牛充棟，卓見讜識所在多有，仁智之見亦在所難免。至於李白詩歌淵源，論者多以「詩」、「騷」、兩漢「樂府」、建安風骨為言。筆者淺學，未敢妄言；每誦《詩品‧陳思王植》，鍾嶸對曹植的品語，頗覺移於李白身上，似亦無不可〔註20〕。以言李白詩風，筆者姑妄蠡測，謹陳管窺如次。

（一）集浪漫之大成的詩格

李白其人，性格、生活、思想、才情無一而不浪漫。就詩的風格言，他兼具王維、孟浩然山水田園詩的清雅，及岑參、高適、王昌齡

〔註18〕邱師燮友等合著《中國文學史初稿》上冊，頁490。

〔註19〕瞿蛻園《李白集校注》一、二冊，（臺北：里仁書局1981年3月版），目錄。

〔註20〕鍾嶸著，成林、程章燦注《詩品讀本》，（臺北：三民書局2008年7月二版一刷），頁37，《詩品‧陳思王植》：「其源出於〈國風〉，骨氣奇高，詞采華茂，情兼〈雅〉怨，體被文質，粲溢古今，卓不群。」

等邊塞詩的豪健，而滙聚為其獨特的浪漫詩格。他樂遊山水，詩中多山水景物；他關心國事，詩中多尚武情懷。他尤擅長以比興手法起筆，以眼前山水景物寄情作收。例如：「風吹柳花滿店香，……請君試問東流水，別意與之誰短長。」〔註21〕

（二）收放自然的詩心

情感表達或濃烈，或淡遠，或清幽，或奔放，隨情隨境自然宣洩，是李白詩歌另一表徵〔註22〕。有人以他為屈原、莊周的合一，屈原情操堅貞熾烈，莊周心境恬適清幽，二者形同天壤，惟李白可合而一。他可與敬亭山「相看兩不厭」，更可棲碧山「笑而不答心自閒」〔註23〕。縱酒高歌時，則「五花馬，千金裘，呼兒將出換美酒，與爾同銷萬古愁」（〈將進酒〉）；艱辛行役之餘，則以「長風破浪會有時，直掛雲帆濟滄海」作收（〈行路難〉）。收放自如，全在他一顆率直的詩心。

（三）變化多端的詩筆

初唐詩人受六朝餘風影響，重側豔浮華及模擬。盛唐詩人掀起復古，詩壇重開創，李白才高膽壯，劉大杰稱白具「大膽的勇氣和創造性的破壞」。李白謂：「自從建安來，綺麗不足珍。」（〈古風其一〉）他不屑沈宋的聲律，詩筆橫掃，千變萬化，誇飾尤其特長。詩家無不誇飾，但率多在情理內，例如杜甫〈飲中八仙歌〉雖句句誇飾，卻字字耐人玩味。李白則不同：「白髮三千丈」（〈秋浦歌〉）、「飛流直下三千尺」（〈望廬山瀑布之二〉），「鳳飛九千仞，五章備綵珍。」（〈古風其四〉），似乎太誇大了，但他信手寫來，筆隨意下，自成佳作。他的

〔註21〕李白〈金陵酒肆留別〉：「風吹柳花滿店香，吳姬壓酒勸客嘗。金陵子弟來相送，欲行不行各盡觴。請君試問東流水，別意與之誰短長。」
〔註22〕劉大杰《中國文學發達史》，頁426。
〔註23〕李白〈獨坐敬亭山〉：「眾鳥高飛盡，孤雲獨去閒。相看兩不厭，只有敬亭山。」〈山中問答〉：「問余何事棲碧山，笑而不答心自閒。桃花流水杳然去，別有天地非人間。」

五言小詩〈靜夜思〉：「牀前明月光，疑是地上霜。舉頭望明月，低頭思故鄉。」以古風體寫五絕，千載以下，中外傳誦不輟。詩筆至此，已入化境。

（四）突破格律的詩貌

盛唐是近體詩的黃金時期，格律為詩人共同信守的準繩規矩。浪漫詩人李白卻並不在意，他千餘首的詩作，以古風、樂府歌行、雜言為主，固不受格律規範；即使他筆下的五、七言小詩及律詩，嚴守格律的也不多。例如前引〈靜夜思〉，不但二十字六犯同字，而且「舉頭」「低頭」又犯同位，平仄更不合律，故只算是古風異體。至於孕藏神話仙話最多的古風樂府歌行，體貌更五彩繽紛，雜言、孤拗語法、恣意換韻，甚至類同散文；詩中神仙異物更飛騰出沒，一任詩人差遣。另一方面，李白雖鄙薄格律，但必要時，醉酒下、帝妃前、以冷水淋頭清醒後，也能立就合格律的〈清平調〉三首及〈宮中行樂詞〉八首。這就是詩仙李白。

（五）標舉雅頌的詩旨

李白對詩的功能與價值，是很「儒家的」，看來他決非道教徒。孔子重詩教，謂詩可以興、觀、群、怨及事親事君（《禮記‧經解》）。李白一向推崇孔子，嘗以孔子為生平標竿：「我志在刪述，垂輝映千春。希聖如有立，絕筆於獲麟。」（〈古風其一〉）在詩風上，他推重建安風骨，菲薄六朝綺麗，強調文質並重（〈古風其一〉）。視模擬為「醜女效顰」，「雕蟲」，為「沐猴」；而以〈雅〉〈頌〉為詩旨的高標（〈古風其三十五〉）。綜觀李白詩作，儘管浪漫狂歌，但旨趣總不脫「安社稷」「濟蒼生」與「事君」「榮親」，然後功成身退而浮戲五湖滄洲：此即一念之仁的儒者襟懷。值得一提的是，李白雖是真儒者，但他生平遍覽群書，廣涉山川，頻交眾士，故其詩歌色彩每兼具儒、道、佛、墨諸家意旨。此蓋天才李白所獨擅。

小結

本章簡陳李白人格特質、詩集、詩類、詩體與詩風。自命不凡，豪放不羈，廣涉山川，遍交眾士，是他的人格特質和生活型態；集浪漫之大成的詩格、收放自然的詩心、變化多端的詩筆、突破格律的詩貌、標舉雅頌的詩旨等，是他的詩風概觀。

筆者每每妄言，李白雖集「謫仙」、「詩仙」、「酒仙」，乃至「遊仙」於一身，但他的本質本性是很「儒家的」，他終其一生念念不忘的，無非事君、榮親，即使高唱神歌仙調，甚至與天神仙姑漫遊無何有之鄉，往往依舊身在仙鄉，心懷魏闕，此即李白儒者真面貌。

表三　第三章〈李白生平及其詩〉示意簡表

節次	主題	內容摘要	備註
第一節	李白生平	一、出生及鄉里 1. 生卒時地：唐武后大足元年（701），生於西域碎葉鎮。六十二或六十三歲（762或763），卒於當塗。 2. 身世鄉里：其先人因故隱姓遷西域，五歲隨父母遷居四川昌隆縣，復李姓，父名李客。 3. 居蜀期間：五歲至二十五歲（705～725）居蜀，讀書、習劍、任俠、遊仙、修習道教。	李白形貌異於常人，似有自卑感。
		二、離蜀出遊： 1. 離蜀時間：二十六歲（726）。 2. 漫遊足跡：大唐天下，大江大河南北東西，名山勝地每一遊再遊。 3. 婚姻家室：二十七或三十二歲（727/732）在安陸第一次正式婚許氏，生子女各一。許氏歿，移居山東兗州，五十二歲（752）在洛陽第二次正式婚宗氏。	先後二次正式婚後不久，白離家漫遊。

		三、入宮及放歸：	李白返山東，途遇杜甫、高適，共遊梁宋，爲詩壇勝事。
		1. 入宮：李白四十二歲（742）應詔入宮，任供奉翰林，受玄宗厚遇。	
		2. 放歸：四十四歲（744）因高力士脫靴事故，白懇求還山，帝賜金放歸。	
		四、繫獄及病故：	永王璘敗於詩人高適領軍之手。
		1. 繫獄：	
		（1）預感安史將亂：白五十一歲（751）曾遊幽燕，預感安史將亂。	
		（2）入永王璘幕及繫獄：安史亂起（755），永王璘起事，強邀白入爲僚佐，璘敗死，白坐罪繫獄。	
		（3）流放及遇赦：多方營救獲釋後，詔敕長流夜郎，中途遇赦（759）。	安旗稱六十三歲（763）病故。
		2. 病故：	
		（1）晚年豪情：遇赦後，仍漫遊大江南北。六十一歲（761）聞李光弼統軍出鎮淮南，乃毅然投效，遇病返當塗。	
		（2）病故：次年（762）冬，病故當塗。	
第二節	李白其人	一、人格特質：狂放不羈、自負自誇、率眞自然。	可謂眞儒者可謂假道士
		二、入世理想：使寰宇大定，海縣清一	
		三、出世嚮往：事君榮親之事畢，浮戲五湖滄洲。	
第三節	李白其事	一、奔競求仕：投書顯達以求見用。	
		二、漫遊求仙：出世求仙是顯象目的，入世求用是隱象目的。	
		三、醉酒狂歌：以醉爲逃避和自濁自穢的手段。	

| 第四節 | 李白其詩 | 一、詩集：魏萬《李翰林集》、李陽冰《李白詩集》、《全唐詩》李白詩六卷。
二、詩類：《中國文學史初稿》、《新譯李白詩全集》、《李白集校注》分法不同。
三、詩體：諸體賅備。
四、詩風：列舉「集浪漫之大成的詩格」等五項。 | 郁賢皓《新譯李白詩全集》增列〈菩薩蠻〉、〈憶秦娥〉詞二首。 |

第四章　李白時空背景

　　本於知人論世之旨，在認識李白之餘，對李白所處的大時空背景似宜酌加了解。試從一般面貌、盛唐敗徵與盛唐詩風三方面，淺窺其與李白及李白遊仙詩的關聯性。

第一節　盛唐氣象

　　文學史上的盛唐，時間指玄宗與代宗在位的七一六年至七六六年間，計五十年間，此時文風鼎盛，較初唐文壇更顯生氣蓬勃、內容多元而豐富。在政治和經濟方面，盛唐時期承初唐開國後，太宗、高宗開疆闢土及武氏經略積累的德澤，加上玄宗開元初期勵精圖治銳氣勃勃，大唐氣象萬千，在中國歷史上足以與秦漢比肩，坐居盛世一席。唐玄宗李隆基（685～762，在位於712至756年）執政初期，知人善用，當代名士如姚崇（650～721）、宋璟（663～737）、盧懷慎（？～716）、張說（667～730）、張九齡等賢智之士相繼為相，各展所長，仁風仁政普濟，對內防私防奸，對外以道家清靜無為、崇尚自然精神為潤飾，國勢鼎盛，當時詩人相攜與玄宗結緣，士風為之丕變〔註1〕。

<hr>

〔註 1〕　參考康震〈文學與政治之間：唐玄宗朝翰林學士論述〉，《山西大學學報（哲學社會科學版）》第 30 卷 1 期（2007 年 1 月），頁 6～12；徐賀安〈唐玄宗朝四大政治勢力與盛唐詩壇〉，《陰山學刊》第 28 卷 5 期（2015 年 10 月），頁 31～35。

一、一般面貌

盛唐時期在政治穩定下，農業、手工業、商業、文化全面發展繁榮，以全國戶口人數、民生所需的米價與國家歲收而言，自唐太宗貞觀初年的「戶不及三百萬，絹一匹易米一斗。至四年，米斗四五錢，外戶不閉者數月，馬牛被野，人行數千里不齎糧，民物蕃息，四夷降附者百二十萬人。是歲，天下斷獄，死罪者二十九人，號稱太平。」〔註2〕到了盛唐時期的開元年間，當時的社會已是「海內富實，米斗之價錢十三，青、齊間斗纔三錢，絹一匹錢二百。道路列肆，具酒食以待行人，店有驛驢，行千里不持尺兵。天下歲入之物，租錢二百餘萬緡，粟千九百八十餘萬斛，庸、調絹七百四十萬匹，綿百八十餘萬屯，布千三十五萬餘端。」〔註3〕從上述各方面的紀錄來看，此時的國家與人民都達到經濟富裕、社會安定的局面。這樣的情況一直延續到天寶初期，當時國力鼎盛，社會上瀰漫歌舞昇平氣氛，人民豐衣足食；子弟普遍受教育，三尺童子以不言文墨爲恥，詩歌、書法、繪畫、樂舞各方面成就輝煌。

　　一般概說，唐代是個較開放的社會，尤其盛唐五十年期間，在初唐百年奠基下，文治、武功、社會、文學文化各方面，均有可稱道者。政治較開明，布衣卿相所在多有，疆域廣潤超越秦漢。社會較安定富裕，租庸調稅制較公平合理，海陸交通發達，工商經濟繁榮，東西二京形成國際大都市，外國商旅使節絡繹不絕；開元二十八年（746），人口多達四千八百餘萬〔註4〕。文化文學盛極一時，詩文上自帝王，下至商賈倡優，均能詩能文，能歌能舞。原本爲貴族王室方能享用的飲茶，此時一般百姓也能享用了〔註5〕。當時詩人陸羽著中國第一本

〔註2〕宋・歐陽修，宋祈撰《新唐書》，卷51，〈食貨志・租庸調法〉，頁1344。

〔註3〕宋・歐陽修，宋祈撰《新唐書》，卷51，〈食貨志・租庸調法〉，頁1346。

〔註4〕邱師燮友等合著《中國文學史初稿》上冊，頁463。及周勛初《唐詩大辭典・大事年表》，（南京：鳳凰出版社2003年9月一版），頁57。

〔註5〕袁騰飛《中國史上》，（上海：錦文章出版社2009年8月一刷）第一冊，頁114。

《茶經》，可見其時飲茶風習之盛。

二、盛唐敗徵與李白

　　開元天寶史稱盛世，但盛極則衰似屬必然。盛唐敗徵始於宦豎干政，自天寶四年（745）玄宗冊封楊玉環為貴妃始，「姊妹兄弟皆列土，可憐光彩生門戶。」（白居易〈長恨歌〉）種下禍根，肇致七年餘的安史之亂（之前，李白曾至幽燕，已有變亂預感）；接踵而至便是一連串的內亂與外患。詩人李白身受其痛，翰林供奉被宦官高力士排斥，未及三年即被賜金出宮；永王璘事件更造成李白繫獄、流放，終至病死當塗。

三、盛唐詩風與遊仙詩

　　盛唐詩壇光彩璀璨，後世「詩必盛唐」可為佐證。文史學者對盛唐詩壇詩風有各自不同的觀察和分類，通說將當時詩壇詩風分為浪漫詩派、自然詩派、邊塞詩派、社會寫實詩派等四類。浪漫詩派主要詩人為陳子昂、賀知章等，以李白為盟主，廖師一瑾謂李白詩歌千變萬化，除天縱英才外，另一重要原因是他遠承風騷漢魏樂府，近採南北朝民歌精華〔註6〕。本論文主題為李白遊仙詩研究，其遊仙詩作以古風及樂府書寫者，約七十餘首，本論文將致力探索。自然詩派主要詩人為孟浩然、王維、儲光羲、劉長卿等，以王維為代表，其輞川諸作多具人間桃源仙境神趣；孟浩然〈清明日宴梅道士房〉亦頗具仙詩趣味〔註7〕。邊塞詩派主要詩人為高適、岑參、王昌齡、王之渙等，以岑參、高適為代表，高適〈玉真公主歌〉以仙人仙事仙語著墨〔註8〕；

〔註6〕廖師一瑾《古詩文新論》，（臺北：文津出版社2013年8月一刷），頁75。

〔註7〕孟浩然〈清明日宴梅道士房〉：「林臥愁春盡，開軒覽物華。忽逢青鳥使，邀入赤松家。丹竈初開火，仙桃正落花。童顏若可駐，何惜醉流霞。」

〔註8〕高適〈玉真公主歌〉：「常言龍德本天仙，誰知仙人每學仙。更道玄元指李日，多於王母種桃年。仙宮仙府有真仙，天寶天仙祕莫傳。為問軒皇三百歲，何如大道一千年。」

岑參〈太白胡僧歌並序〉仙語連篇〔註9〕。社會寫實詩派主要詩人為杜甫，其〈同諸公登慈恩寺塔〉近遊仙詩〔註10〕。

實者，遊仙詩的足跡遍布當時詩壇，這自與大時空背景有關。

第二節　唐王朝與佛教

佛教源出印度，漢時隨著絲綢之路的開拓而傳入中國，並逐漸弘揚廣布，本屬外來宗教，但由於在中國流傳已久，逐漸結合部分中國傳統思想，如孝道觀、報應觀等，因而轉化形成具有中國特色的禪宗、淨土宗等中國佛教宗派；道教與儒家文化源自中國本土，屬本土文化資產的一部分，歷經魏晉南北朝長期混亂，三者相互浸潤及吸納融合，由初唐入盛唐，形成三者鼎立局面。

一、佛教傳入中國史略

佛教發源於印度，教主釋迦牟尼所創，為世界五大宗教之一，以明心見性、普渡眾生為宗旨。西漢時傳入中國，東漢明帝永平年間，派蔡愔至印度求佛法，既歸，建寺譯經，流傳日廣。唐太宗貞觀元年至十八年，玄奘曾至印度鑽研佛法，歸國後，先後譯佛經一千三百餘卷。至盛唐時，歷代翻譯加我國有關著述，總計達一千零七十六部，五千零四十八卷〔註11〕。

〔註9〕 岑參〈太白胡僧歌〉：「聞有胡僧在太白，蘭若去天三百尺。一持楞伽入中峯，世人難見但聞鐘。窗邊錫杖解兩虎，牀下缽盂藏一龍。草衣不針復不線，兩耳垂肩眉覆面。此僧年幾那得知，手種青松今十圍。心將流水同清淨，身與浮雲無是非。商山老人已曾識，願一見之何由得。山中有僧人不知，城裡看山空黛色。」

〔註10〕 杜甫〈同諸公登慈恩寺塔〉：「高標跨蒼天，烈風無時休。自非曠士懷，登茲翻百憂。方知象教力，足可追冥搜。仰穿龍蛇窟，始出枝撐幽。七星在北戶，河漢聲西流。羲和鞭白日，少昊行清秋。秦山忽破碎，涇渭不可求。俯視但一氣，焉能辨皇州。回首叫虞舜，蒼梧雲正愁。惜哉瑤池飲，日宴崑崙丘。黃鵠去不息，哀鳴何所投。君看隨陽雁，各有稻粱謀。」

〔註11〕 湯錫予《漢魏兩晉南北朝佛教史・開元釋教錄》，（臺北：漢聲出版

二、唐代佛教概述

　　佛教在中國發展的道路並不平坦，隋文帝開皇二十年（600）曾下令禁傳佛教，唐高祖李淵（566～635，在位於 618～626 年）立國之初，曾下詔抑制佛教〔註12〕，太宗李世民曾接納魏徵（508～643）建議，「檢校佛法，清肅非濫。」〔註13〕但他也曾召見沙門玄琬（562～636）入宮，「爲皇太子及諸王等受菩薩戒。故儲宮以下，師禮崇焉。」〔註14〕此一措施，也可能影響高宗即位後對佛教的偏重。至貞觀晚年，玄奘（600～664）赴印度求法歸來，太宗令大臣、僧眾出城迎接，並召入宮中「廣問雪嶺以西諸國風俗，法師皆備陳所歷，若指諸掌，太宗大悦」〔註15〕，受太宗至高禮遇〔註16〕，後以國力修建大慈恩寺及譯經院，大力支持譯經事業，並命祕書省抄寫佛經，推行全國，甚至在辭世前感嘆與玄奘相見恨晚〔註17〕。但從太宗親撰的〈大唐三藏

社 1973 年 4 月版）。

〔註12〕見清・董浩等編《全唐文》，卷 133，〈傅奕・請除釋教疏〉，頁 1347；卷 3，〈高祖・沙汰佛教詔〉，頁 38。

〔註13〕見唐・道宣《續高僧傳》，卷 24，〈智寶傳〉，收入《大正新脩大藏經》，第 50 冊，頁 635。

〔註14〕見唐・道宣《續高僧傳》，卷 22，〈玄琬傳〉，頁 616。

〔註15〕見清・董浩等編《全唐文》，卷 742，〈劉軻・大唐三藏大遍覺法師墖銘並序〉，頁 7683。

〔註16〕有學者認爲唐太宗對於玄奘的接見，最早可能來自政治目的。由於玄奘有親身跨越西域遠赴印度的經驗，且與西域、印度等信仰佛教的諸國王交好，有助於太宗更清楚瞭解各國關係與情事，並不一定僅僅是基於太宗對佛教僧人的禮敬。太宗一直留意西域的情勢，是來自於他對於開疆拓土有著極大興趣與意願，在貞觀四年，李靖（571～649）平定東突厥後，「西北君長，請上號爲天可汗」。這一名號帶給太宗極大的榮耀，唐朝國威遠播。羅香林教授認爲此時的天可汗制度「與今日聯合國之作用，頗爲相似。」唐皇帝成爲多國的共同領袖。參見羅香林：〈唐代天可汗制度考〉，收入氏著：《唐代文化史》（台北：台灣商務印書館，1955 年），頁 54～87。

〔註17〕見《續高僧傳》，卷 4，〈玄奘傳〉，頁 456。玄奘的西行求法、歸國譯經、與太宗、高宗之交往等生平事蹟可見《大唐大慈恩寺三藏法師傳》、《舊唐書》，卷 191，〈方伎列傳・僧玄奘〉，頁 5108～5109。唐太宗與玄奘之交往，見冉雲華：〈玄奘大師與唐太宗及其政治理想

聖教序〉中強調：「知惡因業墜，善以緣昇。昇墜之端，唯人所託」
〔註18〕等語看來，太宗在思想上更接受的是可與儒家會通的善惡報應
之說。

　　唐高宗曾云：「朕遜覽細史，詳觀道藝，福崇永劫者，其惟釋教
歟」〔註19〕，對玄奘與佛教僧人更加禮遇，在上元元年（674）下詔：
「公私齋會及參集之處，道士女冠在東，僧尼在西，不需更爲先後。」
〔註20〕武則天掌權時期，由於她「幼從釋教，夙慕歸依」〔註21〕，在
這種深厚的個人身世經歷，以及佛教在以周代唐過程中所產生的助力
等因素影響下，她透過大規模翻譯佛經以及禮遇諸多名僧等方式，具
體表現其佛教居先的政策〔註22〕。雖然如此，兩人對道教也未曾打
壓。至中宗、睿宗則各有所好〔註23〕，玄宗時期則偏好道教。開元前
期，玄宗基於對武則天以來的政治清理，以及寺觀佔有大量土地和人
口，影響國家賦役收入的雙重考慮，他在開元二年（714）以當時「天
下僧尼，數盈十萬。翦刻繪綵，裝束泥人，而爲厭魅，迷惑萬姓者乎」
〔註24〕爲由，下令檢校天下僧尼，但對於道教則相對表現爲寬容。武
宗會昌五年（845）詔全天下毀佛寺。

　　從政治現實言，太宗至玄宗的唐朝皇帝多是以務實的態度對待三
教，三教並重並榮〔註25〕，三教思想內化爲人文底蘊，使盛唐政治輝

　　　　探微〉，《華崗佛學學報》第 8 期（1985 年），頁 135～154。
〔註18〕《大唐大慈恩寺三藏法師傳》，卷 6，頁 256。
〔註19〕清・董浩等編《全唐文》，卷 15，〈高宗・隆國寺碑銘〉，頁 179。
〔註20〕宋・王溥《唐會要》（北京：中華書局，1955 年初版，1990 年三刷），
　　　　卷 49，〈尊崇道教〉，頁 866。
〔註21〕清・董浩等編《全唐文》，卷 97，〈三藏聖教序〉；卷 239，〈武三思・
　　　　大周無上孝明皇后碑銘並序〉。
〔註22〕寇養厚〈武則天與唐中宗的三教共存與佛先道後政策：唐代三教並
　　　　行政策形成的第二階段〉，《陝西師範大學學報（哲學社會科學版）》
　　　　第 28 卷 3 期（1999 年 9 月），頁 169～174。
〔註23〕李金水〈論中宗、睿宗時期佛道政策的嬗變〉，《廈門大學學報（哲
　　　　學社會科學版）》第 3 期（1998 年），頁 112～121。
〔註24〕清・董浩等編《全唐文》，卷 133，〈傅奕・請除釋教疏〉，頁 1347。
〔註25〕如武則天雖以佛爲先，但同時也曾下令編修《三教珠英》一書。相

煌，盛唐詩人亦各展天賦，在詩歌、繪畫、音樂、書法等各方面藝術大放異彩，彙歸爲盛唐文化思想的榮景。玄宗的佛教政策，基於政治因素，前後期措施態度不一，玄宗本來崇儒，前期延續「三教並用」政策，對佛教嚴加限制；後期轉趨寬鬆，禮遇高僧，佛教獲致發展機會。據《新唐書・地理志》卷 35 載，開元初，諸州佛寺較唐初增一倍。佛教盛行，寺廟成逃役逃稅處所；開元二年（714），玄宗曾強令二千餘名僞濫僧尼返俗回鄉，並禁建寺廟。開元晚期，密宗高僧輩出，開元二十三年（735），玄宗對佛教態度轉變，實行諸多有利佛教發展措施，他自己也皈依了密宗。安史亂起玄宗逃蜀，興建大聖慈寺，內分九十六院，規模之大可以想見〔註26〕。

第三節　唐王朝與道教

　　儒、道本屬學派，其後道家轉變爲道教，儒家因尊孔禮孔關係，亦有走向宗教化的傾向。道教源出道家，尊老子李耳爲教主，唐帝姓李，此或即道教在唐代較受寬容的潛在原因。盛唐玄宗當政，鑒於武后、韋后、太平公主先後亂政，爲鞏固政權，期待宗教發揮安定社會作用，在具體政策上，傾向「尊儒、崇道、不抑佛」措施；但對道教則相對的較爲寬容，並利用道教樹立李唐王朝權威〔註27〕，又用它來滿足個人長生不老欲求：與高道人士頻繁交往。例如玄宗對道教高人如司馬承禎（647～735）、吳筠（？～778）等高道禮遇有加，到天寶末期，又愈加偏重其個人長生不老的追求，亦愈加寵信道士。道教在唐朝，特別是在盛唐，因緣際會，乃逐步奠立其國家化及正統化的歷史地位。

關記載見《新唐書》，卷 104，〈張昌宗列傳〉，頁 4012；《唐會要》，卷 36，〈修撰〉，頁 657。

〔註26〕摘自黃霞平〈論唐玄宗與佛教〉，《船山學刊》，2010 年 3 期。

〔註27〕陶志平〈唐代道教的興盛及其政治背景〉，《西南師範大學學報（人文社會科學版）》，1988 年第 2 期，頁 47～51。

一、中國道教源流概述

　　道教源出道家，或謂出自黃帝及老子，故稱黃老。自漢至唐，與儒、佛鼎立而三。晉時道教轉興，玄學大開，以老子《道德經》為玄學之本，以莊子《南華經》為玄學之精，以儒家《易經》為玄學之源，號稱《三玄》。玄學玄風玄談興起，遊仙詩因利乘便，光前啓後。儒家儒學為人本主義人生哲學，較少宗教性格；佛教與伊斯蘭教、基督宗教等皆外來宗教，故道教乃中國唯一的本土宗教，此為通說〔註28〕。道教所崇奉仰望的神仙也是中國的（見本論文第二章第一節）。《老子》、《莊子》為道家原創性的哲學思想鉅構，東漢時一種類似巫術的宗教──道教，奉此二書為其思想理論根源，並奉老子為祖師。部分學者視道教為墮落的道家；聞一多先生認為「道家」乃「古道教」提鍊出來的精華，而「道教」為「古道教」的復活〔註29〕。唐帝王姓李，強調與老子同姓，唐高宗曾定道教為國教，道教乃乘勢飛揚高起。

二、道教在四川

　　東漢末，沛人張陵（即張道陵，公元 34～156）在蜀中大邑鶴鳴山創教，為正一派道教（即後之五斗米教）之祖。其孫張魯據漢中繼行其道三十年，三國時以五斗米教叛亂，黃巾賊張角等附從，嗣後魯敗降曹，陳瑞續稱天師道主，續在巴蜀傳教，徒眾數千人，規模可觀。兩晉時期，道教起義作亂事件頻傳，東晉海西公太和五年（370），張魯教徒仍以其教之名在四川廣漢地區起義作亂，足見影響之久且鉅。

三、道教與神仙

　　道教以追求長生久視、修道成仙為信仰及號召，神仙思想乃道教理論的核心成分。《易經》、《山海經》、《淮南子》、《老子》、《莊子》、《詩經》、《楚辭》等典籍，早有壽考、不死藥、不死民、不死國之類

〔註28〕唐大潮編著《中國道教簡史》，（北京：宗教文化出版社 2001 年 6 月一版），頁 3〈引言〉。
〔註29〕聞一多《神話與詩》，頁 143～144。

記述。戰國時，燕齊荊楚等地出現鼓吹長生成仙的方士，並造說海上三山仙人仙藥等神話仙語，神仙不死遂成為道教核心價值，不但常民仰慕崇信，連秦皇漢武等帝王也盲目追求，並派人尋訪。轉相影響下，上層社會及文人學士步趨追隨，道教文化層次亦大提升。至晉句容〔今屬江蘇〕人葛洪（283～343），集秦漢以來道教學術之大成，著《抱朴子》、《神仙傳》、《隱逸傳》、《金匱藥方》等，論述神仙、方藥、神祇、鬼怪、養生、延年、禳邪、卻禍諸事；並強調長生成仙不可單賴內修外養等方術，尚須積善立功，以忠孝和順仁信為本。此即是以「外儒內道」來調和儒、道關係。此與佛教因果說亦若合符節。至此，道教學術地位既顯著振起，也贏得上層社會的信服信賴〔註30〕。

第四節　佛道與李白

一、李白與佛教

　　李白五至二十五歲居蜀，自稱「五歲誦六甲，十歲觀百家」（〈上安州裴長史書〉），讀書習劍遊仙，普遍接觸儒、佛、道、墨、法、縱橫等百家思想，儒佛道三家兩漢魏晉至唐鼎立而三，他一生奔競求用是儒者的入世風範，漫遊尋仙是道家的出世態度。至於佛教，他以和諧包容的雅量，適時適地與僧侶作適度的交往。李白的人格特質之一是率直自然，他跟任何人相處都真情流露；在其諸多送往迎來、杯觥交錯下，即境揮筆的詩篇中，最能傳達出他的真性情。他與佛界交往亦始於蜀中，〈峨眉山月歌送蜀僧晏入中京〉一詩，郁賢皓繫作年當在流放夜郎遇赦歸江夏時；但從「黃鶴樓前月華白，此中忽見峨眉客」一語中推想，此處所稱峨眉客的蜀僧，當係李白在蜀中晤識的舊友；詩中殷殷致意，一片真情。〈贈僧崖公〉一詩，頗似李白自敘其一生習佛謁佛及佛教對他的開示；郁賢皓繫本詩約作於天寶十二、十三年（753、754），詩中說他曾在朗陵東向白眉空習禪，又去謁太山君，

〔註30〕參見唐大潮編著《中國道教簡史》，頁52～58。

並授他金仙道，讓他「冥機發天光，獨朗謝垢氛」最後在稱頌僧崖公佛性佛行後，結語是「何日更攜手，乘杯向蓬瀛」。綜觀李白與佛教僧侶交往的詩，約二十餘首。每首例皆以正面語彙肯定佛人佛行，這是他對佛教的包容，也是與他對道教神仙諸說每持懷疑甚至否定態度不同處。

二、李白與道教

唐王朝是道教光環輝煌的時代，四川是道教生根發祥的聖地，李白生來即與道教結緣。《新唐書》等典籍稱：李母夢太白金星入懷而生白。故名白，字太白，又字長庚，並有謫仙、詩仙、酒仙等雅號，似乎注定了他和道教的親密關係；他之所以成爲浪漫詩壇祭酒及遊仙詩作聖手，亦皆與他早年即步入道教界域，並曾受戒列名爲「青蓮居士」有關。試粗略檢視，李白在蜀中讀書、習劍、任俠、遊仙期間，即與道士交往，「十五遊神仙」的李白，二十歲前即結識道士元丹丘，二十一歲〈登峨眉山〉詩結句爲：「儻逢騎羊子，攜手凌白日。」又有〈訪戴天山道士不遇〉詩。出蜀時即遇見當時已盛名滿天下的道士司馬承禎，稱白有仙風道骨。李白入宮的關係人，傳爲元丹丘、或吳筠、或玉眞公主，三人皆道友。他一生遍入名山川澤，隨時都會接觸到道士，也隨時都有亮麗的遊仙詩寫作。

小結

本章主題「李白時空背景」。重點爲，第一節盛唐氣象，包括一般面貌、盛唐敗徵與李白、盛唐詩風與遊仙詩；第二節唐王朝與佛教，包括佛教傳入中國史略、唐代佛教概觀；第三節唐王朝與道教，包括中國道源流概述、道教在四川、道教與神仙；第四節佛道與李白，分別就李白與佛教、李白與道教作略述。歸結到他對佛教持包容態度，與他對道教神仙諸說每持懷疑甚至否定態度不同。詳後。而他的遊仙詩則是道教神仙諸說下的亮麗產品。附本章內容示意簡表如次。

表四　第四章〈李白時空背景〉示意簡表

節次	主題	內容摘要	備注
第一節	盛唐氣象	一、一般面貌：社會較開放、政治較開明、經濟繁榮、文化文學盛極一時。 二、盛唐敗徵與李白：宦豎干政、藩鎮作亂、內憂外患、李白先後二次受累受害。 三、盛唐詩風與遊仙詩：浪漫詩派代表李白，自然詩派代表王維、孟浩然，邊塞詩派代表高適、岑參，社會寫實詩派代表杜甫，皆有遊仙詩作。	
第二節	唐王朝與佛教	一、佛教傳入中國史略：兩漢時傳入，其後佛寺興建、佛經翻譯，信眾日多。 二、唐代佛教概述：武后多方管制、武宗毀佛寺、玄宗晚年崇佛。	
第三節	唐王朝與道教	一、中國道教源流概述：道教源出道家，為我國唯一本土宗教。唐王室姓李，老子遂成道教祖師。 二、道教在四川：東漢張陵始創道派於蜀，四川遂成道教發源地與發祥地。 三、道教與神仙：長生不死為道教追求理想，葛洪集歷代神仙思想大成，著書立說，調和其與儒、道關係，道教振起。	聞一多謂道教乃古道教的復興。
第四節	佛道與李白	一、李白與佛教：居蜀期間即結識僧侶，出蜀後漫遊四方，多與僧侶交往，多以正面態度包容佛教人士。 二、李白與道教：生來與道教結緣，居蜀期間即遊仙、結識元丹丘等，出蜀後曾受道籙號青蓮居士，道友眾多，遊仙詩是亮麗的產品。	

第五章　李白遊仙詩主題

　　李白的遊仙詩，篇什多寡，視各人取捨不同，原因是遊仙詩界說未定也無從界定。楊文雀統計李白的神話詩爲 269 首，包括全首詩神話及部分語彙神話〔註1〕。筆者參照楊文雀的取捨態度，就李白詩歌中全首遊仙詩及部分語彙遊仙詩作粗略統計，其遊仙詩約二百七十餘首（見〈附錄〉李白遊踪與遊仙詩作一覽表）。

　　前稱《論語・述而》「游於藝」之「游」，可視爲遊仙詩之「遊」的源頭。而《詩經・邶風・柏舟》云：「微我無酒，以敖（遨）以遊。」「遨遊」相當於「漫遊」，且又與「酒」連袂，似更接近遊仙之遊了。邱師燮友稱：「李白的遊仙詩……只是寫夢境，神遊其間，借名山洞府，寫心靈世界中的奇幻洞天，發抒其浪漫的情懷，使自己從現實生活的桎梏中解脫出來。」〔註2〕此言似可用作遊仙詩的界說，意謂：大凡詩人對現實生活不滿，對心靈神仙世界存嚮往，而以如夢似幻的詩歌辭采寫成的，即是遊仙詩。

　　李白遊仙詩二百餘首，各自有其書寫背景、主題、旨趣，本章試就李白遊仙詩主題作探討。就主題言，目標與前提、理想與現實、仙鄉樂土、神祇異物等，都是詩人寄託興發情懷的主題。

〔註1〕楊文雀《李白詩中神話運用之研究》，（臺北：輔仁大學中研所 1991年度碩士論文），頁8。
〔註2〕邱師燮友《童山詩論卷・李白詩中仙話》，頁444。

第一節　目標與前提

　　目標與前提，可視爲李白遊仙詩的主題之一。綜觀李白人生終極目標，無非是出世的，落腳在某個仙境，度其悠然自得、無憂無慮更無牽掛的神仙生活。

一、目標——出世

> 朝弄紫泥海，夕披丹霞裳。揮手折若木，拂此西日光。雲臥遊八極，玉顏已千霜。飄飄如無倪，稽首祈上皇。呼我遊太素，玉杯賜瓊漿。一飡歷萬歲，何用還故鄉？永隨長風去，天外恣飄揚。（〈古風其四十一〉）

　　這就是李白所夢寐嚮往的神仙生活，他除大量運用仙境紫泥海、仙衣丹霞裳、仙樹若木、仙國無倪太素、仙飲瓊漿等等仙景物象外，更肆意誇飾說他飄飄然進入了無涯際的太虛，並稽首叩見天帝，天帝呼他遊天國，用玉杯賜他瓊漿仙飲，飲一餐可以活萬歲。如此這般，他自是隨長風而恣意飄揚，哪裡還用還故鄉？這就是他勾勒構想的神仙生活，他終生追逐的終極目標。亦即，出世成仙是其終極目標；但必以事君、榮親的入世爲前提。

　　本詩寫作時間，郁賢皓稱不詳，安旗繫於天寶四年（745）李白四十五歲，即賜金放歸之次年。十五遊神仙的李白，此刻自是更加鬱結嚮往神仙生活了，此即本詩的寫作背景。

二、前提——入仕

　　悠遊仙境是李白終生追逐的目標，即「出世」的理想。但，此理想目標之達成有一前提，即：使寰區大定，海縣清一，事君榮親之事畢，然後才是他浮戲五湖滄洲的時候。此前提則是「入仕」的，不幸的是，當賜金放歸後他卻驀然發現：「孤蘭生幽園，眾草共蕪沒。」（〈古風其三十八〉）仙鳥鳳凰的遭遇則是：

> 鳳飢不啄粟，所食唯琅玕。焉能與群雞，蹙促爭一飡？朝鳴崑丘樹，夕飲砥柱湍。歸飛海路遠，獨宿天霜寒。幸遇

　　王子晉，結交青雲端。懷恩未得報，感別空長歎。(〈古風
　其四十〉)

　　鳳凰豈肯與雞爭食？自是詩人自負自況；朝鳴崑丘樹、夕飲砥柱
湍，自是詩人嚮往的仙事；遇王子晉而結交青雲端，才是詩人追逐的
終極目標；遺憾的是，懷著供奉翰林之恩遇未報，必須孤影離去，寧
不令人長歎！詩人此刻才覺醒，他成仙高飛的目標未達，無非客觀環
境造成。換言之，他終極的出世目標之實現，是以入世理想的完成爲
前提，而此前提卻已黯然無法達成。

　　就詩的體制言，古風和樂府是李白遊仙詩書寫最多的體式。〈古
風其四十〉彷彿是一首五言排律，詩人以其生花妙筆聯綴出許多對偶
句，倍增詩的氣韻與風采，是其特徵。

第二節　理想與現實

　　理想與現實，可視爲李白遊仙詩的另一主題。「永隨長風去，天
外恣飄揚。」是詩人李白的出世理想，「申管晏之談，謀帝王之術，
奮其智能，願爲輔弼。使寰區大定，海縣清一。事君之道成，榮親之
義畢。」(〈代壽山答孟少府移文書〉)是李白的入世理想。爲實現入
世理想，乃奔競以求仕進。

一、理想——高期許

　　大鵬一日同風起，摶搖直上九萬里。假令風歇時下來，猶
　能簸卻滄溟水。世人見我恒殊調，見余大言皆冷笑。宣父
　猶能畏後生，丈夫未可輕年少。(〈上李邕〉)

　　李白欲效孔子，曰：「我志在刪述，垂輝映千春。」(〈古風其一〉)
依李白客觀環境與主觀性格，此一期許自是落空。〈上李邕〉是李白
又一高格調高期許的名篇。李邕年長，屬李白前輩，故歷來詩評家對
本詩是否爲李白作，爭議未決。有趣的是，這是一首以神仙氣概起筆
的自負詩，前半氣勢如虹，正是李白口吻。李白一直以大鵬自詡，臨

終尚以大鵬未能振飛爲憾〔註3〕。〈上李邕〉詩雖有爭議，但此數語正如世稱〈菩薩蠻——平林漠漠煙如織〉及〈憶秦娥——蕭聲咽〉爲百代詞宗，非李白之作莫屬。論口氣，此詩亦非李白之作莫屬〔註4〕。大鵬源出《莊子・逍遙遊》：「鵬之徙南冥也。水擊三千里，摶扶搖而上者九萬里。」〔註5〕李白用以誇飾自己才具，類此誇大言辭恆不離口，乃招致世人的「冷笑」。「殊調」是理想，「冷笑」是現實；但李白仍不甘心，最後還引孔子「後生可畏」以激李邕。可惜李邕並未理會。

欲效孔子「刪述」而垂名千古，欲似大鵬直上九萬里，自是詩人李白的高期許。但客觀時空與主觀因素扞格下，高期許往往得到的是高失落。

二、現實——高失落

詩人李白的身世、性格、才具、氣質異於常人，這是他的主觀因素；唐王朝盛極而衰、宦豎藩鎮亂政，這是李白所處的客觀時空背景。而人生苦短，時不我與。凡此種種，無非現實。

> 白日何短短，百年苦易滿。蒼穹浩茫茫，萬劫太極長。麻姑垂兩鬢，一半已成霜。天公見玉女，大笑億千場。吾欲攬六龍，回車掛扶桑。北斗酌美酒，勸龍各一觴。富貴非所願，爲人駐顏光。(〈短歌行〉)

這是一首感嘆人生苦短、仙趣十足的遊仙詩。與〈長歌行〉異曲同工。起句「白日何短短」即直白歎息人生苦短，自是「現實」的實情實寫。中間寫「麻姑」與「天公」四句，是幻想中的虛擬現實而假

〔註3〕李白〈臨路歌〉：「大鵬飛兮振八裔，中天摧兮力不濟。餘風激兮萬世，遊扶桑兮掛石袂。後人得之傳此，仲尼亡兮誰爲出涕。」

〔註4〕王國維《人間詞話第十》認爲〈憶秦娥——蕭聲咽〉爲李白作，並謂：「太白純以氣象勝，『西風殘照，漢家陵闕。』寥寥八字，遂關千古登臨之口」(臺北：學海出版社1982年)，頁4。

〔註5〕張松輝注《莊子讀本》，(臺北：三民書局2005年4月初版一刷)，頁3。

話真說，最具仙趣：仙婆麻姑活得太久了，兩鬢都已成霜；天公和玉女在天上玩投壺的遊戲，每中一次即大笑一次，他們已大笑了億千次。如此仙趣詩人尚感不足，索性自己披掛出場：我想駕著六龍仙車，讓它們轉車套住太陽，把它掛在東方的扶桑上（不再日出日落）；我更要北斗「大酒杯」盛美酒請六龍各飲一杯（讓它們大醉不再推動太陽旋轉）。目的是，世間富貴非人所願（亦非我所願），我樂意為人們駐顏長生不老（當然我自己已有攬天龍的能耐）。

惜陰、及時行樂，李白詩文中俯拾皆是。

> 人生若夢，為歡幾何？古人秉燭夜遊，良有以也！（〈春夜宴桃李園序〉）

> 君不見，高堂明鏡悲白髮，朝如青絲暮成雪。人生得意須盡歡，莫使金樽空對月。（〈將進酒〉）

三、失落——百折不撓

李白不同於常人的是，常人每易挫折；李白則愈挫愈奮，百折不撓。

> 長嘯〈梁甫吟〉，何時見陽春？

> 君不見朝歌屠叟辭棘津，八十西來釣渭濱。寧羞白髮照淥水？逢時吐氣思經綸。廣張三千六百釣，風期暗與文王親。大賢虎變愚不測，當年頗似尋常人。

> 君不見高陽酒徒起草中，長揖山東隆準公。入門開說騁雄辯，兩女輟洗來趨風。東下齊城七十二，指麾楚漢如旋蓬。狂客落魄尚如此，何況壯士當群雄！

> 我欲攀龍見明主，雷公砰訇震天鼓，帝旁投壺多玉女！三時大笑開電光，倏爍晦冥起風雨。閶闔九門不可通，以額扣關閽者怒。

> 白日不照吾精誠，杞國無事憂天傾。狖猱磨牙競人肉，騶虞不折生草莖。手接飛猱搏雕虎，側足焦原未言苦。智者可卷愚者豪，世人見我輕鴻毛。力排南山三壯士，齊相殺

之費二桃。吳楚弄兵無劇孟,亞夫哈爾爲徒勞。

〈梁甫吟〉,聲正悲!張公兩龍劍,神物合有時。風雲感會起屠釣,大人岎岮當安之。(〈梁甫吟〉)〔註6〕。

這又是一首理想／現實扞格的詠懷詩,神話仙語滿紙,典實豐茂。雖然仍是理想與現實的糾結攪擾,卻有諸多獨特處。就神話及類神話的視角言,它是由神話、歷史、傳說、想像等內涵與辭彙揉合而成的新一綜合體,既符合以詩證史、以史證詩、詩史互證理論,更驗證了神話、類神話具有美化、豐富化詩歌的多重功能。

就詩的體貌言,本詩爲一多樣態的雜言體,以二句五言提領全局,以兩聲「君不見」列述史實,繼之以「我欲」展示「理想」,中間雜以七言三句一拗韻揭露「現實」;最後以三言五言七言各二句舒緩音節,寄孤望於未來作收。另一獨特處是用典。李白遊仙詩較常用典,本詩幾乎句句用典:姜尙遇周文王、酈食其遇漢劉邦、晏嬰二桃殺三士、吳楚用兵等,都是史實典;杞人憂天是寓言典,猰貐、騶虞是傳說典;兩龍劍是神話故事,李白此處用來強調,姜、酈賢士既終能遇明主,兩龍劍神物既終能復合,自己必有「風雲感會」遇明主之日。這才是本詩一路用典的主旨。兩龍劍神話故事見《晉書‧張華傳》,大意是:張華見斗牛之間常有紫氣,豫章人雷煥解謂其地有神物,華即補煥爲豐城(今屬江西)令;煥掘獄屋基,得一石函,中有雙劍,一曰龍泉,一曰太阿;煥送一劍與華,留一劍自佩;張華復煥書謂,詳觀劍文,乃干將也,莫邪何在?並謂天生神物,終當復合;張華被誅,劍失所在;煥卒,子持父劍行經延平津,劍忽於腰間躍出墮水,使人入水求之,但見兩龍各長數丈,光彩照水,不見劍:時機成熟,兩龍分而復合。至於本詩作於何時?瞿蛻園認定爲天寶九年(750),

---

〔註6〕 〈梁甫吟〉,亦作〈梁父吟〉,爲樂府舊題。諸葛亮躬耕南陽時,好爲〈梁父吟〉,蓋傷不遇也。梁父,爲泰山下小山名,登泰山而阻於小山,如謁明主而阻於小人。張衡〈四愁詩〉:「有所思兮在太〈泰〉山,欲往從之梁父艱。」蓋即此意。參見郁賢皓《新譯李白詩全集》,卷二,頁83。

李白應召翰林放歸之前。郁賢皓除同意作於應召翰林及放歸之前的說法外，但認爲應作於開元二十一年（733）李白初入長安被張垍所阻未見明主之後。本詩主旨何在？自是藉重歷史人物姜尚、酈食其等於百般困阨之餘終遇明主周文王、漢高祖，乃大展宏圖興邦濟世；李白相信自己雖欲見明主而未遂，但終有一天，如干將、莫邪兩龍劍（明主與李白）合而爲一之時。如李白者，百折不撓，斯謂智者。

　　理想／現實，勇往直前，挫折再挫折，奮起再奮起，這或即李白一生的圖像。

> 金樽清酒斗十千，玉盤珍羞直萬錢。停杯投筯不能食，拔劍四顧心茫然。欲渡黃河冰塞川，將登太行雪滿山。閑來垂釣碧溪上，忽復乘舟夢日邊。行路難，行路難，多岐路，今安在。長風破浪會有時，直挂雲帆濟滄海。（〈行路難三首其一〉）

　　理想與現實是對照，金樽美酒、玉盤珍羞在前，卻「停杯投筯不能食，拔劍四顧心茫然」也是對照。接下來仍是一連串的對照：欲渡黃河，奈何冰塞川；將登太行，奈何雪滿山；閑來垂釣碧溪上，卻又忽然夢到乘舟經過日月邊。如此這般的對照，亦無非理想與現實的落差扦格而已。這裡引用了呂尚遇周文王及伊尹遇商湯的典實：相傳姜太公呂尚未遇文王前，曾在磻溪（今陝西寶雞東南）垂釣達十年之久（見前〈梁甫吟〉：「廣張三千六百釣」）；伊尹未得商湯之聘前，曾夢見自己打從日月旁邊經過。李白此處引用此典，自是寄望自己有朝一日也能像呂、伊一樣得遇明主。可是，他眼前實景卻是美酒珍饌當前而不能食，而拔劍四顧心茫然。儘管在重重理想與現實的殘酷對照下，不禁疾呼「行路難」、「多岐路」，又不知前程「今安在」。但李白仍是愈挫愈奮，最後竟高亢地揭示：「長風破浪會有時，直挂雲帆濟滄海。」長風破浪之日，即是事君、榮親之道畢；挂雲帆濟滄海之日，即功成身退，浮五湖、戲滄洲的仙神生涯。這就是智者李白的終身嚮往。〈行路難〉爲樂府舊題，詩家多有同題之作。李白〈行路難〉共三首，作於不同時空；本詩約作於開元間初入長安未遇玄宗時期。

第三節　哀傷與諷喻

　　理想與現實扞格，哀傷與諷喻乃自然興起，可視為李白遊仙詩又一主題。人生際遇切關窮達。李白一身血脈筋骨為儒、佛、道、縱橫乃至百家思想所融聚而成：建功用世，事君榮親，自是傳統儒家理念；申管晏之談，謀帝王之術，多賴縱橫手段；功成身退，然後效陶朱留侯，浮戲五湖滄洲，甚至修道煉丹成仙，逍遙自在以終，正是黃老道家襟懷。這是他在二十七歲〈代壽山答孟少府移文書〉首次揭櫫的人生理想。前文從李白幾首遊仙詩審視理想與現實的落差扞格，雖然歸結到智者勇者李白，始終相信總有「長風破浪」、「直掛雲帆」之一日。但李白畢竟是「人」而非神非仙，在屢敗屢戰，屢仆屢起之餘，情懷跌宕頓挫，因而生出喟歎感傷，乃至怨懟憤懣、遷怒諷喻，在所難免。他的遊仙詩中，這類篇什所在多有。

一、弔古興感

　　　　子房未虎嘯，破產不為家。滄海得壯士，椎秦博浪沙。報
　　　　韓雖不成，天地皆振動，潛匿遊下邳，豈曰非智勇？我來
　　　　圮橋上，懷古欽英風。唯見碧流水，曾無黃石公。嘆息此
　　　　人去，蕭條徐泗空。（〈經下邳圮橋懷張子房〉）

　　這是一首登臨懷古詩，懷古興感，詩家常事。李白心儀張良（字子房）佐劉邦定漢室，據稱實得力於圮上黃石公授以《太公兵法》。《史記‧留侯世家》夾注一則歷史傳說又帶幾分神仙故事略謂：張良買壯士椎秦皇未成，避居下邳，於圮橋遇一褐衣老丈，授《太公兵法》一編曰：「讀此可為王者師。」又曰：「後十三年，孺子遇我濟北穀城下，黃石即我矣。」十三年後，子房佐劉邦定天下，辭去「留侯」之封，赴濟北穀城（今山東東河縣東北），果見一黃石，乃取回祠奉之，張良從此退隱與赤松子遊，不知所終〔註7〕，黃石公故事是很「仙趣」的。

────────────

〔註7〕司馬遷《史記卷五十五‧留侯世家第二十五》，第三冊，頁475～494。

　　李白此詩主題是「懷張子房」，稱子房椎秦不成而潛匿下邳爲「智勇」，讚其成功身退爲「英風」；但感歎遺憾的是，而今圯橋下只見碧流水，卻不見黃石老人。題稱「懷張子房」，此處卻以未見黃石公爲憾，並以「歎息此人去，蕭條徐泗空」作結，則「此人」，實兼指子房與黃石老人可知。這正是李白感喟哀傷處：黃石公而今安在？宋蘇軾〈留侯論〉亦稱子房爲大勇者，稱黃石公可能爲隱君子；並謂世人視其爲「鬼物」，是大錯特錯。審視李白此詩的仙趣性，除黃石老人傳聞外，在遣辭用字上亦多神仙語彙，如「虎嘯」、「滄海」、「天地皆振動」、「碧流水」等，碧流水即清澈的流水，古人謂碧潭碧水處有潛龍，此處意謂，而今但見碧水，不見子房、黃石之潛龍，遂使徐泗爲之蕭條，寧不發人浩歎！本詩除黃石公故事有仙趣，虎嘯、滄海、天地振動、碧流水等神仙語彙外；結句「蕭條徐泗」可與〈下江陵〉之「白帝彩雲」比擬，亦爲邱師燮友所稱之「仙氣」所在。李白對仙人黃石公似甚嚮往：「張良未逐赤松去，橋邊黃石知我心。」（〈扶風豪士歌〉）可爲佐證。

　　關於「天地皆振動」一語，王琦云：「吳舒鳧曰：『張良傳云：不愛黃金之資，爲韓報仇強秦，天下振動。太白正用此語，刻本改天地皆震動，天地何震動之有邪？』」筆者案：天下可震動，天地不可震動，此說似又陷入「科學」解詩或「文學」解詩的爭議。況且震／振意境有別，而「天地皆振動」似更副太白誇飾神趣。實則，「天下振動」是「史語」，「天地振動」是「詩語」，李白以詩語出之，正是其不同處。

　　　蟾蜍薄太清，蝕此瑤臺月。圓光虧中天，金魄遂淪沒。蟫
　　　蜒入紫微，大明夷朝暉。浮雲隔兩曜，萬象昏陰霏。蕭蕭
　　　長門宮，昔是今已非。桂蠹花不實，天霜下嚴威。沈嘆終
　　　永夕，感我涕沾衣。（〈古風五十九其二〉）

　　這是一首仙話與史實糾纏不清的古風體詩。詩人李白此處以縹緲閃爍之辭，輾轉成章，造成詩評家眾說紛紜〔註8〕。就詩言詩，本詩

〔註 8〕瞿蛻園等校注《李白集校注》，卷二，頁 95～97，楊齊賢、胡震亨、

以「蟾蜍薄太清，蝕此瑤臺月」起筆，從仙話傳說入手，以高格調的
比興筆法提領全局，詩人寄託興發的章旨主題依稀可見。蟾蜍即蝦
蟆，《淮南子·精神》：「日中有踆鳥，而月中有蟾蜍。」又曰：「日月
失其行，薄失無光。」〔註9〕瑤臺月，指玉石爲飾的月宮；薄太清，
謂侵入天空使日月無光。太白有「總爲浮雲能蔽日，長安不見使人愁」
語（〈登金陵鳳凰臺〉），正是此意。首聯提領之下，繼以行雲流水，
迤邐揮灑，舉凡圓光虧、金魄沒，無非蟾蜍入、浮雲隔。終至日月兩
曜痍其光輝，萬象萬物昏黯陰靄。

就詩言，詩人此處所指涉的，無非明／暗，是／非，正／邪，今
／昔，君子／小人而已。世事何時何地無之？這才是期使「寰區大定，
海縣清一」（〈代壽山答孟少府移文書〉）的詩人之所以「沈歎終永夕，
感我涕沾衣」的動因所在。

前引〈經下邳圯橋懷張子房〉及〈古風五十九其二——蟾蜍薄太
清〉，都是李白感懷哀傷類仙話詩。與感懷哀傷有鄰近關係的，是政
治諷喻詩。李白關心生民社稷，且神思敏銳，其政治諷喻方面的遊仙
詩篇什甚夥，試擷錄數章並酌加解析如次。

二、藉古諷今

> 登高丘，望遠海。六鼇骨已霜，三山流安在？扶桑半摧折，
> 白日沈光彩。銀臺金闕如夢中，秦皇漢武空相待。
>
> 精衛費木石，黿鼉無所憑。君不見驪山茂陵盡灰滅，牧羊
> 之子來攀登。盜賊劫寶玉，精靈竟何能？窮兵黷武今如此，
> 鼎湖飛龍安可乘？（〈登高山而望遠海〉）

這是一首以秦皇漢武爲譏諷對象的諷喻詩。諷秦皇漢武，實即藉
古諷今。起筆以「登高山，望遠海」直白扣題；正是遊仙詩的以「遊」
爲手段或資源的筆法。繼之以神仙傳說中的巨鼇負山、巨人釣鼇、扶

王琦、方東樹、沈德潛對本詩指涉各執一辭，瞿蛻園按語另有其說。
〔註9〕劉文典《淮南鴻烈集解》（臺北文史哲出版社 2003 年 10 月再版），
卷七，〈精神〉，頁 221。

桑摧折、銀臺金闕如夢等等，拆穿神仙傳說爲虛誕〔註10〕，而秦皇漢武乃空相待。以下精衛銜木石塡海、周穆王以黿鼉爲橋梁渡江，乃至秦皇漢武葬於驪山茂林雖精靈亦不能守，諸般神跡仙話皆不可信，連黃帝在鼎湖想乘龍登天也無龍可乘。詩評家稱本詩爲李白藉古諷今之作。王夫之稱：「後人稱杜陵爲詩史，乃不知此九十一字中有一部開元天寶本紀在內。」〔註11〕可與杜工部詩史比肩。筆者案：李白夢寐以求功成身退，然後過著與陶朱留侯浮戲五湖滄洲的神仙生活，似與本詩旨趣相悖；實則，在李白諸多遊仙詩中，亦時有自我陶醉或反覆矛盾者，以下將續作探索。

三、藉山水草木諷人世

　　以山水草木諷人世，見於安史亂前者，如〈橫江詞〉六首。據近人安旗、翁如慧等研究，〈橫江詞〉組詩六首，約作於天寶十二年（753）秋，詩人李白於前一年（752）十月間遊幽州（即范陽、漁陽，安史盤踞地）、薊門（即薊縣，今屬河北），目睹胡兒安祿山輩擁兵踞北疆，有所憂戚，作〈幽州胡馬客歌〉及〈出自薊北門行〉等詩寄懷。安史之亂始於天寶十四年（755）冬，天寶十二年秋，詩人李白遊長江兩岸一帶，至橫江浦地段，驚見山水形勢險惡，即景興發，喚起幽州、薊北陰影，及更前的「賜金放歸」夢魘，乃作〈橫江詞〉六首，一吐家國之思鬱悶。

　　　　人道橫江好，儂道橫江惡。一風三日吹倒山，白浪高於瓦

〔註10〕六龜負山故事見《列子‧湯問》，略謂：渤海東大海中有五山，神仙所居；因五山各不相繫，天帝恐其流失，使十五巨鼇戴之，其後龍伯國巨人釣走六鼇，焚其骨灰作占卜：六鼇所戴之二山遂沈沒北極海中。見嚴溟、嚴北溟《列子譯注》，（臺北：仰哲出版社1987年11月版），頁115～116。扶桑摧折故事見《山海經‧海外東經》及《海內十洲記》，略謂：扶桑樹在大海中，樹長數千丈，一千餘圍，兩幹同根相依，爲日所出處；銀臺金闕，王母、神仙所居，參見瞿蛻園等注《李白全集校注》卷四，頁284。

〔註11〕王學太校點《王夫之品詩三種‧唐詩評選》，（北京：文化藝術出版社1997年1月一版），頁21。

官閣。(〈橫江詞〉其一)

此爲〈橫江詞〉組詩六首的第一首，採江南民歌語調，「儂」即吳語「我」。誇飾是李白詩歌（尤其是遊仙詩）特色之一。翁如慧解稱，「一風三日吹倒山，白浪高過瓦官閣。」正似安祿山之勢，氣焰可掩過長安〔註12〕。此即以山水草木喻人世之例，也是李白預見安史必亂的佐證。

以山水草木諷喻人世，見於安史之亂後者，如〈上留田〉。

> 行至上留田，孤墳何崢嶸！積此萬古恨，春草不復生。悲風四邊來，腸斷白楊聲。借問誰家地，埋沒蒿裡塋？古老向余言，言是上留田。蓬科馬鬣今已平，昔之弟死兄不葬，他人於此舉銘旌。

> 一鳥死，百鳥鳴；一獸走，百獸驚。桓山之禽別離苦，欲去回翔不能征。

> 田氏倉卒骨肉分，青天白日摧紫荊。交讓之木本同形，東枝憔悴西枝榮。無心之物尚如此，參商胡乃尋天兵？孤竹延陵，讓國揚名。高風緬邈，頹波激清。尺布之謠，塞耳不能聽。(〈上留田〉)

這是一首史事諷喻詩。〈上留田〉，他處作〈上留田行〉，爲樂府舊題。歷來詩評家均謂本詩乃詩人諷喻肅宗不容永王璘而作〔註13〕。約作於至德二年（757）永王璘敗死後。就詩的體性言，屬樂府歌行體，雜言畸韻，流暢似口語。詩人舉孤墳蒼涼、桓山母鳥悲子分離、田眞兄弟三人析產、孤竹延陵讓國、淮南王尺布斗粟歌，及禽獸尚能相惜等人、樹、禽、獸諸例，諷喻肅宗不能容永王璘。前文提及李白從永王璘爲一大敗筆，或謂李白從璘事件，於〈樹中草〉、〈小人勸酒篇〉，皆有類似的諷喻意〔註14〕。

〔註12〕翁如慧〈論李白「橫江詞」之背後意涵——淺析藝術手法與儒道美學〉，（臺灣嘉義：南華大學《文學前瞻》第八期，2008 年 8 月），頁 61～71。
〔註13〕瞿蛻園等注《李白全集校注》卷三，頁 248～249。
〔註14〕瞿蛻園等注《李白全集校注》卷三，頁 247。

　　本詩引用神仙典實有二：一「青天白日摧紫荊」的「紫荊」引自南梁吳均撰《續齊諧記》，略謂：京兆田眞兄弟三人共議分財產，決將堂前紫荊樹截爲三片；明日往截，樹已枯死，眞大驚，謂諸弟曰，樹聞將分，所以憔悴。遂議不復截樹，樹應聲榮茂。兄弟相感，合財寶，遂爲孝門〔註 15〕。二爲「交讓之木本同形」，郁賢皓引任昉《述異記》卷上，略謂：黃金山有楠樹，一年東邊榮西邊枯，次年西邊榮東邊枯，年年如此，稱「交讓樹」〔註 16〕。

> 三十六離宮，樓臺與天通。閣道步行月，美人愁煙空。恩疏寵不及，桃李傷春風。

> 淫樂意何極？金輿向回中。萬乘出黃道，千旗揚彩虹。前軍細柳北，後騎甘泉東。

> 豈問渭川老，寧邀襄野童。但慕瑤池宴，歸來樂未窮。（〈上之回〉）

　　唐人政治諷喻詩，每借漢諷唐，如白居易〈長恨歌〉起句「漢皇重色思傾國」。本詩寫漢武帝淫樂、迷仙而疏於治國，實諷唐玄宗晚年逸樂貴妃誤國致亂。全詩分三段，首段言離宮三十六，天子恩寵難兼顧，徒使美人愁傷。次段寫天子千騎萬乘行樂於回中，淫樂無度。末段以質疑語，問天子遊樂途中是像周文王訪呂尚求治國，還是像黃帝問路於牧童？答案卻是天子只是嚮往周穆王當年與西王母宴樂於瑤池，歸來仍樂不可支。〈上之回〉，樂府舊題，舊作多歌頌漢武帝遊回中的勝事。

　　本詩引用史實寓言典有三：一爲「豈問渭川老」，即周文王訪姜尚故事；二爲「寧邀襄野童」，語出《莊子·徐无鬼篇》，略謂：黃帝至襄城之野，七聖皆迷，問途於牧馬童子，有問必答，問以治天下之道，答稱治天下就像牧馬一樣，去其害馬而已！黃帝再拜稽首，稱天師而退〔註 17〕；三爲「瑤池宴」，語出《列子·周穆王》，略謂：穆王

〔註15〕瞿蛻園等注《新譯李白詩全集》卷二，頁 115。
〔註16〕瞿蛻園等注《新譯李白詩全集》卷二，頁 115。
〔註17〕清·王先謙《莊子·徐无鬼》，頁 280。

升於崑崙之丘，遂賓於西王母，宴於瑤池之上〔註18〕。

　　就詩的體性言，本詩雖爲樂府詩，但頗具近體詩風貌：短短的五言十六句，即有八句四聯對偶，且工巧自然，平仄音韻亦多合律，看似未事雕飾，實則此正詩仙李白大過人處。

四、身在江湖・心懷魏闕

　　　　殷后亂天紀，楚懷亦已昏。夷羊滿中野〔註19〕，綠蔯盈高
　　　　門。比干諫而死，屈平竄湘源。虎口何婉孌？女媭空嬋媛。
　　　　彭咸久淪沒，此意與誰論。(〈古風其五十一〉)

　　詩人諷喻率出於苦口婆心，雖身在江湖，亦心繫魏闕。苦口婆心轉爲嚴辭斥責，正是愛之深的表現。李白本詩即是。全詩引史實及傳說強化諷喻旨趣，言之諄諄，以古警今，警誰？自是玄宗。所引史實包括：商紂王淫亂，比干強諫而遭剖心；楚懷王昏憒，竄屈平於湘源；屈平身陷虎口險境爲何尚眷戀故國，讓姊姊女媭委婉勸告落空？殷之賢大夫彭咸諫君不聽，早就投水死了。仙話傳說包括：古代傳說中的神獸夷羊，於今全流落在殷的牧野；〈離騷〉中諷詠的綠蔯惡草小人，於今卻塞滿朝廷。斑斑史實傳說，善／惡，君子／小人強烈對照，正是詩人李白殷殷之意。其實也是「虎口何婉孌」，白費心力。郁賢皓謂，這是李白〈古風〉中指斥玄宗最激烈的一首詩〔註20〕。實乃諷喻之極。瞿蛻園引蕭士贇語，謂此詩比興意濃，當作於開元二十八年（740），中書舍人張九齡被李林甫排擠貶死荊州之後〔註21〕。

　　就詩的體性言，本詩爲古風第五十一首，七言十句，一韻到底，

〔註18〕引見郁賢皓《新譯李白詩全集》卷三，頁185～186。又，《漢武帝內傳》亦記有武帝會西王母於漢宮的故事，《中國神話與類神話研究》，頁217～218。

〔註19〕瞿蛻園等注《李白集校注》，頁178，瞿蛻園「夷羊」注：《國語・周語》，商之興也，檮杌次于丕山，其亡也夷羊在牧。韋昭解，夷羊・神獸，牧，商郊牧野。(後世以夷羊喻賢者，李白本詩即用此意。)

〔註20〕郁賢皓《新譯李白詩全集》卷一，頁65。

〔註21〕瞿蛻園等注《李白集校注》卷二，頁179。

兩兩對偶，狀似排律，且繞著殷紂王、楚懷王二主角，反覆用典，是其特徵。

　　類此的詩，所在多有，如〈邯鄲才人嫁爲廝養卒〉詩末句云：「君王不可見，惆悵至明發。」〈北上行〉末句云：「何日王道平，開顏覩天光？」

第四節　遊仙求長生

　　尋仙是詩仙李白一生漫遊的生命主旋律，尋仙的目的無非出世超脫塵俗；「十五遊神仙，仙遊未曾歇。」（〈感興八首其五〉）漫遊尋仙以求長生，乃李白眾多遊仙詩中的重要主題之一，自不待言。他一生遊遍大唐天下，若干名山川澤不惜一遊再遊再再遊（參見附錄「李白遊踪與遊仙詩作一覽表」），試擷錄數首登臨遊仙詩作以例其餘。

一、登峨眉山

　　蜀國多仙山，峨眉邈難匹。周流試登覽，絕怪安可悉。青冥倚天開，彩錯疑畫出。泠然紫霞賞，果得錦囊術。

　　雲間吟瓊簫，石上弄寶瑟。平生有微尚，歡笑自此畢。煙容如在顏，塵累忽相失。儻逢騎羊子，攜手凌白日。（〈登峨眉山〉）

　　詩人李白於開元九年（721）遊成都（另有〈登錦城散花樓〉詩），開元十二年（724）出蜀，本詩當作於出蜀前。詩中除盛讚峨眉仙山舉世無匹外，並誇飾自己得以修道成仙之術云云。「微尚」一辭有逸趣，意謂，尋仙得道是我李白平生小小的嗜好。

二、遊太白山

　　太白何蒼蒼，星辰上森列。去天三百里，邈爾與世絕。中有綠髮翁，披雲臥松雪。不笑亦不語，冥棲在巖穴。我來逢真人，長跪問寶訣。粲然啟玉齒，授以鍊藥說。銘骨傳其語，竦身已電滅。仰望不可及，蒼然五情熱。吾將營丹

砂，永與世人別。(〈古風其五〉)

這是一首集現實與玄想於一體的遊仙詩。研究者稱可能初入長安失意後遊太白山之作。李白字太白，失意之餘遊太白山可能倍感親切。詩人擅長的誇飾語適時出現：登上離天僅三百里與世隔絕的太白山，遇到一位不笑不語的綠仙翁，在我李白長跪苦求下，竟粲然啓玉齒告訴我鍊丹藥的方法；我自是銘骨感謝，轉眼卻不見老仙翁。最後詩人決計營丹砂，不再跟世人打交道了。浮生／長生，形影糾結。

三、上蓮花山

西上蓮花山，迢迢見明星。素手把芙蓉，虛步躡太清。霓裳曳廣帶，飄拂昇天行。邀我登雲臺，高揖衛叔卿。恍恍與之去，駕鴻凌紫冥。俯視洛陽川，茫茫走胡兵。流血塗野草，豺狼盡冠纓。(〈古風其十七〉)

前兩首仙話十足可稱純遊仙詩。這一首不一樣：詩人也如夢似幻地上到仙鄉蓮花山了，也見到明星玉女了，玉女還手持蓮花，輕步從天空走過來，她穿著霓裳衣，曳著長長的衣帶，邀我跟她一同登上雲臺，去拜訪神仙衛叔卿；我恍恍惚惚去了，也駕著神鳥飛上紫雲天了。

上面這一大段依然是仙話眞說。接下來詩人變調了：我從高空俯視洛陽的山河，但見胡兵走來走去，人民被殺血流遍野，豺狼般的人都穿戴華衣做起高官了。筆者案：這一段涵意是，詩人即使成仙了，依舊是身在雲天，心繫魏闕：這就是矛盾的李詩仙。詩評家對本詩意旨多所臆說〔註22〕，恕筆者不採，筆者率直認爲，此即李白身在仙境、心繫黎民的詩。

四、望天台山

天台鄰四明，華頂高百越。門標赤城霞，樓棲滄島月。

憑高遠登覽，直下見溟渤。雲垂大鵬翻，波動巨鰲沒。風

〔註22〕瞿蛻園等注《李白集校注》卷二，頁131，有諷刺玄宗說，有寫安祿山入洛陽說，有以避亂遊仙說等等。

潮爭洶湧，神怪何翕忽。

觀奇跡無倪，好道心不歇。攀條折朱實，服藥煉金骨。安得生羽毛，千春臥蓬闕。(〈天台曉望〉)

本詩約作於開元十四年（726），詩人初遊剡中（剡溪一帶，今浙江嵊縣境），曉登天台山見奇景，煥發好道成仙之心，欲摘仙果，服金丹，羽化千載臥遊仙宮。

李白登覽遊仙之作，無不傾瀉其求長生情懷。如：〈登太白峯〉：「太白與我語，爲我開天關。」〈焦山杳望松寥山〉：「安得五綵虹，架天作長橋。」〈望廬山瀑布二首其一〉：「且諧宿所好，永願辭人間。」〈望廬山五老峯〉：「九江秀色可攬結，吾將此地巢雲松。」〈江上望皖公山〉：「待吾還丹成，投跡歸此地。」……不盡一一。

第五節　仙鄉樂土

李白是一位遊遍天下名山大澤的遊俠兼遊仙，頂著謫仙、詩仙、酒仙的美名，難免自我陶醉；又自幼五歲誦六甲，在蜀期間即與道士結交，十五歲時即「仙遊未曾歇」（〈感興八首其五〉）出蜀後執意仕進，期爲王者師使寰區大定、海縣清一，事君榮親之道畢，功成身退，浮戲五湖滄洲，度其自由自在的仙神生活；但理想歸理想，現實使其跌跌撞撞，很多遊仙詩即是跌撞下的豐碩美果。成仙長生，是他出世的終極理想，李白是智者，心知肚明其爲不可能的夢想妄想。因此，他的遊仙詩中便每每出現恍惚矛盾的意緒。不過，神仙寄身的仙鄉樂土，畢竟還是他夢寐嚮往的。遊仙詩中以仙鄉樂土爲書寫主題者，正復不少。

一、仙境仙居

元丹丘，愛神仙。朝飲潁川之清流，暮還嵩岑之紫煙，三十六峯長周旋。長周旋，躡星虹，身騎飛龍耳生風。橫河跨海與天通，我知爾遊心無窮。(〈元丹丘歌〉)

　　這是一首歌行體的仙境詩,以誇飾筆法描繪道友元丹丘所居處的生活環境與生活狀態,全是一片仙鄉仙居仙人蹤跡:朝飲潁川(今河南內黃境)清流,暮還嵩山(今河南登封北)紫煙;經常在三十六峯間,與星辰彩虹相周旋;他身騎飛龍,耳邊生風;橫河跨海,上與天通;詩人說:我知道(我也羨慕)你是想遨遊無窮的仙境,追求無窮的自由與快樂。寫景抒情,一揮而就。本詩引神仙典實多處,如「紫雲」,語出郭璞〈遊仙詩〉:「赤松臨上游,駕鴻乘紫雲。」「騎飛龍」,語出《雲笈七籤》卷六〈三洞品格〉:「昔黃帝登峨眉諧天皇眞人,請受此法,駕龍玄昇。」〔註23〕

> 我本楚狂人,鳳歌笑孔丘。手持綠玉杖,朝別黃鶴樓。五嶽尋仙不辭遠,一生好入名山遊。
>
> 廬山秀出南斗傍,屏風九疊雲錦張,影落明湖青黛光。金闕前開二峯長,銀河倒挂三石梁。香爐瀑布遙相望,廻崖沓嶂凌蒼蒼。翠影紅霞映朝日,鳥飛不到吳天長。登高壯觀天地間,大江茫茫去不還。黃雲萬里動風色,白波九道流雪山。
>
> 好爲廬山謠,興與廬山發。閑窺石鏡清我心,謝公行處蒼苔沒。早服還丹無世情,琴心三疊道初成。遙見仙人綵雲裡,手把芙蓉朝玉京。先期汗漫九垓上,願接盧敖遊太清。
>
> (〈廬山謠寄盧侍御虛舟〉)

　　這是另一首歌行體的仙境詩,所誇讚的是廬山神貌仙姿。寫作背景是詩人李白於流放遇赦後遊江夏一帶,再遊廬山,寫此詩贈好友盧虛舟。盧曾有〈通塘曲〉勝讚廬山之美贈李白,白有〈和盧侍御通塘曲〉。

　　本詩首段引《論語‧微子》楚狂接輿過孔門歌曰:「鳳兮鳳兮,何德之衰!」典實,詩人於此用一「笑」字,自非嘲笑譏諷,乃是以孔子遭遇對比自己,大材不遇,誠屬可笑可悲。而「五嶽尋仙不辭遠,

---

〔註23〕郁賢皓《新譯李白詩全集》卷五,頁328。

一生好入名山遊」，既彰顯詩人一生漫遊不已事跡，更揭示漫遊目的
在尋仙乃至叩仙成仙。起筆壯潤，提領全局。

　　次段末段以仙言神語歷寫廬山勝景，舉凡屏風九疊、影落明湖、
金闕前開，三疊泉瀑布與香爐瀑布，如銀河倒掛而遙遙相望，……最
後詩人說，他「遙見仙人綵雲裡，手把芙蓉朝玉京」，仙話眞說，不
但自我安慰一番，還願接好友盧侍御同遊天宮仙境。詩筆多係實景誇
寫，亦有神仙傳說介入，如末句「願接盧敖遊太清」，語出《淮南子·
道應》，略謂：「盧敖游乎北海，經乎太陰，入乎玄關，……見一士焉，
深目而玄鬢，淚注而鳶肩，……盧敖與之語曰：『……（敖）周行四
極，唯北陰之未闚。今卒睹夫子於是，子殆可與敖爲友乎？』……」
最後得到的回應是：你這個識淺的人，不知天高地厚，居然誇說周行
四極，算了吧，「吾與汗漫期于九垓之外，吾不可以久駐。」盧敖轉
身仰視，不見仙士，大失所望〔註24〕。仙話原意是仙士已與汗漫有約，
不肯（亦不屑）答應盧敖的請求。詩人在此反用典故，以仙士自居，
以盧侍御喻盧敖，謂我已與大神仙汗漫約會於九天仙境，樂意接盧侍
御同遊。九天仙境當然指的是廬山。見到仙人，持芙蓉朝玉京，一仙
話；說自己與神仙約於九垓之下，二仙話。

二、仙言仙語

　　　一鶴東飛過滄海，放心散漫知何在。仙人浩歌望我來，應
　　　攀玉樹長相待。堯舜之事不足驚，自餘囂囂直可輕。巨鼇
　　　莫戴三山去，我欲蓬萊頂上行。（〈懷仙歌〉）

鶴是中國人心目中的神鳥，有很多神話傳說《詩經·小雅》〈鶴鳴〉：
「鶴鳴于九皋，聲聞于野。……鶴鳴于九皋，聲聞於天。……」〔註25〕

〔註24〕劉文典《淮南鴻烈集解》，卷十二，〈道應〉，頁406～409。
〔註25〕《詩經·小雅·鶴鳴》，「鶴鳴于九皋，聲聞於野。魚潛在淵，或在
　　　　于渚。樂彼之園，爰有樹檀，其下維蘀。他山之石，可以爲錯。鶴
　　　　鳴于九皋，聲聞于天。魚在于渚，或潛在淵。樂彼之園，爰有樹檀，
　　　　其下維穀。它山之石，可以攻玉。」

《相鶴經》稱鶴爲陽鳥，生二年子毛落而黑毛易，三年頂赤羽翮，七年小變而飛薄雲漢，百六十年大變，不食生物，大毛落而茸毛生，乃潔白如雪；又百六十年變止而雌雄相視，目不轉則有孕；千六百年形定，飲而不食，與鸞鳳同群，胎化而產，爲仙人之麒麟矣〔註26〕。本詩首句「一鶴東飛過滄海」，暗用丁令威故事。《搜神後記》卷一略謂，傳說漢代遼東人丁令威，學道成仙化鶴歸來，落城門華表柱上，少年舉弓欲射，鶴飛，徘徊空中言曰：「有鳥有鳥丁令威，去家千里今始歸。城郭如故人民非，何不學仙塚累累。」

　　本詩意旨爲何，詩評家亦無定論〔註27〕。筆者姑以遊仙詩視之，起句「一鶴東飛過滄海」，仙話仙趣起筆；繼以「放心散漫」，恣意翱翔，描繪鶴的自由自在。接下來詩人現身：「仙人浩歌望我來。」我（詩人）自當「攀玉樹」、「長相待」，與仙人長相左右。接著說，天下大事如堯舜禪讓，事屬平常，不足驚奇；其餘小事，更不必囂囂嚷嚷，大驚小怪。最後詩人仙心念念不忘的是：拜託巨鼇不要把三山載去，因爲我要到蓬萊山頂上去遊覽。如此解讀，似亦文從字順，何須牽拖。試問詩仙李白於地下，以爲然否？

　　就詩的體制言，本詩七言八句，四句一韻，屬古風體。瞿蛻園分李詩爲三類，除古風五十九首、樂府一百四十九首外，餘概歸爲「近古體詩」。本詩爲近古體詩之一。既屬近古體，格律自不在意。

> 客有鶴上仙，飛飛凌太清。揚言碧雲裡，自道安期名。兩兩白玉童，雙吹紫鸞笙。去影忽不見，回風送天聲。舉首遠望之，飄然若流星。願餐金光草，壽與天齊傾。（〈古風其七〉）

〔註26〕引自唐·馬總編著《意林》卷六《相鶴經》，江蘇巡撫採進本，（臺北：新興出版社1960年出版）。

〔註27〕瞿蛻園等注《李白集校注》卷八：頁576～577；瞿蛻園引蕭士贇云：本詩爲太白冀復進用之作；朱諫云，語無倫次，意多牽強。郁賢皓《新譯李白詩全集》卷六，頁399～400：郁賢皓謂，本詩乃人對神仙世界的嚮往，實際上是對現實社會的絕望。

又見「鶴」蹤。李白仙詩中常出現鶴，除前詩與本詩外，尚有〈古風之二十八〉「君子變猿鶴」、〈遊太山六首其五〉「緬彼鶴上仙」等。本詩遊仙色彩鮮明：一位騎仙鶴的仙客，輕身飛上高空，在碧雲高呼「我是安期生」；身邊還有兩位顏如玉的仙童，吹著紫色鸞笙。接下來詩人說，轉眼不見他們了。最後說，我李白也願吃金光仙草，壽與天齊。坦然說出長生久視，壽與天齊，是本詩最誇飾的仙言仙語。李白深知長生不死決無可能，此處竟直白言之，自是「情語」〔註28〕。本詩引用神仙典實是安期生，語出《史記・封禪書》引李少君言，略謂：他曾遊海上見到仙者安期生，食大如瓜的巨棗，通蓬萊中，合則見人，不合則隱〔註29〕。

三、仙跡仙蹤

> 我有萬古宅，嵩陽玉女峯。長留一片月，掛在東溪松。爾去掇仙草，菖蒲花紫茸。歲晚或相訪，青天騎白龍。（〈送楊山人歸嵩山〉）

遊仙詩的仙鄉樂土，或在天上，或在蓬萊，或在桃源，或在山澤。本詩即後者，山澤中的仙鄉樂土。山澤中的仙鄉樂土第一要件是景美，第二要件是奇幻仙話傳說，第三要件是它恍惚存在。本詩即三者兼具。前四句既寫景美，兼寫恍惚存在。試思「萬古宅」設在嵩山玉女峯上，何等神奇！後四句全是仙跡仙蹤，詩人引用《神仙傳》及《抱朴子》中有關菖蒲傳說，謂食菖蒲可長生云云，並仙話眞說：歲晚時我（詩人）或會去拜訪閣下（楊山人），到時候閣下可能食菖蒲得道，騎白龍上青天去了。

> 四月上太山，石平御道開。六龍過萬壑，澗谷隨縈迴。馬跡遶碧峯，于今滿青苔。飛流灑絕巇，水急松聲哀。北眺崿嶂奇，傾崖向東摧。洞門閉石扇，地底興雲雷。登高望

〔註28〕王國維《人間詞話・刪稿第十》頁35：「昔人論詩詞，有景語、情語之別。不知一切景語，皆情語也。」

〔註29〕《史記卷二十八・封禪書第六》第二冊，頁358。

蓬瀛，想象金銀臺。天門一長嘯，萬里清風來。玉女四五
人，飄飄下九垓。含笑引素手，遺我流霞盃。稽首再拜之，
自媿非仙才。曠然小宇宙，棄世何悠哉。(〈遊太山六首其
一〉)

本詩爲詩人遊太山組詩六首中的第一首，也是一首山澤中的仙
鄉樂土遊仙詩。研究者推定爲天寶元年（742）四月底五月初，詩人
奉召入京供奉翰林之前作〔註30〕。依前文說，山澤仙鄉樂土須兼具
景美、奇幻仙話傳說及恍惚存在三要件，以觀本詩，太山即泰山，
古稱東嶽，在山東省中部，孔子登東山而小魯，登泰山而小天下〔註
31〕。太山之雄奇概可想見。以詩仙李白的仙心神目遊覽審視太山，
自是兼具景美等三要件的仙鄉樂土。本詩上半章，首聯示時間及由
御道登山，以下萬壑、澗谷、碧峯、飛瀑，及洞門開石扇、地底興
雲雷，勾勒出仙鄉美景兼奇幻傳說。下半章，仙女仙話「鮮」事合
盤呈現，玉女四五人飄然降臨，伸玉手送我（詩人）盛滿流霞（瓊
漿玉液）的玉杯；（仙女深知我酒仙矣）我叩頭拜領，媿非仙才。最
後詩仙神筆一轉：我雖非仙才，卻胸襟曠達，小視宇宙，鄙棄現實，
何其悠閒自由！

〈遊太山〉組詩六首，本詩其一。其二謂，飛仙羽人「遺我鳥跡
書」，是上古文字，讀不懂。其三謂，遇一仙童，「笑我晚學仙」，以
致蹉跎歲月，容顏衰老。其四謂，我在山中寫道經、誦道經，有了心
得，眾神就護衛我的形骸。其五謂，日觀峯千峯爭聚，駕鶴仙人來去
無蹤，總有一天我會遇到仙人安期生，共同在此煉成玉液。其六謂，
我在山中飲王母的仙水，聽仙人的笙歌，撫摸青天，採下匏瓜星，卻
不小心舉手撥弄到銀河，誤觸了織女機。

〔註30〕郁賢皓《新譯李白詩全集》卷六，頁 1063；瞿蛻園等注《李白集校
注》卷二十，頁 1160。

〔註31〕《孟子·盡心上》孟子曰：「孔子登東山而小魯，登泰山而小天下，
故觀於海者難爲水，遊於聖人之門者難爲言。」見邱師燮友等《新
譯四書讀本》,（臺北：三民書局 2006 年 1 月五版七刷），頁 614～615。

〈遊太山六首〉，詩仙李白藉太山實景幻化成他心目中的仙鄉樂土。此時李白四十二歲，仕進無路，登太山，或即「五嶽尋仙不辭遠」，追逐仙鄉樂土的旅程之一

> 久臥名山雲，遂爲名山客。山深雲更好，賞弄終日夕。月銜樓間峯，泉漱階下石。素心自此得，眞趣非外借。鼪啼桂方秋，風滅籟歸寂。緬思洪崖術，欲往滄海隔。雲車來何遲，撫己空歎息。（〈日夕山中忽然有懷〉）

所謂「忽然有懷」，是否如「靜夜思」，不期而遇，妙筆偶得？其實仕進／成功身退／遊仙／自由自在，對詩仙酒仙謫仙李白來說，彷彿魔咒纏身，如影隨形，無時無所不在。本詩首四句寫詩人自己居仙鄉，日夕遊賞；接下來六句續寫仙鄉景物：月銜樓、泉漱石、鼪啼桂、風滅籟，並表白自己享此仙境樂趣，乃素願本有，未假藉外力。以上十句，詩人以實景幻爲仙境，詩人仍嫌不足。最後四句抒發心脾素願：我眞想赴滄海習神仙術，爲何接我的雲車還不來！

實景的山澤樂土，未能饜足詩人遊仙成仙的宿願；天界蓬萊又遙不可及，正是本詩透露的詩人哀怨失望情懷。本詩引用神仙傳說有二，一爲「洪崖術」，語出郭璞〈遊仙詩〉〔註32〕；一爲「雲車」，語出曹植〈洛神賦〉〔註33〕。

四、將信將疑

> 黃帝鑄鼎於荊山，鍊丹砂。丹砂成黃金，騎龍飛上太清家。
> 雲愁海思令人嗟。宮中綵女顏如花，飄然揮手凌紫霞，從

〔註32〕李善注《昭明文選》，（臺北：河洛出版社 1975 年 5 月臺景印初版）卷二十一，頁 460～464，郭璞〈遊仙詩〉：「左挹浮丘袖，右拍洪崖肩。」李善注引《神仙傳》：「衛叔卿與數人博，其子度曰：『向與博者爲誰？』叔卿曰：『是洪崖先生。』」劉良注：「浮丘、洪崖，並仙」。

〔註33〕同前注，《昭明文選》卷十九，頁 401～405，曹植〈洛神賦〉（《新譯李白詩全集》頁 1288 誤爲〈洛陽賦〉）：「載雲車之容裔。」李善引《博物志》：「漢武帝好道，西王母七月七日漏七刻，王母乘紫雲車來。」

風縱體登鸞車。登鸞車，侍軒轅。遨遊青天中，其樂不可言。（〈飛龍引二首其一〉）

鼎湖流水清且閑，軒轅去時有弓劍，古人傳道留其間。後宮嬋娟多花顏，乘鸞飛煙亦不還，騎龍攀天造天關。造天關，聞天語，屯雲河車載玉女。載玉女，過紫皇，紫皇乃賜白兔所擣之藥方。後天而老凋三光。下視瑤池見王母，蛾眉蕭颯如秋霜。（〈飛龍引二首其二〉）

〈飛龍引〉二首，瞿蛻園注云，李白藉黃帝上昇爲言，乃遊仙詩也。黃帝成仙昇天，自是仙話傳說，《史記·封禪書》載，黃帝採首山銅，鑄成鼎，有龍垂鬍下迎黃帝，黃帝上騎，群臣後宮從上者七十餘人，餘小臣不得上，悉持龍鬍，龍鬍墮，墮黃帝之弓，百姓乃抱其弓與龍鬍大號〔註34〕。這是傳說原貌，詩人於傳說之外多所誇飾。有些詩句如何解讀，悉憑己見。例如第一首的「宮中綵女顏如花，飄然揮手凌紫霞」，第二首「後宮嬋娟多花顏，乘鸞飛煙亦不還」。郁賢皓解爲宮中綵女也都追隨黃帝，飄然昇天了。筆者姑妄解之爲，黃帝兀自飄然昇天，不戀眷人間，毅然與宮女乃至一切世事揮別。如此轉折，或更增如許仙趣。

以上似無關緊要。重要的是第二首最後四句：紫皇白兔所擣的藥賜給黃帝，黃帝服後壽比日月星還久長；大大誇飾神丹妙藥效力之餘，卻結出一句極堪玩味的話：「下視瑤池見王母，蛾眉蕭颯如秋霜。」王母即西王母，西王母多變：《山海經·西山經》稱，西王母居玉山，其狀如人，豹尾虎齒而善嘯，即半人半獸的神物；《漢武內傳》稱，西王母爲一年可三十許容顏絕世的靈人〔註35〕；到李白筆下，西王母已「蛾眉蕭颯如秋霜」。王母多變，才識淵博的李白當然知道，因此才於此處說她秀美的蛾眉已變爲「蕭颯如秋霜」了。他以如此悲筆作結，是否意謂：連天神王母都會變老，當然也會死去，則所謂黃帝昇

〔註34〕《史記卷二十八·封禪書第六》，第二冊，頁331。

〔註35〕傅師錫壬《中國神話與類神話研究》，頁46～47。

天，黃帝壽過日月星，寧不將信將疑？至此，他那「五嶽尋仙不辭遠」夢寐以求的長生久視，旨趣和信心是否亦傾斜動搖了？就詩言，本詩運用頂眞格，益增婉轉詩趣，乃一特色。

　　借此爲「鄉仙樂土」此一主題試姑妄作結：浪漫詩人李白所追逐的，長生久視乃虛懸的指標；自由自在，無拘無束的仙鄉樂土生涯才是他的眞實嚮往。

第六節　神祇異物

　　詩仙李白遊仙詩以神祇異物爲主體或主題者，亦復不少。詩人下筆琳瑯，天上人間地下，天神地祇人鬼物魔妖怪等等，似悉聽李白差遣，隨其詩筆揮灑而現身。試粗略觀之，李白遊仙詩中最常出現的神祇異物，主要者如下表（附色彩運用及金玉辭彙）：

神祇神人	巫山神女、楚王、高唐、湘君、舜、羲和、羿、黃帝、嫦娥、麻姑、王母、周穆王、漢武、王喬、弄玉、女媧、玉皇、玉帝、天帝、安期、盧敖、汗漫……
神禽神獸	龍、鳳、鶴、螭、陽烏、蟾蜍、大鵬、白兔、蟾、鯤鯨、鯨鯢、青鳥、鰲、精衛、八駿……
神地神物	蓬萊、蓬丘、瀛洲、太清、玉京、瑤臺、瑤池、扶桑、陽烏、紫微、蒼梧、桃源、南溟、太山、荊山、鼎湖、滄海、滄洲、虹蜺、龍劍、雄劍、雲車……
色彩運用	除一般常用的青、綠、白、黃等色外，對紫色似有偏好，如紫陽眞人、紫陽客、紫陽賓、紫烟客、紫皇、紫微、紫河車、紫宮、紫鱗、紫氣、紫殿、紫煌、紫輧、紫泥……
「金」字辭彙	金人、金丹、金液、金闕、金氣、金經、金壺、金樽、金天、金藥、金輿、金鞍、金鼓、金屋、金宮、金鞭、金丸、金花、金華、金牛、金仙、金章紫綬、金玉滿堂……
「玉」字辭彙	玉女、玉人、玉齒、玉手、玉琴、玉階、玉梯、玉盃、玉童、玉皇、玉色、玉宇、玉樓、玉盤、玉壺、玉鑾、玉疊、玉顏、玉篇、玉潭、玉京、玉斗、碧玉、饌玉、群玉山頭、玉眞山人……

一、神物

李白遊仙詩中每有神物出現，而且神物有多種面貌與奇幻神功。
例如：

> 蟾蜍薄太清，蝕此瑤臺月。圓光虧中天，金魄遂淪沒。蝃
> 蝀入紫微，大明夷朝暉。(〈古風其二〉)

蟾蜍即蝦蟆，能侵入天空，蝕損仙宮明月。蝃蝀即虹霓，能侵入
紫微宮，令太陽失去晨間光輝。

又如：

> 殷后亂天紀，楚懷亦已昏。夷羊滿中野，綠葹盈高明。(〈古
> 風其五十一〉)

夷羊即傳說中的神獸，此處喻賢人，竟被棄置於荒野；綠葹即惡草，
此處喻小人，居然遍布朝廷。

又如，李白遊仙詩中常以大鵬自居，病歿前的〈臨路歌〉猶以大
鵬未能高飛為憾。〈大鵬賦〉更是一篇具代表性的巨構。鵬為神物。
賦與詩，皆韻文。李白〈大鵬賦〉前有「序」，起筆最見李白心中的
自我形象與自我期許：「余昔于江陵，見天台司馬子微，謂余有仙風
道骨，可與神游八極之表。因著大鵬希有鳥賦以自廣。……」

本賦神言仙語充斥全篇，氣勢磅礴，文采瑰麗。使用神仙語彙達
二十餘處，不僅發揮了神仙典故功能，更使全篇賦文成為神言仙語的
奇妙組合〔註36〕。

賦文共分六段，前五段極力誇飾大鵬之大、之強、之逍遙、之
無往而不驚天動地。值得玩味的是第五段最後卻謂：「不驚大而暴
猛，每順時而行藏。」詩人李白於極度誇飾大鵬之大、強、逍遙、
驚天動地之餘，乃轉以道家無爭無為、順時行藏，稱許大鵬之知分
守本。此處似可見李白的人／神襟度。有趣的是，最後第六段，詩
人筆下忽然標舉出一隻巨大與鵬不相上下的「希有鳥」，願與大鵬為
友而同遊同翔，大鵬也「許之」而「欣然相隨」。王琦云：太白蓋以

〔註36〕傅師錫壬《中國神話與類神話研究》，頁216。

鵬自比，以希有鳥比司馬子微〔註37〕。司馬子微即司馬承禎，開元間修道有成者，初見李白即稱其有「仙風道骨」；包括玄宗在內，時人多視子微爲神仙之屬〔註38〕；此所以大鵬李白樂與希有鳥比翼翱翔也。

二、神魚

　　北溟有巨魚，身長數千里。仰噴三山雪，橫吞百川水。馮凌隨海運，炟赫因風起。吾觀摩天飛，九萬方未已。(〈古風其三十三〉)

　　這是一首以神物巨魚爲主體與主題的遊仙詩。就詩的體制言，頗似五律；尤其頸頷兩聯爲對偶句。詩人信手揮來，隨興之筆每見佳構。本詩似爲《莊子‧逍遙遊》：「北溟有魚，其名爲鯤」的詩歌化〔註39〕。但詩人並不甘心照莊生之單全收，末聯「吾觀摩天飛，九萬方未已」，意謂我(詩人)親眼看到此神魚摩天高飛，而且飛了九萬里尚未停止，比莊生的鯤飛得更久更遠。他何以能目擊，自是仙遊的收穫，更是遊仙詩的仙筆仙語。

三、神鳥

　　鳳凰是中國人自古以來視爲神鳥靈物，楚狂接輿譏孔子爲失時的鳳凰(《論語‧微子》)。李白稱「我本楚狂人，鳳歌笑孔丘」(〈廬山謠寄盧侍御虛舟〉)，比附自己亦如孔子之不見用於時；因此李詩仙除偶爾譽人爲鳳凰，如稱瑕丘王少府「皎皎鸞鳳姿」，稱宣城崔太守「鳴鳳託高梧」等外；以鳳凰自喻的篇什更多達近二十章，試舉數章如次。

　　鳳飛九千仞，五章備綵珍。銜書且虛歸，空入周與秦。橫

〔註37〕《李白集校注》卷一，頁13。
〔註38〕《李白集校注》卷一，頁13。
〔註39〕《莊子‧逍遙遊》頁51：「北溟有魚，其名爲鯤。鯤之大，不知其幾千里也；化而爲鳥，其名爲鵬。鵬之背，不知其幾千里也。怒而飛，其翼若垂天之雲。

絕歷四海，所居未得鄰。吾營紫河車，千載落風塵。……
志願不及申。……（〈古風其四〉）

郁賢皓稱本詩約作於天寶十四年（755），李白已五十五歲，以不得高飛的鳳凰自悲自歎〔註40〕。

鳳飢不啄粟，所食唯琅玕。焉能與群雞，刺蹙（他處作蹩
促）爭一餐（他處作飱）？朝鳴崑坵樹，夕飲砥柱泉。……
（〈古風其四十〉）

蕭士贇稱爲太白自比之作〔註41〕。鳳凰雖飢，亦不致飢不擇食而與群雞爭餐。

……鳳皇（他處作鳥）鳴西海，欲集無珍木。鸒斯得所居，
蒿下盈萬族。……（〈古風其五十四〉）

郁賢皓稱本詩喻賢人在野，小人呼朋引類而居高位，約作於天寶末〔註42〕。賢人，自是李白自喻。

竹實滿秋浦，鳳來何苦飢？還同月下鵲，三繞未安枝。……
（〈贈柳圓〉）

郁賢皓稱本詩當爲天寶十四年（755）作，詩中以鳳凰自喻〔註43〕。曹操〈短歌行〉：「月明星稀，烏鵲南飛。繞樹三匝，何枝可依？」李詩或本此。

……孤鳳向西海，飛鴻辭北溟。（〈聞李太尉大舉秦兵百萬
出征東南懦夫請纓冀申一割之用半道病還留別金陵崔侍御
十九韻〉）

鳳、鴻，古皆視爲神鳥靈物。此處詩人李白自喻。本詩全文十九韻，未便全錄。原委爲：肅宗上元二年（761），太尉李光弼統軍百萬出征安史巢穴之燕趙，時年六十一歲的李白，謙稱「懦夫」，請纓投效，中途因病返當塗族叔李陽冰處，次年病故。

〔註40〕《新譯李白詩全集》卷一，頁 10。
〔註41〕《李白集校注》卷二，頁 164。
〔註42〕《新譯李白詩全集》卷一，頁 68。
〔註43〕《新譯李白詩全集》卷八，頁 541。

四、飢鳳孤凰

鳳凰素稱百鳥之王，孔子曾歎：「鳳鳥不至，河不出圖，吾已矣夫！」(《論語‧子罕》) 李白以鳳凰自喻或譽人的詩常見；且常以「雞」為鳳凰的對立面。自喻為鳳凰的李白，一生仕進坎坷，致百鳥之王的鳳凰經常為徬徨無依的飢鳳孤凰，也始終未找到棲身的梧桐。鳳凰神鳥的身影美德，《山海經‧南山經》：「其狀如雞，五采而文，名曰鳳凰；首文曰德，翼文曰義，背文曰禮，膺文曰仁，腹文曰信；是鳥也，飲食自然，自歌自舞，見則天下安寧。」〔註44〕許慎《說文》：「鳳，神鳥也。鳳之像也，麐前鹿後，蛇頸魚尾，龍文龜背，燕頷雞喙，五色備舉；出於東方君子之國，翱翔四海之外，過崑崙，飲砥柱，濯羽於弱水，莫（暮）宿於風穴；見則天下大安寧。」〔註45〕看來，鳳凰可謂最「儒」的儒鳥了。鴻，《說文》：「鴻，鵠也，一名黃鵠，一舉千里之大鳥也。」〔註46〕如此諸德兼備，一舉千里的儒鳥神鳥，詩仙李白引以自喻，良可理解。

可惜的是，綜觀李白鳳凰或鴻鵠自喻詩，幾乎都是徬徨失措的飢鳳孤凰悲鴻，這自與他一生仕進坎坷有關。因此，這類遊仙詩或可名為另類「詩史」。

小結

本章〈李白遊仙詩主題〉，這是詩仙酒仙兼遊仙的李白，以「遊」為書寫手段和資源，以「仙」書寫主題和意念，藉以寄託興發其情懷的遊仙詩之一部分，即以主題為視角的遊仙詩。本章分為目標與前提、理想與現實、哀傷與諷喻、遊仙以求長生、仙鄉樂土、神祇異物

〔註44〕李潤英等注譯《山海經南山經》，（湖南：長沙岳麓書社 2006 年 5 月一版一刷），頁 24。

〔註45〕許慎著，段玉裁注《說文解字》，（臺北：漢京文化公司 1980 年 3 月初版），四篇上，頁 149～150。

〔註46〕許慎著，段玉裁注《說文解字》，（臺北：漢京文化公司 1980 年 3 月初版），四篇上，頁 153。

等六主題，各擷錄詩人相關遊仙詩作粗淺探索，藉窺一斑。章末附示意簡表以明梗概。

表五　第五章〈李白遊仙詩主題〉示意簡表

節次	主題	內容摘要	備注
第一節	目標與前提	一、目標——出世 〈古風其四十一——朝弄紫泥海〉 二、前提——入世 〈古風其三十八——孤蘭生幽園〉、 〈古風其四十一——鳳飢不啄粟〉	
第二節	理想與現實	一、理想——高期許 〈古風其五十九——大雅久不作〉、 〈上李邕〉 二、現實——高失落 〈短歌行——白日何短短〉 三、失落——百折不撓 〈梁甫吟〉、〈行路難三首其一〉	
第三節	哀傷與諷喻	一、弔古興感 〈經下邳圯橋懷張子房〉、〈古風其二——蟾蜍薄太清〉 二、藉古諷今 〈登高山而望遠海〉 三、藉山水草木諷人世 〈上留田〉、〈上之回〉 四、身在江湖、心懷魏闕 〈古風其五十一——殷后亂天紀〉	
第四節	漫遊尋仙求長生	一、登峨眉山——蜀國多仙山 二、遊太白山 〈古風其五——太白何蒼蒼〉 三、上蓮花山 〈古風其十七——西上蓮花山〉 四、望天台山——〈天台曉望〉 五、其他	

| 第五節 | 仙鄉樂土 | 一、仙境仙居
　　〈元丹丘歌〉、〈廬山謠寄盧侍御虛舟〉
二、仙言仙語
　　〈懷仙歌〉、〈古風其七——客有鶴上仙〉
三、仙跡仙蹤
　　〈送楊山人歸嵩山〉、〈遊太山六首其一〉、〈日夕山中忽然有懷〉
四、將信將疑
　　〈飛龍引二首〉 | |
| 第六節 | 神祇異物 | 一、神物〈大鵬賦〉
二、神魚〈古風其三十三——北溟有巨魚〉
三、神鳥
　　〈古風其四——鳳飛九千仞〉、〈古風其四十——鳳飢不啄粟〉、〈古風其五十四——鳳皇鳴西海〉
四、飢鳳孤凰
　　鳳凰鴻鵠／飢鳳孤凰悲鴻 | 《山海經》、《說文》中的鳳凰、鴻 |

第六章　李白遊仙詩類型

　　李白千餘首詩多元多態，二百餘首遊仙詩，出自〈古風〉與〈樂府〉者居多數，上一章遊仙詩主題，擷錄三十餘首遊仙詩多出自〈古風〉及〈樂府〉，可佐證。本章續就其遊仙詩類型作探究，概分為贈送酬答、遊賞行役、吟詠頌讚、怨懟感懷四類型，試作管窺如次。

第一節　贈送酬答

　　李白詩集中贈送酬答詩所占篇什頗多，其中以遊仙詩型態展現者亦復不少。這類詩中出現的人事時地，每多引用歷史神仙典實，以美化詩歌形色，寄託興發詩人情懷，意到筆隨，各盡其旨趣，具見詩仙李白才識心識意向。

一、贈修道人士

　　二室凌青天，三花含紫煙。中有蓬海客，宛疑麻姑仙。道在喧莫染。跡高想已綿。時餐金鵝藥，屢讀青苔篇。

　　八極恣遊憩，九垓長周旋。下瓢酌潁水，舞鶴來伊川。還歸空山上，獨拂秋霞眠。蘿月掛朝鏡，松風鳴夜弦。潛光隱嵩嶽，鍊魄棲雲幄。霓衣何飄飄，鳳吹轉綿邈。

　　願同西王母，下顧東方朔。紫書儻可傳，銘骨誓相學。（〈贈嵩山焦鍊師・并序〉）

　　本詩前有序。李詩有序者不常見。序略謂：嵩丘有神人焦鍊師者，不知何許婦人也。云生於齊梁時，其年貌可五六十，常胎息絕穀，遊行若飛，倏忽萬里；余訪道少室，盡登三十六峯，乃聞風遙寄云云。以序言強化本詩中神仙人物的真實性，似以詩筆作史筆用，乃詩人妙筆。全詩勝寫焦鍊師神貌神蹤神跡及神仙生活，旨在證驗其真實性。據瞿蛻園引今人詹鍈云：《太平廣記》卷四四九焦鍊師條，唐開元中焦鍊師修道有成，李頎、王昌齡、錢起等，皆有詩作記其人其事〔註1〕。就詩的主題言，此固亦仙鄉樂土之作，但最終目的落在末段：詩人稱，願效偷食西王母蟠桃的東方朔，追隨焦鍊師修道成仙。李白心心念念修道成仙，過其自由自在、乘龍御雲的神仙生活，此乃贈詩寓意。

　　黃山四千仞，三十二蓮峯。丹崖夾石柱，菡萏金芙蓉。

　　伊昔升絕頂，下窺天目松。仙人鍊玉處，羽化留餘蹤。亦
　　聞溫伯雪，獨往今相逢。採秀辭五嶽，攀巖歷萬重。歸休
　　白鵝嶺，渴飲丹砂井。鳳吹我時來，雲車爾當整。

　　去去陵陽東，行行芳桂叢。迴巒十六度，碧嶂盡晴空。他
　　日還相訪，乘橋躡彩虹。（〈送溫處士歸黃山白鵝峯舊居〉）

　　吳江女道士，頭戴蓮花巾。霓裳不濕雨，特異陽臺神。足
　　下遠遊履，凌波生素塵。尋僊向南岳，應見魏夫人。（〈江
　　上送女道士褚三清遊南岳〉）

　　這兩首都是贈送詩。第一首送溫處士歸黃山白鵝峯舊居，郁賢皓稱，黃山原名黟山，天寶六年（747）改名黃山，此詩當是李白第一首寫黃山詩。黃山有諸多傳說，相傳浮丘公曾煉丹峯頂，經八甲子丹成，黃帝服七粒，不藉雲靄，昇空遊戲。詩送溫處士歸舊居，舊居在黃山絕頂，比當年浮丘公的煉丹峯還高；並對溫處士往日和今後的行蹤稱道推測一番，最後回到詩人自己：今後我（詩人）將時常吹著鳳笙來訪，閣下當駕雲車相迎〔註2〕。

〔註1〕瞿蛻園等校注《李白集校注》，卷九，頁657。
〔註2〕郁賢皓《新譯李白詩全集》，卷十三，頁842～845。

　　第二首送江上女道士遊南岳，郁賢皓稱，吳江女道士名褚三清，事蹟不詳。瞿蛻園引今人詹鍈云，送別處當去金陵不遠。本詩送別，除稱美被送的女道士神采、異質、遊蹤外；結語是女道士遊南岳，旨在尋仙，一定會遇到如魏夫人的仙人。以此為結，既為本詩增益仙趣，亦是回歸贈送詩的本位。值得尋思的是，本詩詩人置身事外，與前二詩（〈贈嵩山焦鍊師〉及〈送溫處士歸黃山白鵝峯舊居〉）詩人均涉入詩境不同；足徵詩仙筆參造化，決無成跡定式。有趣的是，詩人以「應見魏夫人」作結，魏夫人何許人？詩人此處曳出魏夫人何意？據郁賢皓引《太平廣記》傳五十八〈南岳魏夫人傳〉有一段頗傳奇的神話〔註3〕。詩人意謂，屆時褚三清女道士一定會遇到魏夫人，魏夫人一定會教授她成仙。詩人匠心獨運，字無虛發。言外之意似是，我今以詩相送，情誼深厚，存備留念。

> 朝飲蒼梧泉，夕棲碧海煙。寧知鸑鳳意，遠托椅桐前。
>
> 慕藺豈曩古，攀嵇是當年。愧非黃石老，安識子房賢？
>
> 功業嗟落日，容華棄徂川。一語已道意，三山期著鞭。蹉跎人間世，寥落壺中天。獨見遊物祖，探玄窮化先。何當共攜手，相與排冥筌。（〈贈饒陽張司戶璲〉）
>
> 我昔東海上，勞山餐紫霞。親見安期公，食棗大如瓜。
>
> 中年謁漢主，不愜還歸家。朱顏謝春輝，白髮見生涯。所期就金液，飛步登雲車。願隨夫子天壇上，閒與仙人掃落花。（〈寄王屋山人孟大融〉）

　　上面二詩同為贈送類詩，第一首略以倖識張司戶，本希相與提攜；自己卻功業未就，蹉跎世間；但願有一天能攜手超脫凡塵、遠離羈絆。第二首起筆幻景實寫，謂早年曾親見仙人安期生；次段述中年

〔註3〕《新譯李白詩全集》卷十四，頁935。〈南岳魏夫人傳〉略謂：魏夫人，任城人，幼而好道，靜默恭謹，志慕神仙，吐納氣液，攝生夷靜，住世八十三年，晉成帝咸和九年，歲在甲午，太乙玄仙遣飆車來迎，夫人乃託劍化形而去；奉派為上真司命南岳夫人，比秩仙公，治天台大霍山洞臺中，主下訓奉道，教授當為仙者云云。

供奉翰林被譖放還,轉思飲金液成仙;末二句扣題,願隨孟大融同隱天壇,閑掃落花。此二詩有一共同點:詩人不但自己想成仙,且希望與對方一起成仙。仙心／交誼,一體到位。

李白佛道儒兼容並修,贈修道人士的遊仙詩篇什多首。

> 昔在朗陵東,學禪白眉雲。大地了鏡徹,迴旋寄輪風。攬彼造化力,持為我神通。
>
> 晚謁太山君,親見日沒雲。中夜臥山月,拂衣逃人群。……
> 虛舟不繫物,觀化遊江濆。
>
> ……何日更攜手,乘杯向蓬瀛。(〈贈僧崖公〉)

本詩約作於天寶十二、十三年(753、754),前段詩人縷敘學禪仙遊事跡,第三段寫僧人崖公道行,末段結句點明欲與崖公乘杯渡仙境蓬萊、瀛洲,乃贈詩旨趣,亦太白終身嚮往。

> 水客凌洪波,長鯨湧溟海。……了心何言說,各勉黃金軀。
>
> (〈贈僧朝美〉)

本詩作年不詳。詩人於結句稱,彼此了然於心的是,各自珍重。

試觀李白贈修道人士的遊仙詩,書寫背景既不同,贈詩動機旨趣亦各各不同,此乃天才李白不同凡響處。

二、酬答情誼

> 月出魯城東,明如天上雪。……
>
> 我昔辭林丘,雲龍忽相見。……
>
> 爾來得茂彥,十葉仕漢餘。身為下邳客,家有圯橋書。……
>
> 與君各未遇,長策委蒿萊。寶刀隱玉匣,鏽澀空莓苔。遂令世上愚,輕我土與灰。一朝攀龍去,蠖黿安在哉。故山定有酒,與爾傾金罍。(〈酬張卿夜宿南陵見贈〉)

郁賢皓謂,此詩當為天寶五年(746)在東魯作,是回應張卿夜宿南陵相贈的酬答詩[註4]。全詩分四段,為減省篇幅,未全錄。首段想

〔註4〕《新譯李白詩全集》卷十五,頁1012。

像張卿夜宿南陵景象；次段寫自己供奉翰林及放還歸隱；三段稱美張卿有如張良、傅說，終當仕進用世。以上敘事。最後一段抒情，乃本詩主旨：我二人都是有長策如被棄的野草，如被閒置匣中任其生鏽生苔的寶劍，被愚人輕視如塵土；但一朝攀龍得用，那班如黿鼉（蝦蟆）的愚人將何在？來吧，故鄉山上一定有酒，我二人盡情暢飲吧！既寬慰對方，亦寬慰自己。仕進／失意／求仙／再起……一線繚繞，似即詩仙詩狂李白的人生宿命。本詩引用歷史典實如「客星動太微」的嚴子陵、漢光武故事，下邳圯橋的張良、黃石公故事等，都用得很得體。

> 太華三芙蓉，明星玉女峯。尋仙下西岳，陶令忽相逢。
>
> 問我將何事，湍波歷幾重？貂裘非季子，鶴氅似王恭。謬忝燕臺召，而陪郭隗蹤。水流知入海，雲去或從龍。
>
> 樹繞蘆洲月，山鳴鸛鶴鐘。還期如可訪，台嶺陰長松。（〈江上答崔宣城〉）

這是一首遊仙贈答。約為至德元年（756）李白五十六歲由華山南下避安史亂時作。詩人首段寫尋仙遊蹤，次段寫崔問李答，末段寫終極目標是隱居台嶺即天台山的長松下。「還期如可訪，台嶺陰長松。」才是詩人最後的回答。

> 清水見白石，仙人識青童。安陵蓋夫子，十歲與天通。……學道北海仙，傳書藥珠宮。丹田了玉闕，白日思雲空。
>
> 為我草真籙，天人慚妙工。七元洞豁落，八角輝星虹。三災蕩璇璣，蛟龍翼微躬。舉手謝天地，虛無齊始終。黃金獻高堂，答荷難克充。下笑世上事，沉魂北羅酆。甘日萬乘墳，今成一科蓬。贈言若可重，實此輕華嵩。（〈訪道安陵遇蓋寰為予造真籙臨別留贈〉）

本詩為詩人李白答謝安陵遇蓋寰造真籙相授的詩，傳道籙、受道籙、誦讀修持道籙，為修道首務。李白夢想長生久視，多次隱居受道籙，但似乎與塵緣難割難捨，杜甫說他「未就丹砂愧葛洪」〔註5〕。

〔註5〕杜甫〈贈李白〉：「秋來相顧尚飄蓬，未就丹砂愧葛洪。痛飲狂歌空

似即此意。試品閱本詩，亦略見詩人心臆轉側，首段盛讚蓋寰為仙童、神童，十歲能與天通，並曾學道於北海仙人高如貴，得其真傳，白天即可凌空飛昇。次段感激蓋寰為他草真籙，讓他除三災，並有蛟龍護持他身體飛昇而與虛無同死生：滿堂黃金亦難答謝此等高誼盛情。詩筆至此，似可了結了。但詩人脾臆未盡：一語「下笑世上事」，天上／世間，仙鄉／鬼域，高下立判；馴至昔日萬乘之君之墳墓，於今亦長滿蓬蒿。這其中蘊含何等悲歡與諷喻，他究竟相信／懷疑／譏諷成仙不死……惟詩人自知，甚至連詩人自己也未必能說清楚、道明白。

第二節　遊賞行役

　　李白世稱詩仙、謫仙、酒仙，當之無愧。看他浮遊天下，「五嶽尋仙不辭遠，一生好入名山遊」（〈廬山謠寄盧侍御虛舟〉）的旅遊史和不屨不倦精神，贈他一個「遊仙」，似亦無不可。他登山涉水，行役四海，遨遊的里程比誰都多固不待言；更特別的是，許多名山勝境他竟一遊再遊，而且走到哪裡，記遊記行的詩就寫到哪裡。他的遊賞行役詩篇獨多，加上他神思浩渺，尋仙訪仙友仙，甚至誇稱他曾與仙女仙童仙翁如何交往云云，神話仙話連篇：這就是李白遊賞行役類遊仙詩的鮮活背景。

一、夢遊天姥

> 海客談瀛洲，煙濤微茫信難求。越人語天姥，雲霓明滅或可覩。
>
> 天姥連天向天橫，勢拔五岳掩赤城。天台四萬八千丈，對此欲倒東南傾。

度日，飛揚跋扈為誰雄。」「愧葛洪」，劉中和謂葛洪聞知廣西勾漏縣盛產丹砂，乃上書求任勾漏縣長，足見其誠；李白徒具空言，故謂「愧葛洪」。見劉中和《唐代文學全集》上冊，頁 190～191。

我欲因之夢吳越，一夜飛度鏡湖月。湖月照我影，送我至
剡溪。……霓為衣兮風為馬，雲之君兮紛紛而來下。虎鼓
瑟兮鸞回車，仙之人兮列如麻。忽魂悸以魄動，怳驚起而
長嗟。惟覺時之枕席，失向來之煙霞。

世間行樂亦如此，古來萬事東流水。別君去兮何時還？且
放白鹿青崖間，須行即騎訪名山。安能摧眉折腰事權貴，
使我不得開心顏！（〈夢遊天姥吟留別〉）

天姥山在今浙江新昌南，《李太白年譜》載，開元十六、十七年
（728～729）間，李白遊越中及江夏各地；雖未必到過天姥山，亦必
耳熟能詳此一江南名山。郁賢皓稱，本詩〈夢遊天姥吟留別〉當作於
天寶五年（746），詩中摹寫天姥勝境如幻似真，縹緲恍惚，是否與前
此實體經驗有某種關聯，殊堪玩味。尤其第二段，乃本詩主體，「我
欲因之夢吳越」一語，由醒境轉入夢境，於是一夜飛度至剡溪（剡溪
是他一遊再遊之地），接下來登雲梯、見海日、聞天雞，而至迷花倚
石，夜幕忽至，異境奇相出現：熊咆龍吟，雲青青欲雨，水澹澹生煙，
列缺（閃電）霹靂，丘巒崩摧，仙人所居的洞天石扇忽然中開，仙境
浩浩蕩蕩無邊無際，日月所照處處金銀樓臺，雲中神仙紛紛降臨，虎
鼓瑟，鸞鳳駕車，仙人列隊如麻擺開。該醒了，詩人說我忽然魂悸魄
動驚醒了，原來是美夢一場。

本詩旨趣除一本詩人繫念仙鄉樂土，並與神仙結緣外，末段或即
此詩之作的寓意所在：世間行樂亦不過如夢一般，自古及今萬事（榮
辱）亦不過如東流水一樣；待我此去再回時，大夥兒一起騎著仙人的
白鹿去訪名山吧！這才是詩仙李白的終身夢想。不過，還沒完，最後
兩句「安能摧眉折腰事權貴，使我不得開心顏」，大大吐一口平生鬱
積的怨憤，當是此夢遊一詩的附加價值。

值得品味的是，此「夢遊」與真遊畢竟不同，真遊相關名山如廬
山、太山、嵩山、南岳、黃山等，較多實景摹寫，此夢遊則較多想像
夢囈語彙。

　　就詩的體性言，本詩爲樂府歌行體，起首五言、七言連接的對偶句，別開局面。第二段連用四個「兮」字，平添屈騷趣味。末段更出現問答式的三聯句拗語，具見詩仙筆法多端。

二、遊會稽

　　　天台鄰四明，華頂高百越。……

　　　憑高登遠覽，直下見溟渤。……

　　　觀奇蹟無倪，好道心不歇。攀條摘朱實，服藥練金骨。安得生羽毛，千春臥蓬闕。(〈天台曉望〉)

　　　四明三千里，朝起赤城霞。日出紅光散，分輝照雪崖。一餐嚥瓊液，五內發金沙。舉手何所待？青龍白虎車。(〈早望海霞邊〉)

　　上面二詩遊地遊時相關聯。瞿蛻園引詹鍈謂，二詩當是同遊會稽（今浙江紹興）之作。郁賢皓稱，二詩當爲開元十四年（726）入京前初遊剡中東涉溟海時作。《李太白年譜》頁 6 載，開元十四年白出蜀，此後三、四年間均在越中江夏一帶遊覽，未確言遊會稽時地。此二詩一如〈登峨嵋山〉詩，皆太白二十餘歲作品，詩中均充滿慕仙的熱衷，〈天台曉望〉說：「安得生羽毛，千春臥蓬闕。」蓬闕，即蓬萊仙島宮闕。〈早望海霞邊〉說：「舉手何所得？青龍白虎車。」青龍白虎車，天神遣來迎接學道有成的沈羲者〔註6〕。太白舉手所得者，正是青龍白虎神駒。詩仙李白念茲在茲的仙境有二，一是天上或蓬萊三島，一是人間三山五嶽的桃花源，他說：「問余何事棲碧山，笑而不答心自閒。桃花流水杳然去，別有天地非人間。」(〈山中問答〉)，此詩也是三十歲前遊安陸一帶時作。

〔註6〕《新譯李白詩全集》卷十八，頁 1139。引《神仙傳》卷八略謂：吳郡人沈羲學道於蜀中，爲民消災治病，天神知後，特遣白鹿車、青龍車、白虎車各一乘，及乘者數十騎，謂沈羲壽命將盡，黃老特遣仙來迎，遂載羲昇天。

三、晚年遊

　　韓眾騎白鹿，西往華山中。玉女千餘人，相隨在雲空。見
　　我傳秘訣，精誠與天通。何意到陵陽，遊目送飛鴻。

　　天子昔避狄，與君亦乘驄。擁兵五陵下，長策過胡戎。時
　　泰解繡衣，脫身若飛蓬。

　　鷲鳳翻禽翼，啄粟坐樊籠。海鷗一笑之，思歸向遼東。黃
　　山過石柱，巇嶮上攢叢。因巢翠玉樹，忽見浮丘公。又引
　　王子喬，吹笙舞松風。

　　朗詠〈紫霞篇〉，請開蘂珠宮。步綱繞碧落，倚樹招青童。
　　何日可攜手，遺形入無窮？（〈至陵陽山登天柱石酬韓侍御
　　見招隱黃山〉）

　　郁賢皓稱，本詩當作於上元二年（761）李白重回皖南、金陵漫
遊之時。此時詩人已六十一歲，韓雲卿先有招詩人共隱黃山；詩人至
陵陽山天柱石峯以此詩酬答〔註7〕。

　　嚴羽謂：「太白發句謂之開門見山。」〔註8〕詩仙李白長於開門
見山，更長於引古人以美喻今人式的開門見山。本詩即其一例：起句
「韓眾騎白鹿，西往華山中」，以古仙人韓眾喻友人韓侍御，開門見
山之高妙，莫過於此〔註9〕。又如〈贈嵩山焦鍊師〉以焦鍊師比擬麻
姑仙：「中有蓬萊客，宛疑麻姑仙。」因焦鍊師乃一女道士。

　　本詩首段以韓眾仙話起筆，詩人誇飾當年韓眾往華山有千餘神女
相隨，更誇飾友人韓侍御爲韓眾，而且還傳授給詩人通天的秘訣。如
此轉折誇飾，似即嚴羽所謂「太白仙才」的佐證。第二段寫韓侍御功

〔註7〕《新譯李白詩全集》卷十六，頁1052。
〔註8〕嚴羽《滄浪詩話‧詩評》，（臺北：金楓出版社1986年12月初版），
　　　　頁89。
〔註9〕《新譯李白詩全集》卷十六，頁1050。郁賢皓引《神仙傳》卷三敘
　　　　劉根學仙略謂：劉根入山學仙，精思無所不到；後至華陽（陰）山，
　　　　見一人乘白鹿，從者十餘人，左右玉女四人，執采旌之節，皆年十
　　　　五六餘；劉根拜乞一言；神人問劉：「爾聞有韓眾否？」劉答：「實
　　　　聞有之。」神人曰：「我是也。」

成身退，「脫身若飛蓬」，正是李白嚮往的標竿。第三段縮合諷喻、寫景、仙話爲一體：以海鶴喻韓，以樊籠啄粟諷朝臣，「黃山過石柱」以下寫景；「忽見浮丘公，又引王子喬」，乃詩人習引的神話典實。末段續引神話典實：詠道經《紫霞篇》，開仙闕藥珠宮，步罡星斗宿而繞行天界，倚仙樹以招喚仙童。最後以「何日可攜手，遺形入無窮」回應韓之招隱。首尾呼應，文質兼備，詩心仙心俱見。

本詩爲太白六十一歲作，次年即寶應元年（762）十一月乙酉，太白病逝於族叔當塗令李陽冰處。綜觀李白遊賞行役類遊仙詩，篇什繁夥，本研究僅擷錄數章，包括詩人三十歲前後寫的〈夢遊天姥吟留別〉、〈天台曉望〉、〈早望海霞邊〉等詩，最後以六十一歲寫的〈至陵陽山登天柱石酬韓侍御見招隱黃山〉詩作結，雖掛一漏萬，亦略見詩人一生尋仙不辭遠的影像於萬一。

第三節　吟詠頌讚

歌頌吟詠每多即情即景之類的應酬之作，甚至流於歌功頌德之類的宮苑詩。前敘李白詩風之五，曾就李氏崇尚建安風骨、鄙薄六朝綺麗作簡要陳述；但他也認爲古詩之流的賦，旨在「光贊盛美」（〈大獵賦序〉）。此處謹就太白詩賦中具神仙趣味之吟詠頌讚類，擷錄三章以窺一斑。

一、歌頌聖君

李白頌讚佛道師友之作屢見，且多由衷稱頌；歌頌聖君者不多，且多含諷喻，此等處最能彰顯太白性情。但是，下面這一首歌頌玄宗的詩，卻是純歌頌而未含諷喻的。

> 深宮高樓入紫清，金作蛟龍盤繡楹。佳人當戶弄白日，絃將手語彈鳴箏。春風吹落君王耳，此曲乃是〈昇天行〉。因出天池汎蓬瀛，樓船蹙沓波浪驚。三千雙蛾獻歌笑，撾鐘考鼓宮殿傾。萬姓聚舞歌太平。我無爲，人自寧。

三十六帝欲相迎，仙人飄翩下雲軿。帝不去，留鎬京。安能為軒轅，獨往入窅冥。小臣拜獻南山壽。陛下萬古垂鴻名。(〈春日行〉)

本詩約為天寶初，詩人奉玄宗詔入宮供奉翰林時作，詩中仙宮仙人仙事及黃帝成仙、天上三十六帝相迎玄宗昇天等盡情湧現；而詩筆僅以「我無為、人自寧」、「帝不去、留鎬京」二堅決肯定語，純情歌頌當時詩人尚寄以厚望的玄宗。「我無為、人自寧」是道家精神〔註10〕。「帝不去、留鎬京」是儒家精神〔註11〕。詩人高調頌讚極矣。

另一首歌頌聖君的遊仙詩雖是應制之作，但深受詩評家好評。沈德潛《唐詩別裁集》稱：「應制詩有此，非仙才不能。」

東風已綠瀛洲草，紫殿紅樓覺春好。池南柳色半青青，縈煙裊娜拂綺城，垂絲百尺掛雕楹。上有好鳥相和鳴，間關早得春風情。春風卷入碧雲去，千門萬戶皆春聲。

是時君王在鎬京，五雲垂暉耀紫清。仗出金宮隨日轉，天回玉輦繞花行。始向蓬萊看舞鶴，還過茝若聽新鶯。新鶯飛繞上林苑，願入〈簫韶〉雜鳳聲。(〈侍從宜春苑奉詔賦龍池柳色初青聽新鶯百囀歌〉)

本詩乃天寶二年（743）詩人供奉翰林時，侍從玄宗遊曲江宜春苑奉詔作。全詩一氣呵成，一片歌頌聖君之音。詩分三段，首段五句，形成拗體，點明題旨中的時間及地點，而以瀛洲、紫殿、綺城、雕楹等辭彙美化仙化時空景物，次段再予強化，而以「千門萬戶皆春聲」稱頌萬民同享皇恩。最後一段以遊仙詩筆昇華詩趣，五疊垂暉、仗出金宮、玉輦繞花行，是實景仙寫；蓬萊看舞鶴，茝若聽鶯聲，乃仙景實寫；妙的是，詩人移情到新鶯身上，並代新鶯發言謂，我（新鶯）之

<hr />

〔註10〕陳師錫勇《老子釋義》，（臺北：國家出版社 2011 年 8 月初版二刷），第三章，頁21。

〔註11〕邱師燮友等《新譯四書讀本・孟子・梁惠王・下》，孟子以獨樂樂，不如眾樂樂說惠王，「帝不去，留鎬京。」正是眾樂樂的儒家精神。（臺北：三民書局 2006 年 1 月五版七刷），頁 334～336。

所以在上林苑飛繞，乃是希望我的聲音也能高攀與皇宮的〈簫韶〉之鳳聲相雜相和。這是一首純歌頌的好詩，全無諷喻意味。

　　歌頌聖君寓意諷諫，乃頌讚之作的常態，兩漢大賦多如此。李白〈明堂賦〉、〈大獵賦〉亦如此。〈明堂賦〉賦末希望時君玄宗仰體先人經營明堂兼具饗功、養老、教學、選士等功能而好自爲之。〈大獵賦〉以願得「天老掌圖，風后侍側」作結，正寓諷喻勸勉之意〔註12〕。

二、讚神人豪士

　　　　神人多古貌，雙耳下垂肩。嵩岳逢漢武，疑是九疑仙。我
　　　　來採菖蒲，服食可延年。言終忽不見，滅影入雲煙。喻帝
　　　　竟莫悟，終歸茂陵田。（〈嵩山採菖蒲者〉）

　　這是一首神人採神物菖蒲的遊仙詩，全詩如一則神仙故事，詩人以說故事的角色說：有一位相貌古怪的神人，他雙耳垂肩，在嵩岳遇到漢武帝，（武帝）疑他是九疑山的仙童，（問他在此幹什麼）他說我來採菖蒲，因爲服食菖蒲可以延年益壽。講完話忽然不見了，身影消失在雲霧裡。他勸武帝久服菖蒲，武帝執迷不悟，最後死了，就葬在武陵墓園。此詩等於是《神仙傳》一則故事的縮寫〔註13〕。詩人說漢

〔註12〕《李白集校注》卷一，頁87，「天老」注，引《太平御覽》卷七九略謂：黃帝修德立義，天下大治，乃召天老問曰，余夢見兩龍挺日圖授余，敢問其理？天老視之，曰錄圖。又「鳳后」注，引《史記五帝本紀正義·帝王世紀》略謂：黃帝夢大風，吹天下之塵垢皆去，……帝醒，歎曰：風爲號令，是執政者象徵，垢去土，后在也。天下難道有姓風名后的人嗎？於是占卜而得風后於海隅，登以相。

〔註13〕《李白集校注》卷二十，頁1458～1459。《新譯李白詩全集》卷二十二頁1437，引《神仙傳》卷三略謂：城陽人王興，居壺谷山，不知書，無意學道；漢武上嵩山，登大愚室，起道宮，使董仲舒、東方朔等齋潔思神。至夜，忽見二丈長仙人，耳出頭頂，下垂至肩，武帝問，仙人曰，吾九疑人也，聞中岳石上菖莆，一寸九節，服之可長生，特來採。言罷，忽失所在。乃命人採菖蒲，吃三年乃止。唯王興採食不息，遂得長生，鄰里老幼皆云世世見到他，竟不知所往。此即李白本詩的來歷。

武不悟，即指他食菖蒲三年而止，終至老死而葬茂陵，未竟成仙長生
全功。郁賢皓稱，此詩當是開元二十二年（734）李白遊嵩山時作，
其時詩人三十四歲。郁稱，顯示詩人當時學道求仙思想正濃。愚案，
實則詩仙李白一生都在尋仙／尋仕中蕩漾奔馳，非止此時而已。再擷
錄〈扶風豪士歌〉的頌讚詩：

> 洛陽三月飛胡沙，洛陽城中人怨嗟。天津流水波赤血，白
> 骨相撐如亂麻。我亦東奔向吳國，浮雲四塞道路賒。（此段
> 寫洛陽慘狀，自己東奔。）
>
> 東方日出啼早鴉，城門人開掃落花。梧桐楊柳拂金井，來
> 醉扶風豪士家。（此段寫吳地安適如常。）
>
> 扶風豪士天下奇，意氣相傾山可移。作人不倚將軍勢，飲
> 酒豈顧尚書期？雕盤綺食會眾客，吳歌趙舞香風吹。（此段
> 頌扶風豪士其人。）
>
> 原嘗春陵六國時，開心寫意君所知。堂中各有三千士，明
> 日報恩知是誰？（此段寫詩人懷抱。）
>
> 撫長劍，一揚眉。清水白石何離離。脫吾帽，向君笑。飲
> 君酒，為君吟。張良未逐赤松去，橋邊黃石知我心。（最後
> 抒發醉酒狂想。）（〈扶風豪士歌〉）

這是一首迴環輾轉的頌讚詩。本詩內容繽紛，涉及諸多歷史事
跡與當時景象，史跡如「原嘗春陵六國時」所指的是，戰國時代齊
孟嘗君、楚春申君、趙平原君、魏信陵君四公子養士故事，張良、
赤松、黃石公故事，乃本詩中的神跡仙趣。至於此作涉及的當時景
象，即本詩寫作背景：據瞿蛻園引梅鼎祚云，本詩為天寶十六年（757）
安祿山據洛陽，廣平王入援，陳兵天津橋時作；瞿又引《求闕齋筆
記讀書錄》稱此詩當作於至德元年（即天寶十五年）三月；據郁賢
皓稱，本詩當為天寶十五年（756）在溧陽（今屬江蘇）時作〔註14〕。
筆者案：安祿山於天寶十四年（755）十一月甲子叛於范陽，十二月

〔註14〕《李白集校注》卷七，頁496。《新譯李白詩全集》卷五，頁331。

丁酉陷洛陽，前後僅一個月零四天；次年即天寶十五年（756）正月，安祿山在洛陽稱大燕皇帝；六月，潼關、長安相繼失守，玄宗奔蜀〔註15〕；七月，肅宗即位靈武，改元至德元年；推測本詩當作於天寶十五年三月較宜。而實際上，當時人與事的背景是：詩人李白與友人扶風豪士（或謂不詳其姓名，或謂即萬巨）同時由秦地避安史之亂東下至吳，患難之交，詩人在豪士家醉飲之餘，作此名篇。（參見《年譜》頁24）

　　本詩頌讚的對象為扶風豪士，豪士即俠義之士，他的俠義風範是：交友養士，堪與戰國四大公子比肩，彼此意氣相投，可撼山動地；以雕盤綺食、吳歌趙舞接待賓客；飲起酒來，縱有要務約會也不在意；平易作人，不倚仗自己的權勢。頌讚至此，可謂情深辭切；但更重要是，詩人此刻所欲表敘的是：我李白可能就是當年平原君三千養士中的毛遂，知心報國，捨我其誰！在此景此情下，乃連發六句三言短語，快意雄心，剖臆而出，正是當時已五十六歲的李白之懷抱寫照。餘音是，我何時才能遇到黃石公！逢亂世，已暮年，身在江湖，依然心繫社稷蒼生，斯即儒者李白。

　　詩仙李白吟詠頌讚類遊仙詩，歌頌聖君者擷錄〈春日行〉、〈侍從宜春苑〉二詩；讚神人豪士者擷錄〈嵩山探菖蒲者〉、〈扶風豪士歌〉二詩。略見太白終其一生都在追尋夢想的點點滴滴。

第四節　怨懟感懷

　　前文多次提及，詩人李白一生都在仕途與尋仙途中迴盪奔逐；然浮生若夢，奔競追逐仙／仕兩途每每頹然無成。因此，在太白詩篇中，隨處可見哀傷怨尤之作。謹擷錄數章，以見一斑。

〔註15〕章鈺校記《資治通鑑》，（臺北：粹文堂 1975 年初版），卷二一七至卷二，安史之亂自天寶十四年（755）十一月始，至代宗廣德元年（763）正月止，共計七年又二個月，史稱八年。

一、比興寄意

> 白日與明月，晝夜尚不閒。（他處作聚還散）。況爾悠悠人，
> 安得久世間！傳聞海水上，乃有蓬萊山。玉樹生綠葉，靈
> 仙每登攀。一食駐玄髮，再食留紅顏。吾欲從此去，去之
> 無時還。（〈雜詩〉）

> 清都綠玉樹，灼爍瑤臺春。攀花弄秀色，遠贈天仙人。香
> 風送紫蕊，直到扶桑津。恥掇世上豔，所貴心之珍。相思
> 傳一笑，聊欲示情親。（〈擬古十二首其四〉）

> 遙裔雙綵鳳，婉孌三青禽。往還瑤臺裡，鳴舞玉山岑。以
> 歡秦娥意，復得王母心。區區精衛鳥，銜木空哀吟。（〈寓
> 言三首其二〉）

前面擷錄三詩，各有寓意，各有怨懟，亦各有遊仙韻味。〈雜詩〉
作年不詳，起聯：日月運不息（自然現象）。次聯：悠悠世人焉能長
生（亦自然現象）。三聯：傳聞海上有蓬萊仙山（大自然的仙界）。四
聯：那邊有綠葉玉樹供靈仙攀登（仙界仙事）。五聯：玉樹果實一食
留住黑髮，再食青春永駐（仙果神功）。末聯：詩人欲一去不回（夢
想）。仙境恍惚，夢想縹緲，哀怨自知。

〈擬古十二首其四〉作年亦不詳。擬古即仿古，本詩郁賢皓引蕭
士贇謂遊仙詩，引明人批點為擬古詩〈庭中有奇樹〉，瞿蛻園引《唐
宋詩醇》謂，李白擬古諸作，體雖仿古，意乃自運，其辭多有所寄託。
本詩以神祇故事起：天帝所居的玉樹，光彩閃灼於瑤臺之春。此亦嚴
羽所稱「開門見山」筆法。繼以詩人自稱，我將攀花賞色，以贈天上
神仙；紫色花蕊香氣隨風直抵扶桑津，以此表達我的真情；此情聊博
一笑，旨在表我情親。此詩所寄託者維何？仍是仙鄉仙人的追尋而已。

〈寓言三首其二〉，瞿蛻園引蕭士贇謂，此比興之詩，乃諷刺當
時出入宮掖，取媚后妃以求爵位者。精衛銜木石，比擬小臣懷區區報
國之心，雖盡忠竭力亦不見知，徒自哀吟而已。精衛，詩人自況也，
比興之旨在此。

二、逐仙感遇

　　　十五遊神仙，仙遊未曾歇。吹笙吟松風，泛瑟窺海月。西
　　山玉童子，使我煉金骨。欲逐黃鶴飛，相呼向蓬闕。(〈感
　　興八首其五〉)

　　　昔余聞常娥，竊藥駐雲髮。不自嬌玉顏，方希煉金骨。飛
　　去身莫返，含笑坐明月。紫宮誇蛾眉，隨手會凋歇。(〈感
　　遇四首其三〉)

　　前面擷錄二詩，作年均不詳。感興、感遇、感懷之類詩篇，多屬
比興諷喻之作。(〈感興八首其五〉)首聯:「十五遊神仙，仙遊未曾歇」，
既又見「開門見山」筆法，亦證驗詩人十五歲時的風貌:「十五好劍
術。」(〈與韓荊州書〉)是俠義相;「十五遊神仙」，是遊仙相;入世
行俠，出世爲仙，收放自如，似即太白本色。遊仙詩筆是引出西山玉
童，使其鍊金骨。詩人說，正中下懷，我正想逐黃鶴，與玉童相呼飛
向蓬萊宮闕。一派神言仙語。若問意旨或諷喻，捨自我陶醉外，似無
他解。

　　〈感遇四首其三〉，藉嫦娥竊藥昇天故事，仙話眞說，勝讚嫦娥
竊藥得計，除眼前雲髮常駐、玉顏永嬌外，更希望鍊成金骨長生久視;
因此她一去不返，含笑坐在月宮裡:看看人間，儘管帝妃宮娥百般妝
飾，可惜玉貌容顏轉眼即會凋謝。此處正可反映太白嚮仙慕仙，與李
商隱對嫦娥的看法不同〔註16〕。王國維云，一切景語皆情語;嫦娥竊
藥，是得是悔，惟嫦娥自知;詩家則各說各話。

　　　我思仙人乃在碧海之東隅。海寒多天風，白波連山倒蓬壺。
　　長鯨噴湧不可涉，撫心茫茫淚如珠。西來青鳥東飛去，願
　　寄一書謝麻姑。(〈古有所思〉)

　　　生者爲過客，死者爲歸人。天地一逆旅，同悲萬古塵。月
　　兔空擣藥，扶桑已成薪。白骨寂無言，青松知幾春?前後
　　更歎息，浮榮何足珍!(〈擬古十二首其九〉)

〔註16〕李商隱〈嫦娥〉詩:「雲母屏風燭影深，長河漸落曉星沉。嫦娥應悔
　　　偷靈藥，碧海青天夜夜心。」

慕仙、夢仙、尋仙、成仙，是太白人生理想歸趨。卻終歸失望徒勞。前擷錄二詩，都是失望心境的表述，作年均不詳。〈古有所思〉爲樂府舊題，詩人以己意己情擬古：魆首所思仙人遠在碧海之東，海寒風強，波濤排山倒海，加以長鯨噴湧，致使人仙隔絕，癡情的詩人乃心茫茫而淚如雨；但，不絕望，祈求西王母的青鳥信使，替我李白寄一封情書給那位麻姑般的仙人吧！詩仙仙語，哀而不傷，即此之謂。就詩言，以十一言散文式淺白辭語起筆，最見情意眞切旨趣。歷來詩評家對本詩意涵多所揣測。筆者識淺，姑且望文生意，作如上解。

〈擬古十二首其九〉前四句，彷彿詩人〈春夜宴桃李園序〉前言的詩歌化：「夫天地者，萬物之逆旅；光陰者，百代之過客。而浮生苦夢，爲歡幾何？」以平常語起筆，以神仙語轉折：月宮白兔空擣藥，扶桑仙境已化爲柴薪，死者白骨寂無言，生者焉能與青松相較還能活幾春？悲夫，世間浮名虛榮何足珍惜！本詩青鳥、麻姑神仙典實，瞿蛻園《李白集校注》卷四頁 306，及郁賢皓《新譯李白詩全集》均有引介 [註17]。

三、人仙攪擾

主客觀諸多因素造成高理想高失落，自是詩人怨懟感傷的核心問題。但，詩人本身經常糾纏不清。苛察攪擾的另一病痛則是人仙迷濛，讓他揮之不去的問題。

日出東方隈，似從地底來。歷天又復入西海，六龍所舍安在哉？其始與終古不息，人非元氣安得與之久徘徊。

草不謝榮於春風，木不怨落於秋天。誰揮鞭策驅四運，萬物興歇皆自然。

[註17] 相傳「青鳥」西王母的信使，《漢武故事》略謂：七月七日武帝於承華殿齋，正中午，忽見有青鳥自東方來，東方朔對帝說，西王母必至；稍後，王母果至。關於「麻姑」，女仙名，葛洪《神仙傳》卷三略謂：王遠遣人召麻姑，麻姑至，是好女子，年約十八九，頂上作髻，餘髮散垂至腰，衣有文采而非錦綺，光彩耀目，不可名狀。

　　義和，義和，汝奚汩沒於荒淫之波？魯陽何德，駐景揮戈？
　　逆道違天，矯誣實多。吾將囊括大塊，浩然與溟涬同科。(〈日
　　出入行〉)

　　這是一首剪不斷、理還亂，寓說理於抒情，人仙攪擾不清的仙趣詩。相傳太陽是六龍駕車推動，六龍住在哪裡？但它卻運轉不息，人怎能跟它相周旋……似一片天真爛漫的自問自答，其實是詩人衷心的矛盾和苦悶。不過太白天才，最後居然誇下天口說，我將「浩然與溟涬同科。」我李白還是天地的主體。這又是一首歌行體的詩，體式形似散文，轉折迴環多端，乃詩仙李白所獨擅。

　　以上「怨懟感懷」類遊仙詩，於「比興寄意」擷錄〈雜詩〉、〈擬古十二首其四〉等計七章，或遊仙無所獲，或與仙人相遇，或讚許嫦娥得計，或早年遊仙自我陶醉。比興哀怨。於「逐仙未遂」擷錄〈感興其五〉等四首；於「人仙攪擾」擷錄〈日出入行〉一首。各自有其比興怨懟，但卻哀而不傷，甚至大誇天口，而無懼無悔。

　　本章以遊仙詩類型擷錄李白相關詩篇若干章，並作淺解探索，依寫作時空背景試窺詩人寫作旨趣。雖謂詩無達詁，仍難免強作解人。至於類型次第標示，固屬筆者陋見，未敢稱妥切。附本章示意簡表如次。

表六　第六章〈李白遊仙詩類型〉示意簡表

節次	主題	內容摘要
第一節	贈送酬答	一、贈修道人士 〈贈嵩山焦鍊師〉、〈送溫處士歸黃山白鵝峯舊居〉、〈江上送女道士褚三清遊南岳〉、〈贈饒陽張司戶燧〉、〈寄王屋山人孟大融〉、〈贈僧崖公〉、〈贈僧朝美〉 二、酬答情誼 〈酬張卿夜宿南陵見贈〉、〈江上答崔宣城〉、〈訪道安陵遇蓋寰爲予造眞籙臨別留贈〉
第二節	遊賞行役	一、夢遊天姥〈夢遊天姥吟留別〉 二、遊會稽〈天台曉望〉、〈早望海霞邊〉 三、晚年遊〈至陵陽登天柱石酬韓侍御見招隱黃山〉

第三節	吟詠頌讚	一、歌頌聖君 〈春日行〉、〈侍從宜春苑奉詔賦龍池柳色初青聽新鶯百囀歌〉 二、讚神人豪士 〈嵩山採菖蒲者〉、〈扶風豪士歌〉
第四節	怨懟感懷	一、比興寄意 〈雜詩〉、〈擬古十二首其四〉、〈寓言三首其二〉 二、逐仙感遇 〈感興八道其五〉、〈感遇四首其三〉、〈古有所思〉、〈擬古十二首其九〉 三、人仙攪擾〈日出入行〉

小結

　　本章繼第五章李白遊仙詩主題、第六章李白遊仙詩類型，續探索其遊仙詩風貌與心理。擷錄其相關詩作若干章，並一一試作解讀。其實太白遊仙詩多彩多姿，決非此三章所能盡觀，此三章所擷錄者不過百餘篇，挂一漏萬，自是筆者淺學力薄所限。雖僅如此，亦自覺收穫領悟豐滿。尤其在心理觀一論點上，驀然發現詩仙李白竟然如此以標榜游俠而自我撫慰，以贈內贈己而孤芳自賞，以仕隱飄忽而怡然自娛；乃煥然發現，原來李白心理是如此矛盾駁雜卻又廓然統一的。總而言之，詩仙酒仙李白，只要有酒，便無與而不自得，復敏捷詩千首，此即天才李白其人。

第七章　李白遊仙詩神采與心理

　　詩人李白是個怎樣的人，很難描繪，劉大杰以一「狂」字概括李白的一生；其實李白也有溫柔蘊藉、兒女情長等面相。李白遊仙詩面貌如何，亦復如此，很難具體指說；李白千餘首詩歌固然面貌繽紛，二百餘首遊仙詩亦神采爛漫，其心理意識更迷離多端，以下試就其遊仙詩風貌、心理二者，分別擷錄若干相關詩作略加探索，藉資領悟，並概其餘。

第一節　遊仙詩神采

一、浪漫不羈

　　李白窮其一生都沈醉在用世與尋仙的迷夢中，用世，又不肯「摧眉折腰事權貴」；尋仙養生，又「未就丹砂愧葛洪」。何以如此，似可解作性格使然。李白的性格主調是浪漫不羈，篤好自由，追求仕進是過程，浮戲五湖滄洲才是目的，即夢寐以求的是過著無羈無絆、自由自在的生活，包括肉體的自由自在和精神心靈的自由自在。所謂長生久視，無非智者李白逃避現實，自我陶醉的囈語，他並不深信。儒者是他的本眞，孔子、呂尚、張良等是他的偶像，但他的人生理念及生活言行往往溢出儒家倫常範疇。例如他不太懷鄉，不太思念父母，也

較少顧念妻小子女；離蜀後未再還鄉，即使流放夜郎至白帝城遇赦，當時距離家鄉綿陽約四百公里，平地，並非〈蜀道難〉，他居然沒返鄉而「千里江陵一日還」，他返江陵是「還」，此即「但使主人能醉客，不知何處是他鄉」（〈客中行〉）。西方資本主義下，自然衍生出自我中心思想及行為；李白篤好自由性格下，其遊仙詩乃大量呈現自我中心神采，在唐代當時似屬特立獨行。

（一）架五綵虹為通天長橋

自我中心，唯我獨尊，我走到哪裡當悉受青睞。這是詩仙李白的自我意識，也是他在遊仙詩中經常標舉的神采與風貌。

> 石壁望松寥，宛然在碧霄。安得五彩虹，駕天作長橋。仙人如愛我，舉手來相招。（〈焦山杳望松寥山〉）

這是一首仙趣洋溢的遊仙詩，約作於天寶五年（746）詩人離宮放歸後，自東魯南下越中途經焦山（今江蘇鎮江境之長江中）作。詩人望景玄想，我若能架五綵虹般的長橋直上天闕，愛我的仙人當會舉手歡迎我。安得／如，看是或然之辭，實乃詩人肯定語的轉化。

（二）著五雲裘上達天庭

> 我吟謝朓詩上語，朔風颯颯吹飛雨。謝朓已沒青山空，後來繼之有殷公。
>
> 粉圖珍裘五雲色，曄如晴天散彩虹。文章彪炳光陸離，應是素娥玉女之所為。輕如松花落金粉，濃似苔錦含碧滋。遠山積翠橫海島，殘霞靄丹映江草。凝毫采掇花露容，幾年功成奪天造。
>
> 故人贈我我不違，著令山水含清暉。頓驚謝康樂，詩興生我衣。襟前林壑斂暝色，袖上雲霞收夕霏。
>
> 群仙長歎驚此物，千崖萬嶺相縈鬱。身騎白鹿行飄颻，手翳紫芝笑披拂。相如不足跨鸑鷟，王恭鶴氅安可方？瑤臺雪花數千點，片片吹落春風香。為君持此凌蒼蒼，上朝三十六玉皇。下窺夫子不可及，矯首相思空斷腸。（〈酬殷佐

明見贈五雲裘歌〉）

　　郁賢皓考證本詩約作於肅宗上元二年（761），即詩人病歿於當塗之前一年或前二年。全詩自我意識明朗，自我中心強烈。在詩人自我主宰下，起筆強拉謝朓與贈五雲裘的殷佐明作伴，接下來是：殷佐明所贈五雲裘乃天上嫦娥玉女經幾年做成的珍品；此天造神品五彩繽紛，輕如松花，濃似苔錦，粉圖中遠山積翠，殘霞靠丹；穿在身上，覺得遠山近水都分享了清麗光彩，連謝康樂的詩情也在我的衣上興發引起……。在詩人主觀彩筆操弄下，不同時空的人、事、物都任其差遣安置。但，詩人似仍不滿足，最後不但使「群仙」驚動長歎，詩人還要穿此雲裘去天上朝拜三十六天的玉皇大帝。超時空，超經驗，人／神界域一概泯除，本詩似可作範式看。

> ……仙人浩歌望我來，應攀玉樹長相待。……巨鼇莫戴三山去，我欲蓬萊頂上行。（〈懷仙歌〉）

> ……我欲因之夢吳越，一夜飛度鏡湖月。湖月照我影，送我至剡溪。……腳著謝公屐，身登青雲梯。……霓為衣兮鳳為馬，雲之君兮紛紛而來下。虎鼓瑟兮鸞回車，仙之人兮列如麻。……且放白鹿青崖間，須行即騎訪名山。安能摧眉折腰事權貴，使我不得開心顏。（〈夢遊天姥吟留別〉）

　　在詩人李白的自我中心意織下，天／地間，神／人間，古／今、人／獸間……沒有什麼不可能的事。請看，仙人都對著我李白浩歌，巨鼇都得聽我李白的命令。這是〈懷仙〉。再看，我穿上謝公（謝靈運）的登山木屐，攀登聳入雲天的高峯，雲中的神仙紛紛列隊來迎接我；有白鹿供我差遣，隨時可騎著去訪名山，我如此自由自在，怎麼可能摧眉折腰事權貴？這是〈夢遊〉。懷仙也好，夢遊也罷，總歸是以「我」為中心，也總歸都是李白遊仙詩所展現的獨特風貌。

（三）自珍自惜

　　求仕不遇，尋仙未遂，李白當然鬱鬱於懷。但他決不自暴自棄。百折不撓，並隨時展現自我價值；自珍自惜，並期待他人珍我惜我勿

輕忽我。此是智者李白的性格,遊仙詩亦每每呈現此意趣。

> 仙人十五愛吹笙,學得崑丘彩鳳鳴。始聞鍊氣湌金液,復道朝天赴玉京。玉京迢迢幾千里,鳳笙去去無窮已。欲歎離聲發絳脣,更嗟別調流纖指。此時惜別詎堪聞?此地相看未忍分。重吟眞曲和清吹,卻奏仙歌響綠雲。綠雲紫氣向函關,訪道應尋緱氏山。莫學吹笙王子晉,一遇浮丘斷不還。(〈鳳笙篇〉)

〈鳳笙篇〉蕭士贇注稱:「此篇遊仙詩也。」王琦、郁賢皓各有別解。筆者淺學,姑妄自解,此乃詩人李白託喻自訴之曲,詩人嘗自稱「十五好劍術」、「十五遊神仙」,又有「十五入漢宮」語(〈怨歌行〉),此處以「十五愛吹笙」自喻,傾訴其曲高和寡,並期盼知音者勿見異思遷。似亦可解。可視爲詩人自珍自惜的詩心風貌。詩人對琴箏音樂並不陌生,〈聽蜀僧濬彈琴〉、〈月夜聽盧子順彈琴〉、〈山中與幽人對酌〉等詩可佐證。

二、狂放誇飾

唐代詩人與「狂」「酒」似前世今生結緣,或謂「近親繁殖」的共業共相。杜甫:「白日放歌須縱酒,青春作伴好還鄉。」(〈聞官軍收河南河北〉)韓愈:「我願生兩翅,捕逐出八荒。」(〈調張籍〉)白居易:「花時同醉破春愁,醉折花枝作酒籌。」(〈同李十一醉憶元九〉)狂、酒之近親是「誇」,誇飾誇大誇張誇口,好詩警語每自「誇」出:王之渙:「欲窮千里目,更上一層樓。」(〈登鸛雀樓〉)孟浩然:「氣蒸雲夢澤,波撼岳陽城。」(〈望洞庭湖贈張丞相〉)賈島:「十年磨一劍,霜刃未曾試。今日把示君,誰有不平事!」(〈劍客〉)

詩仙李白集狂徒、酒仙、誇客於一身,此似世人對他的共識。以下謹擷錄相關遊仙、仙話詩數章略加探索。

(一)客觀事物之誇飾

詩仙而兼酒仙遊仙的李白,一生漫遊天下名山川澤,在他的性格和神思下,很多客觀事物往往都會幻化變形走樣。

　　夜宿峯頂寺，舉手捫星辰。不敢高聲語。恐驚天上人。(〈題
　　峯頂寺〉)

峯頂寺在今湖北黃梅縣境，寺，高居峯頂，其高是客觀存在的事實。
詩人李白夜宿寺中，卻誇大其高：舉手可捫星辰，高聲說話會驚動天
上人。類似的誇飾如：

　　黃河西來決崑崙，咆哮萬里觸龍門。(〈公無渡河〉)

　　桃花潭水深千尺，不及汪倫送我情。(〈贈汪倫〉)

　　蠶叢及魚鳧，開國何茫然。爾來四萬八千歲，不與秦塞通
　　人煙。(〈蜀道難〉)

　　君不見高堂明鏡悲白髮，朝如青絲暮成雪。(〈將進酒〉)

　　雲想衣裳花想容，春風拂檻露華濃。若非群玉山頭見，會
　　向瑤臺月下逢。(〈清平調三首其一〉)

（二）主觀比興之誇飾

　　天落白玉棺，王喬辭葉縣。一去未千年，漢陽複相見。猶
　　乘飛鳧舄，尚識仙人面。鬢髮何青青，童顏皎如練。

　　吾曾弄海水，清淺嗟三變。果愜麻姑言，時光速流電。與
　　君數杯酒，可以窮歡宴。白雲歸去來，何事坐交戰。(〈贈
　　王漢陽〉)

　　本詩又是嚴羽所稱的「開門見山」筆法：贈詩給姓王的漢陽令，
起筆即以後漢葉縣令王喬辭官化仙昇天的神仙史事兩相嵌合〔註1〕。
詩人主觀比興誇言今之漢陽王縣令，一如古之葉縣王喬，還是一副仙
人面孔，還是乘飛鳧舄，頭髮還是青青的，容顏還是如兒童般的光鮮
白皙。這就是以比興手法邀神仙史事作背書的誇張仙趣詩。

〔註1〕關於王喬，《後漢書》卷一一二〈王喬傳〉略謂：河東人王喬，顯宗
　　　時為葉縣令，有神術，每月朔望常從葉縣詣臺朝；帝怪焉，密令人
　　　伺望，謂喬來時輒有雙鳧飛來；乃令人張網捕之，得到的是一雙四
　　　年前所賜尚書的官鞋。後來天上下來一玉棺，眾人打不開，王喬說：
　　　「天帝獨召我耶！」於是沐浴後寢棺中，葬於城東，土自成墳云云。
　　　筆者案，葉縣位於河南省中部偏西南，離東漢京城洛陽約二百公里，
　　　世稱文史之鄉，當時王喬何以每月朔望都能按時上朝，誠不可思議。

再擷錄一首別有情趣又很誇張的仙話詩：

金天之西，白日所沒。康老胡雛，生彼月窟。……

……撫頂弄盤古，推車轉天輪。云見日月初生時，鑄冶火精與水銀。陽烏未出谷，顧兔半藏身。女媧戲黃土，團作愚下人。散在六合間，濛濛若沙塵。生死了不盡，誰明此胡是仙眞？西海栽若木，東溟植扶桑。別來幾多時，枝葉萬里長。

中國有七聖，半路顙鴻荒。……天子九九八十一萬歲，長傾萬歲杯。（〈上雲樂〉）

本詩是描繪一位長相特別的胡人「老胡文康」或「康老胡」的古怪相貌與特異神功，郁賢皓謂，此胡人可能是肅宗朝來長安的外方人士。瞿蛻園引詹鍈語，本詩爲「李白狂詠」，可能作於肅宗至德二年（757）長安收復後。詩人李白本身或爲混血兒，長相與漢人不同；本詩主角康老胡長相可能更不同於漢人，詩人起筆說他出生於「日沒」「月窟」極遙遠處，形容他面貌怪異，是造化的傑作。更不尋常的是，誇張詩筆說：混沌初開的「大道」「元氣」是他的父母，他曾撫摸過盤古的頭頂，推動過旋轉天地的車輪；他（康老胡）自己說，他曾親眼目睹用火精水銀鑄冶太陽月亮的過程，還見過太陽之精「陽烏」未出暘谷、月亮之精「顧兔」露出半個身形的樣子；也見過女媧用黃土造人，散在四方，生生死死，了無終止。這胡人曾在西海栽若木，在東海種扶桑，後來這些神木的枝葉長到萬里長：誰能證明胡兒到底是不是眞神仙！

以上這一大段夠誇張了吧。詩的最後一段是歌頌，藉異人老胡獻歌獻舞，跪頌吾皇萬歲萬萬歲作結。詩仙「狂詠」，一路誇張到底。

黃鶴高樓已搥碎，黃鶴仙人無所依。黃鶴上天訴玉帝，卻放黃鶴江南歸。神明太守再雕飾，新圖粉壁還芳菲。

一州笑我爲狂客，少年往往來相識。君平簾下誰家子？云是遼東丁令威。作詩調我驚逸興，白雲遠筆窗前飛。待取明朝酒醒罷，與君瀾漫尋春暉。（〈醉後答丁十八以詩譏予

搥碎黃鶴樓〉)

　　此詩亦多爭議，或謂宋人僞作，或謂太白自作，或謂乃太白醉幻狂語。瞿蛻園、郁賢皓均同意王琦注，認係丁十八見到太白〈江夏贈韋南陵〉詩中「爲君搥碎黃鶴樓」語，乃爲詩譏之，太白遂於醉後答以此詩，故多醉幻狂語〔註2〕。試玩味本詩，實最能彰顯太白狂放本性及誇口誇飾詩風：詩題冠以「醉後答」，副合太白「三百六十日，日日醉如泥」(〈贈內〉)的生活形態；起首連用三「黃鶴」，既犯同字，又犯同位，第四句再補上「黃鶴」，乃空前絕後雄筆；拉出神仙人物嚴君平及丁令威故事〔註3〕，是太白遊仙詩本色；「白雲遶筆窗前飛」一語，最是太白神來之筆。最具狂放誇大詩趣的是，爲落實他「搥碎黃鶴樓」的狂言太白乃牽拖玉帝作證；又派遣神明太守重修黃鶴樓，恢復其芳菲舊觀：醉語狂話說成千眞萬確，捨詩仙太白，其誰能夠！

（三）量辭數字之誇飾

　　李白狂放誇飾的遊仙詩，有關數量辭彙方面者：

　　朝辭白帝彩雲間，千里江陵一日還。(〈朝發白帝城〉)

　　白髮三千丈，緣愁似箇長。不知明鏡裡，何處得秋霜。(〈秋浦歌十七首其十五〉)

〔註2〕參見郁賢皓《新譯李白詩全集》卷十六，頁1039。及瞿蛻園等校注《李白集校注》卷十九，頁1133～1134。引楊愼《升庵詩話》卷十一，謂此詩爲宋人僞作。又引王琦注：太白〈江夏贈韋南陵〉詩原有「我且君搥碎黃鶴樓，君亦爲吾倒卻鸚鵡洲」句，玩此詩，則眞有搥碎一事。瞿、郁均認同王琦說。但瞿復認王說眞有搥碎一事爲「太泥」、「黃鶴樓豈眞李白所能搥碎者！」筆者案，瞿說王「太泥」，認爲黃鶴樓非李白所能搥碎；其實瞿亦「太泥」，王說「眞有搥碎一事」，指的應是搥碎一語出自李白詩中，並非後世妄撰。

〔註3〕關於君平，《漢書·王貢兩龔鮑傳》略謂：蜀人嚴君平卜筮於成都市，每日得錢足以自養，即閉肆下簾而授《老子》。關於丁令威，《搜神後記》卷一略謂：遼東人丁令威，學道於靈虛山，後化鶴歸遼，集城門華表柱，有少年舉弓欲射，鶴乃飛舞空中言曰：「有鳥有鳥丁令威，去家千年今始歸。城郭如故人民非，何不學仙塚壘壘。」遂高飛去。

千千石楠樹。萬萬女貞林。山山白鷺滿，澗澗白猿吟。(〈秋浦歌十七首其十〉)

萬國同風共一時，錦江何謝曲江池？(〈上皇西巡南京歌十首其五〉)

飛流直下三千尺，疑是銀河落九天。(〈望廬山瀑布二首其二〉)

天臺四萬八千丈，對此欲倒東南傾。(〈夢遊天姥吟留別〉)

（四）異相神功

除前引客觀事物之誇飾、主觀比興之誇飾及量辭數字之誇飾外，李白遊仙詩中最常出現的是，誇飾神仙角色的奇異功能，以及他自己一旦進入神仙世界後的無比張力。在詩人漫天遐想與生花妙筆的渲染下，每一神仙角色不但各具奇異功能，且多歡欣可愛。

西上蓮花山，迢迢見明星。素手把芙蓉，虛步躡太清。霓裳曳廣帶，飄拂升天行。(〈古風其十七〉)

這是詩人在蓮花山上見到的明星仙女，素手、霓裳、廣帶，既美貌又飄逸，自是可親可愛；「虛步躡太清、飄拂升天行。」則是她的奇異功能。最後詩人還說：「邀我登雲臺。高揖衛叔卿。恍恍與之去。駕鴻凌紫冥。」可見此仙女果真可親可愛，還樂意加持詩人；而詩人在她的加持下，居然也進入了神仙世界，也有了「駕鴻凌紫冥」的非凡神功。

昔我遊齊都，登華不注峰。……蕭颯古仙人，了知是赤松。借予一白鹿，自挾兩青龍。含笑凌倒景。欣然願相從。(〈古風其十八〉)

這是詩人登華不注峯遇到古仙人赤松子的情形，他不但借給詩人一頭神鹿，他自己還挾持著兩條神龍，而且含笑凌空飛去。

神仙及神仙世界中的詩人李白，各具奇異功能。詩人李白所交往的佛道人士，在詩人彩筆下也各具不同尋常的神功仙力。

真僧法號號僧伽，有時與我論三車。……戒得長天秋月明，

心如世上青蓮色。意清淨，貌稜稜，亦不減，亦不增。瓶
裏千年舍利骨，手中萬歲胡孫藤。（〈僧伽歌〉）

這是一位高僧的形色，他的像貌永遠不增不減不改變。

元丹丘，愛神仙。……三十六峯長周旋。長周旋，躡星虹。
身騎飛龍耳生風。橫河跨海與天通。……（〈元丹丘歌〉）

這是詩人多年道友元丹丘的特異形貌和特異功能。

有關異相神功方面的遊仙詩，例多誇飾玄想，試擷錄數章如次。

（李白）捫天摘匏瓜，……誤攀織女機。（〈遊太山六首其
六〉）

燭龍棲寒門，光耀猶旦開。……燕山雪花大如席，片片吹
落軒轅臺。（〈北風行〉）

巨靈咆哮擘兩山，洪波噴流射東海。三峯卻立如欲摧，翠
崖丹谷高掌開。（〈西嶽雲臺歌送丹丘子〉）

狂放誇飾的另一面相是豪邁，「一生好入名山遊」的李白，筆下
三山五嶽無不壯濶雄偉，無待枚舉。

三、夢醉之間

前文謂，李白是個怎樣的人？李白遊仙詩的面貌怎樣？都很難具
體指說。五、六兩章，已從主題及面貌作若干窺探，其實筆者無非恣
意取一瓢飲而已，還有更多面相有待探索。有些遊仙詩雖醉言夢語，
亦每各有意趣，試以「夢醉之間」為話題，擷錄數章，窺其面貌如次。

（一）酒言醉語

自稱「酒中仙」詩仙酒仙李白，酒言醉語連篇自不意外，且詩中
多有仙趣。開懷暢飲，一醉即眠，更見詩人真性情真情懷。

兩人對酌山花開，一杯一杯復一杯。我醉欲眠卿且去，明
朝有意抱琴來。（〈山中與幽人對酌〉）

這是一首世人琅琅上口的仙趣小詩。語簡情長，酒趣仙趣友誼及
詩人的豪情，無不燦然呈現於字裡行間，直白率真，如見詩仙本尊面
貌。另一首情誼殷切的酒趣小詩是：

紀叟黃泉裡，還應釀老春。夜臺無李白，沽酒與何人。（〈哭宣城善釀紀叟〉）

　　詩題「哭」紀叟，哭對李白來說是少見的。試品讀本詩，詩人不啻是含淚帶笑的深情之哭。類似的酒言辭語還很多。如：

青天有月來幾時，我今停盃一問之。……唯願當歌對酒時，月光長照金樽裡。（〈把酒問月〉）

我有紫霞想，緬懷滄洲間。且對一壺酒，澹然萬事閑。……（〈春日獨酌二首其二〉）

天若不愛酒，酒星不在天。地若不愛酒，地應無酒泉。天地既愛酒，愛酒不愧天。……但得醉中趣，勿爲醒者傳。（〈月下獨酌四首其二〉）

山公醉酒時，酩酊高陽下。頭上白結羅，倒著還騎馬。（〈襄陽曲四首其二〉）

昨日東樓醉，還應倒接羅。阿誰扶上馬？不省下樓時。（〈魯中都東樓醉起作〉）

花間一壺酒，獨酌無相親。舉杯邀明月，對影成三人。月既不解飲，影徒隨我身。暫伴月將影，行樂須及春。我歌月徘徊，我舞影凌亂。醒時同交歡，醉後各分散。永結無情遊，相期邈雲漢。（〈月下獨酌四首其一〉）

　　前擷〈東樓醉〉及〈月下獨酌〉二詩醉趣漫瀾，〈東樓醉〉用口語，似說話，嚴羽評點謂，尋常醉狀皆如此。〈月下獨酌四首〉爲天寶三年（744）三月（見《年譜》）詩人被讒放歸後作，組詩四首其二見前，本詩其一，破題亦「開門見山」。「花間一壺酒，獨酌無相親。」時空情境俱現。繼引「月」「影」作伴，及時行樂，自是淒苦語；酒醉猶醒時，乃與月、影載歌載舞；醉倒不省時，月、影亦各自散去。末聯看似理性語（月、影皆是無情之物），卻以感性語作收（且喜尚有此無情之物可以終身信賴）。另外三首亦各有意趣：其二謂，天地聖賢皆愛酒，可見酒趣通大道，合自然；其三謂，「三月咸陽時，千花畫如錦。誰能春獨愁？對此徑須飲。」嚴羽謂，只此四句已盡，以

下（尚有八句）嫌多嫌破；其四謂，「窮愁千萬端，美酒三百杯。……
且須飲美酒，乘月醉高臺。」終歸仍是以月伴，月下獨酌；但詩中引
出伯夷、叔齊恥食周粟餓死首陽，及顏回簞瓢屢空不改其樂；詩人自
我諷喻與慰藉，意趣在此。

> 春草如有意，羅生玉堂陰。東風吹愁來，白髮空相侵。獨
> 酌勸孤影，閑歌面芳林。長松爾何知，蕭瑟為誰吟？手舞
> 石上月，膝橫花間琴。過此一壺外，悠悠非我心。（〈獨酌〉）
> 勸君莫拒盃，春風笑人來。桃李如舊識，傾花向我開。流
> 鶯啼碧樹，明月窺金罍。昨日朱顏子，今日白髮催。棘生
> 石虎殿，鹿走姑蘇臺。自古帝王宅，城闕閉黃埃。君若不
> 飲酒，昔人安在哉？（〈對酒〉）

上擷二詩也是醉夢之間的傑作。〈獨酌〉無伴，時當春草羅生堂
陰，東風吹愁白髮相侵，惟有勸「影」同飲，對「林」閑歌；囈語問：
「長松蕭瑟，爾為誰吟？」影、林、松無知無言，詩人乃繼之以「手
舞石上月，膝橫花問琴」，如夢似幻，悠然忘我。太白孤芳孤寂，常
常獨酌：「孤雲還空山，眾鳥各已歸。彼物皆有託，吾生獨無依。對
此石上月，長醉歌芳菲。」（〈春日獨酌二首其一〉）

〈對酒〉勸君莫拒盃，實無「君」可勸，此「君」乃太白夫子自
道之辭。太白仙筆，把場景鋪設得很盛況：春風、桃李、流鶯、碧樹、
明月、金罍，紛至沓來。但鏡花水月，昨日朱顏，轉眼成今日白髮；
往日光鮮的石虎殿生了荊棘，亮麗的姑蘇臺野鹿奔走，自古以來尊嚴
的帝王宅已化塵埃：勸君（我）及時飲酒行樂，看看埋在地下的帝王
將相，而今安在哉！

（二）有酒即樂

醉夢之間，別有天地。「滌蕩千古愁，留連百壺飲。良宵宜清談，
皓月未能寢。醉來臥空山，天地即衾枕。」（〈友人會宿〉）天地以萬
物為逆旅，我李白以天地為衾枕，浪漫豪邁，不言而喻。

> 來日一身，攜糧負薪。道長食盡，苦口焦脣。今日醉飽‧

樂過千春。仙人相存，誘我遠學。海淩三山，陸憩五嶽。乘龍上三天，飛目瞻兩角。授以仙藥，金丹滿握。蟪蛄蒙恩，深愧短促。思填東海，強銜一木。道重天地，軒師廣成。蟬翼九五，以求長生。下士大笑，如蒼蠅聲。（〈來日大難〉）

歷來詩評家對本詩多有研討：或謂太白此詩辭旨恍惚，奇譎可喜（《唐宋詩醇》）；或謂此詩太白玩世不恭，超然自得的自道傳神之作（徐世傳）；或謂此蓋太白被放賜歸，初辭金鑾，感念帝恩無以回報，譏高力士輩營營如蒼蠅之讒己（陳沆）；郁賢皓界定本詩當作於天寶三年（744）詩人即將去朝之時，並謂今人多視爲詩中寓政治失意後希求遊仙之意。題名〈來日大難〉，王琦注：〈來日大難〉即古樂府〈善哉行〉，首句爲「來日大難」，太白取以題〔註4〕。詩無達詁，言之成理即可。

本詩首段敘事，言過往醉飽之樂。次段遊仙詩趣，言仙人助其神功仙力，渡海飛越三山（蓬萊、方丈、瀛洲），陸遊歇憩於五嶽（泰山、衡山、華山、恆山、嵩山）；乘飛龍上三天，眼睛能看到飛龍的兩隻龍角；……種種恩惠難以回報，但人生短促，就如春生夏死、夏生秋死的蟪蛄，或銜木石填海的精衛，皆有心無力。末段諷喻，言大道比天地還重，連九五之尊的黃帝都視帝位如蟬翼，師事廣成子以求長生；只有下愚之士才聞道而大笑，如蒼蠅之聲。本詩的意旨爲何，很難臆測，連精編《唐宋詩醇》的清乾隆帝都說「辭旨恍惚，奇譎可喜」，其可喜處，或即在其奇譎恍惚，耐人尋味。堪稱狂放誇飾遊仙詩的另型面貌。

四、不事雕飾

李白遊仙詩作另一風貌是自然揮灑，不事雕飾。頗似順口溜的〈笑歌〉和〈悲歌行〉，蘇軾評爲僞作，正因爲它太淺白通俗了，是否爲

〔註4〕參見《李白集校注》卷五，頁370。及《新譯李白詩全集》卷四，頁217～218。

偽作，既無依據，姑置勿論。

（一）淺白通俗

其實詩仙李白詩歌（包括遊仙詩）中直白通俗全無斧鑿痕跡者並不罕見。如〈靜夜思——牀前明月光〉、〈贈內——三百六十日〉、〈山中與幽人對酌——兩人對酌山花開〉等均是。

> 元丹丘，愛神仙。朝飲穎川之清流，暮還嵩岑之紫煙，三十六峯長周旋。長周旋，躡星虹，身騎飛龍耳生風。橫河跨海與天通，我知爾遊心無窮。（〈元丹丘歌〉）

這是開元二十一年（733）李白三十三歲，初入長安無所成，應道友元丹丘邀隱嵩山之作。是一首風貌清新的仙詩，也是一首不見雕鑿跡象的歌吟體佳作。

（二）自然流暢

> 楚山秦山皆白雲，白雲處處長隨君。長隨君，君入楚山裡，雲亦隨君渡湘水。湘水上，女蘿衣，白雲堪臥君早歸。（〈白雲歌送劉十六歸山〉）

這也是一首直白口語化的遊仙詩，深山白雲乃神仙伴侶。劉十六歸隱，詩人以白雲歌相送，結句不但相送，而且送他快點去，似與送別惜別常情相悖，但詩仙李白道來卻一片真情。本詩約作於天寶二年（743）李白時居宮中年餘，對所處時空已感失落，故勸劉十六早去，亦隱含羨慕之意。沈德潛《唐詩別裁》評本詩云：「隨手寫去，自然流逸。」正是讚其不假雕飾。

第二節　遊仙詩心理

李白其人很難理解，李白的心理更難理解；或者說，正因為李白的心理很難理解，所以李白其人才很難理解。筆者自始即試從李白的身世及其所處的時空環境，探索他的心理狀態。奈何筆者淺學，至今仍難理解他心裡到底想的是什麼，最關心什麼，人生指標與實踐途徑

爲何……前文擷錄數十篇李白遊仙詩每每敘及，李白常處於不安、矛盾、恍惚中。他的心理狀態有無跡象可尋？例如：他自稱身材不夠高；在重門第的當時，他屢以隴西布衣、流落楚漢爲言；他的先世流放西域，五歲時始隨父遷蜀；自稱涼武昭王九世孫，經考證爲不實；他無「族望」，舉凡語及身世祖籍時每含糊其辭；人謂他第一次正式婚姻類似「入贅」，前後兩次正式婚姻對象都是唐故宰相孫女，不無藉以光門楣意圖……因此，筆者姑妄臆測，李白是否有自卑感？自卑感的正面流向是奮發向上，反射流向可能是自傲狂悖，……以下試依心理視角，分項擷錄李白仙詩若干，藉窺端倪。

一、標榜游俠──自我撫慰心理

李白有很多高遠理想，包括政治上，使寰區大定、海縣清一（〈代壽山答孟少府移文書〉）；學術上，步武孔子志在刪述，垂輝千春（〈古風五十九首其一〉）；或至少爲王者師，如呂尚、管晏、范蠡、張良，佐帝王定天下。可惜李白「大道如青天，我獨不得出。」（〈行路難三首其一〉）一路跌跌撞撞，落得醉酒狂歌，甚至「世人皆欲殺」（杜甫〈不見〉）。他內心的鬱結苦悶，可想而知。

鬱悶總得有個宣洩的出口，標榜游俠，以撫慰內心不平之氣，乃成李白宣洩抑鬱的一大出口。游俠是入世的，一般俠士仗義除害解困，大俠則挽社稷於將傾。太史公司馬遷謂，游俠能緩急人所時有的菑害困阨，有足多者（《史記・游俠列傳序》）。詩人李白與劍、俠，淵源深厚：他自稱：「十五好劍術，徧干諸侯。」（〈與韓荊州書〉）又稱：「結髮未識事，所交盡豪雄。……託身白刃裡，殺人紅塵中。」（〈贈從兄襄陽少府皓〉）魏顥稱白：「少任俠，手刃數人。」（〈李翰林集序〉）范傳正稱白：「少以俠自任，而門多長者車。」（〈唐左拾遺翰林學士李公新墓碑序〉）劉全白稱白：「少任俠，不事產業。」（〈唐故翰林學士李君碣記〉）太史公引韓非語：「儒以文亂法，而俠以武犯禁。」在傳統社會，俠士赴義除暴，世所稱許。李白在宮中令高力士

脱靴，王琦亦視爲豪俠行徑〔註5〕。太白畢生劍不離身〔註6〕，對俠
客多所稱頌，或即自我撫慰心理的自然流露。但他衷心推崇的，自非
曲巷小俠，而是振動天地的大俠，此乃李白入世襟懷的反射。

（一）燕趙俠風

> 趙客縵胡纓，吳鉤霜雪明。銀鞍照白馬，颯沓如流星。十
> 步殺一人，千里不留行。事了拂衣去，深藏身與名。閑過
> 信陵飲，脱劍膝前橫。將炙啖朱亥，持觴勸侯嬴。三杯吐
> 然諾，五嶽倒爲輕。眼花耳熱後，意氣素霓生。救趙揮金
> 槌，邯鄲先震驚。千秋二壯士，烜赫大梁城。縱死俠骨香，
> 不慚世上英。誰能書閣下，白首《太玄經》！（〈俠客行〉）

詩題〈俠客行〉，屬樂府歌行體舊題，摹寫趙地俠客形象及行徑。
世稱燕趙多慷慨悲歌之士，太白此詩可爲象徵。本詩首段摹寫趙人俠
客冠帶粗獷，攜著雪亮吳鉤武器，騎著銀鞍白馬，奔馳如流星，十步
殺一人，千里無阻礙；義行事畢拂衣而去，隱姓埋名不求人知。「事
了拂衣去，深藏身與名。」乃詩人重筆警語，亦即詩人肯定俠客身價
的焦點。

首段似已盡言，但詩人似乎言猶未盡，此趙客「十步殺一人，千
里不留行」又「事了拂衣去，深藏身與名」，誠既「俠」且「義」矣。
只不過此義行可能僅屬一人一家事故，無關社稷生民；因此，詩人乃

〔註5〕參見《李白集校注》附錄三，王琦〈李太白集輯注跋五則〉，頁1819，
王琦謂，太白當帝面令高力士脱靴，實因高力士獲寵於君，士大夫
爭相趨附，太白平日即有惡之之念存於心中，乃乘醉辱之，其氣可
謂豪矣。

〔註6〕李白劍不離身：「乃仗『劍』去國，辭親遠遊。」（〈上安州裴長史書〉）
「停盃投箸不能食拔『劍』四顧心茫然。」（〈行路難三首其一〉）「觀
兵洪波臺，倚『劍』望玉關。」（〈登邯鄲洪波臺置酒觀發兵〉）「倚
『劍』登高臺，悠悠送春目。」（〈古風其五十四〉）「拔『劍』前柱，
悲歌難重論。」（〈南奔書懷〉）「三盃拂『劍』舞秋月，忽然高詠涕
泗漣。」（〈玉壺吟〉）「不得金門詔，空持寶『劍』遊。」（〈寄淮南
友人〉）「撫『劍』夜吟嘯，雄心日千里。」（〈贈張相鎬二首其一〉）
「安得倚天『劍』，跨海斬長鯨！」（〈臨江王節士歌〉）。

引出戰國時信陵君用俠客侯嬴、朱亥邯鄲救趙的史事〔註7〕：似此遺
香千古而「不慚世上英」者，才是詩人心目中的真俠大俠。此或即本
詩旨趣所在。

> 紫燕黃金瞳，啾啾搖綠鬃。平明相馳逐，結客洛門東。少
> 年學劍術，凌轢白猿公。珠袍曳錦帶，匕首插吳鴻。由來
> 萬夫勇，挾此生雄風。

> 託交從劇孟，買醉入新豐。笑盡一杯酒，殺人都市中。羞
> 道易水寒，徒令日貫虹。燕丹事不立，虛沒秦帝宮。舞陽
> 死灰人，安可與成功？（〈結客少年場行〉）

此亦樂府舊題。詩人李白描繪洛陽少年俠士們的生活行徑：騎著
紫燕駿馬，馬鳴啾啾，俠士們一大早即競相馳逐，在洛陽東門集結；
他們自幼精習劍術，可與傳說中的白猿公較量；穿著珠袍錦帶，腰插
吳鴻般的匕首，雄風凜凜接下來結交買醉，都市殺人，羞荊軻無能，
秦武陽無用，怎能跟他們共成大事？詩中引用典故，除劇孟、燕丹、
秦武陽等常見外，白猿公和吳鴻典故少見，特略加注釋〔註8〕。令人
讚歎的是，中國數千年文化，人、事、物乃至稗官野史，神話俚語，
似均為太白所網羅，唾手探囊皆為典實，此非仙才天才而何？

〔註7〕 關於信陵君救趙，《史記‧魏公子列傳》略謂：魏安釐王二十年，秦
兵圍趙都邯鄲（今河北邯鄲），趙求救於魏，魏王受秦威脅，命大將
晉鄙領兵駐鄴城，按兵不動；信陵君數次勸魏王救趙，終不聽；後
來魏都大梁（今河南開封）俠士侯嬴為其策畫，由魏王愛妾如姬竊
得兵符，又推薦屠夫俠士朱亥隨信陵君同去，晉鄙對兵符有疑，拒
交兵權；朱亥乃擊殺晉鄙，信陵君終得率魏軍攻秦軍，解除了趙國
邯鄲之困。

〔註8〕 有關白猿公，《吳越春秋‧勾踐歸國外傳》略謂：越之南林有一處女，
越王使人聘之，問以劍戟之術；處女往見王，道逢一翁，自稱袁公，
請處女表演一下劍術；處女說，請公測試；翁即以杖削竹，竹枝未
落地，女即接其末，袁公即飛上樹，變為白猿。有關吳鴻，吳鴻即
吳鉤代稱，《吳越春秋‧闔閭內傳》略謂：吳王闔閭以百金徵求國中
善作鉤者，有人殺其二子，以血塗鉤獻王，王欲觀其鉤特異處，乃
令其人於眾鉤中挑出自己所作者，鉤師乃呼二子名：「吳鴻、扈稽，
我在此！」二鉤應聲飛出，吳王乃賞以百金，並佩其劍不離身。以
上參見《新譯李白詩全集》卷三，頁78。

（二）幽州、東海、西門俠客

> 幽州胡馬客，綠眼虎皮冠。笑拂兩隻箭，萬人不可干。彎弓若轉月，白雁落雲端。雙雙掉鞭行，游獵向樓蘭。出門不顧後，報國死何難？……（〈幽州胡馬客〉）

> ……東海有勇婦，何慚蘇子卿。學劍越處子，超騰若流星。捐軀報夫讎，萬死不顧生。……斬首掉國門，蹴踏五藏行。豁此伉儷憤，粲然大義明。……（〈東海有勇婦〉）

> 西門秦氏女，秀色如瓊花。手揮白楊刀，清晝殺讎家。羅袖灑赤血，英聲凌紫霞。直上西山去，關吏相邀遮。婿爲燕國王，身被詔獄加。犯刑若履虎，不畏落爪牙。素頸未及斷，摧眉伏泥沙。金雞忽放赦，大辟得寬賒。有慚聶政姊，萬古共驚嗟。（〈秦女休行〉）

上擷三詩寫三位另類俠客，但共同點是有所作爲的俠客：胡馬客是「報國死何難」，東海婦是「捐軀報夫讎」，西門秦女是「清晝殺讎家」。人世間國仇家恨，不公不平不義的事無時無地無之，此所以俠客「有足多者」（太史公語）。太白慨然曰：「安得倚天劍，跨海斬長鯨！」（〈臨江王節士歌〉）正是一吐胸中不平語。

（三）少年游俠

> 青雲少年子，挾彈章臺左。鞍馬四邊開，突如流星過。金丸落飛鳥，夜入瓊樓臥。夷齊是何人？獨守西山餓。（〈少年子〉）

> 擊筑飲美酒，劍歌易水湄。經過燕太子，結託并州兒。少年負壯氣，奮烈自有時。因聲魯勾踐，爭博勿相欺。（〈少年行二首其一〉）

> 五陵少年金市東，銀鞍白馬度春風。落花踏盡遊何處？笑入胡姬酒肆中。（〈少年行二首其二〉）

上擷三詩皆摹寫少年游俠行徑。〈〈少年子〉〉末聯，「夷齊是何人？獨守西山餓！」王琦注謂，詩人以伯夷叔齊守節餓死，譏少年遊俠輩爲狂童。安旗注謂，詩人肯定少年游俠，反譏諷夷齊徒然餓

死爲不智。筆者以太白一向標舉游俠，以洩胸中抑鬱的心理觀之，同意安旗說法。

（四）當年豪俠，不堪回首

> 憶昔作少年，結交趙與燕。金羈絡駿馬，錦帶橫龍泉。寸心無遺事，所向非徒然。……（〈留別廣陵諸公〉）

> 門有車馬客，金鞍曜朱輪。謂從丹霄落，乃是故鄉親。……歎我萬里遊，飄颻三十春。空談霸王略，紫綬不掛身。雄劍藏玉匣，《陰符》生素塵。廓落無所合，流離湘水濱。借問宗黨間，多爲泉下人。……惻愴竟何道？存亡任大鈞。（〈門有車馬客行〉）

前擷二詩，可視爲李白少年至老，自悲不遇的「詩史」之作。〈門有車馬客行〉約作於肅宗乾元二年（759），安史之亂未平，詩人流放夜郎遇赦，辭白帝，下江陵，漫遊瀟湘之際；其時詩人五十九歲，離蜀已三十餘年。詩的首段寫故鄉車馬客忽然到訪，詩人呼兒掃堂接待，坐論悲辛，對酒不飲，傷心流淚。次段自敘離家三十年，飄颻無成，寶劍藏玉匣而無用，論霸王之術的《陰符》兵書積了灰塵，隻身至今仍流落湘水濱。末段「借問宗黨間，多爲泉下人」，死者已矣，生者暫時在百戰中苟活。以上這些，全是家鄉人說家常話。最後六句感時興悲：安史之亂揚起的胡沙，已湮埋了洛陽長安，難道上天就如此不仁嗎？國事如此，個人生死也就聽天由命了！

詩人於訴說一己不遇之餘，復念念不忘社稷生民，最後存亡任大鈞一語，沈痛至極。前文謂太白「劍不離身」，此處是寶劍無用，悲夫！

本小節詩人多在標榜少年遊俠，且多以白描手法刻畫他們的身影行徑。輕小俠而重大俠，乃其入世宗旨。詩人既是旁觀者，又彷彿是當事人：回溯當年，十五好劍術……返觀當下，飄颻無所成……心中不乎與抑鬱，藉歌頌遊俠以紓解，此似即詩人言外私衷。

二、贈內贈己——孤芳自賞心理

　　孤芳自賞，類似時下所稱的「自戀」（Narcissism），即自我陶醉的行為或習慣。語源來自希臘神話，一位名叫那耳喀索斯（拉丁語Narcissus）的希臘俊美青年，拒絕了有美妙嗓音女神厄科的求愛，卻愛上他自己在湖中的倒影，終於日漸消瘦，最後變成一朵以他命名的水仙花。就心理學角度看，極端自戀會變成病態，一般自戀則被視健康心理的重要元素〔註9〕。

　　日人筧久美子研究指出：李白鄉情、父母情，乃至妻情，都較疏淡，他離鄉後未再返鄉，很少提到父母，缺乏一般人的「築巢」責任感；更有趣的是，他有不少贈內寄內詩，卻很少表達自己如何思念妻子之情，反而常常設想妻子如何思念愛慕他自己；他的「自代內贈」即代妻回贈李白自己的詩，也多是寫妻子如何詠頌愛戀他李白這個漫遊三山五嶽的浪漫詩人〔註10〕。孤芳自賞其實與自我中心具裙裾關係。前文已就李白自我中心遊仙詩作淺窺，本小節試擷錄太白贈內詩及代內贈詩數章，略窺其孤芳自賞心態下詩作面相。

（一）自戀自憐

　　三鳥別王母，銜書來見過。腸斷若剪弦，其如愁思何？遙知玉窗裡，纖手弄雲和。奏曲有深意，青松交女蘿。寫水山井中，同泉豈殊波。秦心與楚恨，皎皎為誰多？（〈寄遠十二首其一〉）

　　青樓何所在？乃在碧雲中。寶鏡挂秋水，羅衣輕春風。新妝坐落日，悵望金屏空。念此送短書，願因雙飛鴻。（〈寄遠十二首其二〉）

　　〈寄遠十二首〉是太白贈內作，即寄贈遠在安陸的妻子許夫人

〔註9〕摘自網路《維基百科》，http://zh.wik1pedia.org/zh-tw%E8%87%/AA%E6%88%80，2014/7/20。

〔註10〕參見日人筧久美子〈以「女性學」觀點試論李白杜甫寄內懷內詩〉，收入《唐代文學研究》第三輯，（桂林：廣西師範大學出版社 1992年8月），頁258～260。

詩。郁賢皓繫年太白與許氏婚於開元十五年（727）。（據日人筧久美子〈李白結婚考〉，與許氏婚年有多種說法，見同注53，頁227～236）此詩其一至其三當作於開元十九年（731）李白三十一歲，其時太白與許夫人分居「秦」與「楚」二地，當時山川阻隔，雖近亦遠，書信往還不易，故稱「寄遠」，且盼西王母青鳥使者代傳；秦與楚，乃形容語，不必作字面解。筆者案：據《年譜》稱，開元十九、二十年，太白均在安陸，初隱居城西北六十里之小壽山，後移居城西三十里之白兆山桃花巖；開元二十年始與安陸許夫人婚；依此推論，〈寄遠〉詩最早亦在開元二十年後，未知孰是。又，依《年譜》載，開元十五至二十年間，太白在長沙、岳州、洞庭、金陵、維揚、江夏、方城等地漫遊，開元二十一年（733）春，太白與從弟幼成等由安陸遊襄陽，夏攜襄陽妓段七娘至湖陽轉方城（今河南方城，春秋時楚地）、汝州（今河南臨汝），秋杪遊洛陽（今河南洛陽）；依此推知，太白於開元十五年初婚起，即經常拋妻攜妓漫遊大江南北，劉大杰稱太白爲「酒徒色鬼」[註11]，日人筧久美子稱太白缺乏「築巢」責任感，似未過當。

　　就贈內贈己孤芳自賞言，前擷〈寄遠十二首〉其一、其二，尚屬中性，夫妻雙方各有離情愁緒，秦心楚恨，難謂誰多。

（二）自高身價

　　玉筯落春鏡，坐愁湖陽水。聞與陰麗華，風煙接鄰里。青春已復過，白日忽相催。但恐荷花晚，令人意已摧。（〈寄

〔註11〕參見劉大杰《中國文學發達史》，頁427。《年譜》稱，太白攜襄陽妓段七娘遊湖陽爲開元二十一年，白有〈贈段七娘〉詩：「羅襪凌波生網塵，那能得計訪情親；千盃綠酒何辭醉，一面紅粧惱殺人。」意謂，雖醉飲千盃，得親佳人一面，亦不辭。白有〈贈內〉詩：「三百六十日，日日醉如泥。爲李白婦，何異太常妻？」郁賢皓繫年，當爲開元十五年太白與許夫人新婚不久戲謔之作。太常妻，市面多解作「太監妻」，太監何妻之有？此典出自《後漢書·周澤傳》略謂：周澤任宗廟禮儀之太常時，盡敬職守，常齋戒一年三百五十九日守宮殿，不還家。太白此處戲稱許夫人如太常妻。劉大杰稱太白爲酒徒色鬼，似頗合情實。

遠十二首其四〉）

妾在舂陵東，君居漢江島。百里望花光，往來成白道。一
爲雲雨別，此地生秋草。秋草秋蛾飛。相思愁落暉。何由
一相見。滅燭解羅衣！（〈寄遠十二首其七〉）

憶昨東園桃李紅碧枝，與君此時初別離。金瓶落井無消息。
令人行歎復坐思。坐思行歎成楚越，春風玉顏畏銷歇。碧
窗紛紛下落花，青樓寂寂空明月。兩不見，但相思。空留
錦字表心素，至今緘愁不忍窺。（〈寄遠十二首其八〉）

　　前擷三首〈寄遠〉詩，係代內贈體，即詩人代妻寫的贈太白之作。
也是一面之辭，僅寫妻如何思念自己，自己在妻心目中如何受珍惜，
如何悵望自己早歸，甚至連「何由一相見，滅燭解羅衣」的鹹溼語都
搬出來。至於妻方是否有嫌怨、悲憤、猜疑，乃至李白自己有無反思、
悔悟、歉疚，字裡行間全不見。代內贈體難免步入孤芳自賞之途，但
略觀詩人其他贈內詩，亦每有意無意間轉出彼方（妻）如何悽苦思遠
情懷。例如〈寄遠十二首其十二〉，前十二句係詩人抒發夫妻往日如
何恩愛及自己別後如何思歸，末四句轉出：「盈盈漢水若可越，可（何）
惜凌波步羅襪？美人美人兮歸去來，莫作朝雲飛陽臺。」乃是彼方（妻）
反勸詩人速歸，勿移情誤入陽臺，顯示自己身價非凡。

　　就詩體言，前擷其七、其八兩首，詩筆呈現江南民歌色調，秋草
／秋草頂真，秋草秋蛾疊用；坐思／坐思頂真，九言、七言錯綜，神
筆亮麗，頗多遊仙詩藝術格調。

（三）自比蘇秦

王命三徵去未還，明朝別離出吳關。白玉高樓看不見，相
思須上望夫山。（〈別內赴徵三首其一〉）

出門妻子強牽衣，問我西行幾日歸。歸時儻佩黃金印，莫
見蘇秦不下機。（〈別內赴徵三首其二〉）

翡翠爲樓金作梯，誰人獨宿倚門啼？夜坐寒燈連曉月，行
行淚盡楚關西。（〈別內赴徵三首其三〉）

　　組詩三首，題稱別內赴徵，即天寶十五年（肅宗至德元年，756），永王李璘起兵，三邀李白入幕，白赴徵時別宗氏之作。三首詩同趣，太白依然是主體，夫人宗氏依然是客體，其一云：「相思須上望夫山。」其二云：「莫見蘇秦不下機。」其三云：「行行淚盡楚關西。」太白始終認為自己應是夫人「望」、「下機」、「行行淚盡」的對象，不無「孤芳自賞」或時下所謂「自我感覺良好」意味。又，太白於此處引用蘇秦佩黃金印及妻嫂下機相迎故事，似隱含赴徵並非全屬被迫，他本人或亦企圖藉此揚眉吐氣、激昂青雲。謂其飢不擇食，或政治判斷力不佳，似無不可。

　　就詩體言，此三詩似亦屬急就章的快詩，但審視之，三詩皆合近體七絕格律，乃詩人罕見之作。

三、仕隱飄忽──怡然自娛心理

　　李白自稱：五歲誦六甲，十歲觀百家，十五歲既好劍術又「遊仙未曾歇」。此後，終其一生，隨時隨地都在仕進／隱居（遊仙）二者之間搖搖擺擺，飄忽不定。在蜀期間即結交道友，受道籙，隱居養生；開元八年（720），李白二十歲，蘇頲任益州長史，白即路中投刺，意在干謁求仕，未獲禮遇；開元十四年（726），白二十六歲。出蜀後，更似神不守舍，三山五嶽，大江大河南北東西，朝干暮謁，痛飲狂歌，復尋仙修道，了無止息；即使結婚生子育女，亦攜妓冶遊；奉召翰林期間亦「長安市上酒家眠」。儘管經常徒歎浮生若夢、白髮頻催，但飄颻廓落，歲月如梭，至五十九歲暮年，鄉親車馬客到訪，始驀然發現自己仍「流離湘水濱」而「存亡任大鈞」。

　　太白仙才，無論身在何處，身處何種境遇，只須有酒，他都能樂其所樂，大好歲月也就在他瀟灑自娛中倏忽而逝。難得的是，太白雖游走仕隱、儒道間，卻始終真誠行事，始終陶然忘機，憂樂寵辱坦然面對。換言之，太白是一位仁心為本、道表儒中、從容自得的仙才詩人，他許多瑰麗奇妙的遊仙詩，即是他如此性格和如此生涯中遍地綻

放的奇花碩果。

（一）年少即思隱

> 十五遊神仙，仙遊未曾歇。吹笙吟松風，汎瑟窺海月。西
> 山玉童子，使我鍊金骨。欲逐黃鶴飛，相呼向蓬闕。（〈感
> 興八首其五〉）

起筆「十五遊神仙，仙遊未曾歇」爲破題。次聯「吹笙吟松風，
汎瑟窺海月」，爲遊仙生涯寫照，嚴羽評爲「清超」句。三聯「西山
玉童子，使我鍊金骨」，爲遊仙遇仙記事，乃詩人夢寐嚮往者。末聯
「欲逐黃鶴飛，相呼向蓬闕」，爲接續前聯遇玉童、鍊金骨之後，預
期有成，即可相邀玉童，逐黃鶴飛往蓬萊仙闕。

本詩雖作年不詳，但從「未曾歇」一言尋思，可能爲晚年回溯之
作，也可視爲太白遊仙詩的「詩史」線索。既是「未曾歇」的回溯之
筆，故詩中全無時間空間交代。以此爲張本，太白仙隱生涯與仙隱之
作，畢生不輟，斯可謂有跡有源。

> 茫茫南與北，道直事難諧。榆莢錢生樹，楊花玉糝街。塵
> 縈游子面，蝶弄美人釵。卻憶青山上，雲門掩竹齋。（〈春
> 感〉）

開元八年（720）蘇頲出任益州長史，其時二十歲的詩人李白往
謁，本詩曾得到蘇頲的讚賞。詩題〈春感〉，乃遊賞感懷而有仙境仙
趣的遊仙詩，五律正格，首聯即景抒情，頷聯寫春景，頸聯推開一層
寫遊子不遇而美人獲寵，以上並無特別處；結聯展現遊仙遐想，值得
尋繹窺測。前引〈感興八首其五〉太白自稱「十五遊神仙，仙遊未曾
歇」，本詩結聯遐想，庶乎有跡可尋。

據《年譜》繫年，〈春感〉、〈登錦城散花樓〉及〈登峨眉山〉，均
開元九年作，李白謁蘇頲，當在本年春後。錦城，即成都，李白遊成
都亦在春季。詩云：

> 日照錦城頭，朝光散花樓。金窗夾繡戶，珠箔懸瓊鈎。飛
> 梯綠雲中，極目散我憂。暮雨向三峽，春江繞雙流。今來

一登望，如上九天游。（〈登錦城散花樓〉）

此詩結語，「如上九天遊」，與前詩「憶青山」、「掩雲門」似同一意趣，總是嚮往仙鄉仙境。〈登峨眉山〉尤其如此：

蜀國多仙山，峨眉邈難匹。……

雲間吟瓊簫，石上弄寶瑟。平生有微尚，歡笑自此畢。煙
容如在顏，塵累忽相失。儻逢騎羊子，攜手凌白日。（〈登
峨眉山〉）

〈春感〉、〈登錦城散花樓〉均隱含仙遊遐思，〈登峨眉山〉更坦然表現出尋仙慕道意念。太白雖浪漫，但本質真誠，遊仙慕道非止冥思遐想而已，開元七年（722）二十二歲，與東巖子隱岷山之陽（即匡山），經年不跡城市，養奇禽千計，呼皆就掌取食，了無驚猜。至開元十四年（726）出蜀前，除曾遊錦城即成都外，均居岷山。足見其踐履篤行，且樂在其中的一面。

性浪漫的詩人李白，儘管仕隱飄忽，但總不失率真的仁者本色：論交遊，無論舊雨新知，都誠懇喜悅，新交如汪倫，「桃花潭水深千尺，不及汪倫送我情。」（〈贈汪倫〉）舊友如孟浩然，「孤帆遠影碧空盡，惟見長江天際流。」（〈黃鶴樓送孟浩然之廣陵〉）與年輕群友話別，「請君試問東流水，別意與之誰短長。」（〈金陵酒肆留別〉）對幽人友，「我醉欲眠卿且去，明朝有意抱琴來。」（〈山中與幽人對飲〉）甚至對月、對影、對敬亭山，亦情意款款。

論隱逸，離蜀後，仕／隱為其漫遊的目的（或借口），始交道士元丹丘於方城，時太白年三十，此後引元為知己，並視元為仙人，多次與元隱居修道；開元二十五年（737）移家任城後，與孔巢父、裴政、韓準、張叔明、陶沔，同隱徂徠山，號「竹溪六逸」。隱居中遊仙詩篇，前已擷錄若干，茲再蒐羅數則，以相印證。

（二）青壯逐仕隱

雲臥三十年，好閒復愛仙。蓬壺雖冥絕，鸞鶴心悠然。歸
來桃花巖，得憩雲窗間。……獨此林下意，杳無區中緣。

　　永辭霜臺客，千載方來旋。(〈安陸白兆山桃花巖寄劉侍御綰〉)

　　敬亭一回首，目盡天南端。仙者五六人，常聞此游盤。……願隨子明去，鍊火燒金丹。(〈登敬亭山南望懷古贈竇主簿〉)

　　南風昔不競，豪聖思經綸。……我則異於是，潛光皖水濱。……俟乎太階平，然後託微身。傾家事金鼎，年貌可長新。所願得此道，終然保清真。弄景奔日馭，攀星戲河津。一隨王喬去，常年玉天賓。(〈避地司空原言懷〉)

前擷三詩寫作背景各異。〈安陸白兆山〉詩，約作於開元十八年（730）詩人三十歲，在安陸與許夫人婚後（婚年有開元十五年及開元二十年二說，見前）。隱居安陸縣西三十里白兆山，婚後新居近在咫尺，寄友劉侍御詩末聯竟稱：「永辭霜臺客，千載方來旋。」意謂自己好閑愛仙乃至成仙，千年後再來與劉相見。樂於隱居，期於成仙，意在詩中。

　　〈登敬亭山〉詩，約作於天寶十二年（753）詩人五十三歲，遊宣城（今安徽宣城）敬亭山作。據《年譜》載，天寶十一年白五十二歲，除漫遊河南南陽、大梁（開封），河北邯鄲、幽州、薊門，歲末還梁苑（今河南商丘東）等地外，還在洛陽娶宗氏女。第二年即天寶十二年白五十三歲，繼上一年，由梁苑起，秋初往曹南（今山東定陶西）、遊宣城敬亭山、涇縣（今安徽涇縣）陵陽山，至秋浦（今安徽貴池縣西），遊清溪、大樓山、黃山（今安徽歙縣西北），冬杪歸當塗（今安徽當塗）。在安陸婚許氏，在洛陽婚宗氏，太白均漫遊逍遙、棲棲遑遑如故，仕乎隱乎？誠難理解。

　　〈避地司空原〉詩，約作於至德二年（757）詩人五十七歲，隱居舒州司空原（今安徽太湖東北）。前二首均屬嚮往隱居，本詩則是身在隱居中。前六句譏劉琨、祖逖等心存匡濟終遭殺害；中六句稱自己隱居司空原，與天柱山為鄰，雪晴時可賞萬里皓月，雲散後可極目九江春光。最後「俟乎太階平」即置身塵世外，以至「所願」得長生

之道，永保純真樸素，並隨仙人王喬去，常年作玉清天上的嘉賓。詩人意謂，我隱於此是智者，遇亂可全身避禍，遇治即修道長生，塵世於我何有哉！但，詩人果真如此灑脫嗎？

（三）儒者風範

> 君思潁水綠，忽復歸嵩岑。歸時莫洗耳，為我洗其心。洗心得真情，洗耳徒買名。謝公終一起，相與濟蒼生。（〈送裴十八圖南歸嵩山二首其二〉）

題為送裴圖南歸嵩山，卻又勸以勿作沽名釣譽的假隱，爾我應效法謝安，隱東山，逢國難復出，以濟蒼生。筆者謂太白為「假道士」「真儒者」，此處亦可佐證。

太白仕隱飄忽，一皆怡然自得。以下試就仕進部分，略作管窺。

> 君子枉清眄，不知東走迷。離家未幾月，絡緯鳴中閨。桃李君不言，攀花願成蹊。那能吐芳信，惠好相招攜？
>
> 我有結綠珍，久藏濁水泥。時人棄此物，乃與燕珉齊。拂拭欲贈之，申眉路無梯。
>
> 遼東慚白豕，楚客羞山雞。徒有獻芹心，終流泣玉啼。祗應自索漠，留舌示山妻。（〈贈范金鄉二首其一〉）
>
> 范宰不買名，弦歌對前楹。為邦默自化，日覺冰壺清。百里雞犬靜，千廬機杼鳴。浮人少蕩析，愛客多逢迎。遊子睹嘉政，因之聽頌聲。（〈贈范金鄉二首其二〉）

在解讀本詩前，先掃瞄一下，太白一生仕進奔波了多少路。

表七　李白仕進奔波歷程一覽表

時間	地點	事蹟	備註
開元八年（720）	在蜀	路中投刺益州長史蘇頲。	首次干謁。
開元十八年（730）三十歲	在安陸	作〈上安州裴長史書〉。	第一封求職信。
開元廿一年（733）卅三歲	在襄陽	作〈與韓荊州書〉。	第二封求職信。

開元廿九年 （741）四十一歲	在東魯	作〈贈范金鄉〉詩二首。	企圖范縣令引進。
天寶元年 （742）四十二歲	入長安	應召入宮爲翰林供奉，論當世事務，草答番書，上宣唐鴻猷，專掌密命。	應玄宗召入宮意圖長才大展。
天寶二年 （743）四十三歲	在宮中	玄宗數見賜宴，曾御手調羹，龍巾拭吐，應詔作〈清平調〉及〈宮中行樂詞〉。白令高力士脫靴，長安市上酒家眠。	發現才非所用，乃縱酒自穢。
天寶三年 （744）四十四歲	出宮	不爲親近所容，懇求還山，帝乃賜金放歸，三月出京。	結束任官。
天寶四年 （745）四十五歲	在青州	作〈上李邕〉詩。	辭京後自我表白。
天寶十五年即肅宗至德元年（756）五十六歲	隱廬山	應永王李璘邀，入幕，作〈別內赴徵〉三首及〈永王東巡歌〉十一首，事敗被囚。	意圖借機展才。（事後流放夜郎遇赦。）
上元二年 （761）六十一歲	在當塗	聞李光弼統軍百萬，出鎮臨淮，乃奮身前往，中途遇病折返。	次年六十二歲病歿（或謂六十三歲歿）

從上表所列太白走過的仕進坎坷路後，回到前擷〈贈范金鄉二首〉詩的解讀。開元二十九年（741），太白四十一歲，由安陸移居山東。郁賢皓繫年，本詩當作於這一年，即開元末，太白移家山東後，遊金鄉（今山東金鄉）時作。題稱范金鄉，即金鄉縣范姓（名不詳）縣令。組詩二首，第一首主旨在期待范縣令讓詩人揚眉吐氣，第二首歌頌范縣令治績。淺解本詩，頗堪玩味：以太白傲岸性格，且正值盛年，何以竟企求一區區縣令爲之攀引，使其揚眉吐氣；還謙稱自己是被污的寶玉，想洗淨後贈送給貴縣令，卻無路可通；最後更引白豕、山雞及張儀典故﹝註12﹞自我調侃一番。這是第一首。第二首以誇飾筆法盛讚

﹝註12﹞關於「白豕」，《後漢書·朱浮傳》略謂·遼東有白頭豕，以爲稀有，上獻，行至河東，見群豕皆白，懷慚而返。關於「山雞」，《尹文子·大道》略謂：楚人擔山雞（雉）出售，路人問「何鳥」？楚人騙稱「鳳凰」，路人以十金求購，楚人拒；加倍二十金始售。路人將欲獻

范縣令治績，引經據典，歌頌至極。二詩合觀，幾令人疑太白窮途末路，飢不擇食，復跡近「摧眉折腰」。但，換個視角言，此正太白真性情所在，儘管仕隱飄忽，亦皆坦率以對；而仕進之志，尤其迫不及待，雖至摧眉折腰，亦毅然為之而無所顧忌。又，回溯其隱居仙遊諸作，無論身在何處，處境如何，總是念念不忘社稷蒼生：儒者李白之可貴處正在此。

（四）晚年情懷

一生奔競於入世出世而終未如願的詩人李白，仕隱飄忽的晚年情懷是何景況，值得窺視探索。

> 韓眾龍白鹿，西往華山中。玉女千餘人，相隨在雲空。見我傳祕訣，精誠與天通。何意到陵陽，遊目送飛鴻。
>
> 天子昔避狄，與君亦乘驄。擁兵五陵下，長策遏胡戎。時泰解繡衣，脫身若飛蓬。
>
> 鸞鳳翻翕翼，啄粟坐樊籠。海鶴一笑之，思歸向遼東。黃山過石柱，巇崿上攢叢。因巢翠玉樹，忽見浮丘公。又引王子喬，吹笙舞松風。
>
> 朗詠〈紫霞篇〉，請開蕊珠宮。步綱繞碧落，倚樹招青童。何日可攜手，遺形於無窮。（〈至陵陽山登天柱石酬韓侍御招隱黃山〉）

本詩約上元二年（761）李白六十一歲作。次年或再次年，李白病歿於當塗，亦即李白晚年作。李白最無奈的是人生苦短，鏡中白髮「朝如青絲暮成雪」（〈將進酒〉），已六十出頭的他，焉無「暮年」的自知？何況他剛剛遭遇流放遇赦之災！然而李白其人，我等常人實難理解。試看他被流放夜郎當年，五十八歲依舊在江夏一帶漫遊，次年

楚王，第二天，鳥死，路人以不能獻王為憾，事聞於楚王，王感其誠，賜買鳥之金十倍予路人。關於「留舌」，《史記‧張儀列傳》略謂：張儀與楚相飲，楚相失璧，疑張儀盜，笞數百，回家後，問妻，吾舌尚在否？妻曰尚在；儀曰足矣。後終以舌說六國連橫事秦。以上引自《新譯李白詩全集》，卷七，頁 429～430。

五十九歲初春依舊漫遊沅湘、江陵，方啓程赴夜郎，三月至白帝城遇赦返江陵，六十歲、六十一歲依舊席不暇暖漫遊於武昌、揚州、金陵、越中各處。此即李白其人及其暮年生涯。前擷錄〈至陵陽山登天柱石酬韓侍御招隱黃山〉詩，或可略窺其暮年情懷的底蘊。詩人仍以開門見山筆法起筆，且緊扣酬答韓侍御題旨，引《神仙傳》仙人韓眾故事喻韓侍御。呈現遊仙詩風貌。韓侍御招詩人隱黃山，可謂知心良友。詩人最後牽引出仙人浮丘公和王子喬藉以點染詩色；結出樂與韓侍御攜手共進仙境。此或可視爲詩人暮年情懷的自白。

　　轉念試思，詩仙李白其人眞難解。前擷詩爲太白六十一歲作。同年，太白送宗夫人往廬山尋女道士李騰空隱居修道，「送」詩二首，其一結語謂：「若戀幽居好，相邀弄紫霞。」其二結句謂：「一往屛風疊，乘鸞著玉鞭。」一派祝夫人修道成仙之辭。太白五十二歲婚宗氏，繫獄期間宗氏奔走救他，晚年卻送宗氏修道。何故？李白自己何不與夫人同往？他終身遊仙訪仙求仙並期成仙，還受過道籙，領過青蓮居士頭銜，此時卻漠漠然置身事外，太白暮年情懷到底如何？是否亦怡然自娛？殊費解。

表八　第七章〈李白遊仙詩神采與心理〉示意簡表

節次	主題	內容摘要
第一節	遊仙詩神采	一、浪漫不羈 　1. 架五綵虹爲通天長橋：〈焦山杳望松寥山〉 　2. 著五雲裘上達天庭：〈酬殷佐明見贈五雲裘歌〉、〈懷仙歌〉、〈夢遊天姥吟留別〉 　3. 自珍自惜：〈黃葛篇〉、〈風笙篇〉 　4. 我可爲所欲爲：〈將進酒〉、〈避地司空原言懷〉…… 二、狂放誇飾 　1. 客觀事物之誇飾：〈題峯頂寺〉、〈公無渡河〉 　2. 主觀比興之誇飾：〈贈王漢陽〉、〈上雲樂〉、〈醉後答丁十八以詩譏予搥碎黃鶴樓〉

		3. 量辭數字之誇飾:〈朝發白帝城〉、〈秋浦歌十七首其十五〉……
		4. 異相神功:〈古風其十七、其十八〉、〈僧伽歌〉、〈元丹丘歌〉、〈遊太山六首其六〉、〈北風行〉、〈西嶽雲臺歌送丹丘子〉
		三、夢醉之間
		1. 酒言醉語:〈山中與幽人對酌〉、〈哭宣城善釀紀叟〉、〈魯中都樓醉起作〉、〈月下獨酌四首其一〉、〈獨酌〉
		2. 有酒即樂:〈友人會宿〉、〈來日大難〉
		四、不事雕飾
		1. 淺白通俗:〈元丹丘歌〉
		2. 自然遊俠:〈白雲歌送劉十六歸山〉
第二節	遊仙詩心理	一、標榜遊俠——自我撫慰心理
		1. 燕趙俠風:〈俠客行〉
		2. 幽州、東海、西門俠客:〈幽州胡馬客〉、〈東海有勇婦〉、〈秦女休行〉
		3. 少年游俠:〈少年子〉、〈少年行二首〉
		4. 當年豪俠、不堪回首:〈留別廣陵諸公〉、〈門有車馬客行〉
		二、贈內贈己——孤芳自賞心理
		1. 自戀自憐:〈寄遠十二首其一、其二〉
		2. 自高身價:〈寄遠十二首其四、其七、其八〉
		3. 自比蘇秦:〈別內赴徵三首〉
		三、仕隱飄忽——怡然自娛心理
		1. 年少即思隱:〈感興八首其五〉、〈春感〉、〈登錦城散花樓〉、〈登峨眉山〉
		2. 青壯逐仕隱:〈安陸白兆山桃花巖寄劉侍御綰〉、〈登敬亭山南望懷古贈竇主簿〉、〈避地司空原言懷〉
		3. 儒者風範:〈送裴十八圖南歸嵩山二首其二〉、〈贈范金鄉二首〉
		4. 晚年情懷:〈至陵陽山登天柱石酬韓侍御招隱黃山〉

第八章　李白遊仙詩的價值與影響

　　詩文本無價。但唐代大詩人如白居易的詩，卻是有價的財貨，新舊《唐書》本傳、《唐才子傳》本傳及《元稹集》卷五十一〈白氏長慶集序〉均載，雞林國（今南北韓）商人在長安價購白氏詩歌，返國售其宰相，每以百金換一篇，宰相還能辨其真僞。市場財貨有其「價錢」，但「價錢」與「價值」不同。唐宣宗輓白居易詩云：「童子解吟長恨曲，胡兒能唱琵琶篇。文章已滿行人耳，一度思卿一愴然。」這才是白氏詩歌的「價值」。

　　本章試對李白遊仙詩的價值與影響，作隅窺。

　　回溯李白其人，以其孤傲不可一世的性格，狂放不羈的行徑，加上浪漫豪邁的思緒：這樣的李白，任翰林供奉期間，幾乎成爲「文學弄臣」〔註1〕，而他其實早就被韓愈視爲儒家。他始終心繫社稷蒼生；他的詩作（含遊仙詩）無非爲自己爲他人鳴不平，世人誦讀其詩作，不無同感一吐爲快〔註2〕。本章試就李白遊仙詩的價值與影響略作隅窺。

〔註1〕「文學弄臣」一語，見聞一多《神話與詩》頁245～261，原委爲，抗日期間，成都學者孫次舟稱屈原爲「文學弄臣」，造成學界極大關注。當時在昆明中法大學任教的聞一多提出批駁，並肯定屈原爲「人民的詩人」而非「文學弄臣」。

〔註2〕朱金城、朱易安《李白的價值重詁》，（臺北：文史哲出版社1995年10月初版），頁33。

第一節　李白遊仙詩的價值──開拓詩歌領域

　　詩仙李白的遊仙詩價值何在？其影響又如何？試姑妄言之。以言價值，試以「開拓詩歌領域」視角，從詩體、內容、詩筆三者作淺窺；以言影響，試以「昇華藝術境界」視角，從集浪漫詩派之大成等三者作蠡測。

　　世人共識唐詩源於北葩南騷及兩漢樂府，但也有論者謂唐詩是六朝詩的繼承者。「如果把六朝詩和唐詩擺在一條歷史線上去縱看，唐人卻是六朝人的繼承者，六朝人創業，唐人只是守成。說者常謂詩的格律自唐而始備，其實唐詩的格調都是從六朝的格調演化出來的。」〔註3〕自有其見地。筆者試從詩體、內容、詩筆三者淺窺李白遊仙詩的價值。

一、詩體方面

　　所謂詩體，通常指的是詩的體裁類型。嚴羽依「時」分為建安體、黃初體⋯⋯唐初體、盛唐體等；依「人」分為蘇李體、曹劉體⋯⋯少陵體、太白體等；又有古詩、近體、絕句、雜言、三五七言等分類〔註4〕。

　　嚴羽所稱的太白體，自是李白詩獨專之體，此體為何？捨浪漫體外，似無別解。研究者稱，從藝術層面審視，李白的浪漫主義詩風和遊仙詩中所表現的積極浪漫主義精神是一脈相承的〔註5〕。進一步思索，浪漫體是何種體裁？筆者苦思亦難以具體詮釋。無已，姑妄言之，浪漫體即無體無相、無邊無際、無局無束的天才體，特別是李白的遊

〔註3〕　孫力平〈南朝文人五言詩對唐詩句法之影響〉，刊於 2014 年 11 月 17 日中國文化大學、浙江工業大學、財團法人海華文教基金會、中華詩學主辦《第四屆中國文學暨華語文國際學術研討會論文集》，頁 103，引朱光潛語。

〔註4〕　嚴羽《滄浪詩話》（臺北：金楓出版社 1986 年 12 月初版），頁 43～62。

〔註5〕　王德宜、劉其榮〈神話與李白詩歌〉，《四川職業技術學院學學報》第 13 卷 4 期（2003 年 11 月），頁 55～56。

仙詩爲然。論者皆知太白不尚格律，他的遊仙詩多屬即興之作，即景、即時、即事、即人、即情、即意，一揮而就，是他的慣性，也是他遊仙詩歌創作的特藝功能，更是他浪漫人格下的浪漫產品。嚴羽云：「太白天才豪邁，語多卒然而成者。學者於每篇中，要識其安身立命處可也。」〔註6〕可謂的論。就美學觀點言，每個時代都有其審美理想的代表，李白即是盛唐美學最高、最集中的代表〔註7〕。

（一）就篇什長短言

長篇遊仙詩如〈梁甫吟〉、〈夢遊天姥吟留別〉、〈酬殷佐明見贈五雲裘歌〉、〈將進酒〉、〈上雲樂〉等等。其中〈夢遊天姥吟留別〉、〈將進酒〉等，最爲世人稱道。短章如〈永王東巡歌十一首〉、〈別內赴徵三首〉等，且皆屬七絕體，乃詩人李白罕作的詩篇。

（二）就格律體制言

李白不尚格律，遊仙詩多古風樂府體，但他也不乏近體律絕之作。如〈春感〉、〈寄遠十二首其四〉均爲五律，〈擬古十二首其九〉似五言排律，〈清平調三首〉、〈庭前晚花開〉、〈贈汪倫〉、〈朝發白帝城〉等係七絕，〈金陵酒肆留別〉係六句的七言小律，〈獨坐敬亭山〉等係五絕。詩篇長短，無非形貌，詩人李白即事即境興發，長短殊非所計。

（三）就氣象風貌言

李白詩歌中的遊仙詩雖僅二百餘首，但僅此二百餘首遊仙詩，就爲他在詩壇上奠定其不朽的地位，特別是被文史學者一致推定爲浪漫詩派的盟主，遊仙詩似屬重要營養之一。試看他的遊仙詩，眞可謂氣象萬千，風貌無際。無論天神、地祇、人鬼、物魔、仙靈、妖怪或無生物的月、影、樹、石等等，似均隨時聽其差遣；經史百家、稗官野

〔註 6〕嚴羽《滄浪詩話》，頁 88。
〔註 7〕吳功正《唐代美學史》，（西安：陝西師範大學出版社 1999 年 7 月一版一刷），頁 317。

籍的典實，更恣其俯拾探手，取用不竭且合榫得體。更常肆意更張原典風貌，了無忌憚。李白的詩（包括遊仙詩）是以情感基礎創作的，情感爲其美學軌跡，時而激情噴發如〈行路難〉，時而滾滾滔滔一發不可收拾如〈將進酒〉〔註8〕。

二、內容方面

詩歌內容與詩人所處的時空背景、社經地位、生活歷練，乃至人生理想有著錯綜駁雜的關係。本論文第三章李白生平及其詩，第四章李白時空背景已酌加探索，對他的人生理想特從多方面作推論。而他的詩歌（包括遊仙詩）內容正可從他的仕／隱理想中獲得訊息或源頭。王國維云：「詩人對宇宙人生，須入乎其內，又須出乎其外。入乎其內，故能寫之。出乎其外，故能觀之。入乎其內，故有生氣。出乎其外，故有高致。」〔註9〕李白遊仙詩歌內容無所不包，似正是他對宇宙人生的觀察與體悟有以致之。

（一）社稷蒼生：

滲透儒、道、佛、縱橫的天才詩人李白，筆者深信其爲眞儒者。儒家的「士」、志於道、據於德、依於仁、游於藝，以天下爲己任，悽悽遑遑。李太白豈不正如此。看他：「風雲感會起屠釣，大人峋屼當安之。」（〈梁甫吟〉）「長風破浪會有時，直挂雲帆濟滄海。」（〈行路難三首其一〉）「張良未逐赤松去，橋邊黃石知我心。」（〈扶風豪士歌〉）「燕丹事不立，虛沒秦帝宮。舞陽死灰人，安可與成功？」（〈結客少年行〉）「出門不顧後，報國死何難！」（〈幽州胡馬客〉）「謝公終一起，相與濟蒼生。」（〈送裴十八圖南歸嵩山二首其二〉）⋯⋯無論仕、隱、游、俠，李白念茲在茲的，總是社稷蒼生，因爲他的理想始終是「使寰區大定、海縣清一」。堅持其士的志節，得志則仕，不得志則隱，決不摧眉折腰事權貴。

〔註 8〕吳功正《唐代美學史》，頁 346～347。
〔註 9〕王國維《人間詞話第六十》，頁 30。

（二）款款諷喻：

諷喻是李白遊仙詩重要成分之一，殷殷款款，苦口婆心；有時甚至不惜嚴辭斥責。試看：「銀臺金闕如夢中，秦皇漢武空相待。……窮兵黷武今如此，鼎湖飛龍安可乘。」（〈登高山而望遠海〉）借古諷今。「田氏倉卒骨肉分，青天白日摧紫荊。……尺布之謠，塞耳不能聽。」（〈上留田〉）諷喻永王事件。「豈問渭川老，寧邀襄野童。但慕瑤池宴，歸來樂未窮。」（〈上之回〉）諷玄宗淫樂。「殷后亂天紀，楚懷亦已昏。夷羊滿中野，菉葹盈高門。……彭咸久淪沒，此意與誰論。」（〈古風其五十一〉）詩評家稱，此爲李白「古風」中指斥玄宗最激烈的一首，幾至嚴辭斥責。

（三）歷歷詩史：

社會詩人杜甫的詩，世稱「詩史」，即以「詩」記「史」。浪漫詩人李白有無「詩史」之作？答案曰有。試看他的〈登高山而望雲海〉一詩，詩評家稱爲借古諷今之作，王夫之稱此九十一字有開元天寶本紀在內，可與杜工部詩史比肩〔註10〕。李杜有一共同點是，走到哪裡，詩就寫到哪裡，登峨眉、登太白、登鳳凰臺、登黃鶴樓……所到之處，寫景、記事、抒情，都留下詩篇；不同的是，李白多以奇思幻想的仙話出手，杜甫則以寫實著墨。〈永王東巡歌十一首〉、〈別內赴徵三首〉及事後相關詩作，更是李白有價值的詩史。

三、詩筆方面

詩歌是文學的精品，詩人如椽之巨而又幻化莫測的彩筆，即是此藝術精品的繪製者。李白天才，筆參造化，學究天人；日試萬言，倚馬可待。他的詩心詩筆，大而宇宙洪荒，細而鱗甲泉石，意到筆隨，

〔註10〕王學太《王夫之品詩三種》。李白〈登高山而望雲海〉詩：「登高丘，望遠海。六鼇骨已霜，三山流安在？扶桑半摧折，白日沈光彩。銀臺金闕如夢中，秦皇漢武空相待。精衛費木石，黿鼉無所憑。君不見驪山茂陵盡灰滅，牧羊之子來攀登。盜賊劫寶玉，精靈竟何能？窮兵黷武今如此，鼎湖飛龍安可乘？」

無非佳構。以下試以神韻瀟灑、色彩繽紛、情趣琳瑯三者，略見一斑。

（一）神韻瀟灑：

嚴羽將詩分為高、古、深、遠、長、雄渾、飄逸、悲壯、淒婉九品，稱詩之極致曰「入神」〔註11〕。李白鄙薄聲律，「自從建安來，綺麗不足珍。」大雅正聲、文質炳煥，是他仰慕風從的鵠的（〈古風其一〉）。而嚴羽所標舉的高古深遠等九品，及「入神」的極致，正是李詩仙詩筆的神韻氣象；尤其雄渾、飄逸二品，最是浪漫詩人李白詩歌（含遊仙詩）的特徵。「大鵬一日同風起，扶搖直上九萬里。」（〈上李邕〉），「天生我材必有用，千金散盡還復來。」（〈將進酒〉），何等雄渾豪邁，又何等飄逸「入神」。

（二）色彩繽紛：

所謂色彩，有實體具象的，如紅、黃、藍、白；有虛體抽象的，如美、醜、善、惡。日人筧久美子稱：李白詩歌都是充滿藝術的魅力的，他的詩歌易使讀者理解又產生通感〔註12〕。潘百齊認為李白詩歌的價值是具有極高的美學特徵，其精神風貌是奮發向上、積極進取、豪邁樂觀、極度自信自豪、自立自主，對國家民族及個人前途懷著無限的憧憬〔註13〕。美，是一個既具象又抽象的色彩，一個人美好的面貌體態是具象的美，美好的氣質風範是抽象的美。在李白的遊仙詩中，極易體悟的是他精神風貌的氣概、人生理想的奔競，社稷民生的觀照、生命意義的珍惜……總之，乃一幀色彩繽紛的天才李白圖像。許總稱，李白遊仙詩色彩繽紛，多是漫遊中無數奇觀與天外奇想奔湧筆端而成〔註14〕。

〔註11〕嚴羽《滄浪詩話》，頁21。
〔註12〕日人筧久美子著，王輝斌譯〈李白詩歌的魅力與影響〉，《宜春師專學報》，1995年2月第一期，頁27。
〔註13〕潘百齊〈論李白詩歌的美學特徵〉，見《中國李白研究》下集，頁127～128。
〔註14〕許總著《唐詩體派論》，（臺北：文津出版社1994年10月初版），頁232。

（三）情趣洋溢：

詩仙李白除頂著浪漫詩派盟主的亮麗桂冠外，還有一項豪放詩風集大成者的美譽，中唐詩家白居易稱：「詩之豪者，世稱李白。」（〈與元九書〉）浪漫而兼豪放，是李白的詩歌風骨，也是他的生活情趣。劉大杰稱，狂是李白人生全部的象徵。但他的「狂」中實融注著相當成分的「率真」，此即知白最深的杜甫所稱的「佯狂」，佯狂正是太白率性處，也是他創作的源泉活水。日人笈久美子說，李白的詩歌，很多都是「即興發揮才能時的產物」（見同注 168）。他的詩，情趣洋溢，正多即興口占之作：五絕如〈靜夜思〉，七絕如〈朝發白帝城〉，獨樂如〈山中問答〉，眾樂如〈金陵酒肆留別〉，與舊雨新知乃至素不相識者，亦「但使主人能醉客，不知何處是他鄉」，此皆李白浪漫率真處，亦見其豪邁性情的自然流瀉。試觀李白的遊仙詩，「朝弄紫泥海，夕披丹霞裳。」（〈古風其四十一〉）「北斗酌美酒，勸龍各一觴。」（〈短歌行〉）「我欲攀龍見明主，雷公砰訇震天鼓。」（〈梁甫吟〉）……這一類的仙言仙語，既有聲有色，且動態十足，情趣洋溢。

第二節　李白遊仙詩的影響──昇華藝術境界

李白遊仙詩的詩體、內容、詩筆，為他奠定浪漫詩壇及豪放詩派的崇高地位，此即李詩的價值。此價值雖非市場財貨價格，但論其實質意義，則是無價的；論其影響，它昇華了詩歌藝術的境界，更是深遠廣袤而難以估價的。藝術是人類心靈的滋養劑，詩歌、音樂、美術、歌舞、工藝等等，品類不一，其對人類精神心靈的涵蘊則是各盡其能事的。以下試以「昇華藝術境界」為言，分就建構浪漫詩派殿堂、為其後詩家闢蹊徑、在國際詩壇享盛譽三者，隅窺李白遊仙詩的影響。

一、建構浪漫詩派殿堂：

文史家共識，浪漫詩風遠自《詩》《騷》，屈原以下，建安正始言志，陳子昂始變雅正，為浪漫詩歌開先聲；繼之者吳中四士的賀知章、

張旭、包融、張若虛〔註15〕；至李白，集浪漫詩派的大成〔註16〕。李白遊仙詩歌除古風律絕外，樂府歌行及民歌亦賅備，夢幻、奇拗、抒情、敘事、寫景、諷喻，淋漓盡致，既符詩言志傳統，復兼具民眾代言與寫實諷諭特徵〔註17〕。浪漫與豪放的無形動力，除客觀的時空背景因素外，自是詩仙李白本身的諸般主觀因素，特別是其人格特質的煥發及詩人藝術家氣象的昇華。主觀客觀因素相加相乘，浪漫詩派的巍巍殿堂於焉建立。

二、爲其後詩家闢徯徑：

「李杜文章在，光燄萬丈長。」（韓愈〈調張籍〉）。韓愈心目中李杜無軒輊。但論及韓愈的奇險與散文化詩風，則顯然是踵事李白的〔註18〕。其實探討李白詩風影響者所在多有，綜合言之，擷取宗法李白詩風之部分或全部者非止韓愈而已，如元稹、白居易新樂府之質樸，及孟郊之奇僻，李賀之奇幻，李商隱縹緲朦朧的無題詩，杜牧青樓酒肆的情趣詩，晚唐道士曹唐作大小遊仙詩百餘首，乃至宋之蘇軾、陸游、辛棄疾，明之高啓，清之龔自珍、厲鶚等等，多有步武太白遊仙詩足跡的蹤影。換言之，詩仙李白遊仙詩的浪漫與豪放詩風，不啻是爲後世詩家開闢了一條廣漠曼妙的詩歌徯徑。

三、宣洩鬱結與享譽國際：

綜觀李白一生，集儒、釋、道、縱橫於一身，終極理想爲入世有成即出世仙遊；但格於主客觀諸因素，入世有成的理想一再落空，入宮放歸，永王璘事件，兩次重大打擊，入世理想可謂破滅。但謫仙李白畢竟不是尋常人，臨終前一年以六十一歲高齡，猶扶病請纓投效李

〔註15〕劉大杰《中國文學發達史》，頁 395～396。
〔註16〕劉大杰《中國文學發達史》，頁 426。
〔註17〕賀久美子著，王輝斌譯〈李白詩歌的魅力與影響〉，頁 28。
〔註18〕姜光斗〈論李白對韓愈奇險詩風的影響〉，《中國李白研究》下集，頁 142～148。

太尉，終以病返，次年即病故。研究者每將李白一生分齡分期探索，實則飛揚跋扈的李詩仙，幾無時無刻不游走於入世／出世理想的追逐奔競間。「人生得意須盡歡」，可惜他一生中得意者少，失意者多。所幸性格開朗的他，即使不得意，亦能「盡歡」；「詩」和「酒」即是他「盡歡」之道。而遊仙詩更是他神遊物表及遊戲人間的資助，更是他宣洩不得意情懷的利器。試看他在遊仙詩中的角色神采，遊仙鄉仙境有如舊地重遊，與仙人天神交往有如故友重逢，天闕蓬萊、三山五嶽，駕神龍仙鰲瞬息可至有如遊子還家：不得意於他何有哉！世人讀他的〈靜夜思〉每感同身受，讀他的〈月下獨酌〉每會心一笑，讀他的遊仙詩更足以感染豪情、宣洩鬱結。何況人生不如意者十常八九，每個人心中都有鬱結，讀李白的遊仙詩可以宣洩鬱結，此即李白遊仙詩的影響之一。據日人筧久美子稱，德國、奧地利浪漫派作曲家瑪拉（1860～1911）受李白詩歌藝術魅力的感發，於 1908 年創作了著名的交響樂曲〈大地之歌〉；日本是中國以外的國家中，最早閱讀、喜愛、學習、模仿李杜作品的國家，自江戶時代開始，李杜作品即受日本人民青睞〔註19〕。這是李白詩歌在國際詩壇上享受盛譽的一斑。

小結

本章闡述李白詩歌（包括遊仙詩）的價值為開拓詩歌域：在詩體方面舉凡篇什長短、格律體制、氣象風貌，均呈現多元面相；在內容方面，他心繫社稷蒼生、以諷喻、詩史傾訴其憂鬱哀怨；在詩筆方面，以神韻瀟灑、色彩繽紛、情趣洋溢，揮舞出「驚天動地」樂章（白居易〈李白墳〉：「可憐荒壠窮泉骨，曾有驚天動地文。」）李白遊仙詩的影響為昇華藝術境界：他建構浪漫詩派的殿堂、為後世詩家闢蹊徑、宣洩鬱結與享譽國際。凡此種種，正是李白遊仙詩價值成就的輝煌業績與深廣影響。

〔註19〕賀久美子著，王輝斌譯〈李白詩歌的魅力與影響〉，頁 30。

表九　第八章〈李白遊仙詩的價值與影響〉示意簡表

節次	主題	內容摘要	備註
第一節	李白遊仙詩的價值	一、詩體方面：遊仙詩充分表現其浪漫詩體的積極面。 二、內容方面：包括社稷蒼生、款款諷喻、歷歷詩史。 三、詩筆方面：包括神韻瀟灑、色彩繽紛、情趣洋溢。	
第二節	李白遊仙詩的影響	一、建構浪漫詩派殿堂：李白為浪漫詩派集大成者。 二、為其後詩家闢徯徑：韓愈、元白、李賀、李商隱、杜牧、蘇軾等，均受李白詩歌風格影響。 三、宣洩鬱結與享譽國際：讀李白遊仙詩可宣洩鬱結。德奧浪漫派作曲家受李白影響作〈大地之歌〉。日本自江戶時代即崇尚李杜作品。	

第九章 結 論

　　本論文題爲《李白遊仙詩研究》。本章之前計分八章，第一章〈緒論〉，陳述研究動機、目的、方法。第二章〈中國神仙淵源與遊仙詩歌源流〉，簡述中國神仙淵源、神仙典籍檢閱、歷代遊仙詩源流。第三章〈李白生平及其詩〉，簡述李白生平、李白其人、李白其事、李白其詩。第四章〈李白時空背景〉，對盛唐氣象，唐王朝佛教道教、李白與佛道等作簡述。第五、六、七章爲李白遊仙詩主題、內容、神采與心理。第八章爲〈李白遊仙詩的價值與影響〉。逐章逐項，管窺蠡測。謹綜合結論如次。

　　一、何謂遊仙詩，筆者除參照傅師錫壬有關神話與仙話的界說，李善注《文選》對郭璞遊仙詩的注評，秦始皇始作〈仙眞人詩〉，曹植始以「遊仙詩」名篇，《論語》、《詩經》中「遊」的意涵等等，爲遊仙詩溯源。復姑妄爲遊仙作界說曰：以「遊」爲書寫手段與資源，以「仙」爲書寫主題與意念，藉以寄託興發詩人情懷的詩，即遊仙詩。

　　二、關於李白生平，歷來文史學者論著繁多，至今亦仍不乏爭論。本論文折衷通說，李白生於唐武后大足元年（701），出生地西域碎葉鎮（今吉爾吉斯共和國托克馬克附近）；卒於代宗寶應元年（762），病故於當塗，享年六十二歲。其先人因故隱姓遷西域，太白五歲時隨父母遷居四川昌隆縣青蓮鄉，廿五歲前在蜀中讀書、習劍、任俠、隱

居、遊仙；蜀爲道教發源地及盛行區，道教崇神仙，對太白頗多影響。廿六歲出蜀，開始其詩酒漫遊的浪漫生涯；先後二次正式婚於許氏及宗氏，許氏歿，所生一子一女守護太白臨終；在東魯曾非正式婚於劉氏，生一子，後來母子棄太白，不知去向。四十二歲至四十四歲（742～744），太白入宮任翰林供奉，後賜金放歸；五十七歲（757）因從永王璘而繫獄，後流放夜郎；爲太白平生最大轉折。在簡敘太白生平時，筆者妄言太白可能有自卑意識，並於第七章遊仙詩心理擷錄相關詩篇作佐證與申說。

三、本於知人論世之旨，對太白所處的盛唐時空背景，分盛唐氣象、佛道狀況及與李白的關係等作粗略探索。在大時空背景下，太白身心及其遊仙詩自受影響。安史之亂，對唐廷及李白言，都造成最大傷害，大唐盛世從此由盛轉衰，終至覆亡；太白受永王璘事件牽累，與他政治識見欠明及企圖用世心理急切有關，導致身心受創，終至病歿。而其禍源，則爲玄宗晚年昏淫，大時空環境改變，招致宦豎亂政於內，藩鎮逞凶於國，奸相外侮交相爲患，可謂咎由玄宗一人自取。

四、論及李白人格特質與詩類詩風。筆者姑妄指出，詩風乃人格、個性、志向的展布；太白志在用世，自命不凡，自我意識強烈，性格豪放浪漫，生平跌宕不遇。劉大杰以一「狂」字概括形容太白的一生，甚至以「狂徒色鬼」形容太白。筆者提出太白有時眞狂、有時佯狂的說法。太白身世迷離，性格複雜，心境幽沈矛盾，實非一「狂」字可概括。至於李白詩集：最早出現者爲天寶十三年（754）魏萬（即魏顥）遇太白於廣陵，事後纂成《李翰林集》。繼爲寶應元年（762）太白卒於當塗，李陽冰集成《李白詩集》十卷。《全唐詩》收李詩1011首。李白詩類：太白詩筆詩心璀璨琳瑯，詩類多元，歷來有各種區分方式，似尚無周全者。李白詩風：以淵源言，論者通常以原出《詩》、《騷》、《樂府》及建安風骨。筆者妄言，太白頗似《詩品》所稱〈陳思王植〉者；並列舉「集浪漫之大成的詩格」、「收放自然的詩心」、「變化多端的詩筆」、「突破格律的詩貌」、「標舉雅頌的詩旨」五者，而以

「安社稷濟蒼生」為其儒者終身職志，此或即太白詩風既真又善且美處。

　　五、論及李白遊仙詩主題與類型。太白為遊仙詩多產詩人，此自有其複雜的主觀、客觀因素在：「天生我材必有用」而畢生奔競、而終不見用、而隨時隨事發為玄思狂想的遊仙詩，此蓋即多產的動因。太白遊仙詩就主題言，分為目標與前提、理想與現實、哀傷與諷喻、浮生與長生、仙鄉樂土、神祇異物等六主題；就類型言，分為贈送酬答、遊賞行役、吟詠頌讚、怨懟感懷等四類；各擷錄相關詩篇若干，試加評析探究；主題不同，類型各異，詩人觀照所及，山海川澤，龍鳳鵬鼇，天帝麻姑，神童仙子，千姿萬態，俱來詩人筆下，俱憑詩人遊仙詩主題與類型隨時隨地出沒。太白遊仙詩多彩多姿，美不勝收，於此可見一斑。

　　六、論及李白遊仙詩神采與心理。太白二百餘首遊仙詩，各具獨特的神采與心理。就神采言，之一為自我中心的遊仙詩，在自我中心意識下，天／地間，神／人間，古／今、人／獸間……，沒有不可能的事，我李白可鞭笞萬有，所欲為，情也景也，無不意到筆隨。之二為狂放誇飾的遊仙詩，太白非僅詩仙酒仙，且兼誇客，詩不厭誇，太白一般詩歌之誇固不待言；遊仙詩幾乎章章句句見誇，仙話真說，仙跡仙蹤悉以誇言誇語出之，皆太白之所長。之三為夢醉之間的遊仙詩，醉，似屬太白生活常態，他〈贈內〉云：「三百六十日，日日醉如泥。」故居常無論群飲、對飲、獨酌，乃至臨時過客，總是有酒即樂，每飲必醉，每醉亦必詩。太白之醉有其理性與感性的隱情，理性上以醉舒解社稷蒼生之憂，感性上以醉伴狂自我寬假。醉生夢死是常人，太白天才，其醉其夢，見諸遊仙詩者，皆具深意，如〈夢遊天姥吟留別〉末句：「安能摧眉折腰事權貴，使我不能開心顏。」〈友人會宿〉末句：「醉來臥空山，天地即衾枕。」視權貴如無物，以天地為枕席，此乃太白之夢與醉。

　　七、就心理言，其一為「標榜遊俠——自我撫慰心理」，格於現

實，理想終難實現；放眼燕趙遊俠，回味十五好劍術的自我，乃以歌頌遊俠自我撫慰，其中頗多「詩史」之作，此正太白性格之展現與抑鬱的反射。其二爲「贈內贈己──孤芳自賞心理」，「贈內」包括贈許夫人〈寄遠十二首〉及贈宗夫人〈別內赴徵三首〉；〈寄遠十二首〉中有「贈己」詩，即「代贈體」；無論贈內或代贈，多彰顯其孤芳自賞「自戀」、「自我感覺良好」心態。其三爲「仕隱飄忽──怡然自娛心理」，太白跌宕落廓一生，卻也有酒即樂，有飲必醉，更有醉必詩，頗見其謫仙胸襟別有天地；不以物喜，不以己悲，復時時不忘社稷生民，以儒、佛、道合一的涵養而陶然忘機，而怡然自娛，而展現其眞性情。

八、論及李白遊仙詩價值與影響，在價值方面，列敘李白遊仙詩價值爲「開拓詩歌領域」，包括：詩體之篇什長短、格律體制、氣象神采；內容之社稷蒼生、款款諷喻、歷歷詩史；詩筆之神韻瀟灑、色彩繽紛、情趣洋溢。就影響言，指出李白遊仙詩影響爲「昇華藝術境界」，包括：建構浪漫詩派殿堂，爲其後詩家開溪徑，在國際詩壇享盛譽。是爲本論文《李白神話詩研究》之總結。

參考文獻

一、李白專著（依出版先後爲序）

1. 《李白詩論及其他》孫殊清著，（武漢：長江文藝出版社 1959 年版）。

2. 《李太白年譜》黃錫珪重編，（臺北：學海出版社 1980 年 8 月初版）。

3. 《李白集校注》瞿蛻園等校注，（臺北：里仁書局 1981 年 3 月版）。

4. 《李白詩論》阮廷瑜著，（臺北：國立編譯館 1986 年 7 月初版）。

5. 《中國李白研究》（江蘇：古籍出版社 1990 年 9 月一版）。

6. 《李白詩全集》郁賢皓著，（臺北：三民書局 2011 年 4 月初版一刷）。

7. 《李白全集編年注釋》安旗等編著，（成都：巴蜀書社 1990 年 12 月）。

8. 《李白的價值重詁》朱金城、朱易安著，（臺北：文史哲出版社 1995 年 10 月初版）。

二、古籍（依出版先後爲序）

1. 《談藝錄》錢鍾書著，（上海：上海開明書店 1948 年 6 月初版）。

2. 《唐詩別裁集》沈德潛著，（臺北：臺灣商務印書館 1956 年版）。

3. 《全唐詩》清康熙御製，（北京：中華書局 1960 年 4 月一版）。

4. 《全漢三國晉南北朝詩》上中下三冊，（臺北：世界書局 1962 年 4 月初版）。

5. 《先秦漢魏南北朝詩》,（臺北：學海出版社 1984 年 5 月初版）。

6. 《韓非子》韓非著,（臺北：大方出版社 1974 年 1 月版）。

7. 《莊子讀本》黃錦鋐注,（臺北：三民書局 1974 年 1 月初版）。

8. 《昭明文選》蕭統著,李善注,（臺北：河洛出版社 1975 年 5 月初版）。

9. 《資治通鑑》司馬光撰,胡三省注（臺北：粹文堂 1975 年初版）。

10. 《說文解字》許慎著,段玉裁注,（臺北：漢京出版公司 1980 年 3 月初版）。

11. 《漢書》班固著,（臺北：鼎文出版社 1981 年 11 月版）。

12. 《詩經》周錫選注,（臺北：源流文化公司 1982 年 10 月初版）。

13. 《周易本論：中國政教嘉學原理》王正凱編著,（臺北：北開出版公司 1985 年 11 月版）。

14. 《抱朴子》晉葛洪撰,（臺北：新文豐出版社 1985 年版）。

15. 《述異記》舊題梁任昉撰,（臺北：新文豐出版社 1986 年版）。

16. 《神異記》舊題漢東方朔著,（四庫全書本·臺北：臺灣商務印書館 1986 年版）。

17. 《列仙傳》舊題漢劉向撰,（四庫全書本·臺北：臺灣商務書館 1986 年版）。

18. 《洞異記》舊題漢劉向撰,（四庫全書本·臺北：臺灣商務書館 1986 年版）。

19. 《搜異記》舊題漢郭憲撰,（四庫全書本·臺北：臺灣商務書館 1986 年版）。

20. 《後搜神記》舊題晉陶潛撰,（四庫全書本·臺北·臺灣商務書館 1986 年版）。

21. 《神仙傳》晉葛洪撰,（四庫全書本·臺北：臺灣商務書館 1986 年）。

22. 《滄浪詩話》嚴羽著,（臺北：金楓出版社 1986 年 12 月初版）。

23. 《後漢書》范曄著,（臺北：鼎文出版社 1987 年 6 月版）。

24. 《新唐書》歐陽修等著,（臺北：鼎文出版社 1992 年 1 月版）。

25. 《舊唐書》劉昫等著,（臺北：鼎文出版社 1992 年 5 月版）。

26. 《左傳》左丘明著,張燕瑾主編,（北京：國際文化公司 1993 年 4 月一版）。

27. 《唐詩評選》王夫之著,王學太校點,（北京：文化藝術出版社 1997 年 1 月一版）。

28. 《唐人選唐詩新編》傅璇琮編撰，（臺北：文史哲出版社 1999 年 2 月初版）。

29. 《唐才子傳校箋》傅璇琮主編，（北京：中華書局 2002 年 8 月北京三刷）。

30. 《淮南鴻烈集解》劉文典著，（臺北：文史哲出版社 2003 年 10 月再版）。

31. 《文心雕龍》劉勰著，王更生注譯，（臺北：文史哲出版社 2004 年 10 月初版九刷）。

32. 《四書讀本》謝冰瑩、邱燮友等編譯，（臺北：三民書局 2006 年 1 月五版七刷）。

33. 《山海經》李潤英等譯注，（湖南：長沙岳麓書社 2006 年 5 月一版一刷）。

34. 《史記》司馬遷著，楊鍾賢等譯注，（臺北：建宏出版社 2007 年 5 月再版）。

35. 《詩品》鍾嶸著，成林等注，（臺北：三民書局 2008 年 7 月二版一刷）。

36. 《老子釋義》陳錫勇著，（臺北：國家出版社 2011 年 8 月初版二刷）。

37. 《楚辭補注》宋·洪興祖著，（臺北：大安出版社 2011 年 8 月一版六刷）。

38. 《楚辭·澤畔的悲歌》呂正惠編撰（臺北：時報文化公司 2012 年 1 月五版一刷）。

39. 《尚書》吳璵注，（臺北：三民書局 2013 月 4 月修正二版二刷）。

三、近人論述（依出版先後為序）

1. 《人間詞話》王國維著，（臺北：學海出版社 1982 年版）。

2. 《楚辭與美學》蕭兵著，（臺北：文津出版公司 2000 年 1 月一刷）。

3. 《淮南鴻烈論文集》于大成著，（臺北：里仁書局 2005 年 12 月初版）。

4. 《郭店楚簡老子論證》陳錫勇著，（臺北：里仁書局 2010 年 8 月修一版）。

5. 《山海經新考》安京著（北京：中央編譯出版社 2010 年 12 月一版一刷）。

6. 《神話的故鄉·山海經》李豐楙編撰，（臺北：時報文化公司 2012

年 3 月五版一刷）。

7. 《談談李白的求仙學道》李繼唐，（臺北：《文學遺產增刊》十三輯 1963）。

8. 《中國文學發達史》劉大杰著，（臺北：中華書局 1972 年 10 月台三版）。

9. 《神話與詩》聞一多著，（臺中：藍燈文化公司 1975 年 3 月版）。

10. 《中國文學批評史》羅根澤著，（臺北：明倫出版社 1978 年 7 月版）。

11. 《唐代文學全集》劉中和著，（臺北：世界文物出版社 1979 年 2 月初版）。

12. 《曠世謫仙李太白》何美玲，（臺北：莊嚴出版社 1982 年）。

13. 《魏晉南北朝志怪小說研究》王國良，（臺北：文史哲出版社 1984 年）。

14. 《道家和道教思想研究》王明，（北京：中國社會科學出版社 1984 年）。

15. 《神話論文集》袁珂著，（臺北：漢京文化公司 1987 年 1 月活版一刷）。

16. 《中國神話傳說》袁珂著，（臺北：駱駝出版社 1987 年 8 月版）。

17. 《李白研究論叢》李白研究學會編，（四川：巴蜀書社 1987 年）。

18. 《李白研究論叢》第二輯，李白研究學會編（四川：巴蜀書社 1990 年）。

19. 《比較文學》金榮華著，（臺北：福記文化公司 1991 年 9 月再版）。

20. 《唐詩體派論》許總著，（臺北：文津出版社 1994 年 10 月初版）。

21. 《隋唐五代文學思想史》羅宗強著，（上海：上海古籍出版社 1986 年 8 月一刷）。

22. 《王夫之品詩三種》王學太校點，（北京：文化藝術出版社 1997 年 1 月一版）。

23. 《唐代美學史》吳功正著，（陝西：陝西師範大學出社 1999 年 7 月）。

24. 《中國道教簡史》唐大潮編著，（北京：宗教文化出版社 2001 年 6 月）。

25. 《人生年壽不永——論李白詩歌中的人生態度》陳美華，（臺灣：《通識研究集刊》2002 年二期）。

26. 《樂府詩選》余冠英選注，（臺北：華正書局 2003 年 9 月二版一刷）。

27. 《童山詩論卷》邱燮友著，（臺北：萬卷樓圖書公司 2003 年 4 月初版）。

28. 《中國神話與類神話研究》傅錫壬著,(臺北:文津出版社 2005 年 11 月一刷)。

29. 《高陽說詩》高陽著,(臺北:聯經出版公司 2005 年 11 月二版)。

30. 《中國文學批評史》王運熙、顧易生主編,(臺北:五南圖書公司 2006 年 10 月二版四刷)。

31. 《朱自清說詩》朱自清著,(北京:東方出版社 2007 年 1 月一版)。

32. 《追尋一己之福‧中國古代的信仰世界》蒲慕州著,(上海:古籍出版社 2007 年 3 月一刷)。

33. 《中國歷代故事詩》邱燮友著,(臺北‧三民書局 2007 年 5 月二版)。

34. 《墓葬與生死‧中國古代宗教之省思》蒲慕州著,(北京:中華書局 2008 年 1 月北京一版)。

35. 《歷代詩選注》鄭文惠等,(臺北:里仁書局 2008 年 9 月二刷)。

36. 《歷代辭賦通論》黃水雲著,(臺北:文津出版公司 2008 年 9 月初版)。

37. 《中國史上》袁騰飛著,(上海:錦繡文章出社 2009 年 8 月一刷)。

38. 《中國辭賦論叢》黃水雲著,(臺北:文津出版公司 2012 年 3 月一刷)。

39. 《唐詩鑑賞集成》蕭滌非等,(臺北:五南圖書公司 2008 年 11 月初四刷)。

40. 《中西神話》張學明著,(香港:中華書局 2012 年 5 月初版)。

41. 《古詩文新論》廖一瑾著,(臺北:文津出版社 2013 年 8 月一刷)。

42. 《中國文學史初稿》增訂版邱燮友等著,(臺北:萬卷樓出版公司 2014 年 3 月再版二刷)。

四、學位論文（依出版先後為序）

1. 《魏晉遊仙詩研究》康萍（臺北:輔仁大學／中研所／1970／碩士論文）。

2. 《李白詩中神話運用之研究》楊文雀（臺北:輔仁大學／中研所／1991／碩士論文）。

3. 《李白安史之亂期間詩作研究》顏鸝慧（臺北:政治大學／中研所／1994／碩士論文）。

4. 《三李神話詩歌之研究》盧明瑜（臺北:臺灣大學／中研所／1999／博士論文）。

5. 《李白詩歌感時傷逝研究》楊靜宜（嘉義：中正大學／中文系／1999／碩士論文）。

6. 《蘇軾詩歌神話運用研究》江佳芳（臺北：政治大學／中文系／1999／碩士論文）。

7. 《李白樂府修辭研究》盧姿吟（臺北：臺北臺灣師範大學／國文學系／2000／碩士論文）。

8. 《李白五古詩中的仙道語言析論》陳怡秀（彰化：彰化師範大學／國文學系／2000／碩士研究生）。

9. 《唐代文人遊仙詩研究》陳燕翔（安徽：安徽大學／文學院／2001／碩士論文）。

10. 《李白五古詩中的仙道語言析論》陳怡秀（彰化：彰化師範大學／中文所／2001／碩士論文）。

11. 《李白飲酒詩研究》余瑞如（彰化：彰化師範大學／國文在職專班／2003／碩士論文）。

12. 《論李白遊仙詩的文化心理與主題內容》洪啓智（中壢：中央大學／中國文學系碩士在職專班／2005／碩士研究生）。

13. 《李白酒詩修辭技巧研究》林永煌（臺北：銘傳大學／外文系／2005／碩士論文）。

14. 《李白詩研究》陳敬介（臺北：東吳大學／中文系／2006／碩士論文）。

15. 《李白古詩研究》謝育爭（新竹：玄奘大學／中語文系／2007／碩士論文）。

16. 《論唐代的遊仙詩》李穎利（山西：山西大學／文學院／2007／碩士論文）。

17. 《李白遊仙詩研究》張鈴杰（臺北：臺灣師範大學／國文學系在職進修碩士班／2009／碩士論文）。

18. 《李東陽詩歌研究》吳青蓮（臺北：中國文化大學／中研所／2011／碩士論文）。

19. 《李白詩的悲怨美學研究——以近體詩爲例》徐淑芬（高雄：高雄師範大學／國文系／2013／碩士論文）。

五、期刊論文（依出版先後爲序）

1. 〈李白的風格、思想特點及其社會根源〉喬象鍾（北京：《文學評論》1979）。

2. 〈李白游仙醉問題初涉〉薛天緯（北京・西安《西北大學學報・哲

學社會科學版》1980-07-01）。

3. 〈儒道釋結合熔鑄百家的開放型思想——李白思想新論〉葛景春（河南：《中州學刊》1986-05-01）。

4. 〈略論莊、屈對李白歌行詩的影響〉陶道恕（四川：《四川師範大學學報‧社會科學版》1988-10-27）。

5. 〈李白個性論〉裴裴撰，收入《中國李白研究1990年集‧上》。

6. 〈李白結婚考〉日人筧久美子撰，收入《中國李白研究1990年集‧上》。

7. 〈李白與佛教思想〉李繼光撰，收入《中國李白研究1990年集‧下》。

8. 〈以「女性學」觀點試論李白杜甫寄內懷內詩〉日人筧久美子撰，收入《唐代文學研究第三輯》，（廣西：廣西師範大學出版社 1992年8月）。

9. 〈五岳尋仙不辭遠一生好人名山游——試論李白的山水詩〉倪建勇（四川：《自貢師專學報》1991-10-01）。

10. 〈李白「仙性」新論〉徐英（廣東：《華南師範大學學報‧社會科學版》1992-04-30）。

11. 〈李白游仙訪道的思想契機〉王友勝（湖南：《吉首大學學報‧社會科學版》1994-03-25）。

12. 〈李白詩中對自我的仙化傾向〉阮堂明（北京：《天津師大學報‧社會科學版》1997-06-20）。

13. 〈盛唐李白的邀仙詩〉李永平（西安：《西安石油學院學報》社會版十卷二期2001）。

14. 〈李白游仙詩論〉多洛肯（新疆：《喀什師範學院學報》2003-01-30）。

15. 〈神話與李白詩歌〉王德宜、劉其榮（四川：《職業技術學院學報》2003-11）。

16. 〈詩家仙佛終無緣——論李白性格的雙重性〉張蓉（西安：《交通大學學報‧社會科學版》2003-12-30）。

17. 〈走進仙心——談李白的個性與游仙的關係〉李霜琴（山西：《太原師範學院學報‧社會科學版》2004-02-29）。

18. 〈桑弧蓬矢，射乎四方——試探李白的漫遊動機〉陳敏祥，（臺灣：《問學》六期2004年4月）。

19. 〈試從屈原、曹植、李白「遊仙詩」談抒情自我的追尋與超越〉李佳蓮，（臺灣：《東海大學文學院學報》四十五期2004年7月）。

20. 〈李白詩原貌之考索〉周勛初（北京：《中國社會科學院‧文學遺

產》2007-01-15）。

21. 〈論李白「橫江詞」之背景意涵──淺析藝術手法與儒道美學〉翁如慧（臺灣：南華大學《文學前瞻》第八期2008年8月）。

22. 〈論唐玄宗與佛教〉黃霞平（長沙：《船山學刊》2010年3期）

23. 〈酒之于李白：思想環境與文化符號〉王禮亮（新疆：《和田師範專科學校學報》2011-09-23）。

24. 〈李白遊仙詩世界之形態、模式及其審美意義〉李金坤（廣東：《順德職業技術學院學報》2014-07）。

六、研討會論文（依出版先後爲序）

1. 〈論李白個性與游仙的關係〉李霜琴《中國李白研究》（2003-2004年集）收入《2003年李白國際學術研討會論文集》。

2. 〈思公移山山還在──《列子·愚公移山》原型試探〉金榮華撰，收入（臺北：2012年7月1日中國文化大學史文系、桃園創新技術學院通識中心、中國口傳文學學會合辦《2011海峽兩岸民俗暨民間文學學術研討會論文選》）。

3. 〈民間故事在現代的傳播──以澎湖發生的二事爲例〉姜佩君撰，（臺北：中國文化大學主辦2014海峽兩岸民俗及民間文學學術研討會論文選》）。

4. 〈李白詩中女性形象與語言結構初探〉黃麗容撰，收入（臺北：2014年10月25日臺師大國文系、中國語文學會、中華民國章法學會主辦《第三屆語文教育暨第九屆辭章章法學術研討會會議論文集》）

5. 〈大唐李白生平事略及其詩歌特色〉邱燮友撰，收入（同上《論文集》）。

6. 〈南朝文人五言詩對唐詩句法之影響──以大小謝爲例〉孫力平撰，（臺北：2014年11月17日中國文化大學中文系、浙江工業大學人文學院、財團法人海華文教基金會、中華詩學研究會合辦《第四屆「發皇華語·涵詠文學──中國文學暨華語文」國際學術研討會》論文）。

七、網路資料（依出版先後爲序）

1. 〈自戀〉摘自網路《維基百科》，http://zh.wikipedia.org/zh-tw%E8%87%/AA%E6%99%80，2014/1/20。

2. 〈由婚姻與求仕看李白前期的生存方式與藝術精神〉，http://hyywsydjd.fudan.edu/cn/ldjd/12.htm，2014/6/13。

附錄一　李白遊蹤與遊仙詩作一覽表

年歲	重要遊蹤	遊仙詩作	備註
開元三年十五歲（715）	在蜀地讀書並習劍遨遊	〈感興八首其五〉「十五遊神仙，仙遊未曾歇。」	〈感興八首其五〉，作年不詳
開元六年十八歲（718）	戴天山一帶	〈訪戴天山道士不遇〉、〈贈江油尉〉	
開元八年廿歲（720）	在蜀途中訪益州刺史蘇頲	〈發錦城散花樓〉、〈春感〉、〈上李邕〉、〈白頭吟〉	蘇頲稱白「天才英麗」
開元九至十年廿一～廿二歲（721～722）	成都、峨眉山一帶	〈登錦城散花樓〉、〈登峨眉山〉	與東巖子隱居岷山養奇禽千計
開元十二年廿四歲（724）	在岷山	〈古風五十九其二——蟾蜍薄太清〉、〈峨眉山月歌〉、〈別匡山〉	
開元十三年（725）廿五歲	在岷山、離蜀遊江夏	〈古風其三十三——北溟有巨魚〉、〈秋下荊門〉、〈望廬山瀑布二首其二〉	
開元十四年（726）廿六歲	出蜀、經納溪、渝州、出三峽、遊楚地江陵、武陵等處	〈天台曉望〉、〈早望海霞邊〉、〈越中覽古〉、〈別東林寺僧〉、〈別儲邕之剡中〉、〈留別金陵諸公〉、〈烏棲曲〉	江陵見司馬子貞，謂白有仙風道骨（〈大鵬賦序〉）

開元十五年（727）廿七歲	蒼梧、長沙、岳州、洞庭湖、江夏、金陵、維揚等	〈淮南臥病書懷寄蜀中趙徵君蕤〉、〈寄弄月溪吳山人〉、〈古風其四——鳳飛九千仞〉、〈古風其五——太白何蒼蒼〉、〈玉眞仙人詞〉、〈登太白峯〉、〈鳳凰曲〉、〈鳳臺曲〉	
開元十八年（730）三十歲	春在江夏、後遊方城、汝海、初至長安、歲暮還安陸	〈贈裴十四〉、〈玉眞公主別館苦雨贈衛尉張卿〉、〈下終南山過斛斯山人宿置酒〉	作〈上安州裴長史書〉
開元十九年（731）卅一歲	在安陸，隱居城西北 60 里小壽山	〈蜀道難〉、〈寄遠十二首·其一·其二·其三〉、〈俠客行〉、〈少年行二首〉、〈少年子〉、〈白馬篇〉、〈行路難三首其二〉、〈贈嵩山焦煉師並序〉、〈嵩山採菖蒲者〉、〈題元丹丘穎陽山居並序〉、〈冬夜醉宿龍門覺起言志〉、〈梁甫吟〉、〈古風其十六——寶劍雙蛟龍〉	居小壽山，作〈代壽山答孟少府移文書〉
開元二十年（732）卅二歲	居小壽山，移居白兆山桃花巖、婚故相許圉師孫女	〈前有樽酒行二首〉、〈結客少年場行〉、〈贈崔郎中宗之〉	或謂白二十八歲婚於許
開元廿一年（733）卅三歲	春由安陸遊襄陽，至湖陽、方城、汝州、秋抄遊洛陽	〈梁園吟〉、〈安陸白兆山桃花巖寄劉侍御綰〉、〈春日醉起言志〉、〈山中與幽人對酌〉、〈酬岑勛見尋就元丹丘對酒相待以詩見招〉	初識韓朝宗上〈與韓荊州書〉
開元廿二年（734）卅四歲	春在洛陽，並遊嵩陽等處，冬遊隨州，後返安陸	〈襄陽歌〉、〈瑩禪師房觀山海圖〉、〈題元丹丘穎陽山居並序〉、〈題嵩山逸人元丹丘山居並序〉	
開元廿三年（735）卅五歲	春在安陸，孟夏遊太原	〈贈郭季鷹〉	
開元廿四年（736）卅六歲	春由太原還，至洛陽，經襄陽返安陸	〈將進酒〉、〈觀元丹丘坐巫山屏風〉	

開元廿五年（737）卅七歲	在安陸，暮春遊江夏、洞庭	〈春日獨酌二首〉、〈長歌行〉、〈短歌行〉、〈庭前晚花開〉	
開元廿六年（738）卅八歲	在安陸	〈穎陽別元丹丘之儺陽〉	
開元廿七年（739）卅九歲	在安陸	〈少年行一君不見〉、〈少年行二首〉、〈送楊山人歸天台〉	
開元廿八年（740）四十歲	在安陸	〈贈范金鄉二首〉、〈客中作〉、〈魯東門泛舟二首〉	
開元廿九年（741）四十一	春由安陸至山東、寓兗州東門外，與孔巢父等會於徂徠山	〈古風其十——黃河走東溟〉、〈鳳笙篇〉	
天寶元年（742）四十二歲	春在東魯，孟夏遊泰山，五六月攜家遊越中，秋杪由南陵至長安應玄宗詔，供奉翰林，專掌密命	〈遊泰山六首〉、〈古風其七——客有鶴上仙〉、〈酬張卿夜宿南陵見贈〉、〈駕去溫泉宮後贈楊山人〉	
天寶二年（743）四十三	在翰林中	〈清平調三首〉、〈春日行〉、〈陽春歌〉、〈飛龍引二首〉、〈上雲樂〉、〈金門答蘇秀才〉、〈同族弟金城尉叔卿燭照山水壁畫歌〉、〈望終南山寄紫閣隱者〉、〈贈別王山人歸布山〉、〈玉壺吟〉、〈感遇四首其三〉、〈古風其四十三——周穆八荒意〉、〈上元夫人〉、〈古風其五十五——瑟彈東吟〉、〈上之回〉、〈贈盧徵君昆弟〉、〈嵩山〉、〈秋夜獨坐懷故山〉、〈把酒問月〉	

天寶三年（744）四十四	春在長安，三月出京，夏至洛陽，轉汴州，遊大梁、宋中，秋還東魯，往青州謁李邕，在北海請高如貴道士授道籙，後至安陵，蓋寰為造眞籙，歲暮還袞州	〈以詩代書答元丹丘〉、〈古風其三十八——孤蘭生幽園〉、〈古風其三十九——登高望四海〉、〈古風其四十——鳳飢不啄粟〉、〈古風其四十四——綠蘿紛葳蕤〉、〈古風其四十六——一百四十年〉、〈來日大難〉、〈訪道安陵遇蓋寰為予造眞籙臨別留贈〉、〈草創大還贈柳官迪〉、〈奉餞高尊師如貴道士傳道籙畢歸北海〉、〈送蔡山人〉、〈送楊山人歸嵩山〉、〈送岑徵君歸鳴皋山〉、〈酬王補闕惠翼莊廟宋丞泚贈別〉、〈月下獨酌四首〉、〈寓言三首〉、〈初出金門尋王侍御不遇詠壁〉、〈上李邕〉、〈過四皓墓〉	遊梁、宋，遇杜甫、高適，相與遊唱
天寶四年（745）四十五	春夏在東魯，秋初往中都，取道邳州、揚州返，再入越中，冬抄徙蘇州	〈東海有勇婦〉、〈留別西河劉少府〉、〈尋魯城北范居士失道落蒼耳中見范置酒摘蒼耳作〉、〈擬古十二首其三·其五·其八·其九·其十〉、〈古風其四十一——朝弄紫泥海〉	
天寶五年（746）四十六	春初在姑蘇，後漫遊揚州、安宜、淮安，返揚州度歲	〈夢遊天姥吟留別〉、〈魯郡堯祠送竇明府薄華還西京〉、〈焦山查松寥山〉、〈對酒憶賀監二首并序〉、〈越中秋懷〉、〈同族姪評事黯遊昌禪師池二首〉	
天寶六年（747）四十七	春初在揚州，仲春遊金陵，五月在當塗，六月遊丹陽橫山隱居，仲秋遊溧陽瀨水，復返金陵，秋間還袞州度	〈江上送女道士褚三清遊南岳〉、〈答族姪僧中孚贈玉泉仙人掌茶并序〉、〈登金陵鳳凰臺〉、〈金陵江上遇蓬池隱者〉、〈登高山而望遠海〉、〈古風其三——秦王掃六合〉、〈古風其五十一——殷后亂天紀〉、〈同友人舟行遊臺越作〉	

天寶七年（748）四十八	初春自東魯遊濟南、梁苑，夏經雍丘、鄭縣至潁陽轉陳州、譙郡返梁苑度歲	〈聞王昌齡左遷龍標遙有此寄〉、〈東山吟〉	
天寶八年（749）四十九歲	春還兗州，後遊金鄉及單父等處，暮春還梁苑度歲	〈寄東魯二稚子〉、〈送蕭三十一之魯中兼問稚子伯禽〉、〈答王十二寒夜獨酌有懷〉、〈戰城南〉	
天寶九年（750）五十歲	春初又遊潁陽、嵩山、暮春再遊襄陽，暮秋經南陽訪崔宗之，在南陽度歲	〈古風其一——大雅久不作〉、〈秋日鍊藥院鑷白髮贈元六兄〉、〈酬談少府〉、〈與元丹坵方城寺談玄作〉、〈日夕山中忽然有懷〉	
天寶十年（751）五十一歲	春初在南陽，後返潁陽，孟夏遊河東、關內，經滎陽、衛輝、鄴中、西河、徐州、邠州、坊州、華州，在華州度歲	〈寄王屋山人孟大融〉、〈發白馬〉	
天寶十一年（752）五十二歲	早春徙商州又至潁陽，又至洛陽妻宗氏，還梁苑，秋經大梁、魏郡、邯鄲、饒陽遊河北道，十月遊幽州、薊門，歲杪經滄州、博平、貴鄉等處還梁苑	〈自廣平乘醉走馬六十里至邯鄲登城樓覽古書懷〉、〈行行且遊獵篇〉、〈贈饒陽張司戶燧〉、〈幽州胡馬客歌〉、〈出自薊北門行〉、〈北風行〉	
天寶十二年（753）五十三歲	秋初由梁苑往曹南、遊宣城敬亭山、涇縣之陵陽山水、秋哺之清溪、大稜山、黃山等處，冬杪徙當塗	〈自梁園至敬亭山見會公談陵陽山水兼期同游因有此贈〉、〈登敬亭山南望懷古贈竇主簿〉、〈留別曹南郡官之江南〉、〈送通禪師還南陵隱靜寺〉、〈九日登山〉	

天寶十三年（754）五十四歲	早春由當金陵，復遊越中，五月在廣魏萬，同舟復上金陵，至石頭城，又遊宣城、南陵、青陽、秋浦等處，在秋浦度歲	〈秋浦歌十七首〉、〈醉後贈王歷陽〉、〈贈歷褚司馬〉、〈對雪醉後贈王歷陽〉、〈送王屋山人魏萬還王屋并序〉、〈送溫處士歸黃山白鵝峰舊居〉、〈送當塗趙少府赴長蘆〉	
天寶十四年（755）五十五歲	春在秋浦，暮春經涇縣往宣城，仲夏在當塗，初秋遊廬江，還當塗，孟冬又往宣城，還當塗度歲	〈贈柳圓〉、〈奔亡途中五首〉、〈尋山僧不遇作〉、〈答杜秀才五松山見贈〉、〈秋浦寄內〉	
至德元年（756）五十六歲	仲春聞亂，往宣城經溧陽往剡中，繞道金陵入廬山，冬入永王璘府僚佐	〈古風其十七——西上蓮花山〉、〈古風其二十九——三季分戰國〉、〈扶風豪士歌〉、〈贈王判官時余歸隱居廬山屏風疊〉、〈經亂後將避地剡中留贈崔宣城〉、〈答湖州迦葉司馬問白何人〉、〈別內赴徵三首〉	
至德二年（757）五十七歲	永王璘兵敗，李白奔宿松，尋獄於潯陽，後在多人救助下獲釋	〈雜言用投丹陽知己兼奉宣慰判官〉、〈贈張相鎬二首〉、〈往溪南藍山下有落星潭可以卜築余泊舟石上寄何判官昌浩〉、〈感時留別從兄徐王延年從弟延陵〉、〈涇川送族弟錞〉、〈陪侍郎叔遊洞庭醉後三首〉、〈江上望皖公山〉、〈南奔書懷〉、〈避地司空原言懷〉、〈在尋陽非所寄內〉、〈上留田〉	
乾元元年（758）五十八歲	春初遊建昌，時妻宗氏居豫章，遂至江西，並遊餘干、仲春流放夜郎，乃再至江夏、岳陽、洞庭湖、長沙、衡山、零陵等處遊覽	〈南懷夜郎寄內〉、〈題江夏脩靜寺〉、〈望鸚鵡洲懷禰衡〉	

乾元二年（759）五十九歲	早春在沅湘間，仲春在江陵路，三月至白帝城，遇赦還憩郢門，中秋還岳陽，遊武陵，冬杪徙河陽、武昌	〈江上吟〉、〈門有車馬客〉、〈經亂離亂後天恩流放夜郎憶舊遊書懷贈江夏韋太守良宰〉、〈流夜郎半道承恩放還兼欣剋復之美書懷示息秀才〉、〈贈王漢陽〉、〈將遊衡岳過漢陽雙松亭留別族弟浮屠談皓〉	
上元元年（760）六十歲	春在武昌，孟夏至潯陽，秋初又遊江南及歷陽各處	〈廬山謠寄盧侍御虛舟〉、〈尋陽送弟昌岠鄱陽司馬作〉、〈醉後答丁十八以詩譏予搥碎黃鶴樓〉、〈望黃鶴山〉、〈鸚鵡洲〉、〈過彭蠡湖〉	
上元二年（761）六十一	春初在金陵，孟夏遊揚州，後還當塗之橫山，中秋至金陵欲投效李太尉，因病未果，復遊越中各處，初冬赴宣興，又往宣城，在宣城度歲	〈送內尋廬山女道士李騰空二首〉、〈酬殷明佐見贈五雲裘歌〉、〈聞李太尉大舉秦兵百萬出征東南懦夫請纓冀申一割之用半道病還留別金陵崔侍御十九韻〉、〈至陵陽山登天柱石酬韓侍御見招隱黃山〉、〈對酒——勸君莫拒盃〉	送宗夫人入廬山及〈聞李太尉〉詩，安旗繫六十二歲
寶應元年（762）六十二歲	春在宣城，夏復遊涇縣，後往金陵，秋杪還當塗	〈遊謝氏山亭〉、〈醉後贈從甥高鎮〉、〈贈別從甥高五〉	黃錫珪《年譜》及郁賢浩《全集》均繫李白死年六十二歲
廣德元年（763）六十三歲	在當塗，病歿於族叔李陽冰處	〈哭宣城善釀紀叟〉、〈臨路歌〉	安旗繫李白死年六十三
年歲不詳遊仙詩作		〈古風其九——齊有倜儻兒〉、〈古風其十五——金華牧羊兒〉、〈古風其十八一昔我遊齊都〉、〈古風其二十二——秦水別隴首〉、〈古風其二十五——世道日交喪〉、〈古風其二十七燕趙有秀色〉、〈古風其二十八——容顏若飛電〉、〈日出入行〉、〈〈俠客行〉〉、〈登高丘	共約二百七十餘首

		而望遠海〉、〈秋興八其五〉、〈古朗月行〉、〈僧伽歌〉、〈題情深樹寄象公〉、〈尋雍尊師隱居〉、〈落日憶山中〉、〈尋陽紫極宮感秋作〉、〈從軍行〉	

附註：本表主要參考文獻
1. 黃錫珪編著《李白年譜》，（臺北：學海出版社 1980 年 8 月初版）
2. 郁賢浩注釋《新譯李白全集》，（臺北：三民書局 2011 年 4 月初版一刷）
3. 安旗等編著《李白全集編年注釋》，（成都：巴蜀書社 1990 年 12 月一刷）

附錄二　李白其人的價值與影響淺窺

緒言

　　李白其人，性格高傲，行徑狂放，思緒浪漫，詩心、詩筆飛揚豪邁；他嚮往仙道，但始終心懷社稷蒼生。是以韓愈視其為儒者（見韓愈〈送孟東野序〉），李白每每在詩中為自己鳴不平，更為萬千人鳴不平。至今全世界有十億以上人口能夠琅琅背誦其名作「牀前明月光」（李白〈靜夜思〉），便是他能讓人們感同身受的明證。此即李白的身價之一。本蕪稿試對李白其人的價值與影響作淺窺。

李白其人的價值

　　邱師燮友在講授〈李白詩歌專題研究〉時指出，李白的神話詩及遊仙詩是第四度空間無限大的想像文學〔註1〕，其詩歌的特色是誇飾、川話入詩、以代言體為女性發聲、寫虛、使用黃金比例〔註2〕；

〔註1〕邱師燮友講授〈李白詩歌專題研究〉時指出，第三度空間為客觀存在的空間，第四度空間是加上時間而虛擬想像的，是無限大的想空間。其程式是：3th Dimensional*time=4th Dimensional ∞（即無限大）。

〔註2〕邱師燮友以法國畫家米勒（Jean Francois Millet, 1819～1875）的名畫〈拾穗〉、〈晚禱〉等，畫中所呈現之比例為三分之二為畫作，三分之一為烘托空間，稱之為「黃金比例」。邱師指出：李白的〈春思〉、〈金陵酒肆留別〉等五、七言六句式小律，亦是遵循此黃金比例之作。

李詩體裁多樣化，含五古、七古、樂府、雜言、律詩、絕句等，共九百九十九首﹝註3﹞。可謂多采多姿，彪炳千秋。

李白其人的價值何在，其對當時及後世的影響又如何，歷來文史著作讜論不知凡幾，筆者識見讟陋，未能多所涉獵。僅就其所處之時空背景略論李白其人的價值與影響：其價值為堅持自我身價、樹立儒者風範與彰顯詩人藝術家風骨等三項，其影響為對復古思潮的繼起與傳承、對學統道統地位的提升與挽救，及對人心抑鬱的同情與宣洩等三項。

一、堅持自我身價

李白其人的人格特質之一是自信滿滿、自我中心，其人格特質見諸行事亦見諸詩歌書寫。在政治思想上，他高舉為王者師，佐聖王使寰區大定、海縣清一的理想（見李白〈代壽山答孟少府移文書〉）。他所處身的盛唐時代，無論以科考取士或循「終南捷徑」晉身，或藉顯達援引入仕，均須機緣門徑。李白不屑或無法經科考入仕，投書求售或藉機謁見如蘇頲、李邕之輩顯達人士，亦均無緣如願。唯一晉身入宮供奉翰林，相傳乃是藉終南捷徑之便的吳筠與玉真公主牽引。入宮初期，玄宗下輦步迎，以七寶牀賜食，並有龍巾拭吐、御手調羹、貴妃捧硯、力士脫鞋，天子面前走馬等殊榮。供奉翰林期間，專掌私祕；李白亦上〈明堂賦〉、〈大獵賦〉及〈春日行〉等詩賦以歌頌稱譽玄宗，以草答蠻書展現其才智。此刻的李白雖未必可喻為「王者師」，但似亦君臣相得，李白與玄宗似亦平起平坐，李白的身價似亦與其平生自我期許者相副。

其實，此乃皮相看法。事實是，此刻已是玄宗晚年，開元期間的豪氣已不復見，又內惑媚於貴妃及其兄弟，外受掣於安史胡兒，居常以觀賞霓裳羽衣等樂曲及奇花牡丹而「從此君王不早朝」（白居

[註3] 邱師燮友〈從數據來研究唐三大家詩〉，2009年五月五日發表於玄奘大學《古典詩歌研討會》。

易〈長恨歌〉），對於社稷民生的關注已大不如前；李白的身價亦相對日眨，當初借歌頌稱美以寓諷喻的企圖既落了空，反流為帝妃玩樂的陪臣，甚至有降格為「文學弄臣」之虞。試看他奉詔作〈清平調〉三首及〈宮中行樂詞〉十首（現存八首），都是在帝妃遊樂時的臨時助興之作，即不難想見當時宮廷中瀰漫著耽於享樂的濃厚氣氛。試問，此刻李白的身價何在？堅持自我身價的智者李白當然無法忍受，於是乃有令權貴在身的高力士為他脫靴，以彰顯其傲岸本色；與賀知章、崔宗之、張旭等醉酒行樂而「長安市上酒家眠，天子呼來不上船，自稱臣是酒中仙」（杜甫〈飲中八仙歌〉）等作為，藉以自我穢濁，最後是獲得賜金放歸，確保其決不「摧眉折腰事權貴」（李白〈夢遊天姥吟留別〉）的自我身價。此即李白其人的身價之一。

二、樹立儒者風範

　　恕筆者妄言，李白乃假道徒、真儒者。其實，韓愈已認定李白為儒者，他在〈送孟東野序〉中，於歷敘唐虞、咎陶、禹、孔子、孟軻、荀卿等人以「道」鳴之後，置李白於陳子昂、蘇源明、元結、杜甫、李觀等人於一列，稱「皆以其所能鳴」。儒者的核心價值為「道」，即仁義之心，韓愈〈原道〉謂：「博愛之謂仁，行而宜之之謂義，由是而之焉之謂道。」儒者執著於行仁行義之道，儒家所欲塑造行仁行義之道者，為「士」。儒家對士的期許是「弘毅」，因此孔子說：「士不可以不弘毅，任重而道遠；仁以為己任，不亦重乎？死而後已，不亦遠乎？」（《論語·泰伯第七》）孟子心目中的「大丈夫」正是「士」的傳統形象：即「居天下之廣居，立天下之正位，行天下之大道；得志與民由之，不得志獨行其道，富貴不能淫，貧賤不能移，威武不能屈：此之謂大丈夫。」（《孟子·滕文公下》）近人朱金成、朱易安稱：「韓愈首先把李白看作是一個儒家，其次則認為李白的文學創作充分顯示士的根本價值。」認為李白的文學創作

乃是不得其平而鳴〔註4〕。

　　唐室號稱兼重儒、佛、道三家，實則儒家漸居下風，儒家所重的士，此刻在科考體制下，已由王者「師」的崇高地位，貶抑爲王者或其代理人（考官）的「學生」。李白對先秦士風及孔子道學向來極爲推崇，他盛讚燕昭王禮遇郭隗、劉邦倚重張良等事跡，並歎惋「〈大雅〉久不作」，自稱「我志在刪述」，欲效孔子「絕筆於獲麟」。（李白〈古風〉五十九首其一）在他畢生的漫遊生涯中，無論入世或出世，無論與世人交往或與仙界神祇過從甚密，他仍本其關注社稷民生之態度，隨時隨地都展現其「心懷魏闕」的儒者風範和士的使命情懷。因此，當他入宮晉身至極高地位，但亦不惜拂袖而去，此即「雖登洛陽殿，不屈巢由身」（李白〈送岑徵君歸鳴皋〉）的儒者面貌。在李白的晚年捲入永王璘事件，其目的也是「但用東山謝安石，爲君談笑靜胡沙」及「試借君王玉馬鞭，指麾戎虜坐瓊筵」（李白〈永王東巡歌〉十一首）。由此可知，李白一直念念不忘安社稷、濟蒼生。永王事件自是李白政治判斷的失誤及錯估了自己的功能，但他對肅宗毅然決定討殺永王璘，亦以「斗粟尺布」譏諷之，正是他儒者胸懷的展現。樹立儒者風範，乃李白其人的身價之二。何以稱他爲假道徒？杜甫曾說他「不就丹砂愧葛洪」，他多次隱居修道卻轉眼還俗，晚年宗氏夫人束髮入山修行，他卻冷漠相送，假道徒的身影隨處可見，筆者非敢妄言。因爲他是眞儒者，他的身價即在此。

三、彰顯詩人藝術家風骨

　　儘管李白徵逐入世功業，但對比他那狂放不羈的性格，及「敏捷詩千首」（杜甫〈不見〉）的天縱才器，他其實只適合做一位道道地地的詩人。政治人往往言行不一，更往往「飛鳥盡良弓藏，狡兔死走狗烹」。詩人則往往如高適〈封丘作〉所示：樂漁樵草澤，厭拜迎長官

〔註4〕朱金成、朱易安著《李白的價值重話》，（臺北：文史哲出版社 1995年 10 月初版），頁 33。

及鞭撻黎庶，乃夢想舊山而追隨陶潛歸去來〔註5〕。李白的詩作，上承〈風〉〈騷〉，鄙夷綺麗；在形式上，固然未能與初盛唐近體詩發展步趨協調，而自樹一格，包括少用律絕，習以古風、樂府、雜言歌行諸體制；在內容上，他掙脫傳統文人「詩言志」的枷鎖，大膽揮灑其五色繽紛的彩筆，創作出天神、地祇、人鬼、物魔、仙怪無所不包的詩篇。語其特徵，誇飾是其詩歌的第一大特徵，無論對客觀事物的肆意狂誇，或對主觀意象的比興寄託，均意到筆隨，絕對奔放而無任何約束。同時，李白亦喜用代言體，以第一人稱著墨，使凡百物象人格化，乃其詩歌的另一特徵。在此特徵驅策下，往往導致主客、物我混淆，時空景象錯落跳躍的模糊狀態。凡此種種，都是詩仙李白在詩歌創作上的新境界，也是他做為一個詩人藝術家所彰顯他不肯步入「文學弄臣」的悲途，而毅然離宮，他執意為自己乃至世人鳴不平，讓所有誦讀他詩歌的人雖千百年後亦仍感同身受，此即李白其人的又一身價。

李白其人的影響

　　李白身兼儒者與文學藝術家的形象，深受唐朝當代與後世文人的推崇，他的作品不僅對後世文學產生極大的影響，對於傳統文學、社會與政治思想等各方面也產生影響，這也是他對社會產生的具體貢獻。

一、對復古思潮的繼承與發揚

　　初盛唐時期，儒學及士階層有每下愈況趨勢，儒者李白對此趨勢了然於心，他頗思提振儒家道統及士階層的社會地位。這種心志極可能與唐代復古思潮的興起產生或多或少，或隱或顯的裙帶關係。唐代

〔註5〕高適〈封丘作〉：「我本漁樵孟諸野，一生自是悠悠者。乍可狂歌草澤中，寧堪作吏風塵下？只言小邑無所為，公門百事皆有期。拜迎長官心欲破，鞭撻黎庶令人悲。悲來向家問妻子，舉家盡笑今如此。生事應須南畝田，世情盡付東流水。夢想舊山安在哉，為銜君命且遲迴。乃知梅福徒為爾，轉憶陶潛歸去來。」

文學史上的復古思潮，發軔於初唐時期的陳子昂，其時六朝尚美文學及佛道思想盛行，近體詩律絕重聲韻形式。陳子昂首唱「建安風骨」，推崇正始之音，導引詩人復歸雅正。盛唐時期的李白、杜甫接續其後，有承先啓後之功，韓愈〈薦士〉云：「國朝盛文章，子昂始高蹈。勃興得李杜，萬類困陵暴。」詩家李白，既堅持儒者的自我身價，亦即士的身價，決不摧眉折腰事於權貴，又鄙薄建安以下的綺麗風尚，李白認爲「自從建安來，綺麗不足珍。」而附麗孔子文質並重觀點，崇尚「文質相炳煥，眾星羅秋旻。」並立志追隨孔子：「我志在刪述，垂輝映千春。希聖如有立，絕筆於獲麟。」（以上引文均見〈古風〉其一）這是當時李白的文學主張：前此提及李白欲提振儒家道統及士階層的社會地位，是他的儒者風範；而他在詩歌創作上所展現的浪漫狂放，是他的詩人藝術家的及身實踐。李白集此三者於一身，人謂李白的情緒帶有濃厚的復古色彩，可謂知言。在李杜高下的爭議中，韓愈高呼：「李杜文章在，光芒萬丈長。」（〈調張籍〉）從此爲李杜定位。中唐大曆到元和年間（766～820），韓愈、柳宗元所發起的古文運動，與元稹、白居易倡導的新樂府運動，均強調文道合一與文教合一。回顧一下李白在當時文壇上的種種表現，似均與此二運動有密切關聯。

二、對學統道統地位的挽救和提升

　　復古運動的時空環境，是安史之亂後，內憂外患迭起，有識人士乃思以儒家道統挽社稷、救蒼生，以儒家之學統振起士階層的社會地位，光大其士風、士氣之功能與影響。士志於道，此道即韓愈所稱的儒家仁義之道，亦即士不可不弘毅的仁以爲己任、死而後已的既重且遠之道。傳統儒家的士，率以天下爲己任，無論身在何處，必皆心懷魏闕；且必皆存於心而見諸行事，縱然理想往往受制於現實，亦必棲棲遑遑，不屈不撓。此即儒者之士的風範，及其對社稷蒼生的終極關懷。

　　回溯李白其人，以其孤傲不可一世的性格，狂放不羈的行徑，加上浪漫豪邁的思緒：這樣的李白，似乎不符合儒家道統學統下對「士」的規範和期待。但是也別忘了，李白其人是多面相的，他也有仕隱飄忽，無與而不怡然自娛的一面：試看他無論與舊雨新知，或佛僧道士，或神祇仙靈相交往，或對月對花對泉水山石，他的身段總是既柔軟溫馨，又文明優雅。世人對他的醉酒佯狂可能「冷笑」（李白〈上李邕〉），或是譏為「飛揚跋扈」（杜甫〈贈李白〉），甚至「世人皆欲殺」（杜甫〈不見〉），但他在面對世間世情，卻是一位多情而不暴戾頑忽者。韓、柳的復古運動，元、白的新樂府運動，對儒家道統學統乃至士階層的社會地位產生振奮作用，李白其人對自身價值的堅持，對文風詩風的論調，以及他多彩多姿的詩歌創作：導引出世人對他的身影形象多是正面的仰望，他對當時及後世的道統學統，自亦產生諸多正面影響。

三、對人心抑鬱的同情與宣洩

　　李白在其寫虛的仙話神話詩中，對仕與隱及仙神長生久視的嚮往，每多飄颻恍惚，甚至搖擺矛盾；而他終生卻逐仕求仙，了無休歇。此又何故何解？

　　前文稱，真正的李白是一位詩人藝術家，而他的一生又坎坷不平，不平則鳴（〈韓愈語〉），高期許的理想受制於高落差的現實，是李白一生際遇的忠實寫照，是他一生的不平。詩人藝術家的李白，乃以其如椽的生花妙筆，發為震天動地、撼動人心的詩歌，（劉禹錫〈李白墓〉：「可憐荒壠窮泉骨，曾有驚天動地文。」）即是他自我撫慰及自我宣洩的最佳途徑，亦即是李白不平之鳴的最佳產品。他詩歌中的矛盾恍惚，乃是他在百般不平下人格心性被扭曲的反射。俗諺謂，人生不如意者十常八九；但並非所有不平者皆能鳴其心中的不平。宋人李頎《詩話總龜》引《古今詩話》謂，讀杜甫詩可以療瘧疾。朱金城、朱易安謂，李白的詩歌創作是其自我心理的補償，世人誦讀其詩歌亦同樣得到補償，此即長期以來李白詩歌備受青睞的重要原因。人同此

心，心同此情，李白借詩歌宣洩撫慰了自己的抑鬱與不平，世人借誦讀李白詩歌亦得到自我紓解與撫慰，此乃李白其人的價值及其對世人又一影響。至今上有許多人於誦讀李白〈靜夜思〉時仍感同身受，誦讀他〈月下獨酌〉時每會心一笑，讀完他的〈將進酒〉則感受到鬱悶的寬解：此即李白對世人的潛在貢獻與影響。

結語

　　李白其人及其詩的價值與影響，殊非本蕪稿所能稱道於萬一，試誦讀李白名篇千百遍，或可體會一二。但，今日臺灣是個很有趣的地方，根據前不久反「課綱微調」者的說法，李白、杜甫都是外國人。想想看，若真是如此，我人每引以自豪的中華文化與中華詩壇，如果少了李白、杜甫，會不會大為失色。

附錄三　李白自我意識心理隅窺

引言

　　李白，文史學家多以浪漫派詩壇盟主稱之〔註1〕，劉大杰除稱李白爲浪漫文學總代表外，並以一「狂」字作爲李白人生全部象徵〔註2〕。研究李白著作汗牛充棟，筆者垂老，淺學不文，踉蹌摸索，蕪稿試以〈李白自我意識心理〉作隅窺。

　　自我意識是心理學上的名詞，此處借用。舉凡自反（《禮記・學記》：「學然後知不足，知不足然後能自反也。」）、自由自在（孫光憲〈風流子〉：「茅舍槿籬溪曲，雞犬自南自北」）、自許、自負、自欺、自卑等多重意涵，李白其人的自我意識，即含有難以言宣的複雜面相。本文謹就李白自負自許、自卑自怨、孤芳自賞、自娛自得四者，略陳隅窺如次。

一、自負自許心理

　　李白天才橫溢，自我期許超邁。其自負自許見諸詩文者，約爲：

〔註1〕參見邱師燮友、傅師錫壬、金師榮華等合著《中國文學史初稿》增訂本上下冊（臺北：萬卷樓圖書公司2014年3月再版二刷）上冊，頁483。

〔註2〕參見劉大杰《中國文學發達史》（臺北：臺灣中華書局1972年10月三版），頁426～427。

　　（一）以神奇異物自喻：如〈大鵬賦〉的鵬、〈古風〉其四、其四十、其五十四等的鳳凰、〈古風〉其三十三的巨魚、〈古風〉其七及〈懷仙歌〉的鶴；以及龍、鴻鵠、神、仙、帝等等，隨處可見；或聽其差遣，或相與攀附，或夢寐交往，其中蘊涵的自我意識多屬自負自信〔註3〕。

　　　鳳飛九千仞，五章備綵珍。銜書且虛歸，空入周與秦。橫絕歷四海，所居未得鄰。（〈古風〉其四）

　　　北溟有巨魚，身長數千里。仰噴三山雪，橫吞百川水。憑凌隨海運，烜赫因風起。吾觀摩天飛，九萬方未已。（〈古風〉其三十三）

　　李白在〈古風〉其四以鳳凰自喻，〈古風〉其三十三以巨魚自況，而且神話真說，稱自己親眼見過此魚摩天飛云云，〈大鵬賦〉有〈序〉云：「余昔于江陵見天台司馬子微，謂余有仙風道道骨，可與神遊八極之表。因著〈大鵬遇希有鳥賦〉以自廣。……」其自負自信意識溢於言表。

　　（二）求職書函中的自白：「白隴西布衣，流落楚漢：十五好劍術，徧干諸侯。三十成文章，歷抵卿相，雖長不滿七尺，而心雄萬夫。……請日試萬言，倚馬可待。」〔註4〕「五歲誦六甲，十歲觀百家，軒羲以來，頗得聞矣。……願君侯惠以大遇，洞開心顏。……白必能使精誠動天，長虹貫日，直度易水，不以爲寒。」〔註5〕、「大鵬一日同風起，扶搖直上九萬里。……宣父猶能畏後生，丈夫未可輕年少」〔註6〕仕／隱一直是李白追求的目標，隱亦在循終南捷徑以求仕

〔註3〕　本文引用李白詩文資料，取自瞿蛻園等校注之《李白集校注》一、二冊（臺北：里仁書局 1981 年 3 月版），爲節省篇幅，除必要外，恕不一注明頁次出處。

〔註4〕　〈與韓荊州書〉。

〔註5〕　〈上安州裴長史書〉：據黃錫珪編《李白年譜》（臺北：學海出版社 1980 年 8 月初版）繫於開元十八年（730）。

〔註6〕　〈上李邕〉。〈上李邕〉詩是否爲李白作，歷來多所爭議，瞿蛻園較同意錢謙益《少陵年譜》意見，暫定李白作，見《李白集校注》，頁 662。

進。書函旨趣有不卑不亢者，但仍多自詡自負意。

　　（三）生平抱負的自我期許：「近者李白自峨眉而來，爾其天爲容，道爲貌，不屈已，不干人，巢由以來，一人而已。……申管鮑之談，謀帝王之術，奮其智能，願爲輔弼。使寰區大定，海縣清一；事君之道成，榮親之義畢，然後與陶朱、留侯，浮五湖，戲滄州，不足爲難矣。」〔註7〕本〈移文〉爲代言體，於〈代壽山答孟少府書〉中，復藉壽山之口表述李白其人容貌風範及志節。筆者妄言李白兼具儒家用世、道家空放、縱橫家鋒利襟懷，本〈移文〉可見一斑。由來言李白抱負者，多引用本文，也是李白自我高自負高期許的表白。

　　李白自負自許言論不一而足，在極多的自我期許鞭策下，終生奔起不懈，總期有如姜尙、管晏、張良等奇遇出現，其積極追逐幾至飢不擇食，在歷經開元八年（720）李白二十在蜀謁蘇頲、開元十八年（730）在安陸上書裴長史。開元二十一年（733）在襄陽上書韓荊州、開元二十九年（741）在山東向范金卿求售（詳後）、天寶三年（744）玄宗賜金放歸、天寶三年（744）或四年（745）在青州上李邕詩、天寶十五年即肅宗至德元年（756），誤入永王璘幕，一路跌跌撞撞，直至上元二年（761）。在當塗，聞李光弼統軍出征臨淮，尙奮身前往，中途以病返，次年歿。說他飢不擇食，或謂誤投永王璘是李璘一再邀請，其實審視其隨軍作的〈永王東巡歌十一首〉，似亦在其個人的自負自許意識下欲藉機展才〔註8〕。

二、自卑自怨心理

　　瞿蛻園引宋人戴埴撰《鼠璞》云：「唐人言李白不能屈身，以腰

〔註7〕〈代壽山答孟少府移文書〉。唐人稱縣令爲明府，縣尉爲少府，孟少府移文不傳，蓋有譏貶壽山之小，暗喻李白隱居壽山爲不智，太白乃借題發揮。

〔註8〕〈永王東巡歌十一首〉，除歌頌永王軍威軍容外，在組詩其二首云：「三川北虜亂如麻，四海南奔似永嘉。但用東山謝安石，爲君談笑靜胡沙。」其十一首亦云：「試借君王玉馬鞭，指揮戎虜坐瓊筵。南風一掃胡塵靜，西入長安到日邊。」自負氣概可見。

間有傲骨。」前文略見李白有傲骨的自負自信之一面。但李白亦有自卑自怨、自艾自怨的一面。

（一）不滿意自己的出身及長相：世人想像或畫像中的李白，乃一飄逸瀟灑、身材高挑、外貌如仙的美男子。事實可能出人意外：第一，他自稱「隴西布衣，流落楚漢。……雖長不滿七尺，而心雄萬夫。」（〈與韓荊州書〉），既不滿於自己出身寒微，更不滿於自己身高；七尺可能是唐人基本身高，他自愧不足。第二，他的粉絲魏顥說他「眸子炯然，哆如餓虎」（見《李翰林集》〈序〉），眸子炯然是好的描繪，嘴巴張開似餓虎，未免可怕。李白或為混血兒，故長相異於常人，他自己當亦有所體悟。

（二）他被「愚婦」摒棄：李白在東魯曾合於劉氏，生一子名頗璃，後被劉氏帶走，李白云：「會稽愚婦輕買臣，余亦辭家西入秦。仰天大笑出門去，我輩豈是蓬蒿人！」（〈南陵別兒童入京〉）會稽愚婦當指劉氏，或謂此處頗見李白「小人得意」神態，其實此正可見當時李白心中鬱悶的真情宣洩。

（三）向縣令求攀引：開元二十五年（737），李白由安陸移家山東任城，遊金鄉（今屬山東）作〈贈范金卿二首〉（見後）。其時李白正值盛年，但在奉召入京前，四處碰壁，乃有此作。范金鄉，即金鄉縣令范某（名不詳）。組詩其一期待詩范縣令讓詩人揚眉吐氣，其二歌頌范的治績。既極盡歌功頌德，復自卑幾至「摧眉折腰」〔註9〕。

> 君子枉清盼，不知東走迷。離家未幾月，絡緯鳴中閨。桃李君不言，攀花願成蹊。那能吐芳信，惠好相招攜？我有結綠珍，久藏濁水泥。時人棄此物，乃與燕珉齊。拂拭欲贈之，申眉路無梯。遼東慚白豕，楚客羞山雞。徒有獻芹心，終流泣玉啼。只應自索漠，留舌示山妻。（〈贈范金鄉二首其一〉）

〔註9〕李白：「安能摧眉折腰事權貴，使我不得開心顏。」（〈夢遊天姥吟留別〉）

范宰不買名，絃歌對前楹。爲邦默自化，日覺冰壺清。百里雞犬靜，千盧機杼鳴。浮人少蕩析，愛客多逢迎。遊子睹嘉政，因之聽頌聲。（〈贈范金鄉二首其二〉）

淺解本詩，頗堪玩味：以太白傲骨本性，何至如此？尤其其一還謙稱自己是被污的寶玉，想洗淨後贈責縣令，卻無路可通；最後還引白豕、山雞及張儀典故〔註10〕，自我調侃一番。不啻窮途末路，飢不擇食至極。

此外，當時李白的社會形象似乎不佳，詩人自己就說：「時人見我恒殊調，見余大言皆冷笑。」（〈上李邕〉）「恒殊調」和「大言」是惹人笑的罪魁禍首，他自知，卻無以自反自拔。即使走上「世人皆欲殺」的地步，他似乎也無暇自哀，「佯狂」和「飄零酒一杯」是「世人皆欲殺」的動因，這是知白惜白友白最深的杜甫的由衷之言〔註11〕。

三、孤芳自賞心理

孤芳自賞，類似時下所稱的「自戀」（Narcissism），即自我陶醉的行爲或習慣。就心理學角度看，極端自戀會變成病態，一般自戀則被視爲健康心理的重要原素。

日人第久美子研究指出：李白鄉情、父母情，乃至妻情，都較疏

〔註10〕關於「白豕」，《後漢書・朱浮傳》略謂：遼東有白頭豕，以爲稀有。上獻，行至河東，見群豕皆白，懷慚而返；關於「山雞」，《尹文子・大道》略謂：楚人擔山雞（雉）出售，路人問「何鳥」？楚人稱「鳳凰」，路人以十金求購，人拒，加倍二十金始售。路人將欲獻楚王，第二天，鳥死，路人以不能獻王爲憾；事聞於楚王，王感其誠，賜買鳥之金十倍予路人。關於「留舌」，《史記・張儀列傳》略謂：張儀與楚相飲，楚相失璧，疑張儀盜，笞數百，儀回家後，問妻，吾舌尚在否？妻曰尚在。儀曰足矣。後終以舌說六國連橫事秦。以上引自郁賢皓《新譯李白詩全集》（臺北：三民書局2011年4月初版一刷）卷七，頁429～430。

〔註11〕杜甫〈不見〉：「不見李生久，佯狂眞可哀。世人皆欲殺，吾意獨憐才。……」

淡,缺乏一般人的「築巢」責任感〔註12〕。孤芳自賞其實與自我中心
具裙裾關係,就夫妻言,大男人沙文主義頗具代表性。以下試擷錄太
白贈內詩及代內贈詩數章,略窺其孤芳自賞心態。

> 三鳥別王母,銜書來見過。腸斷若剪弦,其如愁思何?遙
> 知玉窗裡,纖手弄雲和。奏曲有深意,青松交女蘿。寫水
> 山井中,同泉豈殊波,秦心與楚恨,皎皎爲誰多?(〈寄遠
> 十二首其一〉)

> 青樓何所在?乃在碧雲中。寶鏡挂秋水,羅衣輕春風。新
> 妝坐落日,悵望金屏空。念此送短書,願因雙飛鴻。(〈寄
> 遠十二首其二〉)

〈寄遠十二首〉是太白贈內及代內贈詩作,贈內即寄贈遠在安陸
的妻子許夫人。郁賢皓繫年此詩其一至其三當作於開元十九年(731)
李白三十一歲。其時太白與許夫人分居「秦」與「楚」二地,當時山
川阻隔,雖近亦遠,故稱「寄遠」,且盼西王母青鳥使者代傳;秦與
楚,乃形容語,不必作字面解。筆者案:依《李白集校注》附錄〈年
譜〉載,開元十五至二十年間,太白在長沙、岳州、洞庭、金陵、維
揚、江夏、方城等地漫遊,開元二十一年(733)春,太白與從弟幼
成等由安陸遊襄陽,夏攜襄陽妓段七娘至湖陽轉方城(今河南方城,
春秋時楚地)、汝州(今河南臨汝),秋秒遊洛陽(今河南洛陽);依
此推知,太白於開元十八年與許氏婚後,即拋妻攜妓漫遊大江南北,
劉大杰稱太白爲「酒徒色鬼」,日人筧久美子稱太白缺乏「築巢」責
任感,似未過當。

就贈內贈己孤芳自賞言,前擷〈寄還〉十二首其一、其二之贈內
詩,尚屬中性,夫妻雙方各有離情愁緒,秦心楚恨,難調誰多。

> 玉筯落春鏡,坐愁湖陽水。聞與陰麗華,風煙接鄰里。青
> 春已復過,白日忽相催。但恐荷花晚,令人意已摧。(〈寄

〔註12〕參見日人筧久美子〈以「女性學」觀點試論李白杜甫寄內懷內詩〉,
收入《唐代文學研究》第三輯,(桂林:廣西師範大學出版社 1992
年 8 月),頁 258〜260。

遠十二首其四〉）

妾在春陵東，君居漢江島。百里望花光，往來成白道。一
爲雲雨別，此地生秋草。秋草秋蛾飛。相思愁落暉。何由
一相見。滅燭解羅衣！（〈寄遠十二首其七〉）

憶昨東園桃李紅碧枝，與君此時初別離。金瓶落井無消息。
令人行歎復坐思。坐思行歎成楚越，春風玉顏畏銷歇。碧
窗紛紛下落花，青樓寂寂空明月。兩不見，但相思。空留
錦字表心素，至今緘愁不忍窺。（〈寄遠十二首其八〉）

　　前擷三首〈寄遠〉詩，係代內贈體，即詩人代妻寫的贈太白之作，
自是一面之辭，僅寫妻子如何思念自己，自己在妻子心目中如何受珍
惜，如何悵望自己早歸，甚至連「何由一相見，滅燭解羅衣」的鹹濕
語都搬出來，至於妻方是否有嫌怨、悲憤、猜疑，乃至自己有無反思、
悔悟、歉疚，字裡行間全不見。代內贈體難免步入孤芳自賞之途，但
略觀詩人其他贈內詩，亦每有意無意間轉出彼方（妻）如何悽苦思遠
情懷。例如〈寄遠〉十二首其十二，前十二句係詩人抒發夫妻往日如
何恩愛及自己別後如何思歸，末四句轉出：「盈盈漢水若可越，可（何）
惜凌波步羅襪？美人美人兮歸去來，莫作朝雲飛陽臺。」乃是彼方（妻）
反勸詩人速歸，勿移情誤人陽臺，顯示自己（李白）身價非凡。

王命三徵去未還，明朝別離出吳關。白玉高樓看不見，相
思須上望夫山。（〈別內赴徵三首其一〉）

出門妻子強牽衣，問我西行幾日歸。歸時儻佩黃金印，莫
見蘇秦不下機。（〈別內赴徵三首其二〉）

翡翠爲樓金作梯，誰人獨宿倚門啼？夜坐寒燈連曉月，行
行淚盡楚關西。（〈別內赴徵三首其三〉）

　　組詩三首，題稱「別內赴徵」，即天寶十五年（肅宗至德元年，
756）永王李璘起兵，三邀李白入幕，白赴徵時別妻子宗氏之作。三
首詩同趣，太白依然是主體，夫人宗氏依然是客體，其一云：「相思
須上望夫山。」其二云：「莫見蘇秦不下機。」其三云：「行行淚盡楚
關西。」太白始終認爲自己應是夫人「望」、下機」與「行行淚盡」

的對象，不無「孤芳自賞」或時下所謂「自我感覺良好」意味。又，太白於此處引用蘇秦佩黃金印及妻嫂下機相迎故事，似隱含赴徵並非全屬被迫，他本人或亦企圖藉此揚眉吐氣、激昂青雲，謂其飢不擇食或政治判斷力不佳，固無不可。而其孤芳自賞的大男人主義，更淋漓可見。

以上可見，李太白孤芳自賞，甚或不免顧影自憐，全出於他的自我中心心理。

四、自娛自得心理

李白自稱：「五歲誦六甲，十歲觀百家」，十五歲既好劍術又「遊仙未曾歇」。此後，終其一生，隨時隨地都在仕進與隱居（遊仙）二者之間搖搖擺擺，飄忽不定。在蜀期間即結交道友，受道籙，隱居養生；開元八年（720），李白二十歲，蘇頲任益州長史，白即路中投刺，意在干謁求仕，未獲禮遇；開元十四年（726），李白二十六歲，出蜀後，更似神不守舍，三山五嶽，大江大河南北東西，朝干暮謁，痛飲狂歌，復尋仙修道，了無止息；即使結婚生子育女，亦攜妓冶遊；奉召翰林期間，亦「長安市上酒家眠，天子呼來不上船」（〈飲中八仙歌〉）。

儘管經常徒歡浮生若夢、白髮頻催，但飄颻廓落，歲月如梭，至五十九歲暮年，鄉親車馬客到訪，始驀然發現自己仍「流離湘水濱」而「存亡任大鈞」。

太白仙才，無論身在何處，身處何種境遇，只須有酒，他都能樂其所樂〔註13〕，大好歲月也就在他瀟灑自娛中倏忽而逝。難得的是，太白雖游走仕隱、儒道間，卻始終真誠行事，始終陶然忘機，樂憂寵辱坦然面對。換言之，太白是一位仁心為本、道表儒中、從容自得的仙才詩人，他許多瑰麗奇妙的詩篇，即是在他如此性格和如此生涯中

〔註13〕李白〈客中作〉：「蘭陵美酒鬱金香，玉碗盛來琥珀光。但使主人能醉客，不知何處是他鄉。」本詩作於開元二十七年（737），白初至東魯，詩情豪放，最見詩人本性。

遍地綻放的奇花碩果。

> 十五遊神仙，仙遊未曾歇。吹笙吟松風，泛瑟窺海月。西
> 山玉童子，使我煉金骨。欲逐黃鶴飛，相呼向蓬闕。（〈感
> 興八首其五〉）

本詩雖作年不詳，但從「未曾歇」一言尋思，可能為晚年回湖之
作，也可視為太白遊仙詩的「詩史」線索。既是「未曾歇」的回溯之
筆，故詩中全無時間空間交代。以此為張本，太白仙隱生涯與仙隱之
作，畢生不輟，斯可謂有跡有源。

> 茫茫南與北，道直事難諧。榆莢錢生樹，楊花玉糝街。塵
> 縈游子面，蝶弄美人釵。卻憶青山上，雲門掩竹齋。（〈春
> 感〉）

開元八年（720）蘇頲出任益州長史，其時二十歲的詩人李白往
謁，本詩曾得到蘇頲的讚賞。前引〈感興八首其五〉太白自稱「十五
遊神仙，仙遊未曾歇」，本詩結聯遐想，庶乎有跡可尋。

據《年譜》繫年，〈春感〉、〈登錦城散花樓〉及〈登峨眉山〉，均
開元九年作，李白謁蘇頲，當在本年春後。錦城，即成都，李白遊成
都亦在春季。詩云：

> 日照錦城頭，朝光散花樓。金窗夾繡戶，珠箔懸瓊鉤。飛
> 梯綠雲中，極目散我憂。暮雨向三峽，春江繞雙流。今來
> 一登望，如上九天游。（〈登錦城散花樓〉）

此詩結語，「如上九天遊」，與前詩「憶青山」、「掩雲門」似同一
意趣，總是嚮往仙鄉仙境。〈登峨眉山〉尤其如此：

> 蜀國多仙山，峨眉邈難匹。……
>
> 雲間吟瓊簫，石上弄寶瑟。平生有微尚，歡笑自此畢。煙
> 容如在顏，塵累忽相失。儻逢騎羊子，攜手凌白日。（〈登
> 峨眉山〉）

〈春感〉、〈登錦城散花樓〉均隱含仙遊遐思，〈登峨眉山〉更坦
然表現出尋仙慕道意念。太白雖浪漫，但本質真誠，遊仙慕道非止冥
思遐想而已，開元七年（722）二十二歲，與東巖子隱岷山之陽（即

匡山），經年不跡城市，養奇禽千計，呼皆就掌取食，了無驚猜。至開元十四年（726）出蜀前，除曾遊錦城即成都外，均居岷山。足見其踐履篤行，且樂在其中的一面。

　　性浪漫的詩人李白，儘管仕隱飄忽，但總不失率眞的仁者本色：論交遊，無論舊雨新知，都誠懇喜悅，新交如汪倫，「桃花潭水深千尺，不及汪倫送我情。」（〈贈汪倫〉）舊友如孟浩然，「孤帆遠影碧空盡，惟見長江天際流。」（〈黃鶴樓送孟浩然之廣陵〉）與年輕群友話別，「請君試問東流水，別意與之誰短長。」（〈金陵酒肆留別〉）對幽人友，「我醉欲眠卿且去，明朝有意抱琴來。」（〈山中與幽人對飲〉）甚至對月、對影、對敬亭山，亦情意款款。

　　論隱逸，離蜀後，仕／隱爲其漫遊的目的（或借口），始交道士元丹丘於方城，時太白年三十，此後引元爲知己，並視元爲仙人，多次與元隱居修道；開元二十五年（737）移家任城後，與孔巢父、裴政、韓準、張叔明、陶沔，同隱徂徠山，號「竹溪六逸」。其隱居交友生涯，多見諸詩作。

> 雲臥三十年，好閑復愛仙。蓬壺雖冥絕，鸞鶴心悠然。歸來桃花巖，得憩雲窗間。……獨此林下意，杳無區中緣。永辭霜臺客，千載方來旋。（〈安陸白兆山桃花巖寄劉侍御綰〉）

> 敬亭一回首，目盡天南端。仙者五六人，常聞此游盤。……願隨子明去，鍊火燒金丹。（〈登敬亭山南望懷古贈竇主簿〉）

> 南風昔不競，豪聖思經綸。……我則異於是，潛光皖水濱。……俟乎太階平，然後託微身。傾家事金鼎，年貌可長新。所願得此道，終然保清眞。弄景奔日馭，攀星戲河津。一隨王喬去，常年玉天賓。（〈避地司空原言懷〉）

　　前擷三詩寫作背景各異。〈安陸白兆山〉詩，約作於開元十八年（730）詩人三十歲，在安陸與許夫人婚後（婚年有開元十五年及開元二十年二說，見前）。隱居安陸縣西三十里白兆山，婚後新居近在咫尺，寄友劉侍御詩末聯竟稱：「永辭霜臺客，千載方來旋。」意謂

自己好閑愛仙乃至成仙，千年後再來與劉相見。樂於隱居，期於成仙，意在詩中。

　　〈登敬亭山〉詩，約作於天寶十二年（753）詩人五十三歲，遊宣城（今安徽宣城）敬亭山作。據《年譜》載，天寶十一年白五十二歲，除漫遊河南南陽、大梁（開封），河北邯鄲、幽州、薊門，歲末還梁苑（今河南商丘東）等地外，還在洛陽娶宗氏女。第二年即天寶十二年白五十三歲，繼上一年，由梁苑起，秋初往曹南（今山東定陶西）、遊宣城敬亭山、涇縣（今安徽涇縣）陵陽山，至秋浦（今安徽貴池縣西），遊清溪、大樓山、黃山（今安徽歙縣西北），冬杪歸當塗（今安徽當塗）。在安陸婚許氏，在洛陽婚宗氏，太白均漫遊逍遙、棲棲遑遑如故，仕乎隱乎？固難理解，但其無與而不自得的面貌則終始如一。

　　〈避地司空原〉詩，約作於至德二年（757）詩人五十七歲，隱居舒州司空原（今安徽太湖東北）。前二首均屬嚮往隱居，本詩則是身在隱居中。前六句譏劉琨、祖逖等心存匡濟終遭殺害；中六句稱自己隱居司空原，與天柱山爲鄰，雪晴時可賞萬里皓月，雲散後可極目九江春光。最後「俟乎太階平」即置身塵世外，以至「所願」得長生之道，永保純真樸素，並隨仙人王喬去，常年作玉清天上的嘉賓。詩人意謂，我隱於此是智者，遇亂可全身避禍，遇治即修道長生，塵世於我何有哉！但，詩人果真如此灑脫嗎？

　　　君思潁水綠，忽復歸嵩岑。歸時莫洗耳，爲我洗其心。洗
　　　心得真情，洗耳徒買名。謝公終一起，相與濟蒼生。（〈送
　　　裴十八圖南歸嵩山二首其二〉）

　　題爲送裴圖南歸嵩山，卻又勸以勿作沽名釣譽的假隱，爾我應效法謝安，隱東山，逢國難復出，以濟蒼生。筆者謂太白爲「假道士」「真儒者」，此處亦可佐證。

　　以上可見，太白仕隱飄忽，一皆怡然自得。可惜的是，凡事利弊互見，他終生不遇的關鍵似即在此，飄忽不定，終日栖栖皇皇，

即使受籙修道，亦不耐清寂，杜甫說他「未就丹砂愧葛洪」，蓋即指此﹝註14﹞。

五、結語

　　綜觀詩仙李白的自我意識心理，包括高期許的自負自信、多哀傷的自卑自怨、自我中心的孤芳自賞及隨興悠然的自娛自得：以上種種的加總，似可窺見一位多采多姿多面貌的天降奇才詩人，賀知章初次見面，見其詩文作品，即驚為「謫仙」，誠屬卓見。如此天降英才何以終生不遇？恕筆者妄言：客觀大環境或不無關係，例如玄宗晚年，內則昧於龍妃、劫於宦豎，外則脅於藩鎮，左支右絀，不事振作，致使李供奉身處宮中三年而無所施展；但主觀上，太白自身的自我意識飄搖恍惚甚至矛盾因循，缺乏高度自負自信後面最需要的定力，及堅持定力的機鋒：馴至大好機運到來的供奉翰林，卻在他「力士脫靴」及一再從酒家宿醉被人扶持奉召作〈清平調〉、〈宮中行樂詞〉中白白痛失。人謂 2014 年我國亞運舉重破世界運動會紀錄的金牌得主許靜淑，全靠她心理堅持必勝的決心與定力而終獲成功，堪稱的論。舉重第二面金牌得主林子琦說，他的對手是自己，他始終保持一顆寧靜的心，乃能取勝。（以上見當年 9 月下旬媒體報導）可為自我意識強烈的天才李白借鏡。

﹝註14﹞杜甫〈贈李白〉：「秋來相顧尚飄蓬，未就丹砂愧葛洪。痛飲狂歌空度日，飛揚跋扈為誰雄。」最是描繪太白行事風格與生涯面貌，本詩周勛初《唐詩大辭典》（南京：鳳凰出版社 2003 年 9 月一版一刷）繫年作於天寶四年（745），李白四十五歲，「相顧仍飄蓬」，意謂李白的生活仍飄泊不遇；「未就丹砂愧葛洪」，意謂李白修道不專，葛洪，晉人，修道煉丹，聞勾漏（今屬廣西省）盛產丹砂，乃求為勾漏縣令，足證其專，而李白卻未如葛洪之專之誠。「痛飲狂歌」和「飛揚跋扈」，正是惹人嫌甚至「皆欲殺」的原因。

附錄四　另眼看李白：一位超級憂鬱症患者

　　李白是一千二百多年前盛唐時期的大詩人。從當時到現在，古今中外人們對他的共同記憶是：

　　一位被謫下凡的詩仙謫仙／豪放不羈的天才／瀟灑暢飲的酒客／「天子呼來不上船」的頑人／浪漫詩派的代表。

◎其實李白患了很多病

　　大家對李白的記憶都是美好的，妄圖改變它，都是不必要、不應該、也是不可能的。此處只是從另一角度來認識這位曠世奇才。

　　李白去世已一千多年，今以平凡人的筆者來看李白，難免霧裡看花、瞎子摸象。這裡說他是一位超級憂鬱症患者，乃姑妄言之。筆者自己、家人、親友人等都患過這種心理毛病。但我至今並不真知道憂鬱症到底是什麼碗糕。我是在義務教授「唐詩欣賞及習作指導」一年多來，發現李白這位詩仙酒豪，其實患有很多病，無以名之，姑且一併絕入憂鬱症候群，並稱李白為超級憂鬱症患者。

　　依老子說法，凡事「有無相生、難易相成」。因此，一位多病的李白，正是李白之所以成為李白的根源所在。這也是我們應該理解的。

　　茲試依相關資料（難免牽拖附會），將李白的病癥引舉如次，再略加說明，以就教於高明：1.妄想症。2.身心矛盾失衡症。3.誇大自負症。4.醉酒自殘症。

◎妄想鯤化爲鵬的妄想症

　　「有夢最美，希望相隨。」這是近年來台灣的選舉語言，不必當眞。大詩人李白自幼即擁有許多美夢，他飽讀諸子百家，「五歲誦六甲，十歲觀百家。」（李白〈上安州裴長史書〉）年輕時即作「大鵬賦」，自喻爲「張羽毛於天門」、「向九萬而迅征」的大鵬。在他的想像下，「大鵬一日同風起，扶搖直上九萬里；假令風歇時下來，猶能簸卻滄溟水。」（〈上李邕〉詩）大鵬的冥想來自莊子「逍遙遊」，意謂一隻幾千里大的鯤，一朝化爲其背長幾千里的鵬，起飛時水擊三千里，扶搖直上九萬里。莊子是道家，擅寓言。李白五歲誦的「六甲」，即道家方術書。

　　李白於唐玄宗開元八年（720 年）在四川謁見李邕，當時李白是二十歲的一介書生，李邕是四十五歲、極富盛名又宮居渝州刺史的學者；少、長二李會面，在相當開放的大唐盛世雖屬常事，但傳統社會重禮，二李初會可能不太愉快；事後李白〈上李邕〉詩又口出大言自比大鵬，並謂「時人見我恒殊調，見余大言皆冷笑」；顯然李白自知「大言」不受歡迎，無奈大鵬的妄念已深植胸臆，乃一吐爲快。

　　事實上，人人應有「理想」，偶有「夢想」也不妨，常存「妄想」、「幻想」則是病態。值得一提的是，李邕是位平易近人又愛才的人；杜甫比李白小十二歲，十五歲時謁見李邕；高適與李白同年，亦在未發跡時謁李邕，此二人先後備受李邕呵護提攜，獨李白被冷落。此中原委頗堪尋思。

　　大鵬妄想幻滅，李白「臨終歌」乃慨然自嘆：「大鵬飛兮振八裔，中天摧兮力不濟。……仲尼亡兮誰爲出涕。」

◎身心矛盾失衡症

　　世人心目中的李白，正如最近大陸旅遊景點招商中的李白扮相：風流倜儻，一表人才，人見人愛。但從「生理」、「心理」兩方面看李白卻發現，李白的真實面貌如下。

　　李白「生理」上的「自我形象」並不「良好」。自我形象良好是心理健康的重要素材，是好事並非壞事。李白「與韓荊州書」謂：「白……十五好劍術，徧干諸侯；三十成文章，力抵卿相。」信心滿滿。但接下來卻說：「雖長不滿七尺，而心雄萬夫。」唐代尺小，六尺尚屬「孤兒」（駱賓王「為徐敬業討武曌檄」稱「六尺之孤何託」），七尺可能是當時一般人身高。李白這句「雖長不滿七尺」，不啻自暴其「短」，乃以「而心雄萬夫」自我補救。此一「雖／而」的轉折，多少透露李白心理上的不平衡。

　　有一則李白「粉絲」魏顥對李白形貌的第一印象是：「眸子炯然，哆如餓虎。」哆是張口，即眼神炯炯有光，張口如餓虎撲食狀。或謂李白為漢胡混血，故相貌不同於一般人。這樣的形貌會否影響他人的觀感，以及有未造成李白心理上的不適。無可考證。

　　再看李白的「公眾形象」。他是「謫仙」（賀知章的第一印象），是「斗酒詩百篇」的「詩仙」（杜甫〈飲中八仙歌〉），是「敏捷詩千首」的天才（杜甫〈不見〉詩）：多是就「詩」說李白。杜甫在「不見」詩中有一句「世人皆欲殺（李白）」的極瑞語，點出的原因是「（李）佯狂實可哀」，這與李白自稱「見余大言皆冷笑」可相互印證。可見除「詩仙李白」外，尚有一「世人皆欲殺」及「時人皆冷笑」的李白。這樣的公眾形象，對李白的心理自有影響。但影響似乎不大，因為李白胸中另有丘壑。

◎誇大自負症

　　在大鵬妄想下，他的理想人生是：「申管晏之談，謀帝王之術；奮其智能，願為輔弼；使寰內大定，海縣清一。事君之道成，榮親之

義舉。然後與陶朱留侯浮五湖遊滄洲，不足爲難矣。」（〈代壽山答孟少府移文書〉）他常以傅說、呂尚、張良、韓信、酈食其、諸葛亮、謝安等賢豪自居。不幸的是，他始終未獲一展抱負的機會。應詔供奉翰林三年，玄宗只把李白當裝飾和點綴歡樂的材具，結果只落得賜金放歸。最後一次在他隱居廬山時，又誤入永王璘幕，原指望「但用東山謝安石，爲君談笑靜胡沙」（〈永王東巡歌〉），未料轉瞬破滅，還險遭殺身之禍。永王璘敗因固不止一端，但李白「談笑靜胡沙」的大言並未兌現也是事實。這對他打擊很大。

李白「仕」「隱」兩失，撇開客觀因素不談。他本身的主觀因素則是：求仕進又不肯隨俗，「安能催眉折腰事權貴，使我不能開笑顏。」（〈夢遊天姥吟留別〉）欲常保「開笑顏」身段，又不甘隱居修身。「秋來相顧尚飄蓬，未就丹砂愧葛洪。」（杜甫〈贈李白〉）葛洪煉丹修道成仙，李白三番五次隱居都未能忘情塵事，皆有實證，這是杜甫的評語。

◎醉酒自殘症

李白嗜酒，世人共知。他自己說：「三百六十日，日日醉如泥；雖爲李白婦，何異太常妻。」（〈致許夫人詩〉）太常妻喻守活寡的妻子。即使榮居宮中三年，亦經常是「長安市上酒家眠」（〈飲中八仙歌〉）。「百年三萬六千日，一日須傾三百杯。」（李白〈襄陽歌〉），這無意是以酒慢性自殺。終於在六十二歲病故於當塗。

◎結語

李白頗似最近過世的瘋狂歌王麥可傑克森，風光一世也鬱卒一世，最後落個「千秋萬歲名，寂寞身後事」（杜甫〈夢李白〉）；我等平凡人，無論如何仍當以健康快樂爲日常生活標竿。打油詩一首作結。

　　超級憂鬱一李白，千秋詩名如皎月；
　　美酒當前莫醉歡，健康生活自撙節。

附錄五　李白〈靜夜思〉故鄉情

　　床前明月光，疑是地上霜；
　　舉頭望明月，低頭思故鄉。

　　這是唐朝詩人李白（699～762）的〈靜夜思〉詩，至今一千多年，是我國讀書人琅琅上口的一首詩。歷來詩評家謂此詩乃李白旅途思鄉之作，甚至謂爲倦遊思歸之作。清朝詩人沈德潛《唐詩別裁》謂：「百千旅情，雖説明卻不説盡。」不啻爲本詩定格定調。本詩所以老少咸宜，人見人愛，似亦在其代千萬人說初思鄉情懷；卻又有餘不盡，引人遐思。更重要的是：它淺白清新，人人能心領神會。因此，就都以旅途思鄉之作爲解。思鄉涉及兩層面，即「故鄉／鄉情」，此無非就常人常情言。眾所周知，李白自始至終不視自己爲常人，世人亦自始至終部以常人視李白。他是既不見容於上天的謫仙（賀知章語），亦不見容於人間（「世仁皆欲殺」，杜甫語）的超人。而今妄以常人常情試窺李白鄉思鄉情，難免盲人摸象或隔靴搔癢，對李白其人亦殊有所輕慢或貶抑。

〈靜夜思〉題旨與格律

　　我等非李白，無法精準認識李白。因他是超人，更因他是一千兩百餘年前那個時空環境中的李白，只能以此刻常人之心，度彼時超人

李白之腹；且從〈靜夜思〉入手，試作如下窺測。

第一，先從〈靜夜思〉屬性說起，我曾妄將李白詩，區分爲三大類；一爲豪健之美類，二爲飄逸之美類，三爲清柔之美類。必須申明的是：任何對詩（包括唐詩及個別詩人的詩）的分類都難期周全。就以〈靜夜思〉言，我勉強說它屬飄逸美類，但它其實亦兼具清柔美一面。試看舉頭低頭之間，思鄉柔情歷歷如見。它亦是更兼具豪健韻味，李白一向鄙薄齊梁，力追建安。「自從建安來，綺麗不足珍。」（〈古風〉五十九首之一）；建安風骨崇尚自然、樸實、奔放、遒勁、鮮活、生機生趣盎然；〈靜夜思〉一筆揮灑，流利清新，無生僻藻飾語，有剛健率眞趣，正是建安風骨的體現。

通常以本詩表相來看，它是一首旅途思鄉，或望月懷鄉，甚至倦遊思歸之作。這也符合眾多讀此詩者的脾胃，應予尊重並繼續維護。畢竟這是眾多人的共同記憶與普世感情，不容肆意折損或改變。

第二，再試看本詩題旨與格律。本詩寫作年代無可考，推測成於李白五十歲後。寫作情境或爲：旅次之夜未眠、或失眠、或乍醒惺忪狀態之下，驀然見到床前有光，並直覺爲明月光；隨即稍微定神又疑爲地上霜。此一「疑」字有二意，一是說明此時當在秋末冬初，地上有霜之際；二是此刻所疑爲地上霜，乃是往昔記憶的閃電呈現，往昔故鄉此刻正是降霜季節；此往昔記憶的閃現亦正式結句「思故鄉」的思緒源頭。在「疑是地上霜」之後，詩人並未就此作罷，疑其所「疑」仍可疑，乃抬頭向窗外看去，這才瞥見明月當空；只此一瞥，遂遽然引發詩人思鄉情懷，結出「低頭思故鄉」一語。這由「床前」而「地上」，由「舉頭」而「低頭」，以及由「明月光」而「地上霜」，由「望明月」而「思故鄉」。步步推演，瞬間變換；只一「疑」字稍有喘息。詩人思緒不斷轉折，詩的意境亦靈光躍動，最後才落點到「思故鄉」上。恰似流泉自空傾瀉，了無阻滯，既健美又清澈。

這是我妄擬的詩人當時寫作情境，戲供參酌。我甚至妄猜遐想，李白此作很可能是信手拈來，倏忽而就；即景興懷，曾無暇思。及至

詩成，方尋思索題而得〈靜夜思〉此題。套用時下「八卦」語，乃是「先射箭，再畫靶」。因此，他這個靜夜思的「思」字，乃是「有所思」之意。有所思而思故鄉，固然直線連接即可；但他卻未將詩題直接命名「旅途思鄉」或是「望月懷鄉」，是否別有心意？所幸他未用旅途思鄉或望月懷鄉，若然，詩的旨趣就未免太「白」了，詩的語言也說得太「盡」了。又若然，這首詩的情趣和價值，無形中也貶損許多。沈德潛之「雖說明卻不說盡」的評語，也顯得立足不穩了。

　　在此順便探討一下〈靜夜思〉的格律。本詩貌屬五言絕句，但平仄不合；重複用字也有違絕句詩通例。尤其「明月」一辭兩用，「舉頭」、「低頭」上下句同位連用，均不常見；故應屬五絕拗體。清人蘅塘退士孫洙《唐詩三百首》選錄本詩入五言絕句類。有的選本把「舉頭望明月」改爲「舉頭望山月」。是否有意避掉兩用明月，未便臆測。宋人郭茂倩編《樂府詩集》，將本詩錄入「樂府新辭」，實別有見地。既隱然符合詩人李白性格與風格（例如他善創新調，將樂府清調、平調合爲「清平調」），更凸顯本詩特具建安風骨。而前面所謂不合五絕格律等等，自亦不復存在。值得一提的是：李白性格豪放不羈，詩筆揮灑，亦不在意格律，本詩即其象徵之一。

李白的故鄉與鄉情

　　進一步窺探，李白未採「旅途思鄉」或「望月懷鄉」爲詩題，進而以「靜夜思」爲題，結句又跳出「思故鄉」一語，眞耐人尋味。今試作如下推究：

一、何處是李白故鄉

　　李白，有說是生於武則天大足元年（公元 701 年），有說是聖曆二年（公元 699 年）出生於西域碎葉鎮。當時碎葉爲安西都護府四大鎮最西邊的一鎮，在今吉爾吉斯共和國托克馬克附近。唐中宗神龍元年（705），幼年李白隨父遷居四川綿陽。此說據考證，較屬可信。他

二十四歲或二十六歲走出四川，他居住綿陽近二十年。他把綿陽視爲故鄉，應不違常情。「仍憐故鄉水，萬里送行舟。」（〈渡荊門送別〉）長江連接綿陽、荊門，可知李白此「故鄉」即指綿陽。

李白曾自稱「隴西布衣」（〈與韓荊州書〉），又自稱「白家本金陵」（〈上安州裴長史書〉）。李陽冰〈草堂序〉及范傳正〈新墓碑〉均謂李白爲隴西成紀人。隴西成紀在今甘肅省秦安縣西。金陵非指今日南京，乃指前涼張駿所設的健康駿，故城在今甘肅省高臺縣。故所謂隴西、成紀、金陵，可視爲一地名之異說。而它的實質意義是李氏祖籍或族望。又：李白好友杜甫有「汝與山東李白好」（〈蘇端薛復筵醉歌〉）詩句，因此又有人說李白是山東人。近人考證「山東李白」實爲「東山李白」訛誤或他人擅改。李白常稱頌東山謝安石，並有「但用東山謝安石，爲君談笑靜胡沙」語（〈永王東巡歌〉十一首之二），杜甫遂美稱李白爲「東山李白」。凡此，應皆與李白的故鄉無關。

李白走出四川後，曾居住在湖北安陸約十年。又移居山東兗州、任城、及河南汴洲，爲時短暫。故均不得視爲李白故鄉。

歸納言之，綿陽應是李白故鄉。李白在詩文中亦如此指認。但所謂故鄉，股時農業社會安土重遷，一般人對故鄉皆有明確概念。唐代詩人提及故鄉，後是讀者皆了然知其旨意。如賀知章的「少小離家老大回，鄉音無改鬢毛衰；兒童相見不相識，笑問客從何處來？」（〈回鄉偶書〉），此處的「離家」、「鄉音」、「客」，皆關鍵詞。以此類比，李白之父李客的故鄉應「非」綿陽，李白的故鄉應「是」綿陽。李父自稱爲「客」，隱約承認自己是外鄉人，有如今日臺灣外省人，均各有其故鄉。李白的鄉思鄉情如何？有待進一步窺測。

二、李白的鄉思鄉情

李白於二十餘歲走出四川，至代宗寶應元年（762）逝世，期間三十餘年未曾返回故鄉綿陽。他的詩文中提及故鄉的亦不多見。更令人不解的是：肅宗乾元二年（759）三月，李白因涉永王璘案被流放

夜郎（今貴州境內），行至白帝城時遇赦，於是心情很好，一夕之間即由白帝城輕舟過萬重山，直返江陵。白帝城至綿陽約四百公里，兩地之間為平原丘陵，非如〈蜀道難〉之「難於上青天」的狀況，此時李白何以未返故鄉綿陽一償鄉思之苦？

再試妄自推演。李白第一次婚姻，娶安陸（今湖北安陸）許氏，生子伯禽，女平陽。許氏賢淑，李白居此約十年，安陸應可視為第二故鄉。但許氏病逝後，李白旋至山東兗州與劉氏同居，並將子女接來。此後李白漫遊江南，雖數次經過安陸，亦未曾再返回故居探視。

實際上他的鄉思鄉情卻時很淡很淺，甚至比一般常人都淡都淺。日本人田中克己在其所著《李白》一書中隱然謂「李白無故鄉」，雖言之過重，似亦不無道理。

可是不要忘記，李白並非常人。吾人以常人常情妄論李白其人及李白鄉思鄉情，均難免失焦，亦難見真相。

果真如前面妄言：李白的鄉思鄉情卻時很淡很淺，但他在〈靜夜思〉中油然直指「思故鄉」，殊非矯情，故千百年後仍能感動眾多人心。此固然可歸功謂這首詩真好真美，但李白何以能寫出此真美真好的詩？他在〈靜夜思〉和「思故鄉」中是否別有寓意或別有所思？仍以常人心目目光妄自深究此一問題。李白此刻值於漫遊數十年，仕進屢遭挫折，自稱「時人見我恆殊調，見余大言皆冷笑」（〈上李邕〉），其不見容於時可知。晚年猶漂泊旅次。循此妄言，李白此刻之所思及其所思的故鄉，或非具體實相的故鄉，而是心靈深處隱藏的理想之鄉，或人生歸趨的終極之鄉。姑作如下推演：

三、李白的人生理想

李白有〈獨坐敬亭山〉：「眾鳥高飛盡，孤雲獨去閒；相看兩不厭，只有敬亭山。」於此頗值玩味。眾鳥、孤雲何所指？相看兩不厭，只有敬亭山，又是何等心情？在寵臣、權臣當紅下，「眾人皆欲殺」、「見余大言皆冷笑」，捨敬亭山與自己相看不厭之外，夫復幾人不恨他、

厭他？然而李白的「殊調」和「大言」爲何？此皆李白創作美詩好詩包括〈靜夜思〉的源頭活水。

1. 狂想不羈的自我意識。他嘗以鯤化爲鵬自喻：「脫鬐於海島，張羽於天門。……激三千以崛起，向九萬而迅征。」（〈大鵬賦〉）、「天子呼來不上船，自稱臣是酒中仙。」（杜甫〈飮中八仙歌〉）雖寵居宮中，面對帝妃權貴，亦不改狂狷本色。「安能催眉折腰事權貴，使我不能開笑顏。」（〈夢遊天姥吟留別〉）

2. 堅強卓越的自信心。「天生我材必有用，千金散盡還復來。」（〈將進酒〉）、「長風破浪會有時，直挂雲帆濟滄海。」（〈行路難三首其一〉）。

3. 熾熱多端的企圖心與使命感。「笑」孔丘復「效」孔丘：「我本楚狂人，鳳歌笑孔丘」（〈廬山謠〉）「我志在刪述，垂輝映千春；希聖如有立，絕筆於獲麟。」（〈古風〉五十九首之一）以英雄豪傑自許：「申管晏之談，謀帝王之術。」（〈代壽山答孟少府移文書〉）常欲踵步呂尚、張良、韓信、諸葛亮等前賢。他鄙薄蘇秦、張儀輩之小我行徑。

4. 至死不渝的驅動力。雖仕途坎坷，亦決不放棄。晚年入永王璘幕，不啻孤注一搏。往生前仍投效李光弼軍，中途因病折返，次年病故安徽當塗。或謂〈靜夜思〉是他倦遊思歸之作。

四、李白人生終極之鄉

李白一生總在「仕進／退隱」中徘徊。前文可謂李白仕進企求面的自畫像。退隱是他人生歸趨的終極嚮往，惜亦終無所獲。試尋覓其求仙訪道足跡如次：

1. 青少年時期的教養：「五歲誦六甲，十歲觀百家。」（〈上安州裴長史書〉）六甲，道家書。「十五遊神仙，仙遊未曾歇。」（〈感興八首五〉）出川前，「與逸人東嚴子隱於岷山之陽，白巢居數年，不跡城市。」（〈上安州裴長史書〉）即是親身體驗

隱居生活。

2. 仕進失意遊仙訪道：賜金放還後，遍遊名山求仙訪道，〈夢遊天姥吟留別〉詩無異此刻精神狀態之自白。在尋求人生終極歸趨中，憬悟時不我與：「容顏若飛電，時景如飄風。……不及廣成子，乘雲駕輕鴻。」（〈古風〉其二十八）是在「現實／幻覺」中輾轉徘徊。

3. 晚年隱居不忘塵世：「秋來相顧尚飄蓬，未就丹砂愧葛洪。」（杜甫〈贈李白〉）求仙又未能如葛洪煉丹學道成仙。五十歲左右與宗氏結婚，安史亂後與宗氏隱居廬山，復塵心未了，終涉永王璘案，淒然仙逝。

總之，李白非常人，乃天上人間兩不見容的超人。一生皆在「夢想／現實／虛幻」矛盾中悲歡度過。以現代常人眼光看，李白其實是一位適應不良，並長期被超級憂鬱症所困的可憐天才。

附錄六　崔顥黃鶴樓與李白鳳凰臺

　　昔人已乘黃鶴去，此地空餘黃鶴樓。

　　黃鶴一去不復返，白雲千載空悠悠。

　　晴川歷歷漢陽樹，芳草萋萋鸚鵡洲。

　　日暮鄉關何處是？煙波江上使人愁。

　　這一首詩是唐朝詩人崔顥（704～754）寫的，是令詩仙李白「眼前有景道不得」的千年名作。崔顥是汴州（今河南開封）人，新舊《唐書》都有傳。略謂：有俊材，無士行，好蒱博飲酒，唐玄宗開元十年或十一年（七二二年或七二三年）進士。曾與王昌齡、高適、孟浩然等唱和。開元十八年至天寶三年（七三十年至七四四年）曾任河東軍旅司舉從事、尚書司勳員外郎等職。嘗出使所屬各州，因此《唐才子傳》中有「一窺塞垣，狀極戎旅」語。《全唐詩》存有崔顥詩四十二首，屬以少勝多作家。唐宋詩評家咸稱，崔詩少年時浮艷輕薄，晚年忽變常體，風骨凜然，其邊塞詩可與鮑照；江淹並趨。

　　根據新舊《唐書》及《唐才子傳》記載，崔顥與李白有兩次不遇之遇，一為二人曾謁過李邕，結果都不愉快；李白見後被「冷處理」，後以〈上李邕〉發牢騷落幕；崔顥因李邕聞其名而主動開館邀見，崔奉詩候傳，李邕一見其〈王家少婦〉詩首句「十五嫁王昌」，怒叱：「小子無禮！」遂拒見。另一次即李白遊黃鶴樓，美景當前，詩興大發，但抬頭見崔顥〈登黃鶴樓〉詩，乃謂：「眼前有景道不得，崔顥題詩

在上頭。」但李白不甘居下風，一作〈鸚鵡洲〉詩，不如己意；再作〈登金陵鳳凰臺〉詩，方釋懷。

《舊唐書》謂：「（崔）遊京師，娶妻擇有貌者，稍不愜意即去之，前後數四。」《新唐書》謂凡四五娶。《才子傳》謂其苦吟致病，友人每譏謔之。

崔顥〈登黃鶴樓〉賞析

黃鶴樓在今湖北武昌，隔長江與漢陽相望。據傳：仙人王子安曾乘黃鶴過武昌蛇山，後人建樓於蛇山，更名蛇山為黃鶴山，名其樓為黃鶴樓。歷代有毀有復，是江南三大名樓之首。鸚鵡洲，唐朝時位在漢陽西南長江中之一沙洲，後被江水沖沒。

品讀崔顥此詩：首聯以樓破題，興起人去樓空之嘆。頷聯承首聯再加工美化；翹望白雲，千載悠悠，與江水俯仰以對，詩情詩趣盡在言外。頸聯繼傳聞及興嘆之後，轉寫登樓所見自然景象：遠處是晴空下長江對岸歷歷在目的漢陽樹，近處是春光下芳草萋萋的鸚鵡洲。結聯寫詩人登樓賞景至日暮，因景興感：煙波冥濛，故鄉何在？無限悵惘！以起承轉合的格局讀此書，結構緊密，遊賞、興感，一氣呵成。形體似屬七律，但前四句平仄、體貌均不合；現代文學家劉大杰《中國文學發展史》稱其「前四句，完全是樂府的精神和民歌的語氣，是一點也沒有把它當作律詩做的。如果一定要叫作律詩，只可說是樂府體的律詩。」就詩言詩，此詩可分為前後兩段來看：前段四句是樂府民歌，既不計平仄，更不避三用「黃鶴」；而「已乘」、「空餘」是關鍵辭，為全詩蓄積氣勢；一、二句「黃鶴」重出，且植於同一位置，是自造奇筆；頷聯復以「黃鶴」為頂真，揮筆直下，全無顧忌之勢，更是罕見手法。如此既凸顯黃鶴樓主題的獨特地位，更見筆力強勁，氣象雄渾；昔人謂奇高唱入雲，擅古今之奇，自非溢美之辭。

後段四句，在前段高格調、高氣勢帶動下，轉以平常面貌呈現；在做法上，頸聯對偶工整，四句平仄均合律；即前段「縱放」，後段

「收斂」；在內涵上，前段由虛杳傳聞入題，以假爲眞，說假如眞，且延入「白雲千載空悠悠」爲道具，使縹緲無稽故事頓現人間煙火氣息；後段從具體景物切入「晴川／芳草」「歷歷／萋萋」，詩情畫境如在目前；而前段「悠悠」、後段「歷歷」、「萋萋」，三用疊字狀其委婉靈覺意趣，前後呼應綿密，誠屬妙筆。明末清初文人顧炎武《日知錄》卷二十二謂「詩用疊字最難」，崔詩用來平易自如；前後段一虛一實，一揚一抑，歸結到日暮鄉關，爲遊覽興感詩畫下完美句點。

由芳草萋萋興起思歸情懷，由日暮鄉關興起鄉思鄉愁，足見詩人鄉愁並非無病呻吟。

歷來詩評對此詩多所推崇。宋代嚴羽《滄浪詩話》評云：「唐人七言律詩，當以崔顥黃鶴樓爲第一。」清代沈德潛《唐詩別裁》評云：「意得象先，神行語外，縱筆寫去，遂擅千古之奇。」

李白〈登鳳凰臺〉賞析

李白「眼前有景道不得」之後，作了〈鸚鵡洲〉詩：

鸚鵡東過吳江水，江上洲傳鸚鵡名。
鸚鵡西飛隴山去，芳洲之樹何青青。
煙開蘭葉香風暖，岸夾桃花錦浪生。
遷客此時徒極目，長洲孤月向誰明。

從此詩結構、用語、情致，與崔顥黃鶴樓詩「針對性」甚明顯。清人紀昀對李白此詩的評價不高，直謂：「崔（指黃鶴樓詩）是偶然得之，自然流出；此（指李白此詩）是有意爲之，語多襯貼，雖效之而實多不及。」李白自己也不滿意，乃再作〈登金陵鳳凰臺〉詩以對，詩云：

鳳凰臺上鳳凰遊，鳳去臺空江自流。
吳宮花草埋幽徑，晉代衣冠成古丘。
三山半落青天外，二水中分白鷺洲。
總爲浮雲能蔽日，長安不見使人愁。

李白以鳳凰臺來對崔顥的黃鶴樓，看來旗鼓相當，半斤八兩。前人並傳爲詩壇佳話。李白此詩之寫作年有二說，一說天寶六年（七四

七年）李被賜金放還，遊梁宋（今河南開封、商丘）齊魯（今山東濟南）後，南下金陵（今南京）時作。一說是天寶十五年（七五六年）安史之亂時，李白入永王璘幕，事敗，被流放夜郎，遇赦放還，路經金陵時作。似以第一說爲宜。

鳳凰臺在今南京西南隅，相傳南朝宋元嘉十六年（四三九年）有三鳥飛集山間，羽毛五彩，狀似孔雀，時人稱鳳凰；乃造臺於此，稱「鳳凰臺」，名其山爲「鳳凰山」。三山，指金陵西南長江邊三峰並峙，陸游〈入蜀記〉有「三山……距金陵五十餘里」的記載，可爲「三山半落青天外」注釋。白鷺洲，原在南京城西大江中，因多居白鷺，故名；今已成陸地。

李白此詩爲七律令一形體，平仄與常體異，格局與常體同，首尾散文，頷聯、頸聯對仗。詩筆性情豪放的李白，有此格律嚴謹之作，殊不多見。世人公認此詩係針對崔顥黃鶴樓詩而作，自非無因。清朝乾隆進士李調元則不同意此說，他說：「何其小視太白也？太白仙才，豈拾人牙慧者！」

我讀李白此詩：首聯扣題，以「江自流」寫景兼情，爲頷聯鋪陳。起筆氣勢如虹，正是太白本色。頷聯對仗，「吳宮花草／晉代衣冠」；此聯是崔詩所無，亦是兩詩最大不同之處。頸聯亦是對仗，由時間轉空間景物，此爲太白漫遊攬勝專擅筆法。在「三山半落青天外」的暮景與「二水中分白鷺洲」的美景相映下，自然得出「浮雲蔽日／長安不見」的結語。古人有「舉頭見日，不見長安」語，今小人（浮雲）當道，正如浮雲蔽日，舉世黯然無光，長安當然看不見了。「使人愁」，既回應吳宮晉代之嘆，亦牽引出爲自己愁、爲君王國家人民愁的思緒。這就是此詩的旨趣。李白此詩前四句隱然可見「浮生若夢、世事滄桑」的消沉感，結聯寫出「浮雲蔽日／長安不見」的憤世情，此正可窺見太白的風格與人生基調。但「天生我材必有用」的信念至死不渝，臨終前一年尚起程投效臨淮李光弼；卻因病折返，充分顯示其儒士的聖哲風範。亦不改其思君報國的初衷。此乃太白可敬可貴處。清

乾隆皇帝御定的《唐宋詩醇》卷七評李白此詩：「寓目山河，別有懷抱，其言皆從心而發，即景而成。」可與沈德潛評崔顥〈登黃鶴樓〉詩比觀。

李、崔詩比較

比較李白鳳凰臺詩與崔顥黃鶴樓詩之異同：

格律：二詩均爲七律，平仄均異尋常。崔詩前半段爲樂府體，後半段爲正格律體。李詩爲另格正常律體。二詩均押平聲「尤」韻，頸聯及結聯同押「洲」、「愁」，李有步崔原玉意味。末句又以「使人愁」同調，更見李之用心與機巧。

類型：崔詩爲登臨攬勝，李詩爲登臨弔古。其區分點在於李詩頷聯爲弔古興感，此爲崔詩所無者。

遣辭用字：崔詩前半段三用「黃鶴」；李詩首句二用「鳳凰」，次句加用「鳳」、「臺」二字。崔詩以前段四句布局；李詩濃縮以首聯二句布局。所不同的是：崔三用疊字，李未用疊字。足見李亦非錙銖必較者。

旨趣：或謂崔詩結聯「使人愁」，旨在日暮思鄉，格局乃爲一己，李詩結聯「浮雲蔽日」，愁在「長安不見」，格局乃爲邦家社稷。同爲登臨，旨趣廣狹不同。就詩言詩，崔詩於攬勝之餘，日暮思鄉，正是人情之長；李詩於弔古之餘，興家國之思，亦人情之常。

崔顥〈黃鶴樓〉與李白〈鳳凰臺〉，都是千餘年來膾炙人口的好詩，此無庸置疑。仙人行蹤與神鳥樓止，固然爲此二詩增添許多佳話，詩仙李白「眼前有景道不得」的軼聞，尤其使此二詩身價（市場價與詩壇價）倍增。

後之樂詩者，對此二詩亦喜品評次第，一如李杜優劣論，見仁見智，終無定說。宋人方回《瀛奎律髓》評此二詩爲：「格律氣勢，未易甲乙。」即不分高下。

附錄七　安史之亂期間王維、李白、杜甫三人詩作隅窺

引言

　　唐詩乃中國文學奇葩，文史學者多所稱述。劉大杰《中國文學發達史》謂唐詩興盛原因計為詩歌本身進化的歷史性等四項〔註1〕。邱師燮友、傅師錫壬、金師榮華等合著的《中國文學史初稿》指出，唐詩興盛的重要因素包括文體、音樂、政治、社會、文化等五項；並謂文體、音樂的因素與唐詩音韻格律有關，政治、社會、文化因素與唐詩內容有關〔註2〕。以上論述乃客觀原因，筆者妄言另有主觀原因，即詩人自身的原因，包括詩人政治家的獎掖等四項〔註3〕。

　　文史著作通常分唐代為初唐、盛唐、中唐、晚唐四時期。盛唐在政治、經濟、文化、武功、疆域等各方面均盛極一時，詩壇詩作最為

〔註1〕劉大杰《中國文學發達史》，（臺北：臺灣中華書局1972年10月三版），頁328～333，四項原因為：（1）詩歌進化的歷史性，（2））政治的背景，（3）詩人地位的轉移，（4）新民族的創造力。

〔註2〕邱師燮友等合著《中國文學史初稿（增訂本）》上下二冊，（臺北：萬卷樓圖書公司2014年3月再版二刷），上冊，頁454～464。

〔註3〕見拙作《唐詩新品賞》，（臺北：文津出版社2013年12月一刷），頁8～9，四項主觀原因為詩人政治家的獎掖，詩人之間的相互激勵，詩人使命感的升華，詩人多采多姿的生活與堅毅的生命力。

世人稱道。不幸的是，造成唐室由盛轉衰終至覆亡的安史之亂，亦發生在盛唐時期。本蕪稿試就安史之亂期間王維、李白、杜甫三人的相關詩作作一隅之窺。世人稱杜甫詩爲「詩史」，所謂「詩史」，即「用詩篇記錄下當時社會眞實的一頁」〔註4〕，實則其他詩家亦有類似之作，如本蕪稿擷錄的王維〈凝碧池詩〉、李白〈永王東巡歌〉等皆是。

一、安史之亂簡述〔註5〕

（一）亂前：

通說盛唐始於玄宗先天元年（712），止於代宗永泰元年（765），計五十四年，其中玄宗在位四十五年（712～756）。安史之亂開始於玄宗天寶十四年（755）十一月，截止於代宗廣德元年（763）正月，歷時七年餘。據新《唐書》、舊《唐書》及《資治通鑑》等史料記載，安史亂前明覺之士包括李白、張九齡、楊國忠、太子李亨等或暗示或明示謂安史必反，可惜當時的玄宗不信不察亦不理會。

（二）亂始：

安祿山（703～757）出身胡人，初爲唐邊將，以軍功遞升，天寶元年（742）至十三年（754）身兼平盧、范陽、河東三節度使、東平郡王、雲中太守、加尚書左僕射，集榮寵於一身。天寶十四年（755）十一月甲子，以除楊國忠爲名，叛於范陽〔註6〕。十二月丁西陷洛陽，官軍且戰且走，顏杲卿（692－756）戰死於常山〔註7〕。天寶十五年（756）正月，安祿山在洛陽稱大燕皇帝，玄宗奔蜀，七月，太子李亨即位靈武（今寧夏平羅境），是爲肅宗（見《通鑑》，頁6936～6951）。

〔註4〕 參見同注2，《中國文學史初稿》，頁513。
〔註5〕 本文引用史料主要爲《資治通鑑》（臺北：粹文堂1975年初版）以下簡稱《通鑑》，卷217～222。
〔註6〕 范陽，今河北薊縣，地近北京，又稱漁陽，白居易〈長恨歌〉：「漁陽鼙鼓動地來」，又如杜甫〈聞官兵收河南河北〉詩中所提及：「劍外忽傳收薊北」，所指「薊北」即此。
〔註7〕 文天祥〈正氣歌〉：「爲顏常山舌。」文中即歌頌顏杲卿。

（三）亂中：

至德元年（756）五月，郭子儀、李光弼大敗安祿山、史思明之軍於常山、包陽、嘉山，史思明墜馬折足扙折槍逃脫，河北十餘郡皆殺賊守將，重樹唐幟。

當時中原一帶唐名將如魯炅苦守南陽（今屬河南）達一年之久，眞源（今河南鹿邑）縣令張巡募數千民，堅守雍丘（今河南杞縣）、睢陽（今河南商丘），至矢盡食絕、殺馬殺老弱妾奴，一直到至德二年（757）冬十月城陷，張巡被執齒斷被殺害時，仍「顏色不變，揚揚如常」〔註8〕。

（四）亂終：

肅宗上元二年（761）二月，史思明被其子史朝義所殺，史朝義即皇帝位。次年（762）四月，玄宗、肅宗相繼卒，代宗李豫即位，改元寶應。冬十月，僕固懷恩（？～765）領大軍克復洛陽及河陽；十一月，光復長安。廣德元年（763）正月，史朝義途窮自縊（《通鑑》，頁7139）。歷時七年又二個月的安史之亂，至此告終。

（五）亂後：

安史之亂對唐王朝產生極為重大的影響，這場戰亂從根本上動搖唐朝立國基礎，例如稅制、土地政策、中央地方分權等，成為唐帝國由盛轉衰終至覆亡的關鍵。安史之亂結束後的景象是內鬥、內亂、外侮紛至沓來。如：天寶十四年（755），高仙芝、封常清討賊於渭南，監軍邊令誠屢事干擾，二人遂無辜受死（《通鑑》，頁6942～6973）。楊國忠讒大將哥舒翰，致潼關失守，翰終於降賊。宦官李輔國與寵妃張良娣因為個人私心而誣陷建寧王倓於肅帝皇帝，「帝怒，賜倓死。」（《通鑑》，頁7013）種種內亂、外患更不一而足。

安史之亂期間的詩歌作品，篇什豐富。本蕪稿試就山水詩人王

〔註8〕見《通鑑》，頁6988～7039，文天祥〈正氣歌〉：「為張睢陽齒。」文中所歌頌者即張巡。

維、浪漫詩人李白、社會詩人杜甫三人的相關詩作作隅寫。

二、王維與安史之亂及其〈凝碧池詩〉

　　盛唐山水詩人王維，字摩詰，祖籍太原祁（今山西太原祁縣），出身屬河東王氏家族﹝註9﹞。王維隱仕雙得，清靜禮佛，與世無爭，自得其樂，不幸卻成爲安史之亂首當其衝的受害者。天寶十五年（756）安祿山陷洛陽，稱大燕皇帝；王維、儲光羲、杜甫、鄭虔（鄭廣文）等均因不及避出京城而身陷其中。《舊唐書》云：「維以詩名盛於開元、天寶間，昆仲宦遊兩都，凡諸王駙馬豪右貴勢之門，無不拂席迎之，寧王、薛王待之如師友。」﹝註10﹞顯示王維詩名早在開元年間已被上流社會所接受，而在安史之亂時，「維以凝碧詩聞於行在，肅宗嘉之。」﹝註11﹞這段「聞於行在」四字記載而清楚點出即使王維當時人雖受困於京城，但他所作的詩仍可以透過管道傳播至千里之外的肅宗耳中，足見其詩歌之受人關注程度。

　　其時杜甫尚非知名，王維則備受禮遇委任爲給事中，詩人不甘附賊，服藥取痢，僞裝喑啞思逃，但仍被囚於菩提寺。安史輩一朝沐猴而冠，便醉舞歌。某日，裴迪探視被囚的王維，告以逆賊等在凝碧池上狂歡，命樂工演奏，樂工舉聲淚下，雷海青罵賊而死，王維聞之甚爲感動，私下口號成〈菩提寺禁聞逆賊凝碧池上作樂〉（簡稱〈凝碧

﹝註9﹞《舊唐書・地理志》載，王維家族祖籍因官遷居之住所皆屬河東道。參考後晉・劉昫：《舊唐書》（台北：鼎文書局，1981年）卷39〈地理志・十道郡國・河東道〉，頁1480～1841；1469～1475。河東太原王氏爲魏晉以來之著名的世家大族，王維家族非嫡系僅爲旁支，甚至是在王縉居高位後才得依附。可參考《全唐文》卷545有唐王顏貞元十七年（801）撰《追樹十八代祖晉司空太原王公神道碑銘》，及竹田龍兒：〈唐代士人の郡望について〉，《史學》第24卷第4號（1951年4月），頁466～493。

﹝註10﹞後晉・劉昫：《舊唐書》（台北：鼎文書局，1981年），卷190，〈文苑下・王維傳〉，頁5052。

﹝註11﹞後晉・劉昫：《舊唐書》（台北：鼎文書局，1981年），卷190，〈文苑下・王維傳〉，頁5052。

池詩〉〉，以口誦示裴迪，詩云：

> 萬戶傷心生野煙，百官何日再朝天？
>
> 秋槐夜落空宮裏，凝碧池頭奏管絃。

　　事後陷賊官員依律以六等定罪，儲光羲貶死嶺南，鄭虔貶死台州，王維因作有〈凝碧池詩〉及其弟王縉之營救而得獲免〔註12〕。據宋代文人張表臣的說法：「天寶末，祿山陷西京，大搜文武朝臣及異饡樂工，不旬日得梨園弟子數百人，大宴于凝碧池。樂作，梨園舊人不覺歔欷，相對泣下，群逆露刃脅之而悲不已。有雷海清者，投器于地，西向慟哭，支解于庭，聞之者莫不傷痛。時王維被拘於菩提寺，賦詩曰：『萬戶傷心生野烟，百僚何日再朝天。秋槐葉落深宮裏，凝碧池頭奏管弦。』他日緣此詩得不死，然愧于雷海清多矣。」張表臣文中對王維道德上的要求，與宋人長期處在北方異族虎視眈眈的時代背景及心理壓力有很大關係，而這一種要求表彰氣節的觀念在南宋時期也被朱熹提出討論〔註13〕。王維忠君報國的思想在遭逢安史之亂時險惡處境之下所作之〈凝碧詩〉詩中清晰可見。

　　就「詩」言，這是一首七絕，雖屬口占，但格律明確；末二句以比興抒情，餘味深沈。就「史」言，這是一首以詩記事的「詩史」。

三、李白與永王璘事件及其流放夜郎

　　浪漫詩人李白是安史之亂第二位受害者，不同於王維的是，王維是身陷洛陽，賊授以偽職；李白受害於永王璘事件，多少有點「咎由自取」，事後委稱被迫入幕，未必屬實。受累於永王璘事件，世謂李白缺乏政治遠見。但李白對天寶晚年政情，實已預見危機。詩評家稱其〈登高山而望遠海〉〔註14〕一詩為借古諷今之作，王夫之《唐詩評

〔註12〕參見《通鑑》卷218，肅宗至德元年（756），頁6994。及《唐詩大辭典》，頁20～21。

〔註13〕見宋・張表臣：《珊瑚鉤詩話》，收於何文煥編訂《歷代詩話》（台北：藝文印書館，1959年），卷3，頁283。

〔註14〕李白〈登高山而望遠海〉：「登高丘，望雲海，六鼇骨已霜，三山流

選》稱此九十一字之詩其內含有開元天寶本紀，可與杜工部詩史比肩。可爲佐證。

其實李白入永王璘幕並非偶然。李白一生在仕途上不斷奔競，志在「揚眉造氣，激昂青雲」（〈與韓荊州書〉），「申管鮑之談，謀帝王之術，奮其智能，願爲輔弼。使寰區大定，海縣清一；事君之道成，榮親之義畢，然後與陶朱、留候，浮五湖，戲滄州，不足爲難矣。」〔註15〕（〈代壽山答孟少府書〉）更是他夢麻以求的榮景。因此，當他有機會可以奉召入京時，不禁「仰天大笑出門去，我輩豈是蓬蒿人」（〈南陵別兒童入京〉），一吐胸中鬱結；當他赴永王邀，辭別宗氏夫人時，更有「歸時儻佩黃金印，莫見蘇秦不下機」（〈別內赴徵〉三首其二）的自負語〔註16〕。值得尋思的是，李白此處引蘇秦佩黃金印及妻嫂下機相迎的故事，似隱透露出他的赴徵應非全屬被迫，他本人似亦企圖藉此機會一展雄圖。此一私衷亦展現在其〈永王東巡歌十一首〉中。此十一首組詩題稱「歌」，實屬七言絕句，九首誇飾永王師出有名及軍容壯盛。瞿蛻園稱〈其九〉爲全篇警策，李白主張，永王用舟師泛海，直取賊巢幽燕，試擷錄其一、其七與其九以明便概。

永王正月東出師，天子遙分龍虎旗。

樓船一舉風波靜，江漢翻爲雁鶩池。（〈永王東巡歌〉其一）

王出三江按五湖，樓船跨海次陪都。

戰艦森森羅虎士，征帆一一引龍駒。（〈永王東巡歌〉其七）

安在？扶桑半摧折，白日沈光彩。銀台金闕如夢中，秦皇漢武空相待。精衛費木石，黿鼉無所憑。君不見驪山茂陵盡灰滅，牧羊之子來攀登。盜賊劫寶玉，精靈竟何能。窮兵黷武今如此，鼎湖飛龍安可乘？」本稿引用李白詩文及資料，均取自瞿蛻園等《李白集校注》，（臺北：里仁書局 1981 年 3 月版）及郁賢皓《新譯李白詩全集》，（臺北：三民書局 2011 年 4 月初版一刷）。

〔註15〕〈代壽山答孟少府移文書〉。唐人稱縣令爲明府，縣尉爲少府，孟少府移文不傳，蓋有譏貶壽山之小，暗喻李白隱居壽山爲不智，太白乃借題發揮。

〔註16〕李白〈別內赴徵〉三首其二）：「出門妻子強牽衣，問我西行幾日歸，歸時儻佩黃金印，莫見蘇秦不下機。」

祖龍浮海不成橋，漢武尋陽空射蛟。

我王樓艦輕秦漢，卻似文皇欲渡遼。（〈永王東巡歌〉其九）

十一首中也有兩首是詩人李白自我誇飾欲藉機一展鴻圖者，試類錄如次。

三川北虜亂如麻，四海南奔似永嘉。

但用東山謝安石，爲君談笑靜胡沙。（〈永王東巡歌〉其二）

試借君王玉馬鞭，指揮戎虜坐瓊筵。

南風一掃胡塵靜，西入長安到日邊。（〈永王東巡歌〉其十一）

世人對永王東巡及李白風從一事多所議論，仁智互見，莫衷一是〔註17〕。綜觀李白詩作，與永王事件相關者頗多，如其〈古風〉五十九首其二十九、其三十、其四十五、其五十三、〈天馬歌〉、〈獨漉篇〉、〈結客少年行〉、〈鳴雁行〉、〈門有車馬客行〉、〈樹中草〉、〈上留田行〉、〈秋浦歌〉等。或隱或顯、或直接或間接、或事前預見或事後辯解，種種切切，亦可略窺事件複雜與詩人李白情思轉側矛盾。

筆者對整個事件試姑妄作如下揣測：就永王言，他強邀李白自在壯其聲勢；他出師東巡，堂皇的理由是銜命討賊；李白深信不疑，故於〈東巡歌〉其一首先揭示：「永王正月東出師，天子遙分龍虎旗。」不啻爲東巡的正當性背書；其實永王心裡是否欲借此機會趁機奪取天下大位，只有永王自知。就李白言，他曾婉拒永王之邀，其後又接受邀請，〈別內赴徵三首〉中出現「歸時儻佩黃金印，莫見蘇秦不下機」的豪興語；在〈東巡歌〉中亦以東山謝安石自許，足見詩人於一生奔競無成之餘，正欲借此機會一展縱橫術，揚眉吐氣；而他的縱橫長策，此刻亦試圖出手，〈東巡歌〉其九建議永王以舟師泛海直取賊巢幽燕，即屬實戰中的大戰略。惜未及實現，即敗於李白早期詩壇好友淮南節度使高適之手〔註18〕，永王敗死，李白被囚獲救，流放夜郎，後遇赦

〔註17〕參見瞿蛻園《李白集校注》，頁 555～556，引古今詩評家蔡寬夫、詹鍈等解說紛紜，莫衷一是。

〔註18〕高適，邊塞詩人要角。天寶三年（744）李白辭官放歸，遇杜甫於洛

放歸，欣然作〈朝發白帝城〉詩，結束其安史之亂第二位受害者的厄運。被囚獲救，宗氏夫人奔走於外，太白自己呼救於內，並有郭子儀義救諸傳聞；流放夜郎及遇放放還，以及放還後的繼續漫遊，又冷漠地送宗夫人入廬山修道，種種切切，殊令人對李白其人的眞面貌難以捉摸。

再回頭審視李白有關永王諸作，不難發現他對永王似情有獨鍾，如〈樹中草〉、〈上留田行〉等篇，多有爲永王鳴不平旨趣。何故？頗堪尋味。

最後就「詩」言，浪漫詩人李白不樂繩墨，但〈別內赴徵〉、〈永王東巡歌〉、〈朝發白帝城〉等詩皆屬七絕，屬少見。就「史」言，包括所有相關安史及永王的李白詩，如〈出自薊北門行〉、〈奔亡道中〉五首等詩都在記錄在安史之亂的大時空背景下，此一時空的史事，似都屬「詩史」。

筆者屢謂李白爲眞儒者、假道徒。但據研究者指出，李白乃眞道士，且屬典型的茅山宗上清派道士〔註19〕。對他影響甚大的同派道士有司馬承禎（655～735）、吳筠（？～778）、元丹丘、賀知章（659～744）等，上清派修道的重要方法是存想，即通過想像憶念身內、身外諸神甚至宇宙萬物，從而達到身神合一、物我爲一的神仙境界〔註20〕。不過有趣的是，一生漫遊未曾歇的李謫仙，似乎很難定下心來存想；六十一歲（761）送宗夫人往廬山尋女道士修道，他自己卻依舊漫遊，至老死而後已。他果眞是眞道士乎？常人如筆者，實難理解詩仙李白於萬一。

陽，遇高適於汴州，三人同遊梁宋，同登吹臺及單父琴臺，詩酒唱和，爲詩壇勝事。肅宗至德二年（757），高適以淮南節度使領軍擊殺永王璘，李白同案被囚。

〔註19〕袁清湘〈道士李白所屬道派探析〉，《中國道教》2005 年 1 期，頁 37～40。

〔註20〕李小榮〈李白人生迷茫時的抉擇：讀〈宣州謝朓樓餞別校書叔雲〉〉，《國文天地》2015 年 5 月，頁 15。

四、杜甫與安史之亂及其社會詩史

安史之亂期間的社會詩人杜甫，年四十五至五十三，他顛沛流離，最後貧病客死異鄉耒陽舟中，乃另一位安史亂受害者，以下試簡述安史之亂期間的杜甫生涯及其重要詩篇，藉明梗概。

（一）安史亂前：

杜甫經前後二次考場失利，困居長安十年，天寶十四年（755）四十四歲，獻〈三大禮賦〉，玄宗授河西（今雲南玉溪境）尉，不受；改左衛率府冑參軍；十一月，由長安赴奉先探望妻子，作〈自京赴奉先詠懷五百字〉，就「詩」言，為五言歌行，寫景敘事打情，纏綿悱惻，名句「朱門酒肉臭，路有凍死骨」、「入門聞號咷，幼子飢已卒」，刻畫入微；就「史」言，此詩為安史亂前所作之「詩史」鉅構〔註21〕。當時社會景象，詩中多所呈現，正是社會寫實而兼諷喻之作。

（二）陷身長安及奔赴行在：

天寶十四年（755）十一月，安史叛亂初起，次年五至六月間，杜甫先後由奉先搬家至白水，再搬至鄜州（今陝西富縣）是年六月，玄宗奔蜀，長安陷賊；七月，肅宗即位靈武（今寧夏平羅境），杜甫奔往行在的途中被俘，押赴長安，作〈春望〉一詩。

國破山河在，城春草木深。感時花濺淚，恨別鳥驚心。

烽火連三月，家書抵萬金。白頭搔更短，渾欲不勝簪。

這是一首極具代表性的作品。就「詩」言，為五律，前三聯對偶，屬「偷春體」，「感時花濺淚，恨別鳥驚心。」素稱警句；就「史」言，它記錄了長安陷賊後景物全非與詩人身心俱創的時空景象，是謂「詩史」。之後，757年四月，詩人逃出長安，奔赴行在鳳翔（今

〔註21〕關於「朱門酒肉臭，路有凍死骨」兩句，周勛初《唐詩大辭典》，（南京：鳳凰出版社2003年9月一版），頁640稱，「乃封建社會中富貴、貧賤者巨大差別之高度概括。」其實，無論古今中外，即使社會主義之共產社會，資本主義之民主社會，貧富差等現象，均極普遍。

屬陝西）時，衣衫襤褸，作〈喜逢行在所〉等詩，獲授左拾遺，旋
因房琯兵敗被貶，杜甫力爭，帝怒，因此貶杜甫爲華州（今陝西華
陰）司功參軍。

（三）顛流離之一與〈三吏〉〈三別〉：

肅宗至德六年（757）閏八月，杜甫往鄜州省親，作〈北征〉、〈羌
村〉等詩；十月，官軍克服長安；十一月，杜甫攜家入長安，赴貶所
華州，行前作〈與親友別〉。乾元元年（758）至二年（759）間，九
節度使兵敗，杜甫名篇〈三吏〉、〈三別〉即作於此際，茲錄「三吏
──新安吏、石壕吏、潼關吏」之一的〈石壕吏〉以概其餘。

> 暮投石壕村，有吏夜捉人。老翁踰牆走，老婦出門看。
> 吏呼一何怒，婦啼一何苦。聽婦前致詞，三男鄴城戍。
> 一男附書至，二男新戰死。存者且偷生，死者長已矣。
> 室中更無人，惟有乳下孫。孫有母未去，出入無完裙。
> 老嫗力雖衰，請從吏夜歸。急應河陽役，猶得備晨炊。
> 夜久語聲絕，如聞泣幽咽。天明登前途，獨與老翁別。

就「史」言，安史亂起，征役必殷，官吏乃夜捉人，且惡聲怒罵；
老婦委婉訴說，詩人以「暮投」至「天明」，記其見聞，歷歷如繪。
石壕村在今河南陝縣石壕鎮〔註22〕，鄴城（今河南臨漳縣境）、河陽
（今河南孟縣境），皆當時戰地，詩／史互證，斯謂「詩史」。就「詩」
言，這是一首五言古風詩，起筆四句，人、時、地、事俱備，以敘事
筆法透過吏之怒、婦之訴、翁之泣，屢述原委；詩人以冷眼旁觀姿態，
似無情而實將萬般憤慨隱忍於字裡行間。綜觀〈三吏〉、〈三別〉，體
裁屬古樂府歌行體，源流可追溯自《詩經》及古詩民歌而加以創新，
詩筆表現委婉曲折，誠摯感人。〈三吏〉較具客觀史筆性質，〈三別〉
則較具主觀抒情趣味。其影響於元白新樂府及社會寫實詩峰，洵爲深
遠。

〔註22〕參見《唐詩大辭典》，頁 620，馮建國引宋王應麟《困學記聞》卷十
八所稱。

（四）顛沛流離之二與〈同谷七歌〉：

乾元二年（759）七月，杜甫棄（罷）華州司功〔註23〕；秋，至天水、秦州（均今甘肅天水境），旋至同谷（今甘肅成縣），沿途十餘處，均有詩記行，暫住同谷不逾月，作〈同谷七歌〉，一吐流離心聲，茲擷錄二首以概其餘。

> 有客有客字子美，白頭亂髮垂過耳。
> 歲拾橡栗隨狙公，天寒日暮山谷裡。
> 中原無書歸不得，手腳凍皴皮肉死。
> 嗚呼一歌兮歌已哀，悲風為我從天來。（〈同谷七歌〉其一）
> 男兒生不成名身已老，三年飢走荒山道。
> 長安卿相多少年，富貴應須致身早。
> 山中儒生舊相識，但話宿昔傷懷抱。
> 嗚呼七歌兮悄終曲，仰視皇天白日速。（〈同谷七歌〉其七）

就「詩」言，在形式上〈同谷七歌〉屬雜言歌行體組詩，以七言為主幹，以「嗚呼 X 歌」為拍節，具漢魏樂府風貌，筆力亦古樸無華，俚俗不避〔註24〕；在內容上〈七歌〉各有指涉，一歌自述自哀，二歌生活艱苦，三歌兄弟身各一方，四歌十年不見妹面，五歌居處環境惡劣，六歌欲拔劍除障怪又作罷，七歌時不我與、徒呼皇天。總之，所謂七「歌」，實不啻呼天搶地之七「哀」七「哭」。

就「史」言，〈七歌〉中全不見安史跡象；但事實是，詩人一路由長安經陝甘赴蜀，艱苦備嘗，最後並葬身舟中，皆起因於安史之亂，大時空的安史之亂即〈七歌〉的背景，史／詩互證，史在其中，固不

〔註23〕杜甫離華州，世人通稱「棄華州」（主動棄職），近人徐國能〈攻杜隅論〉考證，應作「罷華州」（被動罷官），見臺北淡江大學主辦「杜甫誕生一千二百九十週年國際學術研討會」，後編成《杜甫與唐宋詩學論文集》，（臺北：里仁書局 2003 年出版），頁 585～604。

〔註24〕杜甫質樸無華，俚俗不避詩風，自屬社會詩人本色，但歷來詩評家亦有微辭：蘇軾譏為「村陋」、胡應麟譏為太拙太粗，朱熹譏〈同谷七歌〉末章嘆老嗟悲為「志亦陋矣」。見同上注《杜甫與唐宋詩學》論文集；郝潤華〈《錢注杜詩》中的詩史互證〉，頁 63～79。

必見諸文字。

（五）顛沛流離之三與草堂〈登樓〉：

乾元二年（759）年底，詩人舉家抵成都（今屬四川），次年即上元元年（760），詩人四十九歲，營建草堂於成都西浣花溪畔，其間高適、嚴武先後駐蜀，經常探望詩人，約有二、三年較安適生活。但從〈茅屋爲秋風所破歌〉及〈客至〉等詩審視，居常仍蓬門清寂。更不幸的是，代宗廣德元年（763）安史亂平，向稱「天下未亂蜀先亂、天下已平蜀未平」的四川，變亂頻起：秋七月，劍南兵馬使徐知道反、旋被平；隨後吐蕃入寇，盡取河西、隴右、劍南、西山諸郡。蜀亂期間，杜甫曾攜家逃離成都，及至嚴武再鎮蜀，於廣德三年（764）三月始重返浣花溪草堂。〈登樓〉詩即作於此時。

> 花近高樓傷客心，萬方多難此登臨。
>
> 錦江春色來天地，玉壘浮雲變古今。
>
> 北極朝廷終不改，西山寇盜莫相侵。
>
> 可憐後主還祠廟，日暮聊爲梁甫吟。（〈登樓〉）

就「詩」言，本詩爲杜甫擅長的七律傑作之一，首聯起筆雄健，著力點在一「客」字，因客居而萬方多難，而見花近高樓仍不得歸鄉，自是傷心。以下「錦江春色」、「玉壘浮雲」二「景語」，皆王國維所謂的詩人「情語」；而「來」、「變」二字動態十足，「浮雲變古今」頗似李白「浮雲能蔽日」（〈登金陵鳳凰臺〉）。頷聯「北極朝廷終不改」，兼具頌讚與諷喻旨趣〔註25〕。結聯「可憐」一辭，兼具可哀、可悲、可笑等多重意涵。

就「史」言，本詩作於安史亂平息之後，但從前述寫作背景看，「萬方多難」實爲安史亂後的蜀地實況；「花近高樓」使「客」傷心，實因萬方多難及朝廷不改；詩人無奈之餘，於但願西山寇盜莫相侵外，惟有日暮聊作〈梁甫吟〉了，夫復何言！

〔註25〕「北極朝廷」句，既含頌讚唐王朝安如北辰，亦暗喻其倨傲不事更張。《論語・爲政》子曰：「爲政以德，居其所而眾星共（拱）之。」

（六）顛沛流離之四與〈聞官軍收河南河北〉：

代宗寶應二年即廣德元年（763）正月，史朝義敗死，安史亂結束。其時詩人避難梓州（今四川三台），欣聞官軍收兩京並直搗幽燕，大喜若狂，作〈聞官軍收河南河北〉一詩：

　　劍外忽傳收薊北，初聞涕淚滿衣裳。

　　卻看妻子愁何在，漫卷詩書喜欲狂。

　　白日放歌須縱酒，青春作伴好還鄉。

　　即從巴峽穿巫峽，便下襄陽向洛陽。（〈聞官軍收河南河北〉）

就「詩」言，本詩爲七律新體，除首聯外，以下三聯均對仗，且爲正對；與〈春望〉相反（〈春望〉前三聯對仗）。詩家每有此類格律，如王勃〈送杜少府之任蜀州〉：「城闕輔三秦，風煙望五津。與君離別意，同是宦遊人。海內存知己，天涯若比鄰。無爲在歧路，兒女共沾巾。」詩評家稱本詩爲杜甫生平第一首快詩，所謂快詩，即快節奏下一揮而就的詩，如李白〈朝發白帝城〉，韓愈〈次潼關先寄張十二閣老使君〉。本詩自首句「劍外忽傳收薊北」敘事外，以下全因「忽傳」而激動抒情。看他如何激動：初聞而「沸淚滿衣」，奔走呼告而「卻看妻子（妻與子）」，狂喜忙亂而「漫卷（捲）詩書」，進而「白日放歌」、「青春作伴」，及時還鄉；還鄉的路程是巴峽穿巫峽、襄陽向洛陽；「作伴」而邀約避難來蜀者一同還鄉，正與〈茅屋爲秋風所破歌〉同趣，此即社會詩人的純眞而貌。

就「史」言，本詩爲杜甫安史之亂詩作的完結篇，史筆僅首句「劍外忽傳收薊北」一語，但此語蘊意深長，在時間上涵蓋七年餘的災難，乃至造成唐廷衰亡；空間上更涵蓋大唐王朝的全版圖；連遠在西南邊陲的川、雲、貴、兩廣都受到震盪。詩人此刻避難梓州，在劍閣之外，故「劍外忽傳」，特具時空張力。值得一提的是，詩題稱〈聞官年收河南河北〉，但此句僅言「收薊北」，未及「河南」，似有不周；實則詩人識見明確，叛徒巢穴薊北既收，河南自是已收；詩語詩筆，固不必（亦不可能）點滴全錄。

（七）顛沛流離之五與〈江南逢李龜年〉：

代宗寶應五年（770），詩人杜甫流離至潭州（今湖南長沙），逢樂工李龜年，時移事遷，悲喜交集，作〈江南逢李龜年〉詩：

> 岐王宅裡尋常見，崔九堂前幾度聞。
>
> 正是江南好風景，落花時節又逢君。

樂工李龜年、彭年、鶴年三兄弟，各擅音樂才藝，爲玄宗時期的梨園弟子，當年杜甫在兩京期間，在王公豪門間經常遇見他們，龜年善歌，安史亂起，而後流落江南，每遇良辰勝景，爲人歌數闋，聞者無不掩泣罷酒。本詩爲詩人病故之前所作，其時詩人由蜀輾轉至潭州，在人事滄桑下又逢李龜年，於悲喜交集之餘，仍強顏歡笑，以詩贈之。據考證，岐王、崔九早逝，當時尚無梨園設施，應屬詩人誤寫。筆者淺解，詩語不宜處處作史語解；詩人避實就虛，實景虛寫，正是常態。〈長恨歌〉起筆「漢皇重色」，難道是白居易誤寫？就「史」言，本詩乃安史之亂的遺音傑作，大亂造成天旋地轉，詩人與李龜年都身受其害，當年勝地尋常見的彼此，而今卻異地重逢，乃以「詩史」爲安史禍亂作見證。就「詩」言，這是一首即景抒情的酬贈之作，前三句爲喜調，結句爲悲調，邱師變友稱爲「三一格」〔註26〕：「江南好風景」卻是「落花時節」（非開花或賞花時節），而落花時節亦暗寓彼此皆已暮年，能不感慨系之！

結語

安史之亂除對唐室造成空前負面影響外，對詩壇、詩人及詩風，亦產生諸多正負相依相循的影響。

就詩壇詩人言：盛唐詩壇勝況，世稱超前踰後，著名詩人有張旭、高適、王維、李白、薛據、崔顥、儲光羲、杜甫、元結、岑參、韋應物、張繼、鄭虔等。安史之亂造成多位詩人受害，例如王維曾身陷洛

〔註26〕邱師變友講授「中國詩學專題研究」時稱，一首律絕詩，前三句是喜調，結句爲悲調，稱爲「三一格」。又稱「黃金比例」。

陽，儲光羲貶死嶺南，鄭虔貶死台州，杜甫流離客死他鄉，李白流放夜郎遇赦；唯高適一人因利乘便、一帆風順。

就詩學、詩風言：邱師燮友在講授「中國文學史專題研究」及「中國詩學專題研究」時，提出第四度空間的文學觀（註27），以觀本稿擷引王維、李白、杜甫有關安史之亂諸作，宜屬寫實文學，且屬「詩史」性質（註28）。「詩史」，特別是終身念念不忘社稷民生的儒者李白的風範和詩風，以及杜甫的社會詩，對中唐元、白新樂府的形成，實具極大的引發作用。白居易一面強調形式上的淺白，務期「老嫗能解」；一面主張內容上重在「文章合為時而成，詩歌合為事而作」；甚至唐後的宋詩、明詩，亦在在受李杜詩義詩風的濡染（註29）；乃至到中唐韓愈、柳宗元興起的古文運動，也多少受到李、杜文風詩風的正面影響。文學發展嬗變，與時空環境有密切關聯，此或可視為安史之亂的百害一利。

〔註27〕邱師燮友第四度空間説，略謂，三度空間為寫實文學，四度空間為寫虛文學。

〔註28〕參見傅師錫壬《再論詩史》略謂，「詩史」基本要件，包括詩人須曾親身參與或經歷此一歷史事件；詩中描寫史者須占頗大分量；史實運用於詩時，益增其沈痛感等。

〔註29〕參閱左漢林〈論社杜甫詩歌對來的的影響〉，《山東大學學報（哲學社會科學版）》2013 年 3 月期；黎清〈試論杜甫「詩史」在宋代的接受〉，《杜甫研究學刊》，2012 年 4 月期。

附錄八　詩聖杜甫的〈兩箇黃鸝〉

　　兩箇黃鸝鳴翠柳，一行白鷺上青天。

　　窗含西嶺千秋雪，門泊東吳萬里船。

　　這是詩聖杜甫（712～770）在同一時地所寫的四首七言絕句組詩之第三，也是一首爭議多，解說歧異，又非常美好有趣的詩。唐代宗廣德二年（764），杜甫好友嚴武還鎮成都；三月，杜甫由避亂梓州返回成都草堂；六月，劍南節度使嚴武上表舉薦杜甫爲節度參謀檢校工部員外郎，此即世稱杜甫爲杜工部的由來。此時杜少陵生活、心境相對安定寬解，這是本詩及本組詩寫作的時空背景。

形貌概觀，美點何在

　　首先從詩的形貌，作一般性的概觀：說它美好有趣，絕不爲過。試看它的特徵：一是四句皆寫景，四景各自獨立，不相牽連，不見「起、承、轉、合」痕跡；但卻又一線穿珠，合筍一轍。二是全詩由兩副正對的對聯組成，對仗工整，杜甫及其他詩家每每如此。三是遣辭用字似信手拈來，卻又機巧玲瓏。以下再進行細部賞析。

　　景的面向，以草堂爲觀景臺：首句，草堂周遭翠柳繚繞，正值初春，春情催發，兩箇黃鸝鳥在翠柳間歌唱；黃鸝、翠柳，是色彩的表達；鳴，是聲音；鳴而得聞，是動中見靜；兩箇，是成雙成對，成雙成對而鳴，是樂自心生，美矣。次句，一行白鷺，振翅飛翔，直上青

天；白鷺、青天同樣也是顏色的表達；惟有晴空始見青白相映，色調鮮明輕柔。「上」，是動態，對照出上句「鳴」的靜態；一行，是形容成群結隊翱翔，合群合諧的景象，美矣。一二兩句合觀，從視覺的角度來觀察，首句是平視近聞，次句是仰視遠觀；聲音、顏色、遠、近、高、低、動、靜、時、空，皆備。第三句，草堂窗外，西嶺高峻，積雪皚皚千年不化。詩人自注：「西山白雪，四時不消。」西嶺，表現出空間，向上向高看；千秋，表達出時間，向前向後想；拉開拉大時空序列；遐觀之美。第四句，草堂門前，滾滾東流的錦江（參考「錦江春色來天地」〈登樓〉詩句）停泊著待機直下東吳江南的巨輪（參考「即從巴峽穿巫峽，便下襄陽向洛陽。」〈聞官軍收河南河北〉詩句）；東吳，借指江下江南；萬里，暗喻巨輪能量；心嚮之美。此聯，頗有陳子昂「念天地之悠悠」逸趣；但有直覺美好之意，並無感嘆之意。三四兩句這一聯的美點正是：時空交互延伸，交叉向更高（即西嶺）更遠（即東吳）的空間延伸，向更古老的過去（千秋雪）又隨時可啓動的未來（萬里船）的時間延伸。

聯的面向，以詩人主觀視角著墨：本詩由兩聯組成，對聯有多種對仗方式和面貌；本詩兩聯都是正對，工整是正對的基本面貌，要見是詞性、平仄、意趣都兩兩相對無偏失。試看本詩，第一聯詞性，「兩箇」對「一行」，數字量詞對數字量詞；「黃鸝」對「白鷺」，有色的動物名詞對有色的動物名詞；「翠柳」對「青天」，含色的複合名詞對另一含色的複合名詞；「鳴」對「上」，動詞對動詞。第二聯詞性，「窗」對「門」，單名詞對單名詞；「西嶺」對「東吳」，方向專有名詞對方向專有名詞；「千秋雪」對「萬里船」，時間複合名詞對空間複合名詞；「含」對「泊」，意象動詞對意象動詞。

遣辭用字，詩人藝筆獨到：本詩看似信手揮灑，實則巨匠解牛不見斧鉞。以白描速寫手法，文字淺白流暢，不用典故，不加修飾，也無生澀詞語，婦孺可讀可解；其意境清越蘊藉處，非凡夫俗子所能心領神會。尤其「含」字，江西嶺千秋雪景拉至窗櫺間；「泊」字，將

靜止萬里船點化成蓄勢待發；含／泊，是常用字，用來妙趣橫生，即特藝手法。

從整體形貌來看，一首二十八個字的詩，共有十個不同形態的名詞，數字詞有兩、一、萬，顏色詞有黃、翠、白、青，方位詞有西、東。將不同詞性的慈與綴成一首美詩，非詩聖杜甫，誰能辦到？

解說爭議，情在哪裡？

詩無定詁，由來如此；詩的自由開放樂土亦在此。我讀我解，自己歡喜就好。本詩解說爭議有三：情景／意涵／律絕；爭議的方方面面如次：

一、情景爭議。本詩四句皆景，不見情蹤。詩人於「窗含西嶺千秋雪」句自注「西山白雪，四季不消。」意謂此乃實景實寫，別無他意。以此類推，四句都是實景實寫，可無爭議。本詩為四首組詩的第三首，其餘三首是：

之一：堂西長筍別開門，塹北行椒卻背村；梅熟許同朱老喫，松高擬對阮生論。（原注：朱、阮劍外相知。）

之二：欲作魚梁雲復滿，因驚四月雨聲寒；青溪先有蛟龍窟，竹石如山不敢安。

之四：藥條藥甲潤青青，色過棕亭入草亭；苗滿空山慚取譽，根居隙地怯成形。

詩人兩處自注，特地指出皆實人實景實寫。寫景乃本組詩主體面向，似可理解。但，詩言志，詩序云：「情動於中，而形於言」王國維（一八七七至一九二七，字靜安，浙江海寧人）謂「所有景語皆情語」，好詩總被譽為「情景交融」。然則無情其可乎？假設本詩及本組詩有情在，其情為何？換言之，詩人此刻在說什麼，又在想什麼？

一般而言，所謂詩情，有詩中之情，有詩外之情。唐代詩人王之渙「欲窮千里目，更上一層樓」，王勃「海內存知己，天涯若比鄰」，情在詩「中」；李白「輕舟已過萬重山」，情在詩「外」。詩中之情於

字裡行間可知可見；詩外之情須就詩人所處時空處境進行推究，才有可能獲知。此即孟子所提「頌其詩，讀其書，不知其人可乎？」的「知人論世」說旨趣。前文說，杜少陵是在生活、心境相對安定寬解的時空背景下寫成本組詩，他舉目所見無非美景，信手寫來，無非美語，此即本組詩的情之寄身處。試看〈兩箇黃鸝〉詩，美景如畫，視王維田園詩亦不多讓。詩人所說者在此，所想者亦在此，故不必另闢他解。

新解妙解，空前絕後

二、意涵爭議。前敘情景爭議已涉及意涵爭議，本詩固爲實景實寫，無其他意涵。但世上解人畢竟所在多有，且不愁無新解妙解。最近中國大陸「華夏文明，中國經濟網」說，某文學評論家研究杜詩有重大的突破，他發現〈兩箇黃鸝〉詩是〈蜀相〉的姊妹篇：首句暗讚諸葛亮齊家，只娶一醜妻而夫唱婦隨；次句讚諸葛亮治國，出山如白鷺直上青雲，爲官純正清白，管理嚴明有序，皆如白鷺；第三句讚諸葛亮修身，經常在窗前讀西蜀歷史，西嶺即西蜀，千秋雪即厚重的歷史典籍；末句讚諸葛亮平天下，總是將船停在門前，隨時準備出使萬里外的東吳，謀求聯吳進而統一天下。並謂，整首詩對孔明的評價比〈蜀相〉更全面更積極，可謂爲「兩朝開濟老臣心」的喜劇注解；又謂：本詩不擬標題而稱絕句，應理解爲絕後、絕跡……如此新解妙解，亦是空前絕後。開個玩笑：君不見，詩仙李白有仙機妙算，他在千於年前已經預言今日臺海情況，藍綠／統獨／鷹鴿擾攘，正是「兩岸猿聲啼不住」；「朝辭白帝彩雲間，千里江陵一日還」，正是兩岸通航後的景象；「輕舟已過萬重山」，即是「胡（胡錦濤）馬（馬英九）已過萬重山」。妙吧！解詩至此，夫復何言？

三、律絕爭議。律詩絕句關係，由來爭議已久，亦無定論。各種詩選中，擅將律詩或其他形體的詩，切割成絕句的例子，比比皆是。最常見的如王維〈山居秋暝〉五言律詩，被截取前似句而成五言絕句：「空山新雨後，天氣晚來秋；明月松間照，清泉石上流。」被截掉的

後四句成為另一首五言絕句：「竹喧歸浣女，蓮動下魚舟；隨意春芳歇，王孫自可留。」

全詩前四句寫「秋暝」景象，後四句寫「山居」人家；被截後，似文不對題。又如沈佺期的幾首五言律詩亦常被截為五言絕句：〈題椰子樹〉五律，取前四句而成五絕；一首三十六句〈被彈〉的五言古詩，亦取前似句而成五絕。⋯⋯不勝枚舉。

杜工部的〈兩箇黃鸝〉詩，是似首七言絕句組詩中的一首，其為絕句固不待言；但因它四句皆景，又似沒頭沒尾，因此也有人懷疑它是律詩截成的絕句。

詩國的民主自由，既喜歡原汁原味，亦容許其調異聲的存在。筆者曾經講授唐詩欣賞及習作指導有年。最近謂增添學習情趣，乃貿然以〈兩箇黃鸝〉詩改變為一首七言律詩的殘篇，並姑妄畫蛇添足，於七絕原詩的首尾各加一聯而變成七律。遊戲之作，難免點金成鐵；幸能讓天上詩聖勿以為忤，人間方家勿笑勿責。

這首詩變成「錦江春色正無邊，佇立草堂顧盼閒。兩箇黃鸝鳴翠柳，一行白鷺上青天。窗含西嶺千秋雪，門泊東吳萬里船。暮靄蒼茫何所寄，鄉心一夕到長安。」

雖云畫蛇添足，卻亦勉強與原詩拍合：詩人〈登樓〉詩有「錦江春色來天地」句，可為「正無邊」注腳；「佇立顧盼」，為以下四景引領；何所寄，可見有所思又茫然不知從何說起；一夕到長安，是鄉心亦是家國情，扣「門泊萬里船」語。

妄畫妄添妄解，又胡亂牽拖，罪過罪過！請各位原諒！